乔典运全集

山梅

乔典运 著

电影剧本·曲艺卷

河南文艺出版社
·郑州·

图书在版编目（CIP）数据

山梅／乔典运著. -- 郑州：河南文艺出版社，2025. 5.
--（乔典运全集）. -- ISBN 978-7-5559-1779-3

Ⅰ. I235. 1；I239

中国国家版本馆 CIP 数据核字第 2025F9U682 号

总 策 划	许华伟
选题策划	陈　静
责任编辑	陈　静
实习编辑	王　萌
责任校对	殷现堂
装帧设计	吴　月

出版发行	河南文艺出版社
社　　址	郑州市郑东新区祥盛街 27 号 C 座 5 楼
承印单位	郑州新海岸电脑彩色制印有限公司
经销单位	新华书店
开　　本	700 毫米 × 1000 毫米　1/16
印　　张	36. 5
字　　数	424 000
版　　次	2025 年 5 月第 1 版
印　　次	2025 年 5 月第 1 次印刷
总 定 价	980. 00 元（全 7 册）

印厂地址　中国河南省郑州市管城回族区南曹街道金岱工业园鼎尚街 15 号
邮政编码　450000　　电话　18695899928

　　乔典运（1929.3—1997.2），河南省南阳西峡县五里桥乡人。当代著名作家，曾任河南省作家协会副主席，南阳市文联副主席、南阳市作协主席，西峡县文联主席。国家有突出贡献专家，河南省优秀专家。

　　1955 年开始发表作品，共计二百余万字。代表作有短篇小说《满票》《村魂》《冷惊》等，中篇小说《黑洞》《小城今天有话说》等，长篇小说《金斗纪事》《命运》，其中《满票》荣获第八届全国优秀短篇小说奖。多篇作品被译成英、德、日、法、阿拉伯文。

1972年冬，乔典运在广州

1972年冬，乔典运（右二）与珠江电影制片厂一行人同游三元里抗英纪念园。

1976年夏，乔典运在广州

1965年，珠江电影制片厂导演兼演员蒋锐（前排左三）、编剧王镁（前排左四）来到西峡，为电影《贫农代表》选外景地，与乔典运（后排右二）、孙幼才（后排左一）、昝申定（后排左二）、赵书才（前排左二）、杜付恒（前排左一）等人合影

山梅

乔典运 著

乔典运全集

——

电影剧本·曲艺卷

河南文艺出版社
·郑州·

图书在版编目（CIP）数据

山梅／乔典运著． -- 郑州：河南文艺出版社，2025.5.
--（乔典运全集）． -- ISBN 978-7-5559-1779-3

Ⅰ.I235.1；I239

中国国家版本馆 CIP 数据核字第 2025F9U682 号

总 策 划　　许华伟

选题策划　　陈　静

责任编辑　　陈　静

实习编辑　　王　萌

责任校对　　殷现堂

装帧设计　　吴　月

出版发行　河南文艺出版社

社　　址　郑州市郑东新区祥盛街 27 号 C 座 5 楼

承印单位　郑州新海岸电脑彩色制印有限公司

经销单位　新华书店

开　　本　700 毫米 × 1000 毫米　1/16

印　　张　36.5

字　　数　424 000

版　　次　2025 年 5 月第 1 版

印　　次　2025 年 5 月第 1 次印刷

总 定 价　980.00 元（全 7 册）

印厂地址　中国河南省郑州市管城回族区南曹街道金岱工业园鼎尚街 15 号

邮政编码　450000　　电话　18695899928

　　乔典运（1929.3—1997.2），河南省南阳西峡县五里桥乡人。当代著名作家，曾任河南省作家协会副主席，南阳市文联副主席、南阳市作协主席，西峡县文联主席。国家有突出贡献专家，河南省优秀专家。

　　1955年开始发表作品，共计二百余万字。代表作有短篇小说《满票》《村魂》《冷惊》等，中篇小说《黑洞》《小城今天有话说》等，长篇小说《金斗纪事》《命运》，其中《满票》荣获第八届全国优秀短篇小说奖。多篇作品被译成英、德、日、法、阿拉伯文。

1972年冬，乔典运在广州

1972年冬，乔典运（右二）与珠江电影制片厂一行人同游三元里抗英纪念园。

1976年夏，乔典运在广州

1965年，珠江电影制片厂导演兼演员蒋锐（前排左三）、编剧王镁（前排左四）来到西峡，为电影《贫农代表》选外景地，与乔典运（后排右二）、孙幼才（后排左一）、昝申定（后排左二）、赵书才（前排左二）、杜付恒（前排左一）等人合影

目　录

电影剧本

3	小城今天有话说
82	山梅
140	华灯初上
223	山里人
310	瑞雪飘飘
416	小院
477	山里红梅

曲艺

| 541 | 双送地（曲剧） |
| 549 | 香烟记（坠子） |

唱词与诗歌

569　老强教子（唱词）

573　山水诗草

575　把山河重新拢好

580　高高山上有棵槐

电影剧本

电影剧本·曲艺卷

片头

小城今天有话说

青山绿水中藏着小城。

街道上商店林立,新楼和旧房并肩,小轿车和架子车同行,担柴卖草的农夫和摩登女郎齐步,构成了古老和今天共存的画面。

街道上人来人往,一张张笑脸,握手,交谈,都很有礼貌,都是谦谦君子,都是亲人。

街道两旁各式房子的门楣上,多数钉着标志光荣称号的牌子。

[白:小城挺好!

[小城的山好,水好,小城的人也挺好。看,笑脸相迎,握手言欢,亲切招呼,热情问候,多么彬彬有礼,多么祥和友善,还有一块一块又一块文明之家、文明商店、文明单位的金字招牌,小城处处都有文明。

[小城没故事太久了,日头天天从一个地方升起,月亮天天从一个地方落下,昨天和前天一样,今天又和昨天一样。生活里没放一点辣椒,也没放胡椒和花椒,日子淡得没滋没味。偶尔,人大叫一声,

狗大叫一声，就像当年日本鬼子打来了，人人惊叫，个个奔走。小城的人也挺聪明的，能把人叫狗叫编织成一出出悲剧喜剧闹剧，让人哭让人笑让人哭笑不得。

[小城就是这样昏昏沉沉地过着。一声改革的春雷，人们被惊醒了，似乎还没睡好还没睡过瘾，伸了个懒腰打了个长长的哈欠，睁开了惺忪的眼。因为还没洗脸，眼还被眼屎粘着，模模糊糊地看着，看见的还是模模糊糊。

1

弯月和老于在人流中走着。

弯月光彩照人，美丽得令人心醉眼花。老于憨厚木讷，使人想起大山里被烧黑了的一段树干，两个人形成了鲜明强烈的反差。

老于满脸尴尬，极不情愿地走走停停。弯月时而推他一下，时而拉他一把，老于看看弯月乞求的样子，为难地向前走着。

一街人好奇地看着，行着"注目礼"。

身后的人指指戳戳，窃窃私语。

县医院门口贴着大幅海报：特邀上海专家专治男女不育。

老于和弯月走进去。

诊室门外的长椅上坐着一群人，见弯月来了，就紧紧盯着弯月的脸和胸脯，馋涎欲滴。

诊室走出一病员，护士叫："三号！"

老于站起，有点犹豫，乞求地看着弯月。弯月把老于推了进去。

弯月在门口焦急地等待。

一护士走过，问："弯月，你也来看病？"

弯月脸红："不，我爱人老于。"

"噢！"护士走去。

诊室门打开，护士叫："四号！"

屋里，老于在扣衣服。

大夫："结婚几年了？"

老于："十来年了。"

大夫："没有孩子吧？"

老于："没有。"

大夫给老于开了个处方，自夸："都让脸给耽误了，你要早点治，孩子都小学毕业了。"

大夫把处方递给老于。

弯月挤进来，急切地问："他这病？"

大夫看弯月楚楚动人，眼睛一亮，问："他是你的……？"

弯月："我爱人。"

大夫："没事，主要是亏了，吃点药再好好补补，保证到明年开春就叫你们当爹当妈！"

老于和弯月红了脸："谢谢，谢谢！"

老于和弯月走出去。

身后，大夫对身边的护士笑道："看那个男的像她的爹爹！"

弯月听见了，回头看了一眼，急忙拉上老于走去。

医院大门外。

弯月伸手："把药单给我！"

老于掏给弯月。

弯月看看又看看，喜得合不拢嘴，笑道："叫你来，你还死活不来，这就好了，这就好了。我的老爹爹！"

老于脸色一变："叫啥呀？"

弯月捣他一指头，戏道："说着玩的，你可当真了，我上班去了。"

老于看着弯月远去，愣愣站着，耳里响着弯月的声音："老爹爹，老爹爹！……"

弯月走远了。

老于狠狠捶了一下脑袋，长叹一口气，失神地低下头走去。

〔白：人们说，弯月和老于是鲜花插到了牛粪上。老于可不这样想，弯月美是美，可是不会生孩子，自己丑是丑，总归没病。弯月配自己是亏处有补，两下都不吃亏。万万没想到原来生不出孩子是因为自己有病。老于突然间心不安理不得了，觉着弯月真是鲜花，自己真是牛粪，整个人像被酷霜打了，一下子跌进了万丈深渊。

老于心事重重地在大街上走着，人来人往没人理他。

老于只顾着低头想心事，撞到了一个人身上，抬头一看，道歉说："啊，杨局长，对不起！"

杨局长不屑地看老于一眼，不满地"哼"了一声，理也不理地扬长而去。

老于看着杨局长的背影："傲得不轻。"

2

百货商店，每个柜台前顾客稀落。

〔白：自古都说，张飞卖豆腐，人硬不如货硬。这话说了几千年，如今不灵了。如今可是货硬人也得硬，人们不光看货还要看脸，人要长得漂亮，货也跟着漂亮了，不信？你看，花香蜂自来。

弯月走进小百货柜台，她和小王打招呼的声音马上把顾客都吸引来了。人们挤挤扛扛，搭讪着问价，买些小东西。

小王被冷落一旁。

弯月应接不暇。

人堆中，石县长："刀片。"

弯月忙乱中："两角钱一个。"

石县长递钱："买十个。"

弯月递过刀片，石县长走去。

小王一直盯着。

小王看石县长走远，对着弯月耳朵："你知道买刮脸刀片的是谁？"

弯月："谁？"

小王："新来的石县长。"

"啊！"弯月伸头看去，人没影了。

弯月："你咋不早说哩，我也看看长啥样。"

小王："你给他刮脸刀片时咋不看哩？"

弯月："谁知道他是县长！"

小王："没见过县长还亲自来买东西！"

弯月："亲自买东西咋了？"

小王："咋了？不像个县长！手底下那么多人，连个人都不会使唤。"

弯月："也是哩。"

小王："哼,都说他这个县长是兔子尾巴——不长!"

弯月:"为啥?"

小王："都说上级眼瞎了,选住他这个二百五,不要说工作了,连吃饭都不知道香臭。招待所里大鱼大肉不吃,专爱到小摊上和下三烂们蹲到一块儿吃些下三烂东西,把个县长的身份都吃完了!"

人们哄笑。

弯月回想卖刀片时的情景,心里一片模糊。

张主任看看顾客少了,走近弯月:"弯月,胡局长叫你。"

弯月一怔:"干啥?"

张主任:"这两天一个一个地个别谈话,都谈过了,只剩下你了。"

小王:"快去吧,好事!"

弯月不快地问小王:"找你谈的啥?"

小王兴奋地扒住弯月肩膀,悄声说:"叫我入党哩,肯定也有你的份儿!"

弯月心里出现胡局长的淫相。

更衣室里。

弯月换上了破旧土气的劳动服,又拂散了头发,镜子里出现了脏乱差的样子。

[白:人们都想漂亮,弯月不想,漂亮得很了,人就不是人了,人也活不成个人了。弯月年轻时在村里就吃够了漂亮的苦头,造反派天天找她训话,训着训着就训得不像人话了,也不做人事了。弯月就常常把自己打扮得又脏又乱又丑。听说胡局长找她谈话,还是个别,弯月为了节省领导的眼、领导的心,就把漂亮包住捂住,这也算

保护领导吧！

3

寝办合一的住室,干净、整齐,墙上挂满了锦旗奖状。

[白:胡子善会写个小材料,上边还有个好姐夫,胡子善就成了胡副局长,副字不够伟大,就把副字省了,这是规矩。胡局长墙上贴了这么多奖状,胡局长就自认为是个英雄了。自古英雄爱美人,胡局长也是英雄,当然也要爱美人了。胡局长爱上了弯月,除了爱,还很有点打抱不平的英雄好汉气概,认为弯月太亏了,仙女嫁给了丑八怪,弯月亏的天数太久太久了,胡局长实在不忍心再叫弯月亏下去了,就决心要为弯月补补亏。

胡局长打开柜子,拿出新置的缎子被子,把床上收拾得焕然一新,一派洞房气氛。然后不住往外张望,像热锅上的蚂蚁。

敲门。

胡局长惊醒,立刻坐下看文件:"请进。"

弯月进来:"胡局长,你叫我?"

胡局长站起,看弯月一眼说:"嘿,江青的'三突出'你学到家了,看,一身土打扮衬托得人更美了!"

弯月嗔怪地笑道:"局长真会开玩笑。"

弯月坐下,看着胡局长。

胡局长没坐,浑身上下乱摸,终于掏出了一串钥匙打开办公桌抽斗的锁,从抽斗里又拿出一串钥匙,又打开文件柜上的锁,从里面取出几个圆圆的白纸包着的东西。把纸撕去,原来是苹果,很大,白里透红,红里透白。胡局长把苹果递给弯月:"这是一个朋友从北京捎回来的,你吃!"

［白:看,胡局长对弯月献忠心,跳忠字舞了。内锁外锁,锁上加锁,珍贵得好似王母娘娘的仙桃,凡人别说受用了,见也不得见。弯月可见得多了,弯月在心里马上修起了万里长城。

弯月笑笑:"谢谢,我胃不好。"

胡局长:"这对胃有好处。"

弯月不接:"我就是昨天吃苹果吃的。"

"真是……"胡局长失望,无可奈何,"你喝茶吧!"

弯月端端茶杯又放下:"要我汇报什么?"

胡局长坐下,品尝着弯月,说:"如今时兴改革开放了,咱们也得赶上潮流,我想在百货商店搞个承包试点。大家反映你服务态度好,营业月月超额,资历又长,有能力有魄力,张主任年纪大了,我想把店里这副担子压到你身上,先给你吹个风,想听听你有什么意见?"

弯月谦虚地一笑:"看我是这块料吗?"

"怎么不是?"胡局长一副认真的样子,"就我这个局长叫你当,你还不是和玩的一样? 打算叫你先入党,然后把主任的担子接过来,将来一承包,你就英雄有用武之地了!"

弯月看胡局长一眼,忽然想起了小王的耳语:"叫我入党哩!"

［白:弯月的万里长城摇晃了,弯月早就看不惯营业上的大锅饭了,和开追悼会一样,人人都像戴黑纱,有几个人连心? 要叫自己干,一定弄得红红火火,保证月月赚钱。再说,老于老实得站不到人前,自己真要当上主任,家里总算粗细有个顶门杠子了。弯月想想心里笑了。

弯月从心里笑到了脸上,沉浸在幻想中,似乎入定了,显得更加娴静动人了。

胡局长死死盯住弯月的脸和胸脯,品尝得过量了,醉了,声音都颤抖了,伸长脖子低声下气地说:"同意吧?"

弯月惊醒:"同意什么?"

胡局长:"入党,当门市部主任呀。"

弯月回到了现实,摇摇头,说:"咱又没关系,只怕豆大的雨点也淋不到咱头上。"

"你没关系?你自己就是最好的关系嘛!"胡局长话中有话地戏笑了一句,又认真地说,"你只要真心想干,容易得很!"

弯月:"多容易?"

胡局长:"我一句话,说办就办了。"

弯月笑笑,怀疑地摇摇头。

"真的好办得很。"胡局长开始行动了,一脸淫笑,脸涨得像鲜血淋漓的猪肝,突然说,"你是不是病了?"

弯月迷瞪了:"没有呀。"

"没有?咋脸上红这么狠,一定是发烧了……"胡局长不待弯月反应过来,便伸手摸了摸弯月的额头,手滑下来捎带摸了摸弯月的脸和玉颈。

弯月虎生①站起来,正言正色地说:"胡局长!"

"看看看,我是当你发烧了嘛。"胡局长哈哈大笑,"你回去好好想想!"

弯月瞪了一眼:"想什么?"

_____

① 虎生:豫西南方言,指猛然、猛地。

"入党,当门市部主任,真的。啥时想通了来给我说一声。"胡局长一脸可怜的巴结相。

4

黄昏。

丁字街的行人稀落了,两个掌鞋的老头还在坐等生意。

老于站在旁边,不断向北张望。

老头:"等弯月呀?"

"不！不！"老于不好意思地走去。

弯月在药材商店里,盯着玻璃柜台里面的"壮阳乐",细看标价。

营业员走过来,看看弯月,问:"买吧?"

"不！不！"弯月羞红脸逃出来。

弯月走几步,想想,走进了食品店。

弯月从食品店里走出来,手里提着一袋面包和一瓶饮料,看见老于,就叫:"老于！"

老于看看弯月,指指她手里提的东西,好奇地问:"你买这干啥?"

弯月:"你明天不是要去植树造林嘛。"

老于:"拿点干粮就行了。这多少钱?"

弯月:"一块七毛钱。"

"给我。"老于接过面包和饮料,埋怨道:"给咱妈治病要紧,能省一个,妈就能多吃一剂药！"

老于往食品店走去。

弯月:"你干啥?"

老于:"退了!"

"老于!"弯月欲拉老于,老于已走进食品店。弯月站住,难过地长叹了一声。

老于空手从食品店里出来,对弯月说:"走,回吧!"

弯月动情地说:"就个这都不舍得吃,都怨我妈的长秧子病,才害得你亏成了这样!"

老于:"怎么又分你妈我妈,你妈不是我妈?"

弯月拍拍老于身上的灰尘,一同走去,说:"妈的病是得治,可是,也不能再亏你了。大夫咋说的?"

老于感动地看着弯月,看得很专注、很出神。

弯月看看自己浑身上下没什么不合适的地方,就奇怪地问:"你看什么?"

老于忙收回眼光,尴尬地说:"没、没什么!"

5

郊外,风和日暖,麦苗青青,大路上汽车成龙,奔向造林工地。

抄近路的河边小道,两行垂柳,翠竹成园,风景宜人。

成群结队的自行车,带着工具,说说笑笑向前走去。

老于车上带着水桶,夹在人流中。

一干部下车点火吸烟,回头一看,惊异地叫道:"啊,石县长,你怎么也骑自行车?"

石县长笑问："你不是也骑自行车吗？"

一干部结巴了："我、我……我不是县长嘛！"

石县长哈哈一笑："县长？县长就不能骑车了？"

一干部语塞。

石县长看着路边景色，一阵兴奋，自语道："哎呀，这里多像我的家乡啊！"

石县长抬头望去，不远处公路上汽车卷起的尘土遮天蔽日，他苦笑一下，摇摇头，陷入了沉思，心里响起临走时和妈妈的对话。

妈妈："你升了。"

石县长："升啥，我本来是个工程师，拿的钱比县长还高哩。"

妈妈："管多少人？"

石县长："一个也不管，只管我自己。"

妈妈："那算啥？那是个事，不是个官，往后要管几十万人哩！"

石县长："也算是升了吧！"

妈妈："你能当好吗？"

"我怕当不好。"

妈妈："那你为啥还要去当？"

石县长："上级叫干，我是党员。"

妈妈："噢。"

石县长："妈，还有事吗？"

"你五岁时你爹就死了，妈怕你受气就守着你，好不容易把你拉扯大了。如今你当县长了，妈不求享你的荣华富贵，只求你对待老百姓时，别忘了你妈也是老百姓，啥事都讲个良心，别叫人们提着你的名字骂你妈！"

石县长："妈！你不跟我去，不叫我报答你，我要再给你挣骂，我还算你的儿子吗?!"

石县长和人们骑着自行车疾驶而去。

6

造林工地。

两边山上,红旗招展,散布着星星点点造林的人群。山坡下麦地里,各种型号的小汽车停了一大片。不比不知道,一比吓一跳,官员们互相指指点点评比着。

河务局王局长指着自己的小汽车,满脸羞惭地骂得唾沫星子飞溅:"日他妈,上辈子不知道作啥孽了,这辈子当这个球河务局长!坐这号车不叫坐车,是找着叫人打脸哩。去年上省里路过一个检查站,说是尾灯不亮要罚款,我问罚多少,人家看看车又看看我,说:看你这车你也不是个像样的官,本来该罚五十,你就拿二十吧! 日他妈,连罚款都少罚我的,今年说啥也得换换车了。"

一堆当官的被逗得哈哈大笑,笑得一个个前俯后仰,又突然中止不笑了,哗一下散了。

石县长骑着自行车来了。

"啊,石县长。"胡局长迎上去,笑嘻嘻地讨好,"怎么搞的,县政府的车都出去了? 咋没言一声,我们商业局还有车嘛。"

石县长看看一地的车,对胡局长笑笑,大声说:"生命在于运动嘛。坐机关,天数长了不锻炼,我怕只剩下一张会吃会说的嘴了。"

胡局长尴尬地讨好:"是的,是的。"

石县长从车后架上取下工具,上山造林。

有人得意地窃窃偷笑,有人愤愤瞪眼。

满山坡人海如潮,挖坑,栽树,担水。

临时用席子围起的厕所里。

群众甲在解小手:"妙极了!"

群众乙也在解小手:"啥?"

群众甲:"石县长骑自行车来呀,等于抹了坐小车的人一脸灰!"

群众乙:"球,抹二尺厚的灰也挡不住人家照坐不误!"

两个当官的走进来。

群众甲:"局长也来尿呀!"

胡局长瞪他一眼。

群众乙:"你们尿,你们尿……"

群众甲乙匆匆扣裤子走出去。

胡局长看着走出的甲乙,骂:"妈的,我不尿你替我尿?"

局长乙:"看看人们那个得意劲,好像县长和他们一样骑自行车来,他们也成县长了!"

胡局长:"啥球县长,露球能货,放着车不坐骑车来!"

局长乙:"啥露能?我看是没安好心,想挑动群众斗领导!"

半坡上。

几个人往坡上担水,多数是担两半桶,只有老于担两满桶。

担水的:"老于,又想雷锋一下!"

老于:"县长都骑自行车来,咱这算啥!"

人们艰难地往上担着。

7

县委院内。

一群人在愤愤地说着什么。

一辆高级轿车开进来，停住。吴书记从车里走出来。

王局长和胡局长迎上去："吴书记，地委的会散了。"

吴书记看看一个个不满的神色，就问："出什么事了？"

王局长走近，低声说："今天去造林了。"

吴书记："造林是好事嘛！"

胡局长："石县长是骑自行车去的。"

吴书记："骑自行车怎么了？"

王局长："石县长虽没有把我们斩首示众，也算打脸示众了。挑动群众日爹骂娘骂领导，是不是不想叫我们干了！"

吴书记顿时寒下脸，破口大骂："亏你娃子们了？四指长的路还坐个球车，烧得不轻！打回脸也好，我还嫌打得太轻了。自己往自己脸上抹灰，怨谁？好像我没给大家讲过要艰苦朴素一样！"

听骂的人从骂里得到安慰，嬉笑着走了。

吴书记对一干部说："去，叫办公室刘主任和政府行管科长来。"

吴书记走进办公室。

办公室主任和行管科长进来，问："吴书记，你找我们？"

办公室主任坐下，行管科长给吴书记和刘主任倒茶。

吴书记："石县长去造林，你不知道？"

科长："知道。"

吴书记："知道为啥不派车?"

科长："派了,他不坐。"

吴书记："派的什么车?"

科长："政府最好的车,尼桑。"

吴书记："他为啥不坐?"

科长："他说动不动就坐车,群众会咋说? 去劳动的,又不远,骑车多方便,还能锻炼身体。"

吴书记："还说了什么?"

科长："没有了。"

吴书记："以后好好照顾石县长,你去吧。"

行管科长退出去了。

办公室刘主任默默地看着吴书记。

吴书记站起,踱步,沉思,突然对刘主任说:"马上用县委名义下个文件。"

刘主任掏出本子记录。

吴书记口述:"往后除了急事和病号,干部在县城一律不坐车,下乡在五里内一律不坐车,从今天开始,从我老吴开始。文件发到各科局。"

"好。"刘主任站起欲走。

吴书记强调了一句:"打印好了,马上上报地委!"

刘主任:"好!"

刘主任走了。

吴书记不解地:"这个老石!"

8

夜,小城冷落。

汽车站外边的街道两旁,各种小摊生意红火。小摊多用马灯照明,便显得昏暗、挤闹、模糊。

卖羊血汤的担子插上了一块招牌:正宗西安风味。摊子周围放着许多小凳,已坐满了人。石县长也在喝汤。一个老汉要了一碗汤,没凳子坐了,站在石县长身边喝。

石县长抬身,一只手把凳子让给老汉,说:"大叔,你坐。"

老汉:"不,你坐。"

石县长:"我爱蹲着。"

老汉坐下,石县长蹲在老汉面前,两个人谈着什么,谈得很投机。

石县长喝得津津有味,和老汉谈得津津有味,忽听一声喝叫:"老家伙,给碗,你聋了!"

石县长抬头看去。

吆喝者是个头发披肩、浓眉大眼的青年人。

卖羊血的老汉忙接住碗,赔着笑脸讨好道:"给你再来一碗吧?"

青年人拍拍肚皮,笑道:"爷的肚子都怀孕了。来,借五块钱,爷买盒烟抽。"

卖羊血的老汉高叫一声:"好的,五块钱够了?"

青年人大方地说:"看你是个小打油,爷就将就了。"

老汉爽快地递过钱,又说:"明天再来赏光啊!"

"老家伙还挺会说话哩!"青年接过钱扬长而去。

老汉目送青年人走远,笑脸顿时变成气脸,狠狠地自言自语骂道："日你奶奶，不给钱，还得老子倒贴钱！"

一旁喝汤的人看得大张嘴合不住，纷纷问："他是干啥的？"

老汉四下看看，低声说："税务局的。"

有人愤愤不平："你咋不告他龟孙哩？！"

老汉连连摇头，怯怯地说："告他？说得可轻巧，我去找死啊！这可是县城一条虎，兰主席的公子兰少爷，谁个不怕？听说，税务局长都怕他三分呢！"

"啊，他就是兰公子！听说，这货先在乡下供销社，弄人家闺女了，调到了工厂里，又弄人家闺女了，调到税务局了！"

"啊，再弄几个不就升成县长了！"

"哈，说不定现在的县长就是弄得多了才当了县长。"

人们愤愤不平地骂娘。

"共产党都叫这号人弄坏了，一粒老鼠屎坏一锅汤！"

"书记县长眼都瞎了，日他妈，要他们白吃干饭呀！"

石县长听罢，心头一颤手就抖了，抖得半碗羊血汤洒了。他看了骂娘的人们一眼，走过去放下碗，抖着手掏出七元钱，递给老汉："大叔，钱！"

老汉接过钱一数，说："一元钱一碗。"把多给的钱递给石县长。

石县长："不多，我一碗，那货一碗，还有那货要你的五块。正好七块。"

老汉吓坏了："你是？"

"我是……"石县长想说是县长，话到嘴边嫌丢人就咽了，就说，"你别管了，你一碗羊血汤能赚几个，能经得住这号货讹诈？你放心，我会管教他的！"

老汉的手抖个不住，要把钱还给石县长，可怜巴巴地说："这钱我不能要！你别误会，我可没说他一个字坏话呀，人家能喝我一碗羊血汤是看得起我，给他钱，大家都看见了，是我愿意给的，人家可没强要啊！"老汉硬要把钱还给石县长。

"别说了！"石县长的心都颤了，看有这么多人围观就匆匆走了。

石县长在昏暗的大街上生气地走着，耳里响着："书记县长都白当了……"

［白：天下本无事，庸人自扰之。石县长啊，你也别气，气也是白气！你要听过兰公子的话，就你这点气性早气死了。兰公子的根子粗着哩，稍不顺心，开口就骂：妈的，要不是老子的老子们打天下，你们还在水深火热里踢跳哩！谁不服了去告吧，老子巴不得你去告，啥时把老子告成县长书记了，老子大请客。听听这话，石县长，就你这个芝麻大的前程，你不是白气吗？你还能怎么怎么地吗？

9

医药门市。

弯月提一塑料袋从药店门市出来，不住看看塑料袋里的药，面呈喜色，快步走去。

胡局长从一巷口走来："弯月！"

弯月站住："胡局长。"

胡局长自鸣得意地炫耀："石县长找我谈商业改革的事，想听听我的意见。"看看弯月手中的袋子问，"买的啥东西？"

弯月："药。"

胡局长伸手："叫我看看啥药？"

弯月不让："药嘛，有啥好看。"

胡局长:"谁吃的?"

弯月搪塞:"人。"

胡局长笑笑:"我就爱听你这号话。以后需要啥药了,把药单给我,咱给你弄免费的,何必多花这个钱!"

弯月:"咱可受不了那份香火!"

胡局长讨好地:"考虑好了没有?"

弯月:"啥?"

胡局长:"入党,当门市部主任的事。"

两个人并肩走着。

弯月不想纠缠,烦烦地说:"入,当,你办吧!"

胡局长:"这么简单,大街上说一句就行了?"

弯月抢白道:"你说过,你一句话就办了。"

胡局长认真地说:"我可是真心诚意帮助你呀!"

弯月调笑道:"我也是真心诚意当嘛!"

"只要你是真心就好办!"胡局长满意地笑了,掏出一个小包递给弯月,"给!"

"啥?"弯月无意识地接住。

"你拿回去看看就知道了。"胡局长怕弯月当面打开,说完就转身匆匆走了。

弯月看看手里的小包,想退给胡局长,胡局长已经走远了。弯月想拆开看看,可身边人来人往,于是就把小包装进口袋,神色不安地走了。

〔白:啥东西?啥东西?给我个这干啥?

10

弯月匆匆回到家里,老于不在家,她就坐到床上,拆着小小的白纸包,拆了一层又一层,地下扔了一片片白纸,拆着拆着她的手抖了。

〔白:到底是啥?包这么金贵。

弯月拆开了,是一只黄灿灿的金戒指。弯月的手抖了,脸红了,急忙去把门锁上,回来坐在床上,看着戒指发呆。

〔白:弯月的头蒙了,心跳了。是梦?是醒?老天爷!这样贵重的东西只在华侨手上看过,还是离多远看的。这货真是疯了!金戒指,党员,还有门市部主任!她有点晕了。

弯月把戒指戴到这个、那个手指上,不知所措地抚弄着。

〔白:原来胡局长叫自己承包商店是假的,胡局长想承包自己才是真的!弯月忽然明白了,明白了就生气了。妈的,眼瞎了,想承包老娘,把老娘看成啥人了?交上去!交上去!

弯月忽地站起来冲到了门口,伸手开门时又退回去,坐下发怔。

〔白:不行,没有证人,他要反咬一口说是诬陷他呢?他抱有粗腿,官官相护,自己跳到黄河也洗不清了!自己还怎么见人?弯月知道,男人们都是馋嘴猫,见了她就笑得鼻子眼不分家了,变着法儿挨她一下、摸她一下。当面向她叫娘喊奶奶,恨不能把心扒给她吃了,转过身为了证明自己是正人君子,就争着骂她是破鞋烂货,谁也不肯为她说句公道话。不行,得退给他,叫他知道天下也有不爱财的女人。弯月想到这里,觉得自己又清白又伟大,决心要为自己立座贞节牌坊了!

弯月从地下拾起包戒指的纸,照原样把戒指包好,英雄地走了出去。

11

十字路口。

弯月义无反顾地去找胡局长。

小王打扮得花枝招展,兴高采烈地走来,看见弯月就叫:"弯月,干啥呀?"

弯月支支吾吾地说:"转转。"

小王拉住弯月:"走,去胡局长那里玩玩。"

弯月惊异地:"你找他干啥?"

小王拍拍口袋,带有几分得意:"给他送个表,入党的表。"

"啊!"弯月的脸色突然变白了。

"咋? 胡局长找你谈话没叫你也入?"小王看弯月发怔,就问。

弯月摇摇头:"没有。"

小王:"走,咱们一块儿去,叫他也给你一张。"

弯月挣开小王的手:"不了,我去我姑家还有点事。"

"咱俩一块儿去多好啊!"小王埋怨了一句,就快活地走了,回头挥手,"拜拜!"

弯月想喊小王,追了几步就犹豫了。

[白:小王还小,弯月把她当成亲妹妹一样,真怕她上了胡局长的圈套。可是这话怎么出口呢? 弯月为小王捏了一把冷汗。

弯月看着小王的背影发怔,掏出小纸包看看,狠狠心又装进口袋里了。

[白：不，不！退给他太便宜他了，一个领导为啥要送给一个女人戒指？气死他，不退他也不敢对人说；退给他，他还会拿去勾引另一个女人，说不定明天就会戴在小王手上！他落下还不如我落下，也能叫他少糟践一个女人，也算自己救了一个女人。弯月想到这里，好像自己成了做好事的活雷锋，就自得其乐了！

弯月冷笑一声，就轻快地回家了。

12

早饭后。

老于上班，经过大街小巷，穿过熙熙攘攘的人群，匆匆地走着，没人理他。

老于到了机关大院，传达室门口的大钟才七点三十。老于看看钟，放心地拿起墙角的扫帚，开始扫院子，扫呀，扫呀，扫呀。

[白：老于就这样扫呀扫呀扫了十几年。老于参加工作时还是小于，第一顿就吃了白馍，第二顿第三顿还是白馍，小于想着党叫顿顿过年，生神方①也要报答党的大恩大德。他的本职工作是抄材料，恭恭敬敬像抄经书一样。他觉着还不能报答白馍的恩情，就天天提前上班，把偌大院子扫得干干净净。有人写了广播稿表扬他是活雷锋，他就扫得更干净了。参加工作比他早的比他晚的比他工作好的比他工作差的都提拔了，只有他还是原装干事。有人为他不平，领导说，老于是面学雷锋红旗，拔了不犯错误？好在同志们都有很高的觉悟，没一个人去和他争这份荣誉，他就这样一天一天一年一年

---

① 生神方：豫西南方言，指想尽办法。

地扫下来了！从小于扫成了老于！

老于扫完了地，到办公室里，屋里已经都上班了。

一瘦子故意提起空瓶倒水，叫道："他妈的，个个都是空的！"

老于忙放下刚拿起的材料，默默拿起茶瓶走出去提水。

有人不平："真会巧使人！"

瘦子："咋了？你是不是没操好心？不叫他天天模范模范，弯月把他蹬了，你好拾落瓜呀！"

老于在门外听见了，低下头匆匆走去。

13

老于家。

当间墙上，学雷锋的奖状一张一张又一张，简单、干净。

老于心事重重地炒菜，灶下一把，灶上一把。

弯月回来，见桌上放着一瓶白酒、一瓶葡萄酒，回头又见老于在炒菜，就奇怪地问："怎么？今天有客？"

老于强笑："就不兴咱俩好好吃一顿？"

"你可想开了！"弯月欢天喜地走过去，要接铲子，说："给我！"

老于不给，说："你站柜台一天了，你去坐下蜷蜷腿！"

弯月强夺过锅铲，推开老于，笑道："去你的吧，谁来看见了，又该说你掰着嘴喂老婆了！"

老于站在一边，想说什么。

弯月炒着菜，不看老于，带着几分羞怯地问："药吃了几天了，你试着有点作用没有？"

老于吭吭哧哧地说:"谁知道哩!"

弯月:"我想了,往后我加班给别人织毛衣,有钱了给你好好补补,我就不信!"

老于感动得要哭了:"别、别、别再为我把你的身子也累坏了,我这……"

弯月听出话音呜咽,回头看着老于,问:"咋哭声哭腔的?"

老于忙掩饰地擦眼,嘿嘿干笑:"烟熏的,烟熏的!"

弯月炒好了菜,端到桌上,又麻利地摆好筷子酒杯,叫道:"来呀!"

老于怯怯地偷看弯月,看呆了,听到弯月叫,忙走过来坐下,给弯月倒了一杯葡萄酒,弯月拿起白酒给老于倒,说:"听说有种酒大补,明天也给你买一瓶,你天天喝几口。"

老于又感动了,说:"别费那个事了。"

弯月不解地问:"咋?"

"喝吧!"老于岔开话题,端起杯和弯月碰了一下,一饮而尽。然后,又倒,又喝。

弯月看着老于喝酒,笑得很甜:"不知道你也会喝酒!"说着给老于又倒了一杯,笑:"都说要是当官得先练好喝酒这个基本功,你爬不上去,可能是你的基本功还不中,只够当个模范,以后你也好好练练,把模范喝成个官!"弯月自认说得有趣,咯咯大笑。

"把模范喝成个官!"老于的心被刺疼了,抬头看着墙上的奖状发愣。

墙上的奖状一张一张又一张,变成了一张一张又一张嘲弄的脸,对着老于讥笑。

老于本来就满腹心事,借酒消愁愁更愁,几杯酒下肚已头昏脑涨了,弯月说模范又刺激了他,他气冲冲站起来,歪歪扭扭走到墙下,哗哗撕着奖状,撕一张,恨一声:"我叫你笑!我叫你笑!"

弯月吓坏了,忙上去抓住老于,惊慌地说:"老于,你怎么了?"

老于回过头,端详着弯月,呆呆地看了又看,忽然拉住弯月,痛苦地说:"你来看看!"

老于把弯月拉到大衣柜穿衣镜前站住,可恶的镜子里出现了老夫少妻的形象。

老于颤抖着说:"看见了吧?咱们——离婚吧!"说时镜子里出现了老于的泪水。

弯月大吃一惊,看着老于涨红的脸,说:"老于,你喝醉了吧?走,躺床上歇一会儿。"弯月扶住老于让他走。

老于不动,动情地说:"我没醉。你看看,咱们真的不像夫妻,我真像你爹。不论哪一方面我都不配你,你越对我好,我心里越难受。我想了又想,我要再耽误你,我就太不是人了!"

"不许说了!"弯月伸手捂住了老于的嘴,到这时弯月才知道在医院门口叫的那声老爹爹,把老于伤害苦了,就抽泣道:"都怨我不好,我不该叫你爹爹,我是说着玩的呀!"

老于摆头,说:"谁说为这,真是咱们不配呀!我真是觉着太不配你了,一看见你,我心里就虚,一挨住你,我就瘫了……"老于痛苦得说不出口,"你为啥要跟着我这个窝囊废受一辈子罪呀!"老于哭了。

弯月也哭了:"老于,别说了,别说了,我再没良心也不会忘了我咋活下来的呀!"

两个人站着,都眼泪汪汪的。

〔白:人心都是肉长的,弯月也是。弯月家里成分高,上小学时学生娃们打她吐她,是老于处处护着她;弯月大了,苦人本该长个丑相,她不争气,偏偏长成了仙女。村里造反派三天两头革她的命,欺侮她,弯月不从,寻死不能,又是老于的奶奶救了她。老于的奶奶给县革委主任下了一跪,才给弯月求了个饭碗,弯月得以逃出了虎口!

弯月哭着哭着给老于跪下了,抽泣不止地诉说:"要不是你,早没我了,还说什么配不配、有没有孩子……"弯月抬起头,眼泪巴巴地乞求老于:"从前,都认为是我有病才没孩子,你也没有埋怨我一句,也没有对我寒过脸;你有病了,我怎么会反过来嫌弃你?麦米都有个心,我就没心没肺了?往后别再说离不离了,行吧?我求你了!"

老于被打动了,扑通一声也跪下了,搂住弯月,抽泣道:"你跟着我太亏你了呀!"

14

石县长办公室。

胡局长有条有理地讲着,石县长听得很入神,不时在本上记着。

胡局长:"……第三,还是那么多土地,过去为什么吃不饱?现在为什么吃不完?一个字'包'。商业要想扭转赔钱的局面,只有叫'包'字走进商店。"

"好!"石县长给胡局长添水、递烟。

胡局长:"有错的地方请你批评。"

石县长:"很好,很好,只有改革才有出路。"

胡局长高兴,不住点头。

石县长移坐到沙发上,促膝而谈:"我来一两个月了,同志们对我有什么反映?"

胡局长:"群众反映你深入基层,艰苦朴素,都说可来了个真共产党员,还说……"

"别说这个,"石县长打断胡局长的话,"说说他们有什么意见?"

"这?"胡局长面有难色,叹了口气,"咋说呢? 一人难称百人意,要听意见,别说没办法工作,就是活人也活不成,有些人工作是外行,编派人可是专家,说这个没益!"

"听听也有好处嘛!"石县长看胡局长不说,就越想听越要听,催道,"说说,说说。"

"好吧!"胡局长为难地说,"都是胡说八道。有人可恶毒了,说你想挑动群众斗领导,攻击你是漏网的'四人帮'残渣余孽。"

"啊!"石县长一怔,"说说他们的根据。"

"啥根据? 你去造林骑自行车,坐车去的脸上不光彩。"胡局长愤愤不平地说,"当时我就和我们局里一把手林局长干上了,我说,这算啥话嘛!"

"噢……"石县长沉思。

"有些人就善于颠倒黑白,没治!"胡局长一脸无可奈何的神色,看石县长一脸沉重,就说,"你别放在心上,俺们那位林局长就是这号人,不光对你,对谁都会咬一口。"

石县长恍惚:"这个事我是欠考虑,事前通知一下都不坐车才对。"

"你就是坐车去,他还会说别的话。"胡局长为了让石县长相信林局长不是个东西,就滔滔不绝地说:"他标准是个刺头,前年十月初五,老县长动员发扬艰苦奋斗作风,他说,球,只准自己吃肉,不许别人啃骨头。去年正月二十一,吴书记参加义务劳动整修街道,他说,球,又想上电视当明星哩。今年二月十九,听说你要调来,还没见你人影,他就说,日他妈,又来个饿臭虫……"

石县长皱起了眉,一眼一眼审视胡局长。

胡局长还在滔滔不绝地讲着。

[白:才听着是个人嘛,怎么讲着讲着成了个勾命的小鬼?! 年月日记得这么清,怀里准是揣着个生死簿! 石县长要不是县长,一定会大喝一声,一定会扇他个耳光,这样的人当个人都不够格,怎么能当局长? 这货准是官迷心窍了,想当正的想疯了,又拍又拉,想把我统一到他的战线上。

敲门声。

石县长惊醒了:"请进。"

公检法三长进来了。

"请坐!"石县长回头对胡局长,"咱们改日再谈吧!"

"好,你们忙。"胡局长走去。

石县长随手关上门。胡局长在门外装作系鞋带,静听。

门内传出石县长的声音:"请你们来,还是谈兰公子的事。前天你们讲犯罪事实已经清楚,剩下的就是服从法律还是服从人情了……"

见有人过来,胡局长忙起身走去。

15

晚上,老于家。

老于和弯月吃完了晚饭。

弯月提起一个大塑料袋,对老于说:"我出去一下。"

老于收拾碗筷,问:"又给谁买的啥?"

弯月:"王局长爱人叫买点批发价卫生纸。"

老于:"多少?"

弯月:"十刀。"

老于:"能便宜多少钱?"

弯月:"一刀便宜二分钱。"

老于不快地说:"哼,王局长又不是没钱人,天天吸洋烟,哪一支不值几毛钱?为了两毛钱就张嘴使唤你,把人不当人!"

弯月:"咱能帮人家啥大忙?能打发人家心里痛快,咱多跑几步腿算个啥!"

老于:"去吧!去吧!"

弯月对老于笑笑,提上卫生纸走了。

老于刷碗,拖地板,铺床放被。

16

夜,街上灯光闪烁。

胡局长在街上来来回回走着,不时盯盯一座楼房。

弯月从楼房里走出来,走到大街上。胡局长迎上去,叫:"弯月。"

弯月惊奇地站住:"胡局长。"

胡局长审视着弯月:"在谁家里待了老半天?"

弯月:"你怎么知道?"

胡局长:"对你关心呗!"

弯月不高兴地问:"有事吗?"

胡局长："想找你谈谈。"

弯月："对不起,家里有事。"转身欲走。

胡局长："前天给你那个纸包,看了吧?"

"啥东西? 不就是个糖疙瘩嘛,我又不是个小娃,有啥稀罕!"弯月一脸不在意的神态,"我当场就扔了。"

"啥呀?"胡局长变脸失色,急得搓手跺脚追问,"真的?"

"我看都没看,你前脚走我就扔了,我看得清清楚楚,扔到你脚后跟上了,我不信你没拾。"弯月说得轻松自然,"怎么了?"

"你……"胡局长的脸都气白了,恨不能上去打她一耳光,"你……多贵重的东西,你咋能把它扔了?"

"咋? 不是糖疙瘩,是啥?"弯月一脸狐疑。

"是……"胡局长要哭了,"我的好祖奶奶,那是个金戒指呀!"

"啥呀?"弯月大惊失色,继而咯咯笑了,"别开玩笑了。"

"我要哄你……"胡局长气极了气坏了,"就不是人生父母养的!"

"哼! 装得怪像!"弯月反驳道,"要真是金戒指,黄花闺女成堆还能轮到我?"

"真的! 真的呀!"胡局长急疯了。

"老天爷!"弯月也急了,埋怨道,"你看你,你看你,这么贵重的东西你当时咋能不说一声? 这可咋办? 要不,赶快去报告公安局,叫人家查查看谁拾了?"

"这能是……"胡局长还要说下去,见有人走过来,便忙改口打起了官腔,"你回去把账好好再查查,心里再好好想想,这么多钱能没影了?"

"行,行。"弯月顺口答应,趁着过路人走过来就急忙走了,脸上浮现出会心的笑容。

17

弯月家。老于坐在被窝里看书,书名是《男子不育一百种》。

开门声。老于忙将书藏到被褥底下。

弯月走进来,满面得意的笑容逐渐消失。

老于:"碰见啥好事了,笑的?"

弯月:"不知谁扔个烟头,一条狗去吃,烫得汪汪叫着跑了。"

老于赔着笑了笑:"王局长在家吗?"

弯月:"在,可亲热了。送去我就要回来,王局长的爱人硬拉住不让走,叫等着吃他们蒸的韭菜包子。"

老于:"你吃了?"

弯月:"只掰了半个尝尝,真好吃。要是咱们蒸的,我真想再吃几个。"

老于:"你想吃了,咱们明天也蒸。"

弯月:"才开春,听说韭菜可贵了。"

老于:"多贵? 能是金子?"

弯月打了个冷战。

老于起身往床这头来。

弯月:"你就睡那头吧。"

老于:"这头暖和。"说着跑到床这头。

弯月不好意思地说:"你呀! 叫别人知道了,又该笑话你给我暖被窝了!"两个人睡了,灯关了,屋里漆黑了。

弯月响起了微鼾,老于却大睁着眼。

［白：弯月从来没提过要吃什么，要买什么，好不容易弯月说了句韭菜包子好吃，老于就决心要立功赎罪，叫弯月好好吃一顿。如今才入春，不到韭菜大量上市的季节，老于怕睡误买不来，失去报效弯月的机会，老于就大睁着眼等天明。

漆黑的房间，只有马蹄钟嗒嗒在响。

老于悄悄起来。

弯月还在打鼾，老于怕惊醒弯月，就拿起衣服蹑手蹑脚走到外间才穿，又慢慢地轻轻地开了门走了。

18

清早，十字街，菜市。

天还不明，乡下人从四面八方陆续赶来卖菜。肩担的、自行车带的、架子车拉的，在十字街四个街筒里摆下了菜市。

老于匆匆赶来，上市的人还不多，老于就四下转悠着找韭菜。

［白：小城的人对菜市场引以为荣，因为青菜这东西讲究个新鲜，天天要吃，价格又不贵，人们送礼不送这个，也不值得去开后门，菜市就成了最公开最平等的场所。有权的没权的，上至书记、县长，下至光头百姓，不论地位高低，都来这里买菜。有些人便说，法律面前人人平等，这话好听；十字街里人人平等才是真的。

老于转来转去没见韭菜，焦急地乱跑，终于在西街发现一个卖韭菜的，还不多，只有两小捆。老于忙蹲下去抓住韭菜，问："多少钱一斤？"

卖韭菜的是个青年人，穿劣质西装，蹬破旧解放鞋，留个披肩发，嘴里叼着烟卷，看老于披个旧袄，袖口还露出了黑不溜秋的棉花，便轻蔑地说:"这可是新鲜物,你要?"

老于听出话味不对,愤愤地说:"不要我会问?"

卖菜人伸出两个指头,比了个八字。

老于松了一口气:"八分?"

卖菜人嘲弄道:"你有多少,给你五角钱一斤,我全包了!"

老于忍住气:"你到底要多少钱一斤?"

卖菜人:"才开市,图个吉利,不要多,零点八元,八十分,你要吗?"

"八角?"老于吓了一跳,放下韭菜站起来就走,不满地说:"一斤韭菜都值五斤多面粉的钱? 干脆,你要一块钱一斤多好!"

老于说着愤愤地走了。

卖菜人冲着老于的背影回了一句:"看胡子都不是杨延景,还想冒充好汉哩!"

"不信就你这棵树上好吊死人!"老于说着匆匆拐回街口,四处看去,没一个卖韭菜的。这时天已大明,买菜的人越来越多了。老于想想,硬着脖子又拐回那个卖韭菜的人面前。

老于走到卖韭菜人面前,壮壮气:"称称。"

卖菜人得意地问:"要多少?"

老于:"都要。"

卖菜人:"不用称,一捆一斤。"

老于递过钱,卖菜人数了数,伸出了手,说:"不够,还差四角。"

老于睁大了眼:"二斤不是一块六毛钱吗?"

卖菜人口气如铁:"一块钱一斤。"

老于有点火了:"啥呀,刚才说过八毛钱一斤!"

"刚才是刚才,现在是现在;现在不是刚才,刚才也不是现在。

早晚市价不同,目下一言为定。"卖菜人戏弄道,"君子一言,驷马难追。刚才你不是叫我要一块钱一斤吗?听你的话还不中,不君子了?"

"你……"老于被激恼了。

卖菜人:"到底要不要?这本来是叫有钱人吃的,老便宜了,有钱人还不吃哩!"

老于被将上去了,愤愤地又掏出四角钱递过去,弯腰拿起二斤韭菜回身就走,嘴里恨恨地说:"多要四毛钱,拿回去买膏药贴吧!"

老于生气地往回走着。

路人看着老于手里的韭菜,惊喜地问:"在哪里买的?"

老于憋着气,懒得回话,抬手往后边指指。

路人飞快走去。

又一路人问:"在哪里买的?"

老于又心烦地往后一指。

老于走到十字街心。

石县长手里提着两条小鱼,迎面走来,问:"在哪里买的?"

老于见是县长,忙笑道:"西街。"

"买了几天都没碰着。"石县长随口说着往西街走去。

"没有了。"老于不愿诓石县长白跑腿,"就这二斤,我都拿来了。"

"啊!"石县长收住脚,脸上有点失望。

老于看了心里一动,嗫嚅道:"我这让给你一斤!"

"不用,没有就算了。"石县长不认识老于,怎好要人家东西,只说:"谢谢,我不要。"回头要走。

"反正我也吃不了这么多,让给你一斤。"老于说着硬塞给石县长一斤,还解释道,"我们只两口人,一顿也吃不完,这东西又不能放,隔夜就黄了烂了。"

"谢谢!谢谢!"石县长高兴地接住了,一边掏钱一边说:"这东西是鲜物,可贵了,多少钱一斤?"

"钱?"老于是个老实人,没和大官打过交道,听说县长要给钱,不知哪根神经出了毛病,又想起那个卖韭菜的可恨,说:"我都没掏钱,卖菜的是我的舅倌头,送给我的,我能转手再卖了?你拿去吃了算了。"

四个街口的人往街心看着。

"这?"石县长犯难了,想了想又把韭菜递回去,说:"妻弟给姐夫的可以不要钱,我怎能白要,你还是拿回去自己吃吧!"

老于不接:"哎呀,一把韭菜叶子能值几个钱,啥金贵物。"

"这不合适!"石县长坚持要把韭菜还给老于,老于不接,两人推来让去。石县长抬头一看,四个街口的人都停止了买卖看着他们,就难为情极了。

石县长灵机一动:"这样吧,我家里人也不多,一条鱼足够吃了,给你一条吧!"

石县长解开提鱼的绳子,把一条鱼递向老于:"给!"

"这?"老于不接,"算了,算了,一斤韭菜还要你一条鱼!"

四个街口的人叽叽喳喳指点着街心。

〔白:这个石县长也太清白了,给你一斤韭菜你就接住算了,要了又能如何?这个老于平常不会拍马,县长给你钱你就收下算了,为啥死不要?君子碰上君子了!

老于转身跑了,石县长跑上去一把拉住老于,两个人又开始拉拉扯扯推推让让。石县长猛一抬头,看见四个街筒的人都在看他们,就生气地说:"你不要这条鱼了,你就把韭菜拿走,啥意思嘛!"声音很低但很决绝。

"真是! 真是!"老于看县长生气了,只好接住了鱼。

"这就对了。"石县长摆脱了困境,轻松了许多,脸上又有了笑,连说:"谢谢,谢谢!"

石县长往北走。

老于往南走。

四条街上的人看他们走远了,就爆发了议论。

"县长送给鱼的这个人是谁呀?"

"于大成。"

"于大成是谁?"

"说了你们肯定知道。"

"谁?"

"百货大楼营业员弯月的男人。"

"原来是那个美人羔子的男人!"

"他咋和县长那么熟?"

人人一脸迷惑不解。

[白:小城的人只见过下级给上级送礼,没见过上级给下级送礼。县长给条鱼,好大的面子,好光彩,这关系一定非同一般,是啥关系? 人人都猜开了,又都猜不透。猜不透才好,猜不透了思想才会扎上翅膀,才会去互相打探,才会去调查分析,才会发挥每个人的聪明才智,才会猜出好戏来。要是一下子全明白了,也就没一点点滋味了。电话马上打进了各家各户,人人都在苦思冥想老于和石县长的关系,一百个人就有一百个想法,想得丰富多彩。虽说费了脑子,也都是自愿的。再说,脑子闲得很久很久了,不往这上边费费还

往哪里费？猜吧,使劲猜吧！不猜白不猜！

19

弯月家。

老于提着鱼,被弯月埋怨得一脸干巴相,不知所措地站着。

弯月生气了:"你要了你吃,我不吃!"

老于后悔不迭:"怨我!怨我!当时只顾推推让让,忘了你不吃鱼。"

弯月被误解了,心酸地说:"不是我不吃,我说过几百回了,咱穷死也不能占别人的便宜!"

[白:一个漂亮女人,男人又没权没势,活得提心吊胆,别人给点好处,总是怕对方是为了占有自己的身子。于是,别人给一分钱的便宜,她马上变着法还人家二分钱的好处,为的是叫给好处的人从根上断了想头。没想到今天沾光会沾到县长头上!

老于无奈地:"要不,打听打听石县长住在哪里,再给他送回去。"

弯月:"算了,算了,他本来不认识咱,咱再去找着自报家门呀!"

老于:"你说咋弄?"

老于放下鱼和韭菜,两个人坐小桌上吃饭。弯月吃着饭还不住地看那条鱼。

[白:弯月想起了石县长,想起了胡局长,忽然异想天开,想着官大一级压死人,自古小官怕大官,对!用石县长给的这条鱼压压胡局长,叫胡局长死了心。

弯月眯眯一笑:"你要是也不吃,就送给俺们胡局长吧!"

老于看弯月气消了,也笑了:"可行。谁像咱们成年不请客不送礼,你也去表示表示,如今这个灵,说不定也能弄个门市部主任当当!"

"啥呀?"弯月心里一抖,"你也想叫我干呀?"

老于:"咋?你不想当?"

弯月不回答,淡淡一笑,说:"吃了早饭,你把这条鱼给胡局长送去。"

老于犹豫着说:"让我去送啊?"

弯月看老于一眼:"叫个女人去送礼啊?!"

老于:"好,好,我去。"

弯月:"去了,你就说这鱼是石县长送给咱们的,别的不要细说,放下就走。"

老于:"这?我不会说瞎话。"

"怎么是瞎话?这鱼是你自己买的?"弯月看看老于一脸憨相,叹了口气,"算了,算了,今天我轮休,还是我去吧!"

老于看看马蹄钟:"嘿,快七点半了,我得赶紧走了!"

老于匆匆起身往外走去。

20

天空分外晴朗,万里无云。

老于出了家门,走到巷口,一个卖烧饼的大嫂说:"老于,吃过了?"

"吃过了。"老于边走边回。

"再吃个烧饼吧。"大嫂笑着递个烧饼。

老于:"不啦,不啦!"

老于只顾走自己的路,突然被后面的人拉住了,回头一看,卖烧饼的大嫂堆着一脸笑,把一个烧饼硬塞给他。老于不接,说:"刚吃过饭嘛!"

大嫂:"再吃一个可撑坏了?"

老于:"真是吃不下去了!"

"咋啦?怕我身上穷气沾到你身上了?"大嫂装出生气的样子,硬把烧饼按到老于手掌上,回头边跑边笑,"咱们谁和谁了,还见外?"

老于不知所以地看看手中烧饼,把烧饼一折两半装进了口袋,继续往前走去。

街上行人如潮。

"老于!"有人呼叫。

老于看去,纺织局杨局长在街对面唤他。他穿过大街走过去,叫:"杨局长!"

"来!来!吸支烟!"杨局长给他掏烟,误掏出一盒许昌烟,笑道:"不叫你吸这个。"装进去,从另一个口袋掏出一盒洋烟,抽出一支递给老于,笑道:"吸根帝国炮。"掏出打火机给老于点着。

"谢谢。"老于吸着,等杨局长说什么。

杨局长拍拍老于肩膀,眯着眼笑着:"不错呀!"

老于怔怔地问:"啥不错?"

"不错就是不错嘛!"杨局长哈哈大笑,笑完又十分贴气①地说,"以后有啥事用得着老弟了,只管言一声,老弟一定尽力!"

---

① 贴气:豫西南方言,指关系贴近而亲切。

杨局长欲走,想想,掏出那盒洋烟塞到老于口袋里,冲他神秘地一笑才走了。

老于看着杨局长发愣。

[白:老于心里好生奇怪,每天见面他都摆着一张黑面馍脸,那天撞住看他那个傲劲,今天怎么变成了白面馍脸? 难道这货大清早就喝醉了?

老于又往前走了。

"老于!"

老于看去,民政局的老赵从街对面匆匆跑过来。

老赵:"好啊?"忙掏烟敬老于一支。

老于:"好啊。"

老赵:"真是对不起得很,我有点关紧事,等有空了我一定登门拜望,咱俩再好好拍拍①!"说完就急急走了。

老于纳闷。

[白:老于更奇怪了,你有事没事关我屁事,平常又不熟,我又没喊住你打听,干吗专门跑过来说个对不起,真见鬼!

老于继续走。

"老于,吸支烟!"

"老于吸支烟!"

老于三步一停、两步一停,手里已经攥十几支烟了。老于边走边想,边有人递烟。

[白:今天怎么了? 太阳打西边出来了? 往日可不是这样呀,从前一路上没一个人给他说话递烟,怎么突然间都变得热情了,热情

_____

① 拍拍:豫西南方言,指聊天。

得走路都走不成了。这世界出了什么事,怎么都像孙娃子看见爷了?

老于看看表,吓了一跳,时间晚了,为了不再和人说话打招呼,老于耷拉下头,慌慌张张大步走去。

一辆摩托车开到老于身边忽地停住了。

老于忙往一边让让,继续走去。

"老表!"摩托车上的小胡子冲老于叫。

老于没回头,继续走着。

小胡子又叫:"于老表!"

老于回过头,怀疑地:"叫我?"

小胡子把摩托车往前推几步,和老于靠近,笑得腻人:"咋啦,不认识我了? 真是贵人多忘事!"

"你……"老于见过他,姓张,是个农民企业家,贴身两个女秘书,在县里吃得很香。

小胡子:"看看吧,真是贵人多忘事。你三姑是我舅妈嘛,小时候有一次,你去看你三姑,我去看我舅妈,咱们一块儿去河里逮鱼,你逮住了,我没有逮住,我把你的鱼抢走了,你好哭一场,到现在我还常常想着对不起你哩!"

"噢,噢,"老于费劲地想,连连说,"想起来了,想起来了,是张经理嘛。"

小胡子讨好地说:"什么经理不经理的,小打小闹,闹着玩罢了。老早就想找你叙叙旧,怕你不认我这个穷亲戚,一直没敢登门!"

"看你把话说颠倒了,谁不知道你是赫赫有名的企业家,我可不敢高攀!"老于胡乱地应酬着,不断看表。

"别出息小弟了。想着老表也不是不念旧情的人,走,去我那里,咱弟兄们叙叙旧情!"小胡子伸手请老于坐后座。

老于着急地说:"不了,不了,快上班了!"

小胡子:"上班怕啥嘛,我还不知道你们干部上班? 一杯茶、一张报、一盒烟,外加一副扑克牌!"

老于焦急地求情道:"真不中,真不中!"

大街上,离小胡子和老于说话的地方只有十来步,胡局长和一个干部在说着什么。

看着小胡子和老于拉拉扯扯,胡局长奇怪地问:"老于怎么贴上张老板了?"

一干部:"不,一定是张老板贴上老于了。"

胡局长:"贴他干啥?"

一干部:"张老板早先贴住老县长,吃了国营企业的贷款指标,挥霍享受不务正业。听说石县长要修大型水电站,叫银行追回贷款,逼得张老板火烧眉毛,他还不是想通过老于叫石县长手下留情!"

胡局长奇怪地问:"老于? 他咋能够着和县长说话?"

一干部:"嘿,你这有名的广播电台咋坏了,这么大的新闻你还蒙在鼓里! 石县长送给老于一条一二十斤重的大鱼,听说还是毛主席吃的那号武昌鱼,你想想这关系能一般了?"

胡局长吓了一跳:"啊,真的!"

一干部:"全城的人都说乱了,还能假了?"

胡局长疑问丛生:"他们会有啥关系?"

一干部诡秘地笑:"谁知道啥球关系!"说着走了。

胡局长低着头走去。

［白：胡局长一路走，一路猜着老于和石县长的关系。胡局长是顶聪明的人，头还没有想疼就猜出来是啥关系了。

21

机关大院。

小刘正在扫院子，已经快扫完了。

老于慌慌张张跑来，看见小刘在扫地就急急上去要夺扫帚。

小刘不给，笑道："王局长把这个权给我了！"

老于心里一沉："为什么？王局长是不是生气了？"

"没有。"小刘凑近老于耳朵，神秘地说，"王局说，叫我也当当雷锋，将来好转个干。"

"噢！"

老于若有所失地走去。

老于走进大楼，走向办公室。

办公室里传出狂荡的笑声。

老于推门进来。

一屋子笑声马上死了，变成一屋子尴尬和正经，齐声招呼："老于来了！"

"来了。"老于提热水瓶准备去倒开水。

"已经倒了。"有人说。

老于想解释来晚的原因，回头见人们互相使鬼脸眨鬼眼窃窃地笑，笑的味道很怪，嘴就张不开了，便装作没事人一样低下头去抄材料了。

门推开了个缝,王局长伸进头来,叫:"老于,你来我办公室一下。"

老于收起笔走了出去。

屋里哄的一声,爆发了世界大笑。

老于看看身后的办公室,迷惑不解地走去。

22

胡局长匆匆走进百货商店。

小王亲热地说:"胡局长来了!"

胡局长:"随便来看看你们的营业情况。"

小王:"可真深入。"

胡局长故意随口问:"县里领导也常来买东西吧?"

"没有。"小王说了又补充道,"是有石县长来买过刮脸刀片。"

"噢!"胡局长恍然大悟,"你卖给他的?"

小王:"弯月。"

胡局长点点头:"噢!"

小王:"怎么?"

胡局长:"不怎么,你忙吧。"

胡局长装作随便走去,走几步回头交代:"有空到我办公室一下。"

小王:"好。"

胡局长走出门市,看见吴书记和石县长坐着小车过去,不满地"哼"了一声。

23

王局长办公室。

王局长一脸喜色,哼着流行歌曲。

［白：河务局穷得可怜,王局长早就想调个太太小姐来,啥都不叫她们干,专门叫她们去要钱。可是,太太小姐们都在极乐世界里躺着,谁肯跳进这个苦海？到如今还坐个破车,鸟枪一直换不成大炮。今天早上,王局长听说了老于和石县长的关系,一想就想到了这关系来自弯月,顿时就有了拨开了云雾见青天的快感,好像奥迪车已经开来了。

老于一脸惶惶不安地走进了局长办公室。

王局长热情地说："坐！坐！"

老于坐下去,不安地看着王局长,等着王局长的批评。

王局长拿起桌上的双龙烟,抽出半截又放下,走进套间拿出一盒洋烟,敬老于一支,又给老于倒茶："你喝！"

老于检讨："今天路上碰见了熟人,来得晚了。"

"晚什么？ 你也太自觉了！"王局长道歉,"我一点也不了解情况,你嘴稳也不说,真背误①狠了！"

老于云里雾里："什么情况？"

"不说这个了！"王局长笑笑,笑得很开心,"你当活雷锋当十几年了吧？"

老于羞惭地看着王局长。

---

① 背误：豫西南方言,指误解。

王局长满怀同情,不平地说:"当雷锋就不该提拔了? 为这事我和有关领导争得脸红脖子粗。这一回总算说通了。"

老于一脸感激之情。

王局长郑重地说:"我想了又想,咱们局办公室只有张副主任一个人,主任这个位置还空着,你就先屈就了吧!"

老于不知个中原因,一激动感动就进入了角色,谦虚道:"我怕没这个本事,万一完不成任务,误了局里的事。"

"你百分之百能胜任这个工作!"王局长自信选准了人。

老于认真思考了一下办公室的工作,面有难色地说:"光陪客我就不中,我不会喝酒!"

"有张主任这口酒缸哩,你放心,不叫你陪客。"王局长布置任务了,"咱们局里的小车也该换换了,若没钱困住了,你去找县长要要钱就行了。这任务不重吧?"

"要钱?"老于吓了一跳,不由急得头上冒汗,"这事我可真不中啊!"

王局长不禁想笑,说:"咱们是谁和谁,还玩这个虚心干啥?"

老于急得没话说了:"我、我……"

"别再推辞了,只要你去,保险手到擒来!"王局长拿起本子,诡秘地笑笑,"回去吧,我这就叫人下通知!"

24

胡局长办公室门口,弯月拿个纸包等着。

胡局长匆匆走来,看见弯月眼里一亮,惊喜地叫道:"你!"

弯月自得地笑笑:"咋?"

胡局长赶忙开门,把弯月让进屋里:"你咋可舍得来了?"

弯月:"不欢迎?"

胡局长:"请都请不到。"

弯月:"不请自到。"

胡局长:"有事?"

"来看看你!"弯月拆开报纸包着的鱼,放到桌上,浅浅一笑,戏言道,"平常也没啥孝敬领导,今天别人送给老于一条鱼,看看还不错,给你拿来,也算俺们一点点心意。"

鱼! 胡局长顿时心惊肉跳,醋意大发,他故作平静,掂起鱼前后左右看看,啧啧着嘴,连说:"不错,好鱼,好鱼! 谁送的?"

弯月坐在沙发上,等着他问谁送的。茶几上堆放着各种有关商业、服装等涉及改革的杂志,弯月顺手拿起一本翻阅着,没抬头,故作轻描淡写地回道:"石县长送的。"

"嘿,没想到你们连着这么粗的大筋!"胡局长一副全然不知的样子,继而嘲弄地问,"你和石县长很熟吧?"

弯月装作被书迷住了,不置可否。

胡局长又调戏地追问:"不熟透了能送鱼? 好大的面子呀!"

弯月还在专心看书,依然没回话。

胡局长看弯月没有了往日的泼辣风流,另有一种静如处女的妩媚,冲动得醉了,起身贪馋地走近了弯月。

弯月没抬头看,可是感觉到胡局长的目光刺进了她的肉皮。她把手中的书往茶几上一扔,忽地站了起来,看也不看胡局长一眼,说:"我得去上班了!"

胡局长又大失所望:"就这?"

"就这!"弯月头也没回就径直走了。

胡局长看她走了,恼怒地说:"妈的,不识抬举的母狗!"

25

大河从狭窄的山峡里冲下来,岸边杨柳吐绿,鸟儿飞翔。一个姑娘在放羊,羊群在草地上嬉游,姑娘靠在柳树上看书。

一辆小轿车开来,停住了。

吴书记和石县长下车,往河边走去。

司机下车,习惯地擦车。

姑娘好奇地看着。

吴书记和石县长站在河边,指指点点议论着什么。风儿传来断断续续的话音。

石县长:"就在这里……我顺河上上下下跑了几个来回……"

吴书记:"……真要弄成,全县都活了……"

姑娘听不清楚,走到司机面前,问:"师傅,他们是干啥的?"

司机指点:"那个是县委吴书记,那个是新来的石县长。"

姑娘:"他们来弄啥?"

司机:"才来这个石县长要在这里修水电站哩!"

姑娘兴奋地说:"真的?"

司机:"当然是真的,石县长是个水利专家。水电站修成了,你们这里就能开矿办加工厂了,到时候你也不当牧羊女了,要当工人老大妹了!"

"好啊!"姑娘笑着回头跑了。

司机看着姑娘往村子跑去。

河边。

石县长:"你同意了,我就请地质队了!"

吴书记:"好。我一半天就去地委汇报。"

石县长:"还有,前天我讲的兰公子的问题。"

"这……"吴书记面有难色,直摇头,"要按我的想法,杀头都不亏。只是他父亲兰主席老了,身体又不好,怕刺激狠了。还有上上下下……"

石县长笑笑,体谅地说:"你不是要去地委汇报吗? 这事交给我办怎样?"

"好! 好极了!"吴书记突然和石县长的感情相通了,感激感动地说,"好! 好! 你帮我搬走了心上的一块石头,我太谢谢了!"

石县长会心地一笑:"我可不敢贪天之功!"

两个人在河边漫步。

吴书记感叹道:"你来这么久了,听到对我的意见不少吧?"

石县长:"没什么。"

"没什么?"吴书记感慨万千地道,"你不说我也知道,有人说我和稀泥,不和能行吗? 你想坚持原则,你原则一下试试,你还没原则成就会被人宰了! 我何尝不想甩开膀子干一场,难啊! 上上下下都得应付,上级得罪不起,下级就敢得罪了? 有些人可是官小神通大啊!"

石县长:"商业局的胡局长这个人怎么样?"

吴书记:"怎么? 他找你了?"

石县长点点头。

吴书记:"他可是通天人物,他姐夫几次暗示,想叫把他提成正的……"说完直摇头,继而叹道:"你可别把他看大意了! ……"

牧羊姑娘提着小半篮子烘柿跑来。

一群人跑来,七言八语:"听说要在这里修水电站了?""真的?"

牧羊姑娘拿出烘柿:"领导,也没啥叫你们吃,吃个烘柿解解渴吧!"

26

胡局长办公室。

小王兴冲冲进来,叫:"胡局长!"

胡局长马上换副面孔,亲热地说:"坐!坐!"

小王坐下。

胡局长又是没坐,浑身上下口袋里乱摸,从裤子口袋里摸出了钥匙,打开了办公桌抽斗上的锁,从抽斗里又拿出一串钥匙,然后又打开文件柜上的锁,从柜子里拿出了几个圆圆的纸包着的东西。胡局长把一层一层白纸撕开,原来是几个大苹果,白里透红,红里透白,浓浓的香味顿时散漫开去。

小王一直盯着胡局长,看得入迷,闻到香味,喜笑颜开,叫道:"真香,这时候还有这么好的苹果!"

胡局长笑笑:"一个朋友从北京回来给我捎几个,我没舍得吃。"

小王受宠若惊地接住苹果,咬了一口,说:"真好吃!"

胡局长淡淡地随意地问:"你说石县长去买过刀片?"

小王:"是啊。"

胡局长:"你给他取的?"

小王:"是弯月。"

"他和弯月说话了没有?"

"说了。"

"说的什么?"

"说要刮脸刀片。"

"还说了什么?"

"问要多少钱。"

"别的还说了什么?"

小王边想边摇头:"没有。"

胡局长:"弯月笑了没有?"

"笑了,她对谁都一样笑。"

"弯月递刀片时,两个人摸手了没有?"

"没有,没有!"小王吓得乱摇头。

"是吗? 你再好好想想,是不是你没看清?"

小王退了一步:"我没注意看。"

胡局长冷笑一声:"你听说了没有,石县长送给弯月爱人老于一条鱼!"

小王:"可听说了,谁知道是真的假的?"

胡局长站起来指着桌上:"假的? 你来看看,石县长送给弯月的鱼,弯月又送给我了。"

"我看看!"小王站起来,走近桌子看着鱼沉思。

胡局长:"你和弯月好成一个人了,弯月能没给你说她咋和石县长那么好?"

小王气了:"没有。她还说她不认识石县长,埋怨没早点给她说,叫她也看看石县长长啥样!"

胡局长:"你就信了?"

小王茫然。

胡局长笑了,笑得哈哈的,奚落道:"你呀,你呀,真是小娃家,天真得叫人可怜,你叫她哄卖吃了,你还认为她是救命恩人哩!"

小王的脸红了,心里更气,愤愤地说:"哼,没想到她心里这么奸!拿我当娃玩!"

"再吃,再吃!"胡局长又递给小王一个苹果,进一步启示道,"你想想,石县长能给他们送鱼,这情分能浅了?这么深的交情为啥要装成不认识?为啥要瞒你瞒得这么死?是不是怕你坏她的啥事了?"

小王被激恼了,恨恨地说:"我坏她啥事了?谁不说她是个坏货,我成天替她捂着包着说她不是那号人,没想到她没一点点良心!哼,瞒人的事干惯了,好像我是聋子、瞎子!"

胡局长得意地笑了,劝道:"别气,别气!和这号人生气划不着。"

小王不服气地:"哼!"

胡局长看小王气昏了头,就引诱道:"通过这个事情看出你的思想非常纯净,就是还有点软弱,缺少点斗争性,要能大胆维护党的利益,觉悟再高一点嘛!"

小王睁大了顽皮的眼,撒娇地说:"还嫌低呀,我不会高了!"

胡局长:"好高,好高!写个材料,揭发弯月如何勾引石县长就行了!"

"这……"小王犹豫了,"她要知道了……"

胡局长:"你放心,一定给你保密!"

小王:"怎么写?"

胡局长:"好写,我给你说。"

胡局长在桌上摊开了纸:"来!"

小王怯怯不安地走过去。

外面传来警车的长鸣声。

一人撞进来惊叫：“胡局长，兰公子叫抓走了！”

“啊！”胡局长大惊失色。

27

肉市，长长的一排肉架子，挂满了猪肉。

弯月轻松得意地走来，身后又是一群驻足追望的人，个个脸上流淌着渴望和不屑神气。

弯月在肉架子前浏览、徘徊。

一个满脸横肉长着张飞胡子的杀猪倌喊住了她，欢天喜地叫道：“弯月大妹子，割肉啊，来来来！”

弯月看去，是李老八，在一个街筒住过。她买过他的肉，怕他再坑她，就推托道：“随便看看。”说着信步走过去。

李老八从肉架子后走过来，伸手欲拉，看看手脏，又缩回手，讨好她：“看啥？来吧，保你满意！”

弯月笑道：“上一回割一斤肉，回家称称就少一两二钱！”

李老八尴尬地说：“好大妹子，别哪壶不开提哪壶，上一回是我喝醉了，这一回一定亏处有补！”

弯月再不好意思拒绝，就转回去，甜甜地笑：“可别再割我了！”

李老八哈哈大笑：“你放心，这一回没喝酒，保证打发你满意。别说猪身上的肉了，就是我身上的肉我也舍得！”

肉市上的杀猪倌和买肉的都看着听着笑了。

李老八拿起刀，问：“准备咋吃哩？”

弯月："吃包子。"

李老八高叫："好呀！肥的瘦的都来一点，多少？"

弯月："一斤吧。"

李老八一刀下去，足足砍了二斤多重一大块肉，称也不称就递给了弯月，说："给！"

弯月看着太多，不接，说："称称，称称，我只要一斤。"

李老八又哈哈大笑，说："称称就称称，世界上怕就怕'认真'二字，共产党就最讲'认真'，没想到弯月大妹子也共产党了！"

李老八把肉挂到秤钩上，胡乱称了一下，说："一斤整。"递给了弯月。

弯月给钱。

李老八："看看，看看，巴掌大一点肉要啥钱，这不是打我脸吗？"

弯月笑笑，硬塞给他三块钱，提上肉走了。

大家看她走远，杀猪倌们便一阵取笑。

"李老八，你还说你今天没喝酒，我看你今天才是喝醉了。一刀子下去就白送人家一斤多肉，是叫狐狸精迷住了吧？"

李老八大声大气吆喝道："你们知道个球，你们知道她是谁？她就是弯月，县长都送给人家鱼哩，咱这半斤四两肉算个球！"

人们如大梦初醒，啊啊着乱啧嘴。

"真是和天仙一样，怪不得县长给她鱼哩！"

"听说，那条鱼二十多斤哩！"

"大小算个球，猪可大不值钱，听说那鱼可金贵了，是大官才吃得起的鱼！"

"日他妈，当县长的也弄这事，算个球县长！"

李老八愤愤不平地喝道："县长咋？县长就不是人生父母养的

肉人？当县长的就不该弄那个？他心里美气了，为大家多办点好事啥都有了。听说，这个县长本事可大了，只弄个这比赃官昏官强多了。"

"也是这个理，她男人也愿意？"

李老八不在话下地说："球，有啥不愿意，叫我我都愿意。那东西又不是米不是面，撽一瓢就少了？只会多不会少。县长只要使个眼色，斗大元宝就滚到家里了。"

众人又是一阵大笑。

李老八得意地自夸："这女人可仁义了，前些年东西紧张，她总是三天两头问我：李哥，肥皂用完了没有？李哥，火柴还有用的没有？对咱好的算没说的了！"

有人打趣："咦，这么贴气，你俩是不是也有一腿？"

李老八脸红脖子粗，说："你们别胡放屁，人家是朵鲜花，咱是泡猪屎。别说人家眼里没咱，就是眼里有咱，咱也舍不得干，咱还心疼糟践了好东西哩！那不成往金饭碗里尿尿了。"

28

郊外，坡上小松林里。

几只小鸟在树上雀跳鸣叫。

兰主席站在不远处，躲在树后，正集中精力对着小鸟瞄准，身边放着几只打死的小鸟。

"兰姑父！"一声急叫。

胡局长匆匆跑来。

兰主席回头摆手，不让他声张，又回头继续瞄准。

胡局长跑近,急喘吁吁:"天都塌了,你还有闲心打鸟哩!"

兰主席回头放下猎枪,问:"怎么了? 看你急的!"

胡局长:"我表弟叫抓走了!"

兰主席:"啊?!"

胡局长埋怨:"前些天,我听石县长说了,就叫你去赶紧活动活动,你和没事人一样。看看,看看弄的!"

兰主席此时像挨了当头一棒,软瘫着坐到一块石头上,无奈地说:"抓吧! 骂他打他,他都不改。"

胡局长:"你得赶紧想想办法呀!"

兰主席摇头叹气:"自作自受,叫他吃吃苦头也好。我有啥办法?"

胡局长:"去省里找找李主任呀,你救过他的命!"

兰主席沉思,摇头:"我张不开这个口!"

胡局长着急地说:"我的好姑父,到啥时候了,你还要脸不要命!"

兰主席沉思不语。

胡局长凑近献策道:"听说……石县长搞破鞋,李主任只要歪歪嘴,他的县长都干球不成了,不怕他不手下留情! 你要舍不下脸,我去找!"

兰主席冷冷一笑:"你不要给我乱来!"

树上的小鸟依旧欢快地跳跃。

29

弯月家。

弯月在剁包子馅,剁得很有节奏,一脸甜甜的笑,轻轻地哼着:"解放区的天,是明朗的天……"

〔白:牛大自有捉牛法,老娘捉不住你,县长可能捉住你。那条鱼就是镇邪宝剑,你姓胡的就是一个鬼,谅你也不敢再缠老娘了!

30

胡局长办公室,门紧闭着。

胡局长把弯月送的鱼挂起来,拿起照相机对准鱼拍照,从不同角度拍,闪光灯一明一明,他扬扬得意地哼着:"夹着尾巴逃跑了……"

〔白:送上门的子弹,不打他龟孙打谁? 不怕你弯月攀高枝,把姓石的一撺跑,不信你弯月不乖乖跑到我怀里!

31

弯月家。

弯月在灶口烧水,锅里蒸着包子。火光映红了弯月的脸,脸便像三月的桃花了。

门外传来了摩托车响声。

"表嫂子!"有人叫。

弯月忙从灶里走到当间,见小胡子抱个大纸箱进来。

弯月不认识:"你……"

小胡子:"你是红人,你咋能认识我。上午我见了于老表。"

弯月:"啊,坐! 坐!"

小胡子放下纸箱,打开,搬出彩电放到桌上,笑道:"来了也没啥孝敬表哥表嫂,一点小意思!"

弯月不知所措地:"这? 这?"

小胡子把彩电插上电源,屏幕上立时出现了五彩缤纷的图像。小胡子自言自语:"不错,还可以。"

弯月看看彩电,又看看小胡子,似在梦中。小胡子看弯月发怔,就自自然然地说:"你是不知道,我和于老表光腚时就在一块儿玩,好得一个人一样。后来于老表混阔了,我混得不像个人,在街上开了个大华贸易公司,做点叫人笑话的小生意!"

弯月恍然大悟,失声惊叫:"哎呀,你就是张经理,早就听说过,只是没见过面,不知道咱们还是亲戚哩,真背误了!"

弯月忙倒茶、敬烟,换了笑脸。

小胡子站起来把屋子看了一遍,说:"嫂子,不是我贬低你,干革命也干十几年了,还住这号房子,咋不自己也盖一座哩?"

弯月笑道:"俺们可没有那个腰劲,把指头剁给人家? 有碗粗茶淡饭吃吃,就心满意足了。"

小胡子哈哈大笑:"这能要几七几八,只要于老表和你不嫌弃我这个穷亲戚,房子的事我全包了,不要你们掏一个柿皮!"

弯月:"可不敢当,就这都叫你破费了。"

小胡子:"亲戚嘛,还分你我?"

弯月一直不放心,怀疑地问:"老表,你总有点啥事吧?"

小胡子哈哈大笑,笑得很得意:"要说没事也有事。"

弯月:"啥事?"

小胡子:"就是认下我这个穷亲戚,你已经赏脸叫我老表了,我这事就算办成了,再也没事了!"指指电视,"看,看——"

［白:小胡子说的不是假话,真不叫老于和弯月办什么事。新社

会讲究社会关系,干部职工登记表上都少不了这一栏。老县长调走了,他贵贱和新来的石县长接不上头。听说石县长和弯月有一腿,只要石县长知道了自己是弯月的亲戚,自然就会逢凶化吉、大吉大利了。

32

招待所餐厅。

石县长陪着胖子客人喝酒,已过三巡。

秘书看看石县长,石县长点点头。秘书在桌上拉过一位浓妆女郎的手,给她戴上一枚金戒指。女郎低下头看看,淡淡一笑,继而扒住胖子的肩膀摇着,窃窃耳语。胖子对石县长开怀大笑:"你们这个矿山可真是磁铁矿,把我干女儿都吸引住了,说投资五十万太少了,嘀咕着叫我多投多投!"

"我不是想叫你大发嘛!"女郎嗲声嗲气着悄悄给石县长使了个眼色。

石县长会意,站起来给胖子敬酒,讨好地说:"先生有意多投,我们欢迎,来,敬你一杯!"

女郎欲接杯:"我替我干爹喝!"

胖子推开女郎接过杯,站起:"来,为我们合作顺利,对饮三杯!"

"这……"石县长面有难色。

秘书欲接石县长的杯:"石县长对酒过敏,我替他!"

胖子面色不悦,欲坐。

石县长推开秘书,对胖子说:"舍命陪君子,来!"

石县长痛快地对饮三杯。

客人满意地大笑："是嘛,交情深,一口吞!"

石县长强打精神："喝,都请!"

众人喝得痛快,笑语连声。

招待所院里。

石县长忍着痛苦送客,对胖子和女郎强笑："欢迎开工时你来剪彩!"

胖子："一定!"

胖子和女郎上车离去。

石县长再也控制不住,扭头呕吐。

秘书扶石县长往屋里走去。

身后,一干部叹道："为了开矿,石县长真是把命都兑上了!"

另一干部不平地牢骚："喝! 喝! 谁要愿喝谁是王八蛋!"

33

弯月家。

老于端上了包子："吃。"

弯月拿起一个咬了一口,老于看着弯月,问："有没有王局长家里蒸的好吃?"

弯月满足地笑："可有! 吃呀,咱们今天也局长局长!"

老于拿起一个包子吃着,看弯月吃得很香,心里也跟着高兴,笑道："你多吃几个,好好过一次局长夫人的生活!"

弯月开怀大笑："都说万般皆下品,唯有当官好,一点也不假。去割肉,李老八多给了一斤多;人在家里坐着,天上掉下电视机。我猜了一天也猜不透啥原因,原来是你当上了办公室主任!"

老于发闷地说:"我总觉着今天这些事有点不对劲!"

弯月捣了老于一指头,�‌嘴撒娇嗔怪道:"有啥不对劲! 办公室主任算个屁,局长也早该轮着你坐了。成年说当官的眼瞎了,人家的眼睛可闪个缝看见你了,你又说不对劲,真是站惯了,坐一下屁股就痛了!"

老于为难地说:"我看这电视机咱不能要,咱才干上……"

弯月直乐:"才当上官可真像个官了,有的官收人家一座房子该如何? 是官比你小,还是礼比这轻? 他说过是亲戚送亲戚的,又保证不叫咱办啥事,怕什么?"

说时两个人已经吃过了,老于收拾碗筷,走到外室里。

弯月端过一杯开水,拿过一瓶壮阳乐,倒出四粒递给老于:"给!"

老于接过看看,犹疑地:"多了,多了,吃两粒嘛,怎么四粒!"

弯月羞怯地说:"叫你吃你就吃!"

老于会心地笑笑,服下了药。

弯月关灯,屋里一片漆黑,两人在戏笑。

老于:"老天保佑,生个男孩。"

弯月:"想头还不低,我看女孩就行。"

34

胡局长办公室。

几个人在看小王的证言和鱼的照片,指指点点气愤地议论着。

[白:胡局长对石县长和弯月的关系,像喝了醋,心里酸死了,越

怀疑越信。好像他们那个时他就在场,还是他给他们解的裤腰带,还是他亲自给石县长扶的家伙。到嘴边的肉叫石县长抢跑了,连口汤都不叫自己喝,想起就气得发抖。日他妈,堂堂正正的县长竟然干出这号事,成何体统。胡局长迸发了强烈的正义感,决心为民除害。

胡局长:"看清了吧,人证物证俱全!"

甲:"装的怪革命,原来是个假的,才来几天可把弯月弄到手了!"

乙:"哼,不坐小车,只要能坐到弯月怀里,叫我我也干!"说完哈哈大笑。

丙:"没想到咱们的土特产咱们吃不上,叫外人吃了!"

丁:"告他个龟孙!"

胡局长看火候已到,拿出了检举信,说:"来,谁先签名?"

甲:"那弯月咋办?"

胡局长:"把她调到深山里。"

乙留恋:"有点太那个了吧?"

胡局:"咋了,你舍不得了? 先把她在深山里库存起来,叫石县长弄球不成!"

众人哈哈大笑:"好,好,先把她库存起来,亏你想得出!"

胡局长拿起了笔:"我先签,怕啥,又不是捏造的……"

35

兰主席的办公室,门关着。

兰主席在写信,写完了看看,装进信封里,在信皮上恭恭敬敬写上:"面交 李主任亲启。"

有人敲门。

兰主席匆忙把信藏到抽斗里,才说:"请进!"

胡局长和几个人走进来。

兰主席谦恭地说:"请坐!"

胡局长和几个人坐下,看着兰主席。

一人讨好地:"兰主席,您老不要伤心,千万不要气坏了身体。"

兰主席开朗地:"我气什么,我还喜哩,儿子不成器,国家替我管管,我感谢还感谢不及哩!"

胡局长:"就是,就是,我兰姑父从来就是大义灭亲。"

兰主席:"找我有事吗?"

几个人都看着胡局长。

胡局长站起递上一沓纸,说:"这里有个材料。"胡局长看看大家,"大家想让你也签个名!"

"什么材料?"兰主席接过来,有小王的证言,有鱼的照片,有控告信。兰主席的嘴角浮出一丝冷笑,看完了把材料塞给胡局长,勃然变色道:"岂有此理,你们找我干什么? 拿走,快拿走! 我什么也没看,什么也没听,这事与我无关,真荒唐!"

胡局长:"给李主任也送一份吧!"

兰主席送客:"我管你们哩,走吧!"

36

百货商店门前,人流如潮。

北门外,各色人等面带看稀罕的表情,川流不息地走进去。

一个老太婆对另一个凹嘴老太婆说:"你也来了?"一副露能的样子。

凹嘴老太婆凹着嘴笑道:"来看看到底长多美嘛,县长都相中了。"

两个老太婆说着走进去。

一个干部对一个暴发户模样的人笑道:"也想来叨一嘴呀!"

两个人走进去。

商店里小百货柜台前人挤人,后浪推前浪,一双双眼睛盯着弯月。弯月还是笑脸相迎,回答着人们的问话。

[白:美是眼中刺,美被玷污了人们才高兴。可怜的弯月,你给了人们多少笑脸,有时心里比黄连还苦,也把苦埋在肚里,把笑送给别人。现在暗箭已经对准了你,马上就开弓了,你还在对人们甜甜地笑!

南门口,人们心满意足地走出去。

老太婆:"咋样?"

凹嘴老太婆:"哎呀,真是人间少有,现在要是还有皇上,县长就不舍得受用了,非拿她进贡不可!"

干部:"好看吧?"

暴发户摇头叹道:"还是县长福分大,咱就是钱像飘树叶一样,也不得摸一下!"

人流不断回头张望。

37

张主任办公室。

胡局长在训张主任:"……太不像话了!"

张主任唯唯诺诺:"可是的!"

胡局长:"满街人都吵炸了,百货商店都成动物园了,都争着来看稀罕,你就不害臊?"

张主任:"可是的!可是的!"

胡局长:"她就不说了。对方是县长,为了保护领导少犯错误,也得把她调走!"

张主任:"可是的!可是的!"

38

兰主席家。

老伴在厨房做菜,海参、鱿鱼、烧鸡等摆了一案板,忙忙碌碌地拼盘,嘴里一个劲骂爹骂娘。

兰主席走进来,看看,纳闷地问:"干啥?"

老伴:"请客!"

兰主席:"请谁?"

老伴:"你别管!"

兰主席凑上去,幸灾乐祸地说:"你知道不知道,石县长和弯月……"

老伴气冲冲地:"听你说晚八百年了!我今天就是请烂屁股弯

月的男人老于!"

兰主席:"这合适吗?"

老伴气上心头,破口大骂:"日他妈,自己是特务,斗争别的特务时为了表明自己不是特务,就斗得格外凶。自己好搞破鞋,斗争别人作风不好时为了证明自己作风正派,就往死里去整。他搞烂屁股,为了证明自己是个正人君子,就把咱娃抓去。老娘干了一辈子革命,这一套老娘见得多了。今天就要叫他野婆娘的男人给他捎个信,不怕他不放人!"

兰主席担忧地说:"这可是威胁人呀,闹不好会落个包庇罪哩!"

老伴哭天抹泪:"主席也退了,剩下个空壳党员,你怕了你给我滚个远远的,老娘做事老娘当。娃子在里边受的啥罪呀! 你只知道在外边享清福!"

兰主席叹了一口气,无奈地:"好,好,你愿咋折腾你咋折腾,反正我没见,也没听你说,我啥也不知道!"

"你这个老子算白当了,革命一辈子算白革了,连自己儿子都保不住,你给我滚! 滚!"老伴气极了,把兰主席推到了门外。

兰主席站在门外,不知去哪里才好。

［白:去哪里? 对,去找吴书记谈谈心,到时候万一有事了,他可以证明我今天夜里不在家。

39

张主任住室。

弯月走进来,问:"找我?"

张主任热情地:"坐! 坐!"

弯月："干啥？"

张主任嘿嘿干笑几声，吞吞吐吐地说："是这……胡局长通知，提拔你当门市部主任。"

弯月"啊"了一声，一脸喜出望外的神色。

［白：没想到这一手真灵，鱼送去就见效了，真是立竿见影，我当胡局长天不怕地不怕哩，原来他也怕县长。

弯月抑制住激动，谦虚地笑笑，说："你干得好好嘛，我怕不中，我啥也不懂！"

张主任看她误会了，就吭吭哧哧地说："不是咱们店。"

弯月急切地："是哪个店？"

张主任苦笑道："黑石曼！"

弯月又"啊"了一声，顿时人就愣怔了。

张主任急忙解释："我也没想到，会叫你去离县城一百里的黑石曼，又是深山老林里，还不通汽车。"

弯月眼里顿时流出泪水，呜呜咽咽地叫道："我犯了什么错？我干坏了什么事？要把我发配充军！"

张主任难为地说："我也是这样说呀，谁知道你咋惹住了他！"

弯月气愤地哭着说："我敢惹他！我躲都躲不及哩！"

张主任劝道："我对胡局长好话说尽了，他苦不改口，要不你再去找胡局长说说！"

"找他？"弯月恨恨地冷笑，"我不去找他！我去！别说去黑石曼，就是上五台山削发修行我也去。我没好话给他龟孙说！"

张主任看看手表，叹了口气，再次劝道："胳膊扭不过大腿，别逞刚强了。人到弯腰树下，低低头就过去了。低个头又不费几七几八，算个啥？进山容易，想再下来就难了！"

弯月的态度软化了。

张主任："要不,我去给胡局长说说,你留下,我去。反正我也老了!……"

弯月感激地:"不,不……"

40

县委大院。

兰主席看着吴书记的屋子,在门前草坪上踱步。

屋里灯光通明。吴书记坐在桌前看报告,石县长关心地看着他。

吴书记看完了,合上了报告,递给石县长,欣赏地:"很好,很好!"

石县长:"我想,先把水电站修好,县里电力充足了,发展工矿企业就有了基础。矿山一开工,整个经济就有了活力!"

吴书记高兴地笑道:"不是谁家人不进谁家门,咱们可真是不谋而合了……"

外边,兰主席焦急地不断看着手表,快步走近又退了回去。

41

商业局院里。

弯月气冲冲走进来,走向胡局长办公室。

胡局长屋里灯火通明,笑语连声,弯月不由得站住了。

屋里,茶几上摆满了饼干、糖果。

小王坐在沙发上,吃着笑道:"咱肚里可是长着人心,没长狼心狗肺!"

胡局长色眼盯着小王眯眯笑:"你只要听话,胡叔肚里也是长着人心,不会亏待你的!"

弯月在外边听得咬牙切齿,冲上前去欲敲门,手又缩回去了。

42

兰主席家。

客厅里富丽堂皇,酒席桌上七个碟子八个碗,陪客都悄悄溜了,只剩桌上摆的酒杯和筷子。老于还坐在上席,已经喝得快不省人事了。

兰夫人又给他倒了杯酒,双手端给老于。

老于推开不喝,东倒西歪地说:"不,不,我真不中了!"

兰夫人:"我给你跪下了!"

老于:"别、别这样!"

兰夫人扑通一声跪下,哭道:"千不念万不念,念起我这么大岁数的人跪下求你,你只要去给石县长说一声,俺们娃子就有救了呀——"

〔白:老于不是真龙天子,硬被人们推到了金銮殿上,坐到龙椅上就昏昏沉沉迷迷糊糊了? 县长,县长,县长认识我是老儿? 怎么搞的,这几天又不逢年又不过节,为啥全城的人都喝醉了!

老于急坏了,赌咒道:"别、别这样,石县长真不认识我,要认识我我就是闺女娃养的!"

43

夜。

弯月一肚子委屈,一脸怒容走回家里,推开门,见灯亮着,喊了声:"老于!"憋着的泪水就哗哗流出来了。

老于没有应声。

弯月急急走进住室,见老于睡在床上,呼呼噜噜打鼾,就又喊:"老于!"

老于还是不醒。

弯月急了,伸手推他,喊:"老于! 老于!"

老于猛地坐起,惊怕地推着弯月叫喊:"别,别,我真不能喝了!"话还没说完,就哇哇呕起来。

弯月又着急又伤心地说:"你跑谁家喝成了这样?"

老于迷迷糊糊又躺下去了。

弯月含着泪,给他洗,给他擦,用冷水毛巾捂到他头上,声声地叫:"老于! 老于! 你醒醒呀!"

老于烂醉如泥地呼噜不止。

弯月推他搋他,他不醒,弯月忍不住趴到老于身上放声痛哭起来:"只说把你的病治好了,有了孩子,太太平平过一辈子,谁知道连个这都不中! ……当个女人咋这么难呀! ……我的妈呀,你为啥把我生成这个样子? 你为啥把我生成这个样子呀,我要是个丑八怪也就不会遭这么大孽了! ……往后,你一个人孤零零的咋过呀! ……谁给你做饭? 谁给你洗洗浆浆,你下班回来说个话都没人听呀! ——你听见没有? 你醒醒呀,你醒醒呀,我说给谁听呀?"

44

小城的日日夜夜,在欢乐和骚动中度过。

白天,街头巷尾,人们交头接耳,窃窃私语,然后纵情大笑。

〔白:记得关公战秦琼吗?那是韩复榘的杰作,汉朝人大战唐朝人,战也得战,不战也得战,老子有权就得战。弯月和石县长们演的是拉郎配,配也得配,不配也得配,大家想叫他们配就得配,配了才合人心顺潮流。这戏好看,提劲,提神,越看越想看,看了正本还等着看收场,咋结尾呀?

45

胡局长办公室。

弯月在低头抽泣。胡局长在来回踱步,不时看看弯月,脸上泛出得意的微笑。

〔白:你不就是个小营业员吗?我哪一点不配?对你多好啊,心都扒出来炒炒叫你吃了,挨都不叫挨一下!你以为县长的怀抱就是保险柜,就没钥匙开了?试试咋样,小扎鞭才抽了一下,你可自己送上门了!

弯月忍辱乞求地说:"是我不好,不该把你给的金戒指扔了。我错了。我借钱又买了一个还你,行吧!"弯月掏出一个改了包皮的纸包放到茶几上。

"哎呀,这真是天大的误会!"胡局长似恍然大悟,坐下去委屈地说,"得亏你来找我了,你要不说,我就冤枉死了。不论为公为私,我都不会把你打进深山里啊,这是局里集体研究决定的呀,我压根就反对调你,把嘴唇都磨薄了。大家不但不同意,特别是那个林局长,还质问我为啥坚决反对,那意思好像咱俩有点什么。不说了,不说了,把人气死了!"胡局长好像比弯月还要难过,头摆得货郎鼓一样。

弯月欲站起,说:"那我去找林局长!"

"你去找着往墙上碰钉子呀!"胡局长吓了一跳,继而愤愤地说,"要不是他,还不会叫你进山哩! 他标准是个老狐狸,吃不上葡萄,成天说葡萄酸,成天说你招蜂引蝶——难听极了。"

弯月又委屈地哭了:"我招谁了,引谁了? 按你说我就该死了!"

胡局长看着弯月被逼到了绝地,认为此时正是良机,邪火又冒上来,甜言蜜语地献好:"要不我拼着老脸再转转圈活动活动,给你争争……"

弯月低头听着,心里在翻江倒海。

〔白:有钱不花要钱干啥? 漂亮和钱一样,该花也得花,现在还不晚,弯月这时要能把漂亮花一点,把手伸给他,再献上甜甜一笑,或从眼角传点情,或是扳住胡局长的肩膀摇上几摇,多少浪费一点漂亮,去了的大势马上就能扳过来。漂亮又不是银子钱,花一个少一个,何苦要节约呢?

胡局长的手挨住了弯月的手。

弯月像被火烧住了,猛地站了起来:"我去,我去! 黑石曼也不是杀人屠场!"

弯月夺门而出。胡局长追上一步,把金戒指直往弯月口袋里塞,不死心地笑嘻嘻道:"先去也行,你放心,不叫你去扎老女坟。表现好了,啥时候想回来了给我说一声,我一定给你安排个好处好事,说起来你下去锻炼过,别人也没话说!"

弯月挣脱着。

46

水电站工地。

石县长跳在水中,比画着,指挥施工。

一辆小车开来,走下一个干部,冲水面叫:"石县长,吴书记请你回县里!"

石县长:"干啥?"

一干部:"不知道。"

石县长:"我现在走不开,回去告诉吴书记,我明天回去。"

一干部坚持:"吴书记讲,有要事,请你马上回去!"

"这……"石县长无奈地从河里走上来。

司机和河务局王局长在说着什么。

石县长上车,驶去。

王局长失望地自言自语:"日他奶奶,换小车的事又算吹了!"

47

河务局,门口挂着"办公室"牌子的屋里。

老于愁容满面地坐在办公桌前,胡乱地看着文件。

一办公员走向老于,叫:"于主任,请你批一下。"说着递过几张条子。

老于接过条子,定定地看着。

办公员给老于茶杯里沏水。

王局长推门走进来,一屋子人都站起招呼:"王局长!"

王局长不理,径直走向老于,尴尬地苦笑笑,叫道:"老于,真对不起得很!"

老于站起:"什么事?"

王局长破口大骂:"日他奶奶,如今上级说话真是婆娘嘴管来回,说得好好的同意你调办公室工作,现在又说干部冻结了,叫你还回秘书科。老于,这是玩你我难看,你别心里不美,这事黄不了,早晚我得把你弄过来。要不,我就头朝下走路。"

老于无地自容地苦笑:"这正好,这正好,我就说我不胜任!"

王局长"唉唉"几声走出去,回头说:"那你现在就搬过去吧!"

"好,好!"老于把没批的条子送还给那位办公员,说:"给!"

那位办公员看见了老于眼里的泪珠在滚动。

48

小城里的电话全开动了。

甲办公室有人在接电话:"啥呀,石县长调走了?"

乙办公室有人接电话:"为什么? 为弯月? 要说,石县长还真不错,为这个事可真划不着!"

丙办公室有人接电话:"他妈的,可来个好县长,真是杀人不用刀!"

丁办公室有人接电话:"听说叫回去当研究所副主任,还提了,咱们算给他办了个好事。"

胡局长接电话:"你懂个屁,那是明升暗降! ——对,他娃子压根不是当官的料,不知道官是咋当的! ——你已经告诉了兰主席,好,好!叫他早点放心。——喂,我说,可别高兴得太早了,到底是不是真的,我还有点怀疑!"

49

吴书记办公室。

胡局长进来递上一份材料,笑道:"吴书记,我写个调查报告,请你看看。"

吴书记说:"好!"说了就坐下翻看着。

胡局长一眼一眼看吴书记,忍不住装作随意地问:"听说,石县长要调走了?"

吴书记警觉地扭过头,反问:"你咋可又知道了?"

胡局长:"听人家说的。"

吴书记:"人家是谁?回回县里大小有个事,不等正式传达,就传得满城风雨。你到底听谁说的?"

胡局长看书记认真了,就干笑笑,说:"我在街上厕所里解手,听隔墙女厕所里有人说,我也不知道是谁。"

"又是厕所,回回都是厕所!问女的,女的说是听男厕所里讲的;问男的,男的说是听女厕所里讲的!"吴书记审视着胡局长,突然一阵哈哈大笑。

胡局长被笑得有点发毛,局促不安地看着吴书记。

吴书记嘲弄地笑道:"我看,咱们还得设立个机构才行!"

胡局长不解地问:"什么机构?"

"厕所新闻编辑部。"吴书记眯缝着眼,看着胡局长。

胡局长被吴书记的眼神刺得如坐针毡,想走不能,就干笑笑应付道:"吴书记可真会幽默!"

"幽默!"吴书记踱着方步淡淡一笑。

胡局长仰望着吴书记,不知他在想什么。

[白:吴书记越来越把石县长看成了自己的左膀右臂,想着好好扭成一股劲,改变全县面貌就大有希望了,谁知道膀子被突然砍了。吴书记知道有人捣鬼,捣鬼的可能就是面前这个后台很粗很硬的混世魔王。吴书记恨死了这个人,可是他知道不敢恨,还得亲。吴书记也知道不把这个混世魔王除掉,县里就别想安安生生搞点正事。吴书记就苦思冥想着如何把他弄走。

吴书记突然会心一笑,把材料合住,和胡局长亲切交谈:"写得好啊!"

胡局长:"有不合适的地方,还请书记多指点。"

吴书记:"文笔真好。"

胡局长很高兴:"好啥呀,胡写罢了。"

"真不错!"吴书记夸了又不由失口道,"得亏没放你走。"

胡局长惊奇地:"放我? 去哪里?"

吴书记后悔,摇头不说还是说了:"地区有个单位,负责人是我老战友,叫我推荐个会写材料的秘书,说是去了可以提一级。"

胡局长喜出望外:"哎呀,咱们县里人才成堆,叫我去吧! 行吧?"

"要是舍得叫你走,老早就叫你去了!"吴书记面有难色,"叫我好好考虑考虑再说!"

胡局长急不可待地:"考虑啥呀,吴书记,你只当帮帮我的忙,我不会忘了你的好处!"

吴书记为难地:"好吧,我说说看,要同意了,叫他们来考核。咱们县里可是刀子嘴多,别让人家来考核时考核出啥事了……"

胡局长睁大了眼。

50

一条大路向远处伸去,前边可见茫茫苍苍的大山。

老于推着自行车,车架上捆着行李,陪着弯月往前走着。

弯月伤心地说:"都怨我……"说着抽泣起来。

"别说了!"老于打断她的话,一脸痛苦地自责,"咋能怨你,都怨我没本事。我要有本事能踢能咬,也不会害得你……"

弯月哭了。

两个人默默地走着。

大路到大山根拐了个弯,往东伸展而去。路边立了个路标,指着正前方的蜿蜒小路:黑石曼。

老于和弯月站住,呆呆看着面前矗立的大山。

一辆小车开过来,老于和弯月回头看去。

老于指去:"看,前边坐的是石县长!"

弯月忙伸头张望,小车往东一拐飞驰而去,扬起了一片尘土。

老于:"看见了没有?"

弯月摇头,追了几步,看着远去的小车,喃喃自语:"可来个好官,为啥又调走了?"

老于摇头叹了口气。

"走吧!"弯月回过了头,两眼泪水涟涟地苦笑一下。

老于推着自行车,弯月推着后面的行李架,艰难地往山上走着。

〔白:不知什么原因,也不知从什么时候开始,小城的人就只愿听坏的,不愿听好的了。听好的,就认为是假的,没有味;听坏的,就相信一定是真的,听着解馋过瘾!为了一斤韭菜,把小城闹昏了头,平白把弯月搅进了山,把老于搅得家破了,把个好官搅走了!难啊!活个人真难,当个好人更难!长得好了难,干得好了也难。难是难,人们都想活,说不想活的人是离死还远着,真到死时就格外想活。长得美了是苦,可还都想长得美,长得不美了还要花大钱到美容院加加工,弄个假美。也都想把事干好,干不好了就脸红,就良心不安,就发奋图强,一定要赶上别人超过别人。明知山有虎,偏向虎山行。知难而进,这就是人。

老于和弯月往山上艰难地爬着。

一辆小车飞驰而来,停到路标处,张主任从车上下来,往前快跑几步站住,对着半山上的老于和弯月高叫:"老于!弯月!别上了,不去了,快回来!"

老于和弯月在半山站住,回头张望。

张主任双手拢成话筒,呼喊:"快下来,不去黑石曼了!胡局长说不去了,胡局长说不去了——"

老于和弯月相对而视,弯月默默地流着泪。

"下来呀!"张主任看老于和弯月不动,就呼呼哧哧地往上爬去。

老于和弯月回头面对着山下的小城。

[白:小城挺好!

小城的山好,小城的水好,小城的人也挺好。小城只是做了个噩梦,这梦也太长了,也该醒醒了。小城会醒的!

1993 年春

山梅

人物表

山　梅——女,二十五岁,山河大队党支部书记。

石　坚——男,四十岁,县委书记。

王　华——女,十八岁,共青团员,赤脚医生。

喜山爷——男,六十多岁,支委,老贫农。

石　柱——男,三十多岁,支委。

王大娘——女,五十多岁,王华之母。

虎　子——男,十八岁,积极分子。

小　发——男,十八岁,陈大磨之子。

陈大磨——男,四十多岁,中农社员。

小　春——女,七岁,红小兵,王大娘的孙女。

春　花——女,三十三岁,刘才之妻。

小楞、小胖、留小辫的小姑娘——小春的小朋友们,均是学龄前儿童。

刘　才——男,三十八岁,山河大队党支部副书记。

卫如雪——男,近四十岁,县革委会副主任。

刘连发——男,四十岁,投机倒把分

子,反革命分子。

刘宗汉——男,五十多岁,地主分子。

1

苍茫群山,丛林密盖,山上野果累累,山下花果成林。夏秋之交,山河格外多娇。

一条大河在两山之间滔滔东去。河南边高处,有一条灌渠,环山绕岭,伸向远处平展如锦的层层梯田。田里,禾苗茁壮。河的北边,王华在一堵峭壁上书写巨幅标语:"农业学大寨""愚公移山,改造中国"。

"王华!"山下传来了叫声。

王华低头往下看去,半山坡上,石柱、虎子和一些青年沿着木桩标出的渠线,砍杂树,搬碎石,准备开渠。

"哎,虎子,干啥?"王华朝下问。

"石柱哥叫你!"虎子回答。

王华从高处峭壁上下来,走到石柱跟前。

石柱:"沿着渠线砍吧。"

王华应声:"好。"和石柱一起砍着杂树,说着话。

大河上边,渠线下边,是一条沿河公路,社员们骑自行车的、步行的,人人穿戴一新,欢欢乐乐地从山里下来赶集,顺公路往东走去。过路的人和王华等人打着招呼。

"王华,今天假日还干哪!"

王华:"我们共青团利用假日搞义务劳动,先做好修渠的准备工作,山梅从大寨学习回来就要动工啦!"

"山梅啥时候回来？"

王华："今天。"

人们问着话走过去。

一个白胡子老汉扛着镢头大步流星走来，人还未到声先到："好小子，为啥不叫我？"

石柱、王华等人一愣，石柱笑着说："喜山爷，咱们共青团决定让你歇一天。"

"歇？山梅在政治夜校怎么说的？哦，只许你们青年人大干，不准我老汉为共产主义出力哪！来，爷爷和你比比！"

喜山爷抢起镢头，狠狠地挖下去。数十只镢头一起挖下去，欢乐中人们干得更热火。

"慢着！"

人们顺着喊声看去，刘才急急忙忙地从山坡下爬上来。

"副支书，有什么事？"石柱把镢头一放问刘才。

刘才气喘吁吁地一面擦脸上的汗水，一面问石柱："谁叫动工的？"

石柱爽利地说："修渠是群众要求、山梅建议、支部决议，我们共青团员就动工了。"

刘才不高兴地："你就知道盲干！"

"哎，刘才叔，咱们准备开渠，怎么是盲干？"王华插了上来。

喜山爷问道："刘才，怎么回事啊？"

刘才说："引水上山的计划，叫县里打回来了！"

众人意外，纷纷不解。

石柱："你说这是真的？"

刘才从口袋里拿出计划，拍打着："看看，白纸黑字，这是批示。"

石柱伸手去拿。

刘才不给："算了,停工吧,大伙该赶集的去赶集,该歇着的歇着!"

虎子"嗵"的一声,镢头刨进地里一尺多深,背对刘才,坐在镢柄上。石柱一脚把块石头踢出了几丈远。

喜山爷蹲在那里"吧嗒、吧嗒"地抽着小烟锅,默不作声。

王华着急地:"刘才叔,你在县里没争争?"

喜山爷"哼"了一声:"他争? 他巴不得哩,这一下可该安安生生盖他的楼房了!"

"这是新来的卫副主任的意见,咱们得服从。"刘才抓起木桩摇动着,想把它拔出来。

石柱等人阻止。

"慢着!"突然从高坡上传来响亮的声音。虎子转过身,抬头望去,只见高坡上站着支书山梅。

喜山爷站了起来,王华往上跑了几步,一张张脸上露出了笑容,欢叫着:"山梅!"

山梅从高坡上大步走下来。

王华扑上去叫道:"山梅姐……"

山梅指着刘才准备拔出的木桩问道:"刘大哥,为什么要拔桩?"

刘才说:"县里新来的卫副主任不同意。"

山梅问:"他怎么说?"

刘才把计划拿给山梅:"这上边有批示:根据新的形势要求,修渠计划应该重新考虑。"

山梅看着批示自言自语:"新的形势? 重新考虑?"她环顾众人,沉思片刻,说:"咱们这修渠计划是应该重新考虑!"

众人不解地愣在那里。

刘才得意地解下毛巾擦擦汗。

山梅把计划塞进挂包,一个箭步跨到木桩前,一手抓住木桩,猛用力拔出木桩,举到了空中。

众人吃惊。

石柱按捺不住欲往前冲:"山梅你……"

刘才面带喜色。

山梅:"同志们,这次我到大寨学习,大寨的贫下中农,站在虎头山,望着天安门,他们大批促大干、大干促大变。一看一比,咱们这计划是跟不上形势要求,是应该重新考虑啊!"

山梅环顾地势,目光停在山势奇伟如同刀切的刀劈崖上。

山梅拎着木桩,攀着葛条,矫健地登上了刀劈崖。

喜山爷也跟着上去。

山梅站在崖上,放眼望去,远处重峦叠嶂,郁郁葱葱。近处树荫浓盖,闪露出一角角青红瓦房,田地整齐如切,水网交错,庄稼油绿,一派丰收景象。

山梅向下喊道:"刘大哥,石柱!上来啊——"

石柱应声向山梅站着的地方走去。

刘才无可奈何地往上爬。

山梅和喜山爷、石柱商量:"把渠线定在这里,怎么样?"

刘才爬上来,听见这话,吃惊地问:"啥呀?"

山梅指点着群山,满怀激情地说道:"咱山河一个大队浑身都是铁,该能打多少钉?把渠线往高处提提,不光咱们现有的和将来再修的大寨田都能变成水浇地,那边的兄弟社队也能接上这条人工河继续往前修,往前,再往前……"

刘才："山梅,你别弄错了,卫副主任可不是叫咱们这样重新考虑的呀!"

山梅："大寨贫下中农可是叫咱们这样考虑的! 咱们要学习大寨贫下中农大干社会主义的精神和共产主义的远大理想。随着社会主义大农业的发展,人民公社'一大二公'的优越性会进一步发挥出来。我们要立足当前,放眼长远嘛!"

刘才："那是将来的事!"

山梅："将来的事,总有个起点。今天不干,明天不干,一百辈子还是将来的事!"

石柱："好呀,那就把渠线定在这里吧!"

众人同声赞好。

山梅将手上的木桩往地上一插。

刘才："喜山爷,你是老把式,这可得把山打个洞啊! 你说!"

喜山爷一直吸着烟,这时把烟锅狠狠一敲站起来,指着远处兴奋地说:"山梅这条线是大干社会主义的线,是通向共产主义的线。"说着他拿起镢头用力地往山梅那根木桩上打去,让木桩插得更牢些:"山梅,干吧!"

众人也一致同意:"干!"

刘才着急地:"这不行啊! 卫副主任……"

山梅果断地:"咱们马上就去找县委书记石坚同志。"

山梅和刘才骑着自行车去县委会。大路两旁的山上、河川,都是轰轰烈烈搞农田基本建设的战场,社会主义到处在胜利前进!

不时有人和山梅亲切地打着招呼:

"山梅! 我们这个工程还没搞完,听说你们新的工程又要开工了!"

"哈,又跑到我们前边了!"

"向山河大队学习!"

山梅谦虚地笑着:"咱们都要向大寨学习!"

公路上,自行车飞速地奔去……

2

县委会。卫如雪边看新规划,边对山梅讲:"石书记去地委开会了,我看了你们上次的规划,要你们重新考虑。怎么这里反而把渠道提高了?"

山梅解释着:"我们是重新考虑了。提高到这里,山河大队就能够初步实现水利化、电气化,往社会主义大农业迈了一大步,还可以为外队、外社……"

卫如雪打断了山梅的话:"公社看了吗?"

"公社党委会完全同意。"山梅说,"他们说山河是县委的重点,请县委决定。"

卫如雪吸着烟,踱着方步,思考了一下说:"听说上次那个规划都有不少人反对嘛!咱们做工作,可要倾听群众的呼声啊……"

山梅提醒他说:"反对的只是几个想外出搞副业单干的人,我们在政治夜校已经批判了这种资本主义倾向……"

卫如雪:"山河粮食上去了,群众要求增加点现金收入,是合情合理的嘛!经过'文革',该斗的斗了,该批的批了,哪还有那么多的资本主义啊?"

山梅思考了一下,稳重地说:"卫副主任,这次我去大寨学习,大寨就是大批促大干……"

卫如雪打断了山梅的话，说："我不反对学大寨，问题在于怎么学。山河大队苦战几年，粮食过关了，也该关心关心群众生活了。我看现在应当广开门路，千方百计抓收入，使大家多得一点钱，这样才能充分调动广大群众的积极性。"

山梅："千方百计？广开门路？……"

卫如雪面带愠色："山梅同志，形势发展得很快，上边对山河的要求很高，我们要紧跟啊！我可以告诉你，这可不是我个人的意见。"

山梅抑制着自己的怒气，用平静而肯定的语气说："卫副主任，大寨可不是这样干的，石坚同志向我们传达的县委精神也不是这样讲的……"

山梅紧锁双眉，合起了笔记本。

3

刀劈崖上，人们在紧张地盖工棚，准备动工。

刘连发拉着满车木料欲走，陈大磨在后边帮他推车。

石柱从工棚上跳下来拦住，吼道："刘连发，你想干啥？"

刘连发嘻嘻笑道："县里不叫修了……"

搞铁匠炉的、盖工棚的人都围了过来，不安地问："不叫修了？"

喜山爷批评道："刘连发，别天上有巴掌大一块乌云，你就想犯自发病了！"

刘连发："没有令字旗，谁敢乱行兵？"

众人追问："谁说的？"

刘才匆匆赶来，对众人大声回道："卫副主任说的。"

喜山爷上前:"为啥?"

刘才不在话下地说:"为了抽调劳动力多搞现金收入,让群众过好日子嘛!"

喜山爷:"我们修渠是害群众的?"

刘才:"喜山爷,相信上级没错!"

人们怀疑地互相看看。

刘连发拉着木料车走了几步,一辆自行车在刘连发面前刹住了。

刘连发吓了一跳,猛抬头:"山梅!"

山梅跳下自行车。

"山梅!"人们围拢上来。

刘才自负地:"好吧,我说的大伙不信,让山梅说说吧!"

山梅环顾众人。

众人急切地注视着山梅。

刘才扬扬自得地看着远方。

刘连发幸灾乐祸地用毛巾抽打着身上的泥土。

山梅架好自行车,快步走到木料车前,抓起粗大木料的一端,弯腰用力,扛起木料,几步奔到工棚前,"咚"的一声将木料扔在地上。

山梅回转身,快步跃上木料车,铿锵有力、字字千斤地说:"同志们,批准了!"

刘才惊愕地:"山梅,你……"

山梅小心地展开手中一卷纸,激昂地说:"同志们,咱们看看毛主席是怎么说的……"说着,她把金光闪闪的五个大字"农业学大寨"端端正正放在胸前。

人们齐声朗读:"农业学大寨!"此时此地,大家觉得这字分外亲切。

山梅激动地讲:"毛主席叫咱们学大寨,咱们就要顺着大寨的道路一直往前走!"

"对!"一片回声。

刘连发看看刘才,刘才气得铁青着脸,忍不住叫道:"这么大的工程,上级不支持,咱们能行吗?!"

喜山爷反问:"为啥不行?"

刘才:"咱们有炸药吗?"

喜山爷:"咱们造土炸药!"

刘才:"咱们有水泥吗?"

王祥:"咱们烧石灰!"

刘才:"咱们有技术人员吗?"

石柱:"咱们有石匠、木匠、泥水匠……边干边学!"

山梅豪迈地指着山河讲:"对!经过'文化革命',我们拦腰斩过河,劈山造过田,这点困难吓不住!"

喜山爷说:"我本来打算今冬盖房子,现在先不盖,宁可暂时住窄一点,也要把水引上高山。"

一个年轻媳妇说:"一年少做几件新衣服,眼前穿旧点,腾出工夫也要干!"

一壮年说:"也不过多流几桶汗,有啥了不起!"

山梅听了群众的议论,心里添了千斤力量,充满信心地讲:"只要咱们坚持自力更生,艰苦奋斗,就一定能建设一个新山河。"

"对!"王大娘拉着王华,走向山梅,"山梅,有人不叫干,我偏叫王华参加专业队,跟你们修水渠!"

众人"哗"一下围住山梅,争着报名参加专业队。

刘才见大势已去，又是急又是气地叫道："卫副主任叫咱怎么干的？你也看看风向嘛！"

山梅说："学大寨是毛主席的号召、上级党委的部署。我相信，县委一定会同意我们这个新规划的。"

4

村头小院。

房门从外边轻轻推开，刘宗汉的贼脸露了出来。

正在屋里喝闷酒的刘连发吓了一跳："谁?!"

刘宗汉像幽灵似的溜了进来。

刘连发担心地："民兵看见了没有？"

刘宗汉摆摆手，龇牙咧嘴地冷笑一声："听说县里新来了个什么官，带来了新精神……"

刘连发信心不足地："唉！"

刘宗汉煽动地说："老侄子，听说往后不准批、不准斗了！要广开门路了，你就放胆干吧！"他得意忘形地咧开大嘴笑着。

刘连发看了下门外，不放心地："眼下是真假难分哪！再说这山梅……"

刘宗汉咬牙切齿地说："山梅？在我磨坊里生下的黄毛丫头，眼下也掌起官印来！真后悔当初没一手把她掐死！"他继续给刘连发打气："听说上边那个官是个主任，我就不信她山梅胳膊拧得过大腿。"

刘连发被说动了："看来这倒是个好机会！"

刘宗汉点点头："咋样？可把我小舅子林八买石条的事包下

吧?"

刘连发:"他要十万块石条,我有那么大腰劲?"

刘宗汉喝了一杯酒,献计道:"有办法,咱们借这股风,拿刘才的拳头去打队里眼窝!"

刘连发:"怎么借?"

刘宗汉:"刘才现在一心盖楼房,你下点本钱,给他送点钢筋、玻璃,叫他出头!"

刘连发心动:"这可是冒风险的事,多少钱一块?"

刘宗汉伸出一个巴掌。

刘连发嫌价钱太低,连连摇头:"算了,算了。"

刘宗汉:"看你急的,五毛钱是给队里的,另外每块再给你两毛钱手续费,你算算,到最后能落两万块钱啊! 这是两千块定钱!"说完,他从口袋里掏出一把票子。

刘连发狂喜:"两千!"他一把抓过来……

突然传来锣鼓声,他们吃了一惊。

刘连发跑到门口,从门缝向外张望。

刘宗汉:"这是干啥?"

刘连发:"水利专业队今晚就上山扎营了。"

刘宗汉被意外一击,喘着气:"劳动力都去修渠了,那石条叫谁来打?"

刘连发咬牙:"我要叫它修不成!"

5

锣鼓声中,山河的水利大军出发了。

工地上,王华领着一群青年用快板高声朗读:

太行、王屋两座山,

高不高? 高!

大不大? 大!

是谁把它搬走?

愚公一家!

今日愚公千万家,

腰斩龙王,

刀劈群山,

看我们把山河重新安排,

定叫山河盛开大寨花! 大寨花!

人们一个个精神抖擞,斗志昂扬,在群山中摆开了战场。

6

清早,陈大磨蹲在门口修理镢头。

刘连发匆匆走来,见到陈大磨,似乎想起什么,回过头来说:"大磨,上山呀?"

陈大磨:"嗯,上山搞水利。"

刘连发蹲下说:"这一天能挣几个分? 现在有个好门路,可比你上山挣工分收入大多了。"

陈大磨:"啥门路?"

刘连发:"有人要买石条……"

陈大磨忙问:"什么价钱?"

刘连发伸出个巴掌:"这个,每条五毛,你家两个劳力,一天少说也拿它五六条。"

陈大磨顿时高兴起来:"五毛?"忽又脸一沉,"我那个小子到专业队去了。"

刘连发:"把他叫回来,反正修水渠县里不同意,迟早得停工。"

陈大磨犹豫。

刘连发站起来:"大磨,你考虑考虑。你是熟人,我才先给你报个信。你想好了,告诉我一声。"说完,他走了。

"一天二三元,一个月就有七八十元……"陈大磨自言自语地盘算起来。

7

刀劈崖上,正在做着沿陡壁往下系人的准备,山梅认真检查着每条绳子。旁边有一块醒目的小黑板,上面写着"爆破班名单",画了十个格子,每个格子里填着一个名字。

陈大磨走来,对儿子厉声叫道:"小发,快回去!"

小发拿着绳子,为难地指指小黑板:"我编在……"

"少了你这个萝卜头,人家照样办酒席!"陈大磨说着走过去,伸手把黑板上的"陈小发"擦了。

石柱:"你干啥?"

陈大磨:"他妈有病,叫他去抓药。"

有人揭发道:"昨天还好好的!"

陈大磨:"人吃五谷杂粮,不准得急病?"

陈大磨拉着小发,小发挣着,两人跟跟跄跄走了。

"拉后腿!"人们用谴责的目光送陈大磨走远。

王华愤愤地走向黑板,拿起粉笔在空格里有力地写下两个字:王华。这时从旁边伸过一只手,把"王华"二字擦去。王华回头一看,见是山梅,叫道:"你……"

山梅飞快地在空格子里写下自己的名字,回头叫道:"好妹妹,你听我说……"

"我不听!"王华倔强地说,"姐姐,有人反对学大寨,有人拉后腿,你就叫我下去吧!"

王华闪着泪花,说得这么恳切,字字声声打动人心,山梅突然觉得面前这个姑娘长大了,她上去紧紧地握住王华的手,恳切地说:"好妹妹,你能替小发打炮眼,可你能替陈大磨走社会主义道路吗?"

王华一怔:"这?"

山梅劝道:"去,给小发他妈看看病。"

王华发火:"啥病,是陈大磨的思想病。"

"反正都是病,你是共青团员,又是赤脚医生,都有责任治!"山梅拿起药箱,挂到王华肩上,嘱咐道:"干社会主义,团结的人越多越好啊! 你先去看看,下了工我也去。"

王华领悟地点点头,飞快跑了。

山梅走向欢乐忙碌的人群,系好绳子,刚要下崖,虎子满头大汗跑来,喊道:"县委老石同志来了。"

8

石坚从山下攀着树枝,蹬着陡崖上来了。山梅一看,快步迎上去。王华背着药箱,转身跑回来。

几个群众热烈地叫道:"老石!"有人叫了一声:"石书记!"

石坚笑道:"又忘了？是老石!"

石坚一开口,就使群众和他的心贴近了许多,人们笑道:"老石!"

山梅遗憾地说:"我去找过你!"

石坚:"我听说了!"他环顾左右,欣赏地说:"哈,渠道修这么高啊!"

王华跑来,冲着石坚,开口就问:"你是来支持的,还是反对的?"

石坚一怔,继而哈哈大笑,对山梅道:"看,和你一样,出马就是枪,真是强将手下无弱兵! 你是……"

人们准备回答。

"慢,让我想想。"石坚端详着王华,"噢,你是老王祥的闺女,长大了!"

山梅:"叫王华,今年回乡务农的。"

石坚赞赏地:"看,教育革命就是好! 教出来的不是绵羊是闯将!"

王华被逗乐了,追问:"你还没有回答我的问题哩!"

"我是来学习的,我这个老兵来向你们小将学习!"石坚亲切地回答。

石柱愤愤地:"可是卫副主任不让修!"

石坚:"可是我想着你们一定会开工!"

山梅:"卫副主任叫我们停下来,抓收入。"

石坚沉思了一下,肯定地说:"我们讨论过了,县委认为你们做得对! 县委决定,秋后在山河召开农业学大寨现场会。希望你们为全县树立一个大批资本主义、大干社会主义的好榜样!"

"好啊!"众人欢呼鼓掌。

石坚笑对山梅:"山梅,发给我一把锤!"

山梅迟疑地说:"你?"

石坚笑道:"怎么?你要打击我学大寨的积极性?"

在人们的大笑声中,山梅递给他一把锤。

石坚接过锤,弯腰拾起一根绳,就往腰上缠。人们纷纷上去争夺,说:"这可不行!"

石坚哪里肯放,冲着山梅叫道:"山梅,你们都争着大干社会主义,为啥偏叫我在一旁看社会主义!"

山梅腰里系着绳,笑着说:"同志们,看老石同志一点不老,我们向老将学习。"

人们在大笑声中,一个个修水利的闯将系上绳,飞跃在悬崖峭壁之间!

9

陈大磨家院里。

陈大磨和儿子小发套好一块石头,穿上杠子,陈大磨蹲在前边,杠子放到肩上,小发正要把杠子往肩上放时,山梅来了。她不言不语走过去,接过小发手上的杠子放到自己肩上。小发呆呆地站在一旁,陈大磨还没发觉,两个人抬起走去。

陈大磨以为后面是小发,边走边唠唠叨叨:"上级讲,往后批判不时兴了,可该自由自在搞点钱了,咱要趁着这个新精神捞一笔,再给你盖间楼房,买上自行车、缝纫机。"他听不到应答,就恶狠狠地问:"你聋了,听见了没有?"

"小算盘打得可真周到!"山梅笑着说。

陈大磨猛回头，"啊"了一声叫道："你……"他惊慌失措地撂下杠子，拾起一根棍子追向小发，气急败坏地举棍欲打，骂道："好小子……"

山梅小声而有力地说："放下！"

陈大磨怔住了，棍子从手里脱落，尴尬地抱住头，蹲了下去。

山梅走上去，笑道："说下去呀，干吗抱住了头？"

陈大磨不言不语，头奇拉得更低。

山梅诚恳地批评道："大叔，谁说批判不时兴了？这些年要是不斗刘宗汉的破坏，不批刘连发的自发，咱们能刹住资本主义妖风吗？大寨田、拦河坝能修起来吗？你家能储备千把斤粮食吗？"

陈大磨急忙辩白道："山梅，这些话都是我听来的。"

山梅严正地说："听来的？可是你已经照着做了。我问你，听谁说的？谁叫你打石条的？"

陈大磨有些后悔："山梅，都怪我听了刘连发的话。"

山梅自语道："刘连发……"

10

傍晚。春花与几个妇女收工回来，一路说笑声。

刘才家院里。刘才有三间瓦房，还要再盖三间。他正在扎根脚石，抬头见妻子春花就叫："春花，快给我挑石条去！"春花没好气地说："鬼迷心窍盖不及了！整天只顾着自己起屋，亏你还是个副支书！"说着走进了屋里。

刘连发拉着架子车走来，叫："刘副支书！"

刘才："啊，说到就到了！"

刘连发把架子车上的钢筋、玻璃往下卸着。

刘才问:"多少钱?"

刘连发回:"二十元。"

刘才惊疑地说:"咋这么便宜?"说着从腰包里掏出几张钞票,递给刘连发。

刘连发哈哈笑道:"互相支援嘛!只要帮人家把石条打成,往后方便的地方多着呢!"他接住钱装进口袋。

刘才心虚地:"往后!……这不太好吧。"

刘连发:"有啥不好!卖石条的钱又不是放进你的口袋,这是为集体赚钱,又不是搞资本主义。"

刘才:"这……"

刘连发顺手掏出一张纸说:"这是合同,你签个字吧!"

刘才接过一看,犹豫了。

刘连发鼓动道:"怕啥?一来可以增加社员收入,二来可以壮大集体经济,三来上级又有这个新精神!"

刘才想了一下:"我考虑考虑吧!"

刘连发:"好吧!那你可要快点回话,晚了这宗好买卖就让别人抢走了!"

刘才:"行!"

刘连发走去。

春花走过来,看着刘连发的背影,怀疑地问:"又捣鼓啥呢?"

刘才爱理不理地:"女人家少管!"

"女人家咋了?"春花解了围裙,摔打着,批驳道,"谁不听毛主席的话,谁就不是好东西!为什么不能管?"

11

县委院内。

刘才对卫如雪讲:"卖石条本小利大,花很少劳动力,就能成倍增加收入。"

卫如雪:"好哇,这是谁出的主意?"

刘才:"刘连发。"

卫如雪:"呃,这个人搞副业倒是有点办法。他是什么干部?"

刘才:"是个社员,啊,是上中农。"

卫如雪:"看他的表现吧。现在更重要的是按上边的新精神,彻底纠正山河乱批乱斗的问题,充分发挥群众的积极性,建设一个新山河。搞好了,秋后在你们大队开现场会。"

"这……"刘才担心地说,"山梅不会同意吧,她正在准备学大寨大批促大干的现场会哩!"

"山梅?好办!"卫如雪胸有成竹地说。

刘才仍不放心:"县委的决定变了?"

卫如雪:"县委原来的决定是不符合上边指示精神的。"

刘才疑惑地看着卫如雪。

卫如雪感慨地讲:"石坚同志调去学习了,我们一定要坚决贯彻上边的指示,要不,你我都不好交代!"说着打开窗子,外边漫天乌云。

12

风沙弥漫的山路上，山梅送着石坚。

山梅愤愤地说："这算哪家的错误？叫你去……"

石坚打断她的话："我这也是去战斗！"

山梅不服地"哼"了一声。

石坚鼓励道："山河走的是大寨路，没有错！在任何情况下，都要记住毛主席的话：前途是光明的，道路是曲折的。看来这股风来头不小啊！"

"老石，你放心！"山梅迎着一阵狂风蔑视地说，"再大的风，只能刮走地下的落叶，它刮不走铁打的山河！"

石坚肯定地说："好！在生产斗争上要寸土必争，在路线斗争中要寸步不让。用党的基本路线武装起来的群众，任何力量都压不倒、摧不垮。"

山梅重重地点头："寸步不让，寸土必争。老石，我们等你回来参加学大寨现场会。"

两人紧紧握手。

石坚关切地说："你的担子更重了！"

"老石——"山梅用坚毅的目光回答了老石的关切。

山梅站在那里，像一尊塑像，一动不动地注视着远方。

石坚向蜿蜒曲折的山路走去。

山顶，一棵青松迎着狂风，巍然挺立。

13

丛树前,公路旁。小春和几个孩子在赶鸭子。

小春指着远处的山尖:"渠水一通,山上还要修水库,咱们到水库里给生产队放鸭子。"

一个叫小楞的小家伙说:"我要跳进去逮鱼!"

小春摇晃着两条小辫:"不准,不准! 你逮队里的鱼,我去告诉山梅姐。"

另一个小孩说:"听我爹说,有人不让修水渠了。"

小楞:"你胡说!"

"不信去问山梅姐!"

"走!"

孩子们边走边叫:"山梅姐——"

"山梅姨——"

14

公路上。山梅心事重重地沉思着,走着。

山梅被孩子们的喊声惊醒,她停下来,顺着喊声看去。

孩子们跑上来把山梅团团围住:

"山梅姐!"

"山梅姨!"

"我要到山上水库里放鸭子。"

"我要去养鱼!"

山梅被孩子们纯真的理想、欢乐的情绪所感染，跟着孩子们笑了起来："好，好，咱们一起到山上水库里放鸭子，养鱼……"

小楞指着另一个小孩说："可是他说有人不让修水渠了！"

孩子们围上去："造谣！造谣……"

山梅把孩子们轻轻拉开。她停顿一下，决定把真相告诉孩子们："是有人不让修水渠呀！"

山梅深情地看着孩子们，孩子们一个个愣在那里，他们纯真的理想遭到了打击，欢乐的情绪受到了挫伤。

小春走到山梅身边，噘着嘴巴说："山梅姨，他不让干，我长大了我来干！"

小朋友们一齐围住山梅叫道："我们干！我们来干！"

山梅激动地抱起小春，高高地举到头顶，深沉而有力地说："好！一定要干！谁不让干就同他斗！我们，还有你们……"

15

王华、喜山爷、石柱等围着山梅，坐在工棚内一角，人们沉重地议论着："啊！老石走了！"

"往后……"有人摇头叹气。

山梅坚定地鼓励道："老石走了，党还在，咱们靠的是毛主席革命路线，谁想逼着我们往邪路走，办不到！不管困难有多大，咱们要永远坚定地按照党的基本路线去做！"

喜山爷一直在吸烟琢磨，这时肯定了山梅的看法："山梅说得对，咱们得腰杆硬点。"

石柱"噌"地一下子站了起来："他们调走老石，想把咱们从学大寨的路上吓跑,办不到!"

山梅:"毛主席说:前途是光明的,道路是曲折的。咱们要准备战斗!"

王华激动地说:"山梅姐,在这场斗争中,我接受党的考验!"说着将一张入党申请书递给山梅。

山梅接过王华的申请书,紧紧握住王华的手,激动地说:"王华同志!"

外边传来了刘才的喊声:"山梅,山梅!"

刘才匆匆赶来,叫道:"山梅,卫副主任叫你马上去县委会!"

石柱愤愤地问:"干啥?"

刘才这才环顾左右,见个个怒容满面,先是一惊,继而哈哈大笑:"干吗都吹胡子瞪眼睛的?"

王华:"山梅姐,别理他!"

山梅制止住王华,站起来:"我也正想找他谈谈。"

16

县委会内。

卫如雪对进来的山梅热情招呼。

卫如雪装着关心的样子:"过去山河走错了路,责任不在你们,应该由石坚同志一个人负责。"

"石坚同志一人负责?"山梅理直气壮地说,"卫副主任,哪是正确的,哪是错误的,山河的贫下中农看得清清楚楚,山河这几年来走的是大寨路,我们敢为自己走的路担当责任!石坚同志是俺贫下中农的好书记……"

卫如雪忙制止:"好了,好了,过去的事,以后再说,现在有件事想跟你谈谈。"

山梅不语,静候卫如雪的下文。

"你在'文革'中敢闯敢斗,干得不错嘛!"卫如雪夸奖道。

山梅:"离党的要求还差得远呢!"

卫如雪讲:"你是革命烈士的后代,斗争中表现不错,党为了培养你,给你更多的锻炼机会,决定调你到县里机关工作。"

山梅问道:"是县委决定的?"

卫如雪讨好地说:"这是我的意见,先跟你商量。"

山梅思考了一下,说:"噢! 原来是这样⋯⋯"

17

刘才在工地上,对虎子等劳动群众讲:"大家都歇着吧,虎子把东西收拾一下。"

虎子疑惑地问:"干啥?"

刘才:"刚才卫副主任来电话,让我们马上停工。"

群众:"什么? 停工?"

虎子:"山梅还没回来⋯⋯"

刘才:"卫副主任把山梅调到县里当干部了。"

大家惊异:"你说什么?"

料石场上。

刘连发挑拨:"山梅整天叫咱们苦干啊、大干啊,靠着这个她捞了根大梁,可咱们连根稻草也没捞到。山梅是个啥人,可看准了吧?"

陈大磨怀疑地:"山梅那个硬性子,谁知她走不走?"

刘连发装模作样地说:"嘿,我见得多啦! 有的人钢刀架到脑袋边,他还硬邦邦地挺着脖子,可一见乌纱帽就软塌塌地低下了头。说到天边,人不为己,天诛地灭!"

陈大磨摇摇头:"那样的人是有,可是山梅……"

工地上。

陈小发埋怨王华:"你还动员我战斗呢,山梅姐都要去县里当干部了!"

"这……"王华不知怎么讲才好,烦躁地说,"别听那些人胡说,快干活吧!"

18

山梅骑着自行车,飞驰在山间公路上。她到了山河大队境内,下了车子,在路边渠道里喝口清水,在拖拉机刚翻过的海绵田里捧起一把土看看,抬头望见送别石坚时的那棵松树。这时,空中出现一块乌云,狂风吹来。她忙上车飞驰而去,伴着这些情景,响起歌声:

　　喝一口山里清溪水,

　　想的是千条江河。

　　捧一把田头沃土,

　　想的是全国齐唱丰收歌。

　　看一眼高山劲松,

　　想的是党的嘱托暖心窝。

放眼望山河,豪情满胸怀。

哪怕它——

波涛汹涌,迷雾重重,

山里红梅迎着风雨开! 迎着风雨开!

19

料石场上,刘连发拉着一车石条往前走,一个老汉在后边拖住不准走。

一个中年人跑过来:"刘连发,你又煽动卖石条走自发,想挨批哩?!"

刘连发器张跋扈地说:"为集体赚钱,我咋说咋有理。批? 告诉你,那一套不时兴了!"他转身对其他拉车的人说:"走!"

"走?!"王祥手掂一柄大锤,拦住刘连发的去路。

刘连发吓得扔下石条车跑到一边。

那个老汉对王祥难过地说道:"王祥老弟,你看看,这是咋整的……"

王祥:"咱山梅怎么还不回来?"

石柱从铁匠炉旁冲出来,喜山爷一手拉住他,喝道:"你到哪儿去?"

石柱眼睛中迸发出怒火:"我揪刘连发去!"

喜山爷沉着地:"你急啥!"

石柱:"那石条都给拉走了!"

喜山爷:"你揪住刘连发一个人就行了?"

"这……"石柱急得直跺脚。

喜山爷沉思一会儿说:"这几天来,先是石坚同志去学习了,又要调走山梅,看来事情可不简单哪!"

石柱:"那怎么办?"

喜山爷:"你马上找几个党员,把工地的事调查清楚,等山梅回来!"

20

山梅背着行李,在通往工地的山路上大步走着……

山梅在工地前站住了,工地上冷冷清清。这边,几辆手推车摆在那里。那边,锹、锄、锤、镐放在一堆。往日热烈紧张的劳动场面看不见了,往日嘹亮激昂的歌声听不见了!

山梅想着,想着,慢慢地,她紧咬嘴唇,两眼闪动着愤怒的火光,双眉紧紧地皱起。

她突然听到了什么响声,仔细辨别着,远处传来铁器撞击的响声,她顺着响声走去,原来是王华和虎子几个人在崖下打炮眼,汗水湿透了他们的衣衫。

山梅轻轻地走到他们身边,激动地叫道:"王华! 虎子!"

王华等人回头看,猛地站起来,不约而同地叫了一声:"山梅姐!"王华一头扑到了山梅怀里。山梅紧紧地抱住王华,擦去她的泪水。

王华:"人家说县委把你调去当干部了!"

山梅:"这可不是县委的决定,是卫副主任个人的意见。你们看!"山梅指着行李,"他把我调到县里,可是我把自己又调回山河来了!"

虎子发现山梅的行李,狂喜地喊:"山梅!"他夺过行李,高高举起,边跑边喊:"山梅回来了——"

铁匠炉旁,喜山爷和石柱在打铁。石柱把愤怒集中在大锤上,狠狠地往火红的铁块上砸着。听到喊声,石柱跑到门外:"虎子,山梅在哪里?"

虎子说:"在工地上。"

石柱扔下铁锤,往工地跑去。

听到喊声,修板车的人抬起头,放下了手中的工具……

听到喊声,扛锄回家的人掉转头,往工地走去……

听到喊声,料石场上正在撬石的王祥,擦擦满脸的汗水,笑了……

在工地上,山梅和王华收拾工地上散乱的工具。

王华指指他们刚才用过的铁锤和钢钎说:"山梅姐,他们不干咱们干,就是干上十年二十年,也要把这山洞打穿!"

山梅听着,深受感动地说:"好哇!他们不干咱们干,山河的贫下中农,就是要有这股天不怕地不怕的革命精神!"稍停,山梅继续说:"可是,光打通一个山洞就够了?我们要改造的是整个山河,光我们几个人能行吗?"

王华:"这……"

山梅深沉地说:"任何时候都要记住:毛主席的革命路线是咱们的指路明灯,群众是咱们力量的源泉。"

王华领悟了山梅的话,一双明亮的大眼里闪着愉快的光芒:"山梅姐,我懂了,我找人去!"

21

山梅坐在石块上,聚精会神地阅读着毛主席著作。她不时抬头沉思着……晚霞似火,石壁上青松挺立。篝火旁,山梅仍在学习毛主席语录。火光闪烁,映红她的脸。

山梅抬头凝望着火光,不禁自言自语:"毛主席的话,就好像是对咱们山河讲的。"她眼睛里放射着深邃的光芒。

她一时进入了回忆——

在县委会,卫如雪对山梅讲:"经过'文革',该批的批了,该斗的斗了,哪还有那么多的资本主义啊!现在应该广开门路,千方百计抓收入。"

刘连发神气地说:"为集体赚钱,我咋说咋有理。批?那一套不时兴了!"

在送别的路上,石坚对山梅说:"看来这股风来头不小啊!"

山梅从回忆中醒过神来。

山梅对坐在篝火旁的喜山爷、石柱、虎子、王华等人激动地说:"同志们,有人企图取消阶级斗争,扭转学大寨的方向,为资本主义大开绿灯。"

喜山爷:"刘连发这种人,就得治治。"

山梅:"上面一阵风,下面就一层浪。如果让刘宗汉、刘连发这类人上台,山河就要变颜色。"

喜山爷:"山梅,你说怎么办?"

山梅:"针锋相对,打一场大批修正主义、大批资本主义的人民战争!"

"好!"大家同声响应,纷纷从篝火中抽出一支支火把。

见刘才在不远的地方站着,大家便走上前去。

山梅:"今天是你叫停工的?"

刘才:"这是卫副主任的指示。"

山梅:"为什么不先在支委会讨论?"

刘才:"这……"

山梅:"刘才同志,不让学大寨,到底谁高兴? 不准批资本主义,到底对谁有利? 你要好好想想,我们共产党员到底站在哪一边?!"

刘才低头不语。

山梅指着一支支火把说:"刘才同志,不要只埋头搞安乐窝,要抬头看群众是怎样斗争的!"

刘才抬头远望,思想在激烈斗争。

一堆篝火变成了一支支火把,向四面八方散去。只见一支支照天烧的火炬,在漆黑的夜空中飞快地游动着,向山河各个角落飞快地移动着!

一支支火把又变成一堆堆篝火,四面八方的堆堆篝火,烧红了山河的天,烧红了山河的地,烧红了山河千百个贫下中农的愤怒的面孔!

一堆篝火旁,山梅充满战斗豪情地讲着党的基本路线。

一堆篝火旁,王华在激情地讲。

一堆篝火旁,石柱挥着拳头在讲。

一堆篝火旁,喜山爷动情地在讲。

22

次日,晴天。早饭后。

一辆吉普车往山河开来。刘才胆战心惊地在村外张望,小汽车开到刘才身边停住了。卫如雪下车问:"今天上工没有?"

刘才:"没有。只有几个共青团员在搞突击劳动!"

卫如雪面露喜色,说:"可停工了!"

刘才:"今天是假日。"

卫如雪:"怎么?"

刘才哭丧着脸说:"卫副主任,你再找别人吧,我是不干了!"

"啊!"卫如雪一惊,"为啥?"

刘才摇头叹气:"你进村里看看吧!"

卫如雪不满地:"去!上大队部给我安排个住处!"

"行!"刘才如得赦令地跑了。

卫如雪往村里走去,还没进村,先听见高音喇叭声:"学大寨就必须坚持党的基本路线,批判资本主义倾向……"

一进村,迎面墙上贴着巨幅横额:"狠批修正主义!批判资本主义倾向!坚持社会主义道路!"下边贴满了大批判文章,标题有《不批判资本主义就是取消阶级斗争!》《卖石条算不算资本主义?》《为什么反对学大寨?》《这是什么路线?》等等。

卫如雪走进另一条巷子,这里正在批斗刘连发。

王华厉声质问:"刘连发,你勾结投机倒把分子,贩卖石条,为啥不算资本主义?!"

刘连发:"我、我……"他一眼看见卫如雪,头又抬起来了,强硬地说:"上级讲,为集体赚钱,咋说咋有理!"

人们吼道:"哪个上级? 说!"

卫如雪听到这里,脸色都变了,忙回头愤愤地走进另一条巷子,抬头一看,墙上一幅巨大的画,画着一群手执铁锤锨镐怒目而视的社员。标题是《资本主义是死路一条!》

卫如雪又转身匆匆走开。那幅巨大的墙画上,贫下中农怒目而视着他那狼狈的身影。

23

大队部。

卫如雪铁青着脸,在听着刘连发的哭诉:"我是照卫副主任您的话去做的,谁知山梅又是批又是斗……"

山梅大步跨进来,看见刘连发就逼上去问:"来告状的?"

刘连发被镇住了,低下头:"卫副主任! ……"

山梅严厉地:"告诉你,不把石条退回来,彻底交代你捣了什么鬼,谁也救不了你! 出去!"

刘连发乞求地看了卫如雪一眼,无可奈何地退了出去。

卫如雪满腔积怒问:"你怎么这样对待群众?"

山梅:"对资本主义就是要斗,不能调和!"

卫如雪:"为集体多搞点收入,这是什么资本主义?"

山梅:"为集体? 刘连发就是喊着为集体,去煽动群众搞副业单干,闹停工,拿修水渠的石条去做投机倒把买卖,这不是资本主义是什么? 卫如雪同志,你提出千方百计搞收入的口号是错误的,是和学大寨相对立的。"

卫如雪:"搞社会主义也不能像你那样,整天搞斗争,盲目乱干,还要群众住窄点、吃苦点、穿旧点。这不是干社会主义,是在群众中制造对社会主义的不满。"

山梅:"卫副主任,群众提出的'三点',正是表现出了群众建设社会主义的积极性。这几年就靠这股干劲,才使山河初步改变面貌,群众生活得到了改善,才为国家多做出了贡献。"

卫如雪:"集体是由个人组成的,没有个人的积极性,就没有集体的优越性!"

山梅:"群众眼睛是雪亮的。'兵发何处'——把劳力往哪儿使,是大干社会主义,还是'只顾荷包涨,不管大方向',这可是走什么道路的问题啊!"

卫如雪怒不可遏:"你倒教训起我来了! 你不服从县委的调动,也不听劝告,你倒要好好想想,到底想走什么道路?!"

山梅从容不迫地说:"我们要走大寨的道路! 卫副主任,你把我看得太重要了,认为调走我一个山梅,就可以改变山河的方向道路了! 不,你看错了! 群众才是真正的英雄! 别说调走我,就是撤了我,山河的贫下中农也要沿着学大寨的道路走下去。"

山梅说完转身走了出去。

刘才提着一壶水进来。

卫如雪对刘才怒气冲冲地吼道:"就是块铁,我也要把它化成水,你给我……"

卫如雪低声向刘才说了几句。

刘才一惊,疑惑地:"这……"

24

工地附近松林里，正开着支委会。

刘才哭丧着脸："卫副主任叫把受过批评的、对支部有意见的人都集中起来，帮助山梅整风。"

喜山爷："这是整山梅！是叫那些搞投机倒把的人起来翻案！"

石柱问："你参加吧？"

刘才难过地摇摇头："斗山梅，我没有那么狠心。"

喜山爷："不参加就够了？"

刘才劝解："唉！我看先顺着卫副主任走一段吧！"

一个支委："这一段走下去，就走到邪路上了！"

刘才："卫副主任讲，秋后上边有人来山河参加现场会。"

山梅警惕地："上边要来人参加现场会？！"

刘才央求道："山梅，我是为你考虑呀！咱们顺着他走一段，只要躲过这阵风……"

"不！顺着他，就是顺着修正主义！"山梅诚恳地讲，"刘才同志，咱们都是共产党员啊！面对这股妖风，咱们不应该躲，应该迎上去，顶住它！必要时，只能牺牲自己来保社会主义，不能牺牲社会主义来保自己！"

大家异口同声地："对！"

刘才："那，这个会……"

山梅果断地："奉陪到底！"

刘才痛苦地抱住了头。

山梅坚定地说："我建议，进一步发动群众，革命加拼命，提前把渠修通,迎接农业学大寨现场会的召开!"

工地上热气腾腾,干劲冲天。

王华和虎子等青年在粉刷标语:"革命加拼命,力争提前放水!"

夜。工地上灯火通明,人来人往川流不息,一片夜战景象。

专业队战斗在峭壁上。工地上到处是自动来支援的群众。

一队解放军战士肩扛着爆破工具来到工地,山梅和他们热烈握手。

一队扛工具的外队社员走过来,山梅和刘才上前表示欢迎。山梅指指工地,他们奔了过去。

工地上战火纷飞,歌声嘹亮。

25

料石场上,一片叮当声中,人们又在继续开采石头。

陈大磨扶钎,山梅打锤。陈大磨耷拉着头,不敢看山梅一眼。

这时,中秋时节。山梅夹衣撂在一边,只穿件单衣也被汗水湿透了。而陈大磨穿着夹衣,还套了个棉背心。两个人好像过着两种不同的季节。

几个运石头的人从旁边经过,不平地说:"像话吗? 一个过冬,一个过夏!"

"你就不能换换!"

陈大磨尴尬地欲站起来夺锤,山梅制止住他,对运石头的人说:"是我不叫他打,陈大叔腰疼。"

"腰疼?"运石头的人怀疑地走了。

山梅又抡起了锤。陈大磨抬起头看看山梅,奇怪地问:"你咋知道我腰疼?"

山梅笑道:"蠓虫过去还有个影哩,你在灶里烤过腰是吧!"

"是!"陈大磨赞叹道,"上千人的工地,连一个人腰疼也记在心里……"

山梅打断他的话:"别说这了。你该好好想想,是咱们一起走社会主义,还是跟着别人走资本主义!"

陈大磨惭愧地:"我心里是想跟大家走社会主义,可不知咋搞的,别人一拉,我就憋不住劲了……"

"咋搞的?"山梅严肃地说,"这就是自发思想,想发点横财,想为自己、为儿女置点家业!"

陈大磨被点破,叹道:"唉! 俺小发老实,不给他留点……"

山梅:"留点? 解放前你爹给你留的那小山坡,你保住了?"

山梅一句话点到要害上,唤起了陈大磨的阶级感情,眼睛里立时闪动着仇恨的火花,一字一句地说:"都叫刘宗汉霸占了!"

山梅:"大家都去搞自发,资本主义一复辟,你给小发留下的缝纫机、自行车和几间房,会不会再被刘宗汉那类人霸占?"

陈大磨悔悟了:"山梅,我知道你恨的是我这思想,不是我这个人! 我往后再也不干了!"

山梅:"要改就从这回卖石条开始,你赚了多少钱?"

陈大磨:"十五块,等放工回去我就交给队里!"

山梅:"这么少?"

陈大磨:"这……分多少是刘连发一手包办的,他分得多。回回进城,他都上馆子大吃大喝。有一回,他喝得醉醺醺地从地主刘宗汉小舅子家里出来。"

山梅一锤重重地打下去："是林八,我们已经知道了!"

陈大磨："嗯,山梅,他们要开你的会!"

山梅："你听谁说的?"

陈大磨："刘连发。他还要我一定参加呢,你看我……"

山梅："那你就参加吧!"

26

大队部对着门口放了一张桌子,桌上有茶壶等,靠墙的一角放着扩音器。

屋里,稀稀落落坐了十几个人,陈大磨和三五个人在窃窃私语。

刘连发神气地走进来,和卫如雪凑在一起嘀咕着。

卫如雪："刘才怎么还不来?"

刘连发："他说老婆病得厉害……"

刘连发跟卫如雪嘀咕完,转身对到会的人说："一会儿大家有啥说啥,有卫副主任撑腰呢!"

屋门大开,山梅走了进来,人们马上安静了。

山梅环顾众人一眼,从容不迫地坐在桌前。

全场鸦雀无声,个个耷拉着脑袋,不敢和山梅锐利的目光相对。

卫如雪急了,站起来说："今天开个会,给山梅提提意见,帮助她改正错误。"

他顺手指了一个人："你先说!"

被指的那个人："让别人先说。"

他又指另一个人："你说吧!"

那个人：“让我想想。”

刘连发急了，走到人丛中，硬把一个老头推起来：“你说！你说！”

这个被推的老头为难地：“我说个啥？”

刘连发：“讲讲前年山梅怎样斗你的！”

老头：“这件事没什么好说的。要不是那次山梅批评帮助我，拉我一把，我可真掉进那资本主义臭泥坑里爬不起来，哪有今天……”

卫如雪：“别说了！”

陈大磨低声说：“有理不在声高，这是干啥呀！”

刘连发上蹿下跳，拉这个，推那个，鼓动他们起来“揭发”“控诉”，没人理他。最后他只好赤膊上阵，声嘶力竭地揭发：“山梅乱批乱斗，日夜苦战，把社员们增加收入的门路都堵死了！”

山梅霍地站起来，指着刘连发：“你表演够了！”转身对卫如雪说：“卫副主任，刘连发的臭底子难道你一点都不知道吗？怎么让他来唱独角戏呢?！”

27

王华满头大汗跑到石柱跟前，叫道：“他们搞突然袭击整山梅了！”

石柱放下手中的铁锤，大叫一声：“赶快找喜山爷，走！”

二人飞跑而去！

28

大队部里。

卫如雪:"群众靠自己的劳动搞点现金收入,怎么能乱批乱斗!"

山梅:"刘连发这种人就该批该斗。"

卫如雪:"我问你,刘连发是什么成分?"

山梅:"上中农。"

卫如雪自得地:"是嘛,这总是人民内部问题嘛。"他忽而又板起了脸:"山梅,看看吧,由于你乱批乱斗,使人家敢怒不敢言。你这是实行资产阶级专政!"

山梅针锋相对地:"山河是有资产阶级专政。今天刘连发这个投机倒把分子,就专了我们贫下中农的政。"

卫如雪:"你说什么?"

山梅:"卫副主任,你也该明白过来了,投机倒把分子能专我们社会主义的政,就是因为你支持他!"

卫如雪:"胡说,你要是还坚持错误路线,后果自负!"

29

石柱和王华等几个青年在山路上跑着。

他们跑到大队部门口,冲上去,大门轰然大开,他们拥进去了!

山梅威严地站在那里。

卫如雪冲着石柱大喝一声:"你们干啥?"

"我们要见山梅!"石柱大声回道。

山梅："王华！石柱！"

王华："山梅姐,大家听说有人开会整你,都很气愤,都要到这儿来……"

山梅走过去,打开扩音器的电门,接通工地的线路,对着话筒高声说："同志们,大家要坚守岗位,用大干的实际行动,来回击修正主义路线的干扰、破坏！我们学大寨,狠狠打击了资本主义势力,刺痛了一些人的心。他们恨我们、骂我们,又指使一些人来逼我们、压我们,叫我们跟着他们走,我们能答应吗?"

工地上千百张愤怒的面孔,千百双紧握的铁拳,振臂高呼："不答应!"

高音喇叭里继续响着山梅的声音："同志们,我们学大寨,坚持党的基本路线,大批促大干,改天换地,年年丰收,季季增产。贫下中农失去的只是贫困,得到的是千秋万代的幸福,这怎能叫制造不满? 咱们扳着指头算算,是谁没有过去舒坦了? 就是那些地富分子和搞投机倒把发横财的人！要叫这些人满意了,我们的社会主义国家,可就要变修了！有人说什么要千方百计广开门路,不！我们要敞开社会主义这条大路,堵死资本主义一切邪路,让那些想发横财的人寸步难行!"

工地上,刘才坐着锄柄,两手支着脸听着,听着,他渐渐放下手抬起头。听着,听着,两颗豆大的泪珠滚动在他的面颊上。

在渠道工地上,喜山爷振臂高呼："同志们,干啊!"

"干啊!"群众振奋,声震山河。

炮声,号子声,歌声,欢呼声,汇成了一股山摇地动的巨浪。

　　大寨红旗迎风摆,

　　千军万马战山崖。

贫下中农有志气，

要把山河重安排。

千年荒山换新貌，

穿山越岭引水来。

铁锤镢头高举起，

打出一个新世界。

30

炮声，号子声，歌声，欢呼声，一起传到大队部，卫如雪气急败坏，把窗子"砰"的一声关上。

31

刘连发家。

屋里，刘连发正在埋头写材料。刘宗汉钻进来，急忙关上窗门，屋里阴森森的，他见桌上摆着纸笔，说："还整山梅材料有啥用！"

刘连发："怎么？"

刘宗汉："我的小舅子给抓起来了！"

刘连发大吃一惊："什么？林八被抓了？！"他手中的钢笔掉在桌上，墨水溅在纸上。

刘宗汉："是山梅报告打击投机倒把办公室抓的。"

刘连发一惊："是山梅？！糟了，这一下不光卖石条的事，要是连林八一伙干的事也让她知道了，可就什么都完了！……"

刘宗汉："完了！斗争！劳改！坐牢！唉……"

刘连发牙咬得咯咯响:"山梅呀山梅,可真到了有你没我、有我没你的时候了!"他急得像热锅上的蚂蚁团团转。

刘宗汉阴险地一笑,说:"山梅每晚查哨,都要到炸药仓库检查……"

刘连发一怔,慢慢地捉摸刘宗汉的意思:"你是叫我炸……"

刘宗汉:"万一炸不死她,造成个重大伤亡事故,姓卫的也饶不了她,一定会把她拉下马!"

刘连发:"对!"

刘宗汉伸过头,压低声音……

红小兵们正躲在屋外的墙角下监视着。一会儿,刘宗汉走出门,急离去。

小春掏出小本子记下。

32

大娘在做饭,王华担着水回来了。

大娘怜惜地:"下了工也不歇歇。"

王华往缸里倒水,笑道:"妈,我不累。山梅姐日夜在山洞里抢大锤,连家都顾不得回。一看见她、想起她,我浑身都是劲!"

大娘赞叹道:"唉,山梅从小就受苦,她爹打蒋匪牺牲了,她妈叫地主逼死了,只能跟她奶奶长大。"

王华:"'文革'中她领我们斗牛鬼蛇神,那些坏人想收买她,给她钱,给她东西。她说,给个金山也不要,就要社会主义。"

王大娘:"后来,她又领着咱们学大寨,咱山河的粮食才翻了几番。多好的闺女,有人还要整她!"

王华:"我山梅姐才不怕哩！她说,斗则进,不斗则退,社会主义是斗出来的!"

大娘:"华,你要能像你山梅姐那样,妈这一辈子就放心了!"

王华:"妈,我一定向山梅姐学习!"

小春进来,从小本子上撕下一页纸交给王华,说:"姑,敌情报告。"

王华拿过一看,说:"我告诉山梅姐去。"

33

山洞里挂着几盏马灯,一片叮当声。

山梅和虎子打着钎,汗水从面颊上滴下来打湿了她的衣衫。

王华走进来,叫了声"山梅姐",将一张纸片递到山梅面前,"小春他们的敌情报告。"

山梅放下铁锤,接过来仔细看着,沉思片刻,问:"现在是谁站岗?"

王华:"小发。"

山梅:"要多加人才行。"

王华:"那我去吧。"她转身欲走。

"等等!"山梅见王华衣服湿了,将自己的夹衣递给王华,"穿上,外面下雨,别着凉了。"

王华不接,山梅将衣服披在她身上:"穿上!"

王华只好听从,披着衣服走出山洞。

34

王华和小发在雨地里巡查。

王华:"小发,你最近进步了!"

小发嘿嘿地笑。

王华:"你爹也进了一点步呀!"

小发憨厚地说:"山梅姐工作、劳动那么忙,还抽空和我爹谈了好多次心,对我也进行了教育。"

王华:"山梅姐经常说,'一个人只能牺牲自己为革命,不能牺牲革命为自己。'咱们都应该向山梅姐学习!"

小发:"是呀!"

山梅在工地上巡查,她经过一个个工棚,见灯都熄了,只有一个窗口还亮着。她走向窗口看看,只见大伙都睡熟了,石柱却还在看书,就悄声说:"石柱,还不快睡!"

石柱关了灯。

雨越下越大,王华和小发走了过来。王华指指一个工棚说:"我去看炸药仓库,你到那边看看!"

小发走去。

王华向炸药库走来。

刘宗汉和刘连发从巨石后窥探一下,刘宗汉指着穿了山梅的夹衣、从侧面走过去的王华,悄声说:"是山梅,快!"

刘连发抱起炸药包，从另一边跑向炸药仓库。

王华走近炸药仓库。

炸药仓库下边，有一点火光正在燃烧。

山梅从炸药仓库的另一边走来，突然看见火光，急忙快跑过去。

炸药包上一根火线在燃烧。

山梅扑上前，拔了几下导火线，拔不出来。她抬头看了一眼炸药库，抱起炸药包就朝山沟跑去。

王华闻声跑过来，见到山梅就喊："山梅姐！"

山梅没有停步，边跑边喊："别管我，看住炸药库！"

王华回身见一个黑影在前面跑着，便拔腿向黑影追去。

躲在大石后面的刘宗汉见王华追来，举起一块大石，向王华砸去。

王华倒下。

山梅抱着炸药包飞快地向山沟跑去。

导火线在燃烧。导火线越来越短了。

山梅一口气跑到沟边，用尽全身力气，将炸药包一扔，迅速卧倒在地……

火光一闪，一声巨响。

35

工棚里熟睡的人们被这声巨响惊醒，石柱等人冲出工棚。

夜班的群众被震惊，丢下手中工具，朝响声跑去。

人们跑上前去，围住山梅，关切地问："山梅，怎么样？"

山梅："民兵赶快追拿敌人！王华和小发呢？"

工棚门口围着层层人群，一双双关切、焦急的眼睛往工棚里探视。大家默默无言。

卫如雪匆匆走来，着急地问："王华怎么样？"

石柱沉重地说："她昏过去了，还没醒来。"

卫如雪对身旁的小发问道："其他人没事吧？"

小发："大家都没事。"

卫如雪："那就好！"说着拨开人群走进工棚。

工棚里，王华在担架上躺着，山梅扶着大娘在担架旁，医生正在给王华注射。

卫如雪快步来到担架旁，一见山梅心火就冒上来："我一直担心，这样干下去早晚会出事的，果然……"

山梅打断卫如雪的话："马上送王华同志去医院！"

担架抬起，往门外走去，众人让开两旁。

人群默默无语，目送担架抬到停在公路旁的救护车上，飞速向城里开去。卫如雪转向围在工棚前的人群说："我早就不同意你们这样盲干，山梅总是不听。这一声爆炸，总算把大家惊醒了吧！"

人们对这话十分震惊，表达不满。

石柱反驳道："是山梅冒着生命危险，把工棚里一百多人的生命抢救出来！"

众人齐声："对！要不是山梅……"

卫如雪打断人们的话："要不是山梅不顾群众死活搞夜战，能闹出这么大的乱子吗？"

山梅："这是阶级敌人的破坏！"

卫如雪严厉地说："阶级敌人？你不要拿阶级敌人来掩盖自己

的错误了！这是血的教训，专业队马上停工、解散！"

"不能散！"大家看去，只见山梅走向卫如雪，一字千钧地说："卫如雪同志，停工？解散？难道王华的鲜血就这样白流了？不！不能！王华的鲜血告诉我们，你死我活的阶级斗争还在继续，它宣告了阶级斗争熄灭论的彻底破产！"

卫如雪："你根据什么说是阶级敌人破坏？"

山梅："我们已掌握了重要的线索，很快就会查清的！"

山梅转向群众，激动地说："同志们，有人想用死把我们从社会主义道路上吓跑，想逼着我们去走资本主义邪路，我们决不能叫他们这个阴谋得逞！"

众人同声："对！"

山梅满怀激情地说："我们要用十倍百倍的干劲，来加快工程进度！要使王华的鲜血、大家的汗水，汇成一股幸福的泉水，灌溉社会主义的良田沃土。"

"好！"群情振奋，人们欢呼着拿起工具，奔向工地。

工地上，人们在拼命干活，斗志更高。

书写爆破班名单的黑板上，伸过去一只手，把王华的名字擦掉，填上了"山梅"。这时，又伸出了数只手擦掉了山梅的名字，山梅回过头来，发现虎子、陈小发等一大群青年围了上来。

青年们一片恳求声。

"山梅姐，让我们干吧！"

"让我们也像王华那样做一个革命人！"

山梅被青年们的求战心情所感动。

"山梅姐，你能冒着生命危险抱炸药包，难道我们……"

"我们决心大干一场,把渠道工程提前完成。"

山梅:"好!我们大家都要遵照毛主席的教导,一不怕苦,二不怕死。像王华那样学大寨,像大寨贫下中农那样战斗!"

"好!向大寨贫下中农学习,像王华那样战斗!"青年们高声呼喊着。

36

大队部。

卫如雪向刘才大发雷霆:"你马上整个材料给我,我要通报全县!"

刘才:"有些情况……"

卫如雪:"别说了,现在是彻底解决山河问题的时候了,再拖下去,我们都要受批评受处分的。把山梅撤下来,你先代理支部书记。"

刘才:"我干不了!撤掉山梅,党内外群众都不会同意。卫副主任,这事是不是再考虑考虑?"

卫如雪:"不行,已经决定了!"

刘才无可奈何地站起来想走。

卫如雪:"还有,我看可以提拔刘连发当大队革委副主任,你看怎样?"

刘才大吃一惊:"刘连发?他那名声……"

卫如雪:"那是山梅把他搞臭的。现在队里要搞好经营管理,狠抓收入,这种人用得着。"

卫如雪用命令的口气说道:"明天开动员会,把刘连发吸收到新班子里来。山梅乱批乱斗，不顾群众死活，造成严重事故，就是要撤职！"

刘才一惊。

37

一条僻静的山沟里，两边坡上挂满了珍珠似的十月红。沟里，梯田层层。刘才在修补着石堰。

"你偷人了？抢人了？藏到这里！"春花突然在他身后吆喝。

刘才吓了一跳，说："藏啥？我干活不行啊？怎么，卫副主任又找我了？"

春花："看你怕的，他能吃了你？"

刘才不服地说："怕啥？！他要是问我哪里去了，你就说不知道。"

"现在你眼才睁开点！走！"春花拉着他，"山梅一天找你几次……"

刘才又惊又喜："山梅找我！"稍停，他又坐了下去，痛苦地说："咋对她说呀？"

春花一惊："怎么啦？"

刘才看她一眼，摇摇头，有苦难言。

春花指责他说："难怪人家都说你变了，看吧，心里有话都不愿对山梅讲了！"

刘才思考了一下，痛下决心："走！找山梅去。"

"哈！叫我好找！"山梅从珍珠似的十月红中走了出来，她还是那样爽快。

春花急着说："你说得一点不假,他想躲哩!"

刘才难过地叫了声:"山梅!"便低下了头。

山梅笑道:"躲!肚子也饶不了你!"说着,她递给他一小包馍。

刘才看看馍,又看看山梅,眼睛不禁湿了,说道:"山梅,你批评我吧!"

"批评?"山梅平静地讲,"我还要和你斗哩!"接着递给他一张纸,"你看看,这是林八的交代。"

刘才接住喃喃念道:"每块石条林八付钱一元,刘宗汉从中获利三角,刘连发从中获利二角!"他的手哆嗦了。

山梅尖锐地批评:"你看看你这船到码头车到站的思想,一心想建个安乐窝,叫刘连发钻了空子。他想用点钢筋、玻璃收买你,通过你的手,把咱山河五千贫下中农变成他的长工!"

"这个坏蛋!"刘才又气又惭愧,"山梅,我一定和他一刀两断!"

山梅严肃地:"这就够了?"

刘才不知所措:"还要我怎么样?"

春花厉声:"要你革命!"

山梅诚恳地:"对,要继续革命!"

刘才若有所悟:"继续革命!"

山梅恳切地:"对,要革修正主义的命!这条路线 不砸烂,刘宗汉、刘连发就会上台。"

刘才吃惊地:"啊,卫副主任叫刘连发当革委会副主任,你都知道了?"

山梅:"哼,果然不出所料。我想,继续发展下去,他们一定会这样做的!"

春花气极地:"你怎么不敢和他斗? 你看山梅连死都不怕,亏你还是个副支书。"

刘才悔恨地:"山梅,我不配当这副支书,我被这安乐窝给迷住了眼睛。山梅,人家要斗你,可你还……"

春花吃惊:"什么? 山梅,卫如雪还要斗你?"

春花抱住山梅,眼里闪着泪花:"山梅,你真是铁打的,这时候你还想着大队,关心大家……"又对刘才又气又恨:"可你……"

"别说了!"刘才站了起来,下定决心,"山梅,你说叫我咋办吧!"

山梅高兴地说:"先吃了馍,咱们晚上开支委会!"

"好!"刘才吃着馍,一边走一边愤愤地讲,"他们的心狠着哩,明天开大会,要撤你职。"

38

王祥家,正是做饭时。

山梅担水进来,王大娘爱惜地:"好闺女,刚下工不歇会儿,又挑水。"

山梅亲切地说:"大娘,我不累。"说罢,把水倒进缸里。

山梅走到大娘身边,扶她坐下,安慰道:"大娘,您放心,王华养几天伤就会好的。"

大娘再也忍不住了,叫道:"好闺女,可是,那姓卫的要斗你呀!"

山梅平静地:"大娘,我知道。"

大娘:"好闺女,你一个心眼扑在咱们山河上,光想着大家,就是不顾自己,可他们还要斗你!"

山梅:"大娘,眼下咱贫下中农办的事,扎人家的眼,揪人家的心,人家不舒服嘛!"

　　大娘愤愤地说:"他们叫我去参加会,斗咱贫下中农的好闺女,他们打断我的腿我也不去。"

　　山梅诚恳地劝道:"大娘,你应当去……"

　　大娘:"你说什么?"

　　山梅抬起头,看着大娘,充满战斗豪情地说:"大娘,你应当去,咱们娘儿俩和贫下中农一起,跟他们斗到底!"

　　王大娘:"好闺女,大娘听你的。"

　　山梅:"大娘,爆炸炸药仓库和打伤王华的凶手,我们马上就会查到!"

39

　　石柱等民兵押着刘宗汉,刘宗汉指指水缸底下。民兵移开水缸,在缸底下拿出一个包,里边是炸药和导火线等物。

　　喜山爷、虎子等人在审问刘连发。

　　刘连发吓得趴在地上叩头。

40

　　山上,平地,大路,小道,成群结队的人往工地移动着。

　　大会就设在工地上。

　　台下人流如海,坐着的,站着的,立在拖拉机上的,人们怀着各种各样的复杂感情,在窃窃私语。

　　主席台上,卫如雪向刘才示意,刘才走向主席台说:"同志们!卫副主任要我宣布开会,现在请卫副主任讲话!"

卫如雪走上前清了清嗓门说："社员们,大会开始了！过去这个大队在山梅的影响下,乱批乱斗,盲目乱干,造成严重事故。王华同志就是这样受伤的,恐怕还有生命的危险呢！我们要好好总结经验教训,纠正错误⋯⋯"

王大娘没等卫如雪讲完,就站起来往台上走去,无数双眼睛看着她。她走到桌前,对着扩大器叫了声："乡亲们！"就停顿一下。

卫如雪见到王大娘,一阵高兴,鼓励道："别怕！我给你做主！"

王大娘说："我的闺女王华受了伤,做妈妈的心里最明白,她干得好,做得对！她向山梅学得好！"

卫如雪威胁地："不要说这些,说王华是怎么受伤的！"

"王华怎么受伤的,我来回答！"山梅在台下站起来大声说道,说完向台上走去。

卫如雪击案而起："你想干什么！"

山梅："我要讲清楚,王华同志到底是怎么受伤的！"

卫如雪："你犯了严重错误,今天的会要对你进行批判和严肃处理！"

"应该批判的是你支持包庇的投机倒把分子刘连发,是你推行的那条错误路线！"山梅面对卫如雪,"就是你所执行的这条修正主义路线,让刘宗汉的复辟梦想变成复辟行动,让刘连发这种资本主义势力专我们社会主义的政,妄想在山河复辟资本主义！"

群众呼声响起：

"这是白日做梦！"

"这是痴心妄想！"

"你这是污蔑！"卫如雪连着拍案。

刘才冲向话筒："我揭发⋯⋯社员们卖石条那事我有错。我上了刘连发的当,眼下在卖石条当中,他们已经发了财,他还想让我签合同。要是真按他们的算盘来打,刘宗汉就从中捞到三万块钱,刘连发就能捞到两万块钱。大伙看看,这是证据!"他摇动着手中的合同。

卫如雪一怔。

群情震惊,一片呼叫:

"啊!刘宗汉又想让咱们当他的长工了!"

"刘连发这下可成暴发户了!"

山梅接着讲:"这就是千方百计为新老资产阶级分子广开门路的结果!就是这两个想把贫下中农当长工的刘连发和刘宗汉,有人却包庇他们,还要让暴发户刘连发当大队革委会副主任!同志们,这是一条什么路?!"

"复辟资本主义的路!"台下一片回声。

山梅继续说:"说什么该批的批了,该斗的斗了。就是在这种阶级斗争熄灭论的怂恿和支持下,刘连发和刘宗汉爆炸炸药仓库,打伤王华。他们同坏分子林八勾结在一起,破坏社会主义集体经济,妄图颠覆无产阶级专政!"

全场哗然。

卫如雪一惊:"啊?!"

山梅喊:"把他们押上来!"

石柱等民兵应声把刘连发和刘宗汉押上了台。

这意外一击,把卫如雪吓呆了。

群情激愤,高呼口号:

"打倒刘宗汉!打倒刘连发!"

"坚决镇压反革命!"

"加强无产阶级专政!"

山梅愤怒地讲:"他们阴谋杀人夺权!"

石柱怒吼道:"他们想杀害山梅,引爆炸药仓库,炸毁整个工地,炸死工棚里的群众。"

喜山爷:"是山梅冒着生命危险,抢救了一百多个阶级兄弟!"他又转身对卫如雪:"可你还口口声声说,山梅不顾群众的死活。"

群众愤怒,呼口号。

卫如雪汗如雨下。

山梅:"卫如雪同志,你该醒醒了。群众说是臭的,你说是香的;群众反对的,你偏支持,这是为什么?老卫同志,你应当接受这血的教训,赶快回到毛主席革命路线上来,这样,贫下中农还是会欢迎你的。"

卫如雪沉痛地低下了头。

"说得对!"洪亮的声音从场外传来。大家朝声音的方向望去,只见石坚大步走进会场,走上主席台。

人们狂喜:"老石!"

山梅扑上前,紧紧握住石坚的手:"老石!"

台下掌声雷动。

卫如雪在石坚身旁痛心地:"老石,山河大队的贫下中农给我很大的教育,我错得太深了!"

石坚:"老卫,你要认真想一想,要从世界观上好好挖一挖,执行修正主义路线的思想根源和在工作中带来的危害,认真检查,纠正错误。"

山梅激动地:"老石,这些日子里大伙想念你呀,给大伙说几句话吧!"

石坚走向话筒,说:"山河的贫下中农在斗争中坚持走大寨的道路,坚决抵制了修正主义路线。它有力地说明,毛主席革命路线是不可战胜的,学大寨的革命潮流是不可阻挡的。我们要向山河的贫下中农学习!"

一阵热烈掌声。

"毛主席革命路线胜利万岁!"

"毛主席万岁!"

"毛主席万万岁!"

王华头上包着纱布,激动地跑上台来喊:"山梅姐!"

"王华!"山梅高兴地紧紧抱住王华。

台上台下的群众都喊道:"王华!"

山梅:"同志们,向大家报告一个好消息,王华同志经山河大队支部大会通过,上级党委批准为中国共产党党员啦!"

全场热烈鼓掌。

"王华!"小发、虎子等青年站起来,向台上的王华挥手。

石坚:"同志们,城里有一批知识青年听到你们坚持斗敌批资,开展农业学大寨的动人事迹,都要求到山河来插队落户。县委支持他们的要求,我把他们带来了!"

十多个知青向台上走来。会场又响起了热烈的掌声。

山梅举起场边"农业学大寨"的红旗,高声说:"同志们,咱们山河又增添了一批新生力量,社会主义事业不管遇到多大困难,它永远是兴旺发达的,学大寨的红旗将在斗争的风暴中更加鲜红!"

山梅将红旗交给王华。

王华挥舞着红旗走向工地,青年们紧跟红旗大步走去。

41

红旗如林,锣鼓喧天。山河大队全体社员,欢聚在渠闸前的场地上。

一条新修的渠道从高坡上穿过梅花山,越过刀劈崖伸过来,崖壁上刻着三个大字:反修渠。河水通过反修渠的大闸,翻滚奔腾而去。

在人们的欢呼声中,石坚说:"山梅,明天全县召开学大寨的现场会上,你们山河大队好好地介绍介绍以党的基本路线为纲,开展学大寨的好经验吧!"

山梅:"经过这场斗争,山河大队的贫下中农眼更明、心更亮了。我们要控诉修正主义路线干扰和破坏的罪行,我们山河大队的贫下中农要永远听毛主席的话,坚持大批促大干,大干促大变,继续革命,继续前进!"

群众欢呼着,响应着。

"对! 我们要以大干社会主义的实际行动,来回应修正主义路线的干扰、破坏!"

"加快步伐,建设社会主义的新山河!"

沿着主干渠伸展开去新的工地上,"农业学大寨"的红旗迎风招展。山梅、石坚开着推土机、拖拉机,王华同一群青年在引线爆破,卫如雪、刘才抡起了铁锤、镬头,一大群贫下中农、社员群众挖的挖、挑的挑、推的推……工地上出现领导带头、干群团结战斗、热火朝天的动人景象。

一幅幅人造平原的画面,展现在群山环抱之中。

原载《文艺创作谈》1975 年第 2 期

华灯初上

●

1

初夏。朦胧的月色下,翠绿的山峦,怒放的野花,清澈的溪水,竹林掩盖的村庄,静极了,美极了。

一声鸡叫,全村鸡啼。

玉妹轻盈地走到村中树下,拉动了钟绳。山野被清脆的钟声惊醒了。

玉妹举起广播筒,边走边又甜又脆地喊:"小水电站开工了,都快上工啊!"

群山从四面八方传来了回音:"小水电站开工了! 都快上工啊——"

2

村头,一所坐东面西的三合院。

上屋,里间灰蒙蒙的。清脆响亮的钟声传来,东东睁眼看去,窗子还是一片灰暗。他睡意未退,迷迷糊糊地刚要再睡,又传来了玉妹的叫声:"小水电站开工了,都快上工啊!"

东东清醒了,来劲了,猛地起来。衣裳才披上,大门外又传来了玉妹的脚步声,接着又是甜甜的叫声:"喂,上工了!"

东东慌慌张张趿拉着鞋往外跑，跑到屋檐下看去。

玉妹站在大门口，手里拿着广播筒，这时天已大白，才看清玉妹的真面目——瓜子脸，似红似白，比荷花还要好看十分。她看着东东袒胸露怀、挤眉弄眼的样子，甜甜一笑，转身走去时，手一扬，朝东东扔过去一件东西。

东东打个箭步，跳下台阶，伸手接住，低头一看，哈！一双硬底硬帮的新鞋。他脸上顿时堆起了幸福、得意的笑容。

东东走到院中石凳前站住，看看南北厢房还是关门闭户，就冷冷一笑，他右脚一甩，一只烂鞋飞了过去，砸在南厢房门上，"啪"的一声响。他一边坐下去换鞋，一边不满地叫道："喂，队长的嗓子都唤哑了！"

3

南厢房里，一盏油灯，豆大的光。

金水花披衣坐起。她三十多岁，有几分姿色，头发蓬松，睡眼难睁。听见东东催叫，水花不屑地抽鼻撇嘴，又赌气地钻进被窝里，冲着窗子咕哝道："怕对象嗓子使坏了，你去替她喊嘛。还没过门哩，就心疼不及了！"

"你积积德，少说一句，行不行？"水花的丈夫、憨头憨脑的石头早已起床，在墙角找工具，听她发牢骚，就低言轻语劝她。

石头拿起工具要走，回头见她又躺下了，着急地埋怨道："你咋又睡了？ 新官上任三把火，也不怕拿你开刀！"

"她敢！ 开刀就叫她卷刃！"水花愤愤地"哼"了一声。

石头看她动火，畏缩地站到床前，吞吞吐吐求告道："早去一会儿,又使不死人。大家都在搞四化,你就不想点电灯?"

"爬一边去,少给我说光棍话!"水花狠狠瞪他一眼,拉过被子,包住头又睡了。

"唉!"石头在床前呆呆地站了一会儿,说不敢说,拉又不敢拉,长长叹息一声,无可奈何地扛起工具转身走了。

石头打开门,见东东在弯腰提鞋,就悄悄地快步溜了出去。

4

新鞋难穿。东东好不容易才穿上一只,他直起腰拿另一只时,看见北厢房的门还关着,就左脚一甩,一只烂鞋砸在北厢房门上,讥笑地大声吆喝道:"日头晒着屁股了!"

5

北厢房里。墨水瓶做的油灯下,四十多岁的大磨婶给儿子小扣穿好扣好,给他挂上书包,催道:"快去,好好读书,给妈挣个一百分回来!"

小扣欢天喜地地往外跑去。

大磨婶拿起一把铁锄,回头看了一眼床上,被子里包着一个人,睡得呼呼噜噜。她生气地走到床前,甩开右手,重重地打了那人一巴掌,吆喝道:"你耳朵塞驴毛了? 没听见喊上工!"

被子里伸出了陈大磨的头。他五十岁上下,一脸不在乎的神气,大大咧咧地嘟囔了一句:"谁还赏给个屁吃吃!"

"你还要脸不要?"大磨婶生气地扬起了拳头,喝道,"快起来!"

"脸多少钱一斤?"大磨嬉皮笑脸地折身坐起,顺手从床头桌上拿过烟袋,放进嘴里吸着。

"你不要脸,我还要哩!"大磨婶从他嘴里夺过烟袋,"叭"的一声又扔回桌上,板着脸发怒道:"快些起来走!"

"你叫我过过瘾嘛!"大磨看妻子要发脾气了,忙收起嬉皮笑脸,求饶地看着她,又从桌上拿过烟袋,信誓旦旦道:"你先走,我马上就去,保证误不了点。"

"你小心点!"大磨婶狠狠瞪他一眼,扛起铁锄转身走了。

6

一条小河经过一个峡谷,河床突然跌落。小水电站就修在这里。

工地上人来人往,匆匆忙忙。人们干得凶,笑得响,充满了欢乐的气氛。

"站住!"记工员小山正在撂土,突然大叫一声,撂下筐,箭一般往路口跑去。

人们吃惊地抬头看去,只见陈大磨和金水花像没事人一样,不紧不慢往工地走来。

小山跑到路口,拦住他们,弯腰从旁边石头上拿起一个小本本,又指指石头上放的马蹄钟,气喘吁吁地说:"看,大家都干够一点钟了,得扣你们一分。"

陈大磨推开小山,嘻嘻笑道:"去去去,开的啥玩笑!"

小山正言正色地说:"谁开玩笑,这是新定的制度!"

金水花撇嘴道:"啥制度?别拿鸡毛当令箭!"

两人说着就要混进人群。

小山爹着双臂拦住他们。

"哟,大小当个官就翻脸不认人了!"金水花撇嘴笑道。

"真是侄娃子有权不叫叔了!"陈大磨笑道。

大磨和水花嘻嘻哈哈,弯下腰从小山的双臂下钻了过去。

小山急了,转身紧跑到他们前面,又死死拦住他们,并回头着急地四下张望,大声求援道:"玉妹,快来啊。他们来晚了还不认罪。"

玉妹在附近担土,听见小山呼叫,抬头见是大磨和水花在与小山争论,迟疑了一下,放下担子快步走去。

干活的人都眼巴巴看着玉妹,声声嘱咐道:"玉妹,这可是第一炮,可不能瞎了火!"

"玉妹姐!"一个叫兰兰的姑娘正在装土,掂着担跑过去,对玉妹关切地小声嘱咐,"得给他们个下马威,要不,你往后说话就不灵了。"

"黑脸咋唱呀?"玉妹皱起了眉头,不知所措地走过去。

陈大磨看见玉妹来了,抢着迎上去,打哈哈道:"玉妹,我是积极是落后,你一脉尽知。这些天我一颗心都迷到电站上了。昨天夜里,我想生个办法,早点把电站修好,一直想到后半夜才迷糊过去,做梦都在修哩。就这,他还要扣我工分哩!"

围上来看热闹的人忍不住笑了起来。

东东挤到前面,严肃认真地说:"都听清楚了吧?大磨叔多积极啊,做梦都在修电站。我提议给大磨叔记点做梦分!"

"好啊!"人们哄笑不止。

玉妹瞪了东东一眼,东东做个鬼脸退到一边。

玉妹对大磨好言好语劝道:"想得好还得干得好,电站才能修起来。来得晚,少干活,就该少记工。真要一心为电站,就该带头执行制度！”

“这……”大磨一时语塞，找不到词了。

金水花撇着嘴冷笑一声，质问道：“制度？早不制晚不制，为啥专制俺们？”

玉妹轻言细语解释道：“从前‘四人帮’破坏，不按劳取酬。能说会道的沾光，老实干活的吃亏。现在落实按劳取酬的政策，多劳多得，少劳少得，这可不是专制你们的！”

“好！这制度真好，我举双手赞成！”大磨忽然换个态度，冲着看热闹的人自找台阶下，“这制度要是早点告诉我，哼，不是吹的，我比谁都跑得快来得早！”

水花也趁机倒打一耙：“对啊，定制度为啥不打招呼？咋，‘四人帮’都打倒了，还搞突然袭击呀？”

玉妹又气又急，差点哭了。

看热闹的人们炸了，愤愤不平地议论着：

“自己错了，不但不认错，还给干部戴大帽子！”

“哼，真不像话！”

玉妹看大家吵闹起来，不知如何处理才好，忽然看见东东在一旁得意地笑个不停，以为是东东想叫大磨和水花出洋相，故意没把队里决定告诉他们，就上前一步，责备东东道：“昨天开队委会，决定从今天开始按劳取酬，你是生产组长，为啥没告诉他们？”

“噫，才上任就官僚了！昨天夜里开小组会，嗓子喊破了他俩也不去！”东东冷嘲热讽地说。他忽然看见大磨婶在一旁站着，就大声大气地问：“大磨婶，你昨夜开会回去，咋不告诉大磨叔哩？”

大磨婶是个争强好胜的人，偏偏碰上个不争气的丈夫，气得成天阴沉着脸。这时，见男人又出怪露丑，早就怒火攻心，恨不得咬他一口。听东东问她,就咬牙切齿道:"他还算个人?算我对猪说了!"一句话未说完,就噙着泪水转身跑了。

大磨看妻子跑了,胆子就更大了,假装糊涂道:"对,对,她半夜散会回来时,我真睡得像死猪一样,谁知道她说的啥,我没听见一个字!"

东东钻空子笑道:"刚才你说,操心操到天快亮才迷糊过去,咋眨眨眼可又成死猪了?"

大磨词穷脸红:"这……这……"

众人又是一阵哄笑。

东东又突然质问石头道:"石头哥,你回去没告诉水花嫂子?"

石头刚张嘴要回话,忽见水花拿眼瞪他,不由吓得倒退几步,张口结舌道:"这……我……"

"好啊,你这个死货!"水花害怕石头吐了真情,突然冲上去砸了石头几拳,反咬一口道,"昨天咱俩吵了架,你还想报复我哩!故意对我保密,想让我又丢人又丢工分!"

东东不屑地讥笑道:"演戏演得怪像!"

水花一只手指着天:"天地良心,我敢赌咒!"

东东撇嘴道:"放屁不疼,赌咒不灵。"

大磨看矛头对准了水花,轻松地表白道:"反正咱是真不知道。"

玉妹在一旁发呆,想着怎么办。

兰兰拉拉她,着急地悄声催道:"咋弄呀,都来看洋戏了,耽误了多少活儿呀!"

玉妹四下看看,工地上没人做活,都围在这里看热闹。她苦笑一下,径直走向东东。

"你是生产组长,为啥不指名道姓通知到人?"玉妹责备了东东一句,不等他回话,又急忙转身对大磨和水花说,"算了,算了,不知者没错,都快去做活吧!"

大磨和水花自认为胜利了,扫了众人一眼,得意扬扬地走了。

众人七嘴八舌地嚷嚷起来:

"开头就叫白尖石碰卷刃了,电站还咋修?"

"三句假话一说,制度算吹了!"

"少劳不扣工分,我算白得罪人了!"小山拿着记工本走向玉妹,不满地说,"这记工员我也不干了,给!"

"谁说不扣了?"玉妹不接记工本,劝慰小山,认真地说,"扣! 为啥不扣?"

大磨和水花刚走几步,听玉妹如此说,回头气冲冲地质问道:"啊,说了半天算吹灰了,还要扣?"

"扣我的!"玉妹对他们甜甜一笑,就拿起广播筒,一边走一边大声广播道:"大磨叔和水花嫂子愿意执行制度,今天他俩迟到,都怨我工作上粗心大意,没有把定的制度通知到人,应当扣我二分!"

东东愣了一会儿,突然快步追上去。

7

玉妹边广播边走,经过一块巨石时,突然从巨石背处跳出来一个人,从她身后伸过一只手,一把夺走广播筒。玉妹吓了一跳,回头一看,原来是东东。

东东愤愤地嘲笑道:"你害伤寒烧迷了?"

玉妹无可奈何地苦笑道:"再争下去,今天早上都做不成活儿了。咱吃个亏算了!"

东东发火道:"你不会当队长就不要当,你有多少工分贴赔?"

玉妹两只传情的眼睛甜甜地望着他,笑道:"看你怪的! 你说咋办吗?"

东东恨道:"狠狠斗争他们一场!"

"噫!"玉妹笑得更甜,挖苦道,"我当有啥好门道哩,说半天还是个斗! 斗了一二十年,你见过几个人叫斗进步了?"

东东不服,反驳道:"斗都不行,你这就灵了?"

玉妹认真地说:"咱们不能一条道走到黑,死揪住个斗字不放!咱们换个办法试试,行不行?"说完,她笑着从东东手中夺过喇叭,边广播边朝前走去。

东东只好看着她的背影,不服地说:"好! 咱们等着看,狗要改了吃屎,才真算你能!"

8

玉妹在人群中广播着,走着。

大磨和水花在人群中,一副扬扬自得的样子。

大磨和水花担着空筐,踏着踏石,往河对面走去。

在河边挖渠的人眼斜着大磨和水花,议论着:

"天上少有地下稀,这样当队长真新鲜!"

"脸皮厚的人可美了!"

大磨和水花匆匆过了河,在小路上走着。

远处传来了玉妹的声音。

迎面走来的人愤愤地议论着:

"玉妹想感动上天哩!"

"可惜她是给鬼烧香,只怕不灵!"

大磨和水花匆匆穿过人群。

大磨回头看着走去的人群,狠狠唾了一口沫,反唇相讥道:"自己吃不上鱼,就说鱼腥!"

9

玉妹广播着,走着。

旁边正在打石头的王大伯,停住手中铁锤,翘着山羊胡子,关心地看着玉妹。

玉妹走了过去,又委屈又为难地苦笑道:"王大伯,再没人干了,找我这个绵羊羔子来充数。"

王大伯同情地笑道:"唉,大家挨了一二十年整也挨够了,就是看中你不会整人这个好脾气,才想叫你干队长哩!"

10

黄土崖下。一群人担土走去,大磨和大磨婶走来。

大磨婶装着土,气道:"你还有点良心没有?看玉妹是面团脾气,好捏,自己磨洋工,倒叫扣她的分!"

大磨不以为然地说:"还面团哩,我看她这一手比铁还硬棒哩。这是在大家肚里安上钟点,往后谁还敢晚来一分一秒!"

"明白了就好!"大磨婶装满拍实,又加两铲,担起走去。

大磨本已装满,看大磨婶走了,就又从筐子里往下扒了两铲,轻巧地担起走去。

路上,大磨见大磨婶被压得不断换肩,就自作聪明地埋怨道:"大工活,慢慢磨,做得多了划不着。说你憨,你还不服哩!试试,担得不少,压得不轻,谁也没说你个好!"

"我脸皮没你脸皮厚!"大磨婶数落道,"说你不要脸,你真是把脸当成鞋底子了,踩着脏屎也不觉臭!"

"哎呀,这算个啥嘛!"大磨脸不红气不喘,嬉皮笑脸地说,"人家多大的干部还不是斗来斗去,是没游过街,还是没戴过高帽子?咱这脸还不如人家的屁股哩。咱都要嫌丢人,那些大干部就该一头栽河里淹死了!"

"人家为啥,你为啥?"大磨婶咬牙切齿批驳道。

一群担着空筐的人迎面说说笑笑地走过来。

大磨婶不由回头看看大磨的担子,见只有两半筐,便又急又气地命令道:"快,放下!"

大磨不解,愣愣地放下担子,问:"咋啦?"

大磨婶飞快地把肩上的满筐放到大磨肩上,自己挑起大磨的半筐走去,恨铁不成钢地骂道:"奸猾得不轻!才丢罢人,又来出丑!多大个棒劳力担两半筐,也不怕人家捣烂你的脊梁骨!"

大磨轻易不挑重担,被压得咬牙咧嘴。

迎面的人走过来。

玉妹看大磨压得不轻,就悄悄拉了拉走在身边的东东,指指大磨担的满满的担子,笑眯眯地说:"你看看咋样?"

东东不甘认输,抽抽鼻子,做个鬼脸:"别高兴得太早了。两个工分就能把一颗黑心洗干净,也太便宜了!"

东东走上前,对大磨伸出大拇指,嘲笑道:"真是立竿见影,今天日头打西边出来了!"

大磨苦笑着,吹道:"你娃子别说背良心话,咱啥时候不是日出东方?"

玉妹走过大磨身边,夸奖道:"咳,大磨叔想一担挑走两座山哩!"

大磨更得意了,严肃地说:"搞四化嘛,能叫使死牛,也不叫打住车!"

大磨婶哭笑不得地回头催道:"别王婆卖瓜了,还不快走。"

大磨嘻嘻哈哈着往前走去。

大磨不断换肩。走过河边一个深潭,远远看见鱼儿在哗哗跃出水面,他的心又动了,站着迟疑了一下,看看前面大磨婶没走多远,只好强忍着走去,可是又忍不住一步三回头看着潭里的鱼,慢慢就落到后边。看大磨婶拐个弯走进树林里了,又看看四下没人,大磨忙放下担子,飞快地往河边跑去。

大磨跑到河边,从怀里取出鱼钩、鱼绳,安上诱饵,扔进水里,把头绳拴到河边一棵小树上,然后得意地笑着往来时的路上走去。

11

工地又一角。

一群社员担着沙土,沿着林荫小道,穿过苹果园走着。果实累累,红里透白,引诱着行人,有几枝伸到小路上空,低得碰头。看果园的张大爷敲着铜锣,来来回回赶着贪食的鸟儿。

小山担土过来,叫道:"张七爷,小心有人顺手牵羊,偷摘你们队里的果。"

"没事! 你们队里没那号人!"张七爷笑着,匆匆赶鸟儿去了。

石头和水花担土过来了。

石头试探着劝道:"扣人家玉妹的分……"

水花冷笑道:"谁叫她当队长哩,活该!"

石头难为情地说:"你也不怕丢人!"

水花一点也不在意:"丢人? 哼,年年斗,天天斗,怕丢人就别活了!"

石头无可奈何地叹了一声,默默地走着。

水花看着苹果,垂涎欲滴,几次欲摘都忍住了。这时压弯枝头的苹果随风摆动,碰着了水花的鼻子。她看看前后没人,头往上一仰,看着鼻尖上的果实,开玩笑地叫道:"你是看我今天吃了批评,不敢找你不是? 哼,我不找你,你还找我哩,你当我真不敢吃你啊!"说着踮脚伸嘴咬下一个。

石头吓了一跳,着急地叫道:"老天爷! 这是人家外队的呀!"

水花毫不在乎地讥笑道:"外队的吃着有毒?"

"唉!"石头四下看看,听见脚步响,又气又急又怕地一跺脚,甩下水花自己先走了。

水花边走边吃苹果,真好吃,又脆又甜又香。她猛抬头看见玉妹担土迎面走来,忙把半个苹果塞到怀里,装作没事人的样子和玉妹擦肩而过,匆匆走去。

玉妹早已看见水花的行为,越想越不是味,拐回去追了她几步,想想不妥。玉妹皱起了眉头,叹了口气,顺路找到水花摘果的那一枝,从口袋里掏出一角钱,绑到枝头上,会心地笑笑走了。

12

水花发觉玉妹看见她偷吃苹果,心里有点发毛,快步走了一截,回头看见玉妹还在那里呆呆站着,忙三口两口吃完那半个苹果,把果核远远扔到乱草丛中,自我安慰道:"哼,拿贼拿赃,现在没凭没据,你只要敢说我个不字,看我不和你拼了!"回头看了一眼,就放心地走了。

水花担着空筐,顺着河边小路悠闲地走着,忽然听见一阵"啪啪"击水的响声。她奇怪地站住四下看去,只见一条大鱼在水里挣扎,她急忙跑到河边一看,树干上绑着一根钓鱼丝绳,钩子扔在河里,一条大鱼被钓住了,拼命地挣着浮标。

水花喜出望外,看看四下没人,忙拉出那条大鱼,放到筐里,拔了几把野草盖住,又把鱼钩扔到河里,然后喜滋滋地走了。

东东恰好担土过来,看见水花从河边鬼鬼祟祟地跑了,看着她的背影,他想了一下,放下担子,也跑到河边,入眼就看见钓鱼钩,不由怒火攻心,看着远去的水花恨道:"哼,真是狗改不了吃屎,正干活哩来偷鱼!"

东东生气地解下小树上的鱼绳,揉成一团,扔到远处草丛里,狠狠地说:"我叫你再偷!"

东东得意地走去,走了几步,又拐回去拾起鱼钩,把绳头依旧绑到小树上,在鱼钩上绑了一块大石头,扔进水里,这才扬扬得意地笑着走去。

13

日头将要落山了。

大磨倒了筐里的土,磨蹭着走在后边,看人们都走了,才悠闲自得地走去,边走边哼着小曲:"昔日里有个姜太公,会钓鱼他才出了名……"

大磨唱着来到下钩的地方,看见浮子下沉,以为钓住了一条大鱼,不由喜上眉梢,看看前后没人,忙弯腰捉住绳子拉上来。他越拉越重越喜欢,自言自语道:"可逮住个大家伙!"

大磨把鱼绳一把一把拉上来了,啊!一块石头!他愣怔了一下,怒气冲冲地骂开了:"哪个背良心的,不得好死了!"

"收工了!"

"记工了!"

远处传来了呼叫声。

大磨只好吃个哑巴亏,收起鱼绳揣到怀里,闷闷不乐地朝工地走去。

14

工地上,小山正在记工。

大磨心神不宁,四下乱看,想找到偷鱼贼。

记完工,人们陆续走去。

大磨失望地跟着人们走去,忽然看见水花担的后头筐里乱草蠕动。大磨紧走几步追上去,伸手轻轻拨开筐里乱草,只见一条大鱼躺在里边。大磨恍然大悟，不由分说，一把抓过了那条鱼。

水花觉着后面的筐子突然一轻，忙回头看去，见大磨拿走了鱼，便扔下筐子，伸手去夺，质问道："你为啥拿我的鱼？"

大磨不肯放，反而火道："你在哪里弄的鱼？"

水花嘴硬地说："拾的！咋？"

"拾的？你再去拾一条叫我看看！"大磨冷笑着，捉住鱼头不放，越想越气，恨道，"偷了鱼不说，还绑个石头，你算坏极了！"

水花捉住鱼尾不放，反击："'四人帮'都被打倒了，你还诬赖好人！谁绑石头了？哼，干活哩，你去钓鱼！"

大磨针锋相对地吵道："你多好，我钓鱼就该你偷？"

人们都围上来看洋戏了。

大磨婶气得浑身发抖，上去狠狠拉了一下大磨，气道："你还有脸吵哩！"

大磨甩脱她，对着水花怒冲冲地道："你打听打听，姓陈的也不是好惹的！"

石头去拉水花，低声下气地求告道："鱼给他算了，想吃了买一条！"

水花推开他，跳起来对大磨反击道："你也访访问问，姓金的也不是好捏的！"

两个人手里夺着鱼，展开了拉锯战，两张嘴乱打枪：

"三只手！"

"准你钓就准我拾！"

看热闹的人围个里三层外三层，七嘴八舌地笑道：

"加油！水花！"

"加油！大磨！"

东东越看越气,猛地冲到大磨和水花当中,狠劲一抓,夺过那条鱼,大喝一声:"我叫你们争!"

水花看着被夺去的鱼,幸灾乐祸地讥笑大磨道:"你去钓吧!"

大磨看着被夺去的鱼,挖苦水花道:"你去偷嘛!"

东东捉住那条大鱼,甩开胳膊,狠劲往河里扔去,冷笑道:"我叫你们去吃吧!"

人们爆发了一阵哄笑。

15

玉妹和张七爷从河对岸过来,刚走到河当中,只见扔来一件东西落入水中,差点打在玉妹身上。玉妹好生奇怪。

玉妹看着一张张笑脸,问:"扔的啥东西?这么高兴!"

众人见张七爷在场,都望着大磨和水花,笑而不答。

玉妹也不再追问,指指水花,对张七爷说:"就是她!"

张七爷走过去,对水花埋怨道:"水花,你也太薄气①了!"

水花只当偷吃苹果的事被玉妹告发了,变脸失色道:"我咋?"

张七爷笑道:"都是兄弟队,摘个苹果解解渴算个啥……"

"好啊,还偷人家邻队苹果哩,真是偷惯了!"大磨打断张七爷的话,报复地嚷起来。

众人也气炸了:

"咱们队里的人算叫她丢完了。"

"批判她!"

---

① 薄气:豫西南方言,指客气、见外。

"斗她，这种人不斗不行！"

张七爷看大家误会了，忙拿出那一角钱，向众人摇着说："她吃个苹果解解渴，就在树枝上绑了一角钱！兄弟队嘛，也太外气了！"说着把那一角钱递给水花："给！"

大家听了将信将疑，面面相觑，哑口无言地看着水花。

水花迷惑不解，尴尬地说："不、不……"

"别客气，心意到了就行了！"张七爷坚持着硬要把钱塞给她。

水花又怕又羞又愧，涨红着脸，硬是不接，说不成话："不、不……"

张七爷看她执意不收，就从口袋里掏出一个五分硬币，说："你觉悟这么高，我们也不能卖高价啊！真要给，找你五分钱！"

张七爷硬把五分钱塞给她。

水花看见石头在一旁得意地眯眯笑着，以为是石头绑的，也就心安理得地收下了。

张七爷又对众人夸道："你们队风格真高，我回去给我们队长讲讲，叫大家也向你们学习！"

这事是真是假？人们怀疑不定，见大磨在一旁发呆，就把话头对准了他，纷纷嘲笑道："大磨，你啥时候也露一手！"

"快了，石头发芽驴出角时，大磨 保险也能露一手！"

"你要有脸有面，就一头栽到河里淹死！"大磨婶见人们又要笑她男人，淌着眼泪走了。走了几步路，又回头说："你敢再踏进家里一步，你试试！"

大磨傻眼了。

人们都回家走了，只有大磨还呆呆地站着，继而蹲了下去，抱住了头。

东东鄙薄地看他一眼,恼怒地走去。

16

东东闷闷不乐地走在人群后头,听着前面玉妹和王大伯的说笑,脸色越来越难看。

小山回头看了东东一眼,站住等东东走过来,关切地说:"你得说说玉妹,当队长光会笑可不行呀,还得会唱黑脸才行!"

东东烦恼地说:"哼,人家当了官还听咱的!"

小山劝道:"凭你俩的感情,她还能不言听计从?"

"哼,感情?"东东发牢骚,"她又不是远路人,啥事不知道?斗争我爹时,大磨和水花啥话毒说啥,活活把我爹气死。如今她当了队长,全不念我爹的仇。他们干了坏事,不但不整他们,还把他们捧到了头顶当爷敬,对我是啥感情?"

小山同情地说:"你不会想办法调动调动她的感情?"

东东眉头一皱,眼睛亮了。

17

夜里,屋里在开队委会,几个队委躺的躺,坐的坐,谈笑风生。

王大伯笑道:"人有了病,也不能死认住一个大夫的药方,换换药单也行嘛!我赞成玉妹的办法,心换心!"

东东躺着,忽然来了劲,虎生坐起,翻了玉妹一眼,不满地讥笑道:"事实证明,当菩萨不中!有人不是上工晚,就是来早了不正干。对陈大磨和金水花不好好批批整整,就会长了这些人的志气,减了新班子的威风,往后别想干好!"

小山:"对,新官上任就得狠烧几把火!"

王大伯笑笑,说:"过去天天斗天天整,威风可真不小,今天火烧这个,明天火烧那个,只见烧死人,没见烧好人!"

众人哄笑。

玉妹笑笑说:"我想了一天,还是咱们的办法不对头,干部光催工催时不行。听了大家的意见,都说只有按三中全会的路线办才灵。我看有理,咱们明天也搞定额包工,就能解决东东说的那些问题。"说完,她不断用笑眼看着东东。

东东却瞪着玉妹。

东东悄悄脱下了脚上的新鞋,两只鞋合住并到一块儿。

玉妹征求大家意见,问:"还有意见没有?"

"没意见!"人们回答。

玉妹:"那就散会吧!"

人们纷纷走去。

屋里只剩下玉妹和东东。东东瞪她一眼,把手中的鞋往玉妹怀里一塞,气冲冲走了。玉妹一看,不由一怔,匆匆追了出去。

18

月光下。

东东在前面走,玉妹在后面追,不停喊道:"东东! 东东!"

东东不答,只管往前走去。

玉妹小跑着追去,东东也快步跑去。

玉妹生气地站住不追了,东东也站住不走了。

玉妹急忙赶上去,东东又开步走了。

两个人总是不远不近拉着一段距离。追着,追着,东东出了村子,一直往岗上林子走去。

玉妹急了,哭笑不得地求告道:"爷娃,深更半夜了,你要上哪里?"

东东站住,回头激将道:"我到我爹坟上去看看。又不是你的爹,不连你的心,你去干啥?"

玉妹把手中的鞋递向他,怜惜地说:"我去还不行? 你把鞋穿上,脚扎刺了咋办?"

"扎烂了算拉倒!"东东说着回头又走。

19

土岗上。荒草丛中一座孤坟,坟头长着碗口粗的两棵松树。

东东刚走到左边树下,玉妹也赶来站到右边树下了,两个人互相看着,谁也不理谁。

东东伸手量量树的粗细,气愤地对着坟头说:"爹! 大丈夫报仇三年不晚。你坟头上的小苗长成了大树,我没本事,还没给你报仇出气。"他说着翻了一眼玉妹,"人家有权的人又和你不连心,还打断胳膊往外扭……"

玉妹这时才明白东东引她出来的目的,她偷看了东东一眼,坐到了坟头上,伴着坡下淙淙的流水和山上的松林,如泣如诉:"只是你想了一辈子的好光景,到如今还没实现。自从解放那天起,你们就盼着好生活,人人住高楼,吃穿不用愁;走路坐汽车,看戏在村头;耕地不用牛,点灯不用油。可是,你们一辈子一直在忙着斗争,心思全用在斗争上。年年斗、月月斗、天天斗，七斗、八斗、九斗、十斗，白天顶着太阳斗，夜里点着油灯斗。斗到你死时，你棺材头上点的还是一盏油灯。你死够十年了，我们白天还是牛拉犁，夜里还是点油灯！"她说一句看一眼东东，"如今打倒了'四人帮'，可该搞四化了，又有人还想叫接着斗，想叫和种地一样，一季接一季播种仇恨的种子。爹呀爹，不是我们不孝顺，不给你报仇出气，真是不能这样孝顺呀！当初你错斗了别人，后来别人又错斗了你；我们要再去斗那些斗过你的人，将来人家又要斗我们，啥时候才能斗到头呀？"

玉妹本想借此机会解劝东东，这时不由得动了感情，竟真的伤心抽泣起来："就这样一辈接一辈永远斗下去，啥时候才能过好日子……"

东东本想激起玉妹对大磨和水花的仇恨，谁知她说得入情入理，叫人心服，又看她哭得和泪人一样，他的心也软了，只好走过去，低声劝道："噫，看你哭的，谁说叫你再斗人了？"

东东给她擦着眼泪，说："不斗就不斗，听你的还不行？"

玉妹伤心地淌着泪，诉苦道："我当队长，你不帮我……"

"我帮你行不行？"东东着急地拉她，认真地说，"别哭了行不行？你要再哭，我可也要哭了，你别当就你会哭！"

玉妹被东东一句话逗得破涕为笑了。

东东一把夺过玉妹手里的鞋，坐下要穿。玉妹又伸手去夺，佯怒道："你不是不穿了？"

"刚才我脚刺得慌嘛！"东东把鞋穿上，站起来笑道："走吧！"

两个人踏着月光，并着肩往村里走去。玉妹偷看东东一眼，见他神情尴尬，就贴近他甜甜地劝道："你想想，都住在一个小院里，一天不见个几回？互相帮助，说说笑笑多快乐，为啥非要你抠我腕子、我剜你的眼？成年瞪眼闹气，一辈子有啥乐趣？"

东东附和道："谁不想欢欢乐乐？可是他们死皮不要脸，不斗怎行？"

玉妹解释道："为啥他们死皮不要脸，还不是斗来斗去把他们的脸皮撕破了、斗厚了。人敬我一尺，我敬人一丈。只要大家不嫌弃他们，真心诚意地待他们，他们自然会一来二去看重自己的脸面。"

东东心里不信，又怕再惹玉妹生气，就说："好吧，听你的，先烧一炉高香敬敬看啥样。"

玉妹不放心地凝视着东东，追问道："真的？"

东东调皮地笑道："谁还敢哄你呀！"

玉妹高兴地笑道："好！那你回家就先去和水花嫂子坐坐！"

东东满口答应："行！"

玉妹不放心地叮嘱道："可不准再看她的洋戏！"

东东看她不放心，就挑逗道："你要不放心，有个好办法！"

玉妹不解地问："啥办法？"

东东嘻嘻笑道："干脆咱俩不等国庆节了，现在就结婚，你成天监督我！"

"就知道你没好话！"玉妹狠狠推他一把，害羞地前面跑了，跑几步回头笑道，"实话给你说，啥时候电灯不明，你别想！"

20

石头家。水花在案板上擀着面条，石头坐在灶前，脸上堆满了憨笑。他忽然起来洗了洗手，走到案板前夺过水花手里的面杖，笑眯眯地说："你歇歇，我来擀！"

水花退到一旁,眼斜着石头,奇怪地道:"嘿,今天日头打从西边出来了?"

石头擀着面,两只笑眼盯住水花,甜甜地笑道:"你今天才是日头从西边出来的,咋想起来在树枝上绑一角钱?"

"啥呀,不是你绑的?"水花发觉自己原来猜错了,不由愣住了。

"啊,不是你?"听了水花反问,石头心里凉了,把面杖又塞给水花,坐到一边吸烟,闷声闷气埋怨道:"那你为啥收人家的五分钱?"

水花没理也要辩三分,说:"他硬要给,这能怨我?"

石头又急又气:"可美! 白吃了人家的苹果,还又落表扬又落钱! 还不快还给人家!"

水花喃喃道:"还给谁?"

石头顶了一句:"谁知道是谁!"

"我!"东东正好踏进了门,他走到水花身旁,嬉皮笑脸地叫道:"水花嫂子,你可真是提茶壶的升老板——一步登天,觉悟真高! 高高高!"

水花被他笑红了脸,气道:"你看的啥笑话?"

东东不知根底,见水花生气,就严肃诚恳地说:"咦? 我可真是诚心诚意来学习的。过去都怨我把你看低了,不知道女大十八变,没想到你把解放军的好传统学到手了,吃个苹果还绑个钱!"

东东越认真,水花越认为是挖苦她,是笑话她,双手把东东往门外推去,连连叫道:"走走走!"

东东被推出门外,门"咚"一声关上了。

"咳咳,还不叫学习哩!"东东摸不着头脑,奇怪地说了一句。

东东还要拍门,忽听见对面在嚷。回头一看,只见对面厢房关着门,玉妹站在门口,大磨抱着头蹲在旁边,屋里在嚷。

东东走过去,问玉妹:"咋了? 咋了?"

玉妹摆摆手不让他发言,然后又隔着门求情道:"婶子,有啥话开开门进去说不行? 深更半夜的,你叫他去哪里?"

"他愿去哪里去哪里,从今往后只当我死了男人,他死了婆娘!"屋里大磨婶的声音发抖,越说越气越伤心地抽泣道,"好妹子,我算倒了血霉,找了个这号不要脸的东西,我哪有脸见人啊,还不如一头栽到河里淹死也干净些!"

玉妹劝道:"大磨叔往后改了还不行?"

大磨婶在屋里气道:"你算算,他哪一天不干下三烂的事? 我哪一天不陪着他丢人? 我还有个啥活头啊!"

玉妹拍门,着急地说:"婶子,咱不能把人看死了! 我给你立个保字,大磨叔要再不改,你拿我是问行不行?"

东东拉起大磨,指指屋里,比画着作揖,让他赔个不是。大磨看看左右,厚着脸皮往自己脸上"啪啪"两巴掌,说:"我不要脸! 我不要脸! 我要再那个,就不是人生父母养的!"

玉妹使劲推门,威胁道:"大磨叔也后悔了,你要还不开门,我就在门口陪着大磨叔站一夜!"

门终于开了。

21

工地上。男男女女散乱地坐在石头上。

玉妹在给大家分活,说:"从今天起,咱们实行包工。男劳力备料,两方石头算一个工。女劳力摘山茱萸,三斤一分。山茱萸要摘净一点,咱们可是指望买发电机哩! 要是没意见,就分头干吧!"

群众情绪高涨,大家高兴地散去。

"这一下可好了,谁也使不成奸猾了!"

"老实人可有干头了!"

"干啊,刘大哥的政策又回来了!"

22

坡上,一株株山茱萸树挂满果实,这果实形同早年间妇女戴的耳珠,实在好看。

妇女们争先恐后地排成行往前摘去。一双双灵巧的手指如同蜻蜓点水,在树上摘,在地下拾,摘的山茱萸放进篮里,大家有说有笑好不热闹。

水花闷闷不乐,独自一人一言不发,有一下没一下地摘着。

大家说说笑笑地摘到林子尽头,坐下休息,见水花落在后边,就叽叽喳喳地笑着喊道:"水花,快点呀!"

水花正在心烦,认为大家是讥笑她,就翻了脸恶声恶气地说:"我摘得慢,少记工。叫你们腊月王八——闲操心!"

兰兰听她骂人,一下子火了,蹦起来回道:"都少要工,不要工,电站还修不修?"

大磨婶气道:"还骂人哩!"

兰兰恼怒地道:"开个会叫她说说,成天不干一点好事,嘴还那么恶!"

玉妹忙拉兰兰坐下,含笑劝道:"别说了,她能把谁骂掉一块肉?今天没叫自到,这就进步不小!"

玉妹劝住了这头,又走向水花,看看她正在摘的那棵树,笑着为她开脱道:"怪不得你摘得慢,这棵树就不是好树嘛。"

水花得了理,不服气地说:"人们的眼都瞎了!"

"大家说句玩笑话嘛!"玉妹上去摘着,"你坐下歇歇吧。"

"腰都使断了!"水花掂起衣襟揽着风,真的坐下了,"使死使活也没人心疼!"

玉妹淡淡一笑,飞快地摘着。她把摘下的山茱萸放进水花的篮子里。

水花看见,连忙上去夺过自己的篮子,推让道:"你放到你的篮里,按斤计工哩!"

玉妹又夺过篮子,把摘下的山茱萸照旧放进去,笑道:"看你说得多薄气,我比你小些,帮你做一点不应该吗?"

水花听她这样说也坐不住了,站起来和玉妹一同摘着。水花一边摘,一边不时偷看玉妹,以为玉妹为了昨天吃苹果的事,一定要借这个机会来教训她。可是不见玉妹开口。只见她专心地摘着,没有讲话的意思,水花反倒自己存不住气了,不由脱口叫道:"玉妹!"

玉妹不停手,连看她一眼也没有,随口反问:"咋?"

水花到嘴边的话又咽了下去:"不咋!"

两个人又默默无言地摘了一会儿。水花看玉妹还和没事人一样,又攒攒劲叫道:"玉妹!"

玉妹这一回停住了手,看她满脸飞红,奇怪地问:"咋啦?"

水花想了半天,掏出一角钱,低着头背过脸,伸手塞给玉妹。

玉妹怔了一下,又把那一角钱塞给水花,甜甜地笑道:"好嫂子,别再提那回事了。咱嫂妹们是外人?我的和你的还差多远?往后你帮我的地方还多着哩!"

水花看看手中的钱,头垂得更低了,喃喃说道:"好妹子,麦米都有个心,你往后看吧!"

23

工地上,男社员来来往往担着石头,每人一堆,垒得方方正正。

大磨担着石头,大汗淋漓地走着。

大磨走到自己的那堆石头跟前,放不及地"咚"一声搁下担子,抬手轻轻摸摸肩头,疼得龇牙。抬头看看天,太阳快到头顶了,他擦把汗,长长叹口气,自言自语发牢骚道:"啥包工?是叫人卖命哩。"

大磨垒着石方,皱起了眉头,他左顾右盼,心里忽然一动,自得地笑了。看看四下没人,慌慌张张垒起来。

东东和小山从河里担着石头上来。

大磨担着空筐,歪戴草帽,斜披衣服,扬扬自得地哼着小调往家走去:"有福之人不用忙,没福之人忙断肠……"

东东担着石头迎面过来,见大磨这么早就收工,不由打量着他,怀疑地问道:"大磨叔,你可完成任务了?"

大磨见是这个对头,先是一怔,继而哈哈大笑着径自走了,大咧咧回道:"泰山不是人堆的,火车不是人推的!"

东东看着他的背影,站在那里犯疑。

东东放下担子,走到大磨那堆石头跟前看去。方方正正,十分整齐。小山也赶来看了。东东掏出卷尺量了又量,算了又算,不仅不少,还多了一寸。东东对小山笑骂道:"这货,真是一包工就不要命了。"

两个人无可奈何地走去。走了几步,东东心里忽然一动,忙又拐回,揭开表面石板一看,哈!里面是空的。

"都来！"小山也跟着拐回来，见是空的，马上大喊起来。

东东忙伸手捂住了小山的嘴。

小山着急地问："这还不叫大家看？"

东东对小山耳语一阵。小山笑了，夸道："妙！妙！"

两个人心满意足地笑着走了。

24

晌午放工的路上，大家说说笑笑走着。

玉妹和水花一同走着，亲亲热热地说着话。

村头，保管室墙下围了一堆人，笑声雷动。水花随着人群走去，想看个明白。

粉白墙上，漆着一块黑板。

东东正用粉笔在黑板上写着一首打油诗。

玉妹、水花、大磨婶等走过来。

人们冲着大磨婶叫道："大磨婶，快来看，大磨叔可上墙报了。"

大磨婶不信，撇嘴笑笑，不屑地说："他要能受表扬，猴都会笑。"

"你别隔着门缝看人——把人看扁了。"小山不由分说，上去把大磨婶拉了过来。

兰兰指着黑板报念道："光棍收心金不换，大磨如今干得欢。运石备料快又好，一天任务半天完。下午开个现场会，都去学习莫迟延。"

大磨婶见男人真受了表扬，喜从心中起，满脸堆笑道："瞎猫碰上个死老鼠，不值得上墙费这几个字。"

王大伯笑道："如今不时兴斗争了，时兴表扬了。大磨进步了，你也该慰劳慰劳才对。"

石头碰碰身边的水花,羡慕地说:"看！人家大磨都进步了。"

"啥稀奇？谁不会！"水花听人们夸奖大磨,又见大磨婶喜笑颜开,只觉脸烧,又听石头如此说,一边挤出人堆走去,一边对石头不屑地说:"跑不到他面前羞死了！"

玉妹看着板报,皱起了眉头,又怀疑地看了东东一眼,转身匆匆走了。

25

玉妹家里。

玉妹妈在院里喂鸡。一群白母鸡、红公鸡咕咕叫着,争着吃米头。

玉妹回来了,叫道:"妈,别做我的饭了。"

妈问:"又咋了？"

玉妹一边进屋,一边说:"我去找一下东东。"

妈妈不满地:"疯得不轻。成天在一块儿有啥话说不成？真是针不离线,线不离针。"

玉妹拿着一个馍吃着走出来,摇着妈妈肩头:"人家有正事嘛,看你说的！"

妈妈推开她,笑道:"去吧,去吧,当队长了嘛,可有借口了。"

"你……"玉妹笑着跑了。

26

东东家里。

玉妹在做面条。东东站在她身边,看着她的脸,嘻嘻笑个不停。

玉妹看东东笑个不停,也抿嘴笑道:"你吃笑药了?"

东东笑道:"告诉你个好消息,下午请你看场好戏!"

玉妹信以为真,忙问:"啥戏?"

东东说:"巧破空心计。"

玉妹奇怪地道:"只听说有个空城计,哪里又出来个空心计?"

东东一本正经地回道:"新编革命现代戏!"

玉妹追问:"哪里演的?"

东东笑道:"咱自编自导自演。"

玉妹盯住他,问:"独角戏?"

冬冬自得地道:"还有个反面人物!"

玉妹追问:"谁?"

东东笑道:"陈大磨。"

玉妹怀疑地说:"是不是他担石头又捣鬼了?"

东东讥笑道:"他垒个空心石方,来报答你的一片好心!"

玉妹早在意料之中地说:"看了你的打油诗,我就猜个八八九九,赶紧吃个馍来了,真是没猜错!"

东东纵情笑道:"事实证明,你给陈大磨吃的药一点也不灵!"

玉妹的笑容消失了,翻他一眼,责怪道:"他不对,你这态度就对得很?"

东东理直气壮地说:"你还 不服? 你这个大夫治不了他的病,叫我这个大夫试试,看看咱俩谁的药灵!"

玉妹往锅里下面条,斜他一眼,批评道:"他就使个空心计,你能把他法办了? 还不是得靠教育。你让他出出洋相,就能叫他进步了? 只能使仇气越来越深,使他的脸皮越来越厚!"

东东听着,瞪起了眼。

玉妹甜甜一笑,往东东眉尖上捣了一指头,撇嘴笑道:"不像当初谈恋爱那时候了,眼眉毛都会笑!"

东东笑了。

玉妹又说:"斗人家一二十年,一天就想叫人家改好了? 只要咱们不要弄他,以理服人,以诚相见,铁杵磨绣针,我就不信他永远是老样子。"

东东心里不服,冲玉妹做个鬼脸,笑道:"好了,不要宣传了,小心磨破了嘴。我相信狗也能改了吃屎,行了吧!"

饭已做好。玉妹笑着:"你吃吧,我还有事哩!"说完转身走了。

27

大磨家里像过年一样喜气洋洋。

大磨坐在当间椅子上,摇着二郎腿,拉着胡琴,摇头晃脑地哼着小调。

大磨婶在门角锅灶上炒着鸡蛋,散发出一阵油香。

玉妹走了进来,笑道:"呀! 改善生活哩?"

"好不容易碰上个闰腊月,可要脸一回!"大磨婶满面春风,斜了大磨一眼,忙转身给玉妹搬椅子。

玉妹拦住大磨婶,不让她动,自己趁势坐到灶旁,一边帮她烧火,一边端详着大磨。

大磨偏着头,胡琴拉得更脆了,摆着一副受之无愧的样子。

玉妹看着大磨,不由叹息了一声。

大磨婶也看着大磨,喜不自禁地说:"看看,受一回表扬,可得意得忘了姓啥名谁。往后只要天天这样,心扒出来给你炒炒吃也情愿。"

大磨嬉皮笑脸道:"你就那一颗心,够我积极几回? 咱只要求炒个鸡蛋就行。"

玉妹看大磨连妻子也欺骗,更加同情大磨婶的不幸。她看看大磨,又看看大磨婶,只好将要说的话咽了下去,开口道:"大婶,往后有你喜的,大磨叔这一回可是真开始积极了! 大磨叔,你看看,你积极一回,大磨婶多高兴呀,往后你可不要再伤大婶的心了!"

"都把心放到肚里吧!"大磨一点也不害臊,哈哈道,"过去咱落后,是'四人帮'给炮制成那号样。往后,你只管把鸡蛋给咱留着,咱也要一个心眼为四化,玩玩真本事,天天积极个样子叫你们看看!"

大磨婶笑道:"说不耍嘴可又耍开了。反正丑话先说前头,你要再做叫大家捣脊梁骨的事,看我不活吞了你!"

大磨笑道:"这还用你嘱咐!"

"大磨叔,要再出事,我可是保不住了!"玉妹站了起来,对着大磨苦笑笑走了。

28

玉妹离开大磨家,走出小院。迎面过来一个人,五十多岁,干部打扮,背着一口大木箱,慌慌张张走进小院。

玉妹看着他的背影,竭力回忆:"李大顺?"

29

石头家门口。

石头在劈柴,水花在择菜。

李大顺走进来,叫道:"在家呀?"

水花抬头一看,像挨了一砖,惊怕地说:"来了?"

李大顺看出来对方不欢迎自己,就拍拍放下的箱子,表白道:"我进深山了,你大表姐她舅送给我一口箱子,拿到这里拿不动了,想先寄放你们这里,石头早晚进城时给我捎去!"说着掏出带嘴的香烟递给石头,嬉笑道:"来,开开洋荤。"

石头不接,掏出旱烟袋,坐到捶布石上,低头抽着,硬声硬气地问:"还胡倒腾吗?"

李大顺哈哈大笑道:"'四人帮'打倒了,我也洗手不干了。"他指指脑袋,油滑地说,"如今这里面也早换上四化了,这次进山是给生产队买牛哩!"

水花迟疑地领着李大顺走进屋里。

李大顺提着箱子走进去。

石头寸步不离地紧紧跟着。

屋里,李大顺站着,看看石头,又看看水花。

水花会意,对石头命令道:"还不快去挑水做饭!"

石头翻他们一眼,不情愿地挑起水桶走了。

李大顺扒住门框看着石头走远了,忙拐回来打开箱子,从里面拿出一个小包,递给水花。

水花打开小包,里面有头巾、衣料和点心,马上喜不自禁地说:"又叫你破费了!"

李大顺盖上箱子,锁住,把钥匙交给水花,又探头往外看看没人,忙悄声道:"又到山茱萸季节了,今年价钱好,再弄一点吧!"

水花为难地说:"不中呀,俺们才换个新队长……"

李大顺忙问:"谁?"

水花:"玉妹。"

"她呀?"李大顺不在话下地笑了。

水花怀疑地:"你认识她?"

"不就是刚才出去的那个闺女吗?"李大顺不屑地笑道,"当初县里好些人看中她,她傻愣愣的贵贱不干,那是个花瓶,长的怪好看,心里没一点玩意儿,你没人怕了,怕她?"

"你不知道!"水花下不了决心,迟疑着说:"她对人好,不好意思再那个。"

"再好,她有不如咱有。别说了,就只干这一回!"李大顺怕石头回来,不住地扒住门框往外看,重利引诱道,"这回保证不放空炮,一定给你弄个缝纫机!"

水花动心了,犹豫地自语道:"缝纫机?"

李大顺加火道:"名牌,上海的,蜜蜂牌,有钱也没处买!"

李大顺看她还不回话,又说:"别傻了!"

水花还有点担心,迟疑地道:"我怕万一要出了事……"

李大顺胸有成竹地献计道:"没事。叫石头送去,都知道他是个老实人。"

石头挑水回来了。

"我走了!"李大顺看了石头一眼,出门走了。

"你不在这里吃饭?"水花故作冷淡地问。

石头也不留他,也不回话,只是不满地"哼"了一声。

"你先做饭,我去弄点猪草!"水花嘱咐了石头一句,提起一个篮子走了出去。

30

水花匆匆来到工地附近的山坡上,看看四下没人,飞快地摘着山茱萸。刚摘了几把,突然听见扑通一声响。

水花吓了一跳,忙藏到一棵大树背后,伸头看去。

工地上静悄悄的。只有玉妹一人担着石头,走到大磨的石堆前,揭开上面的石板,把石头倒了进去。然后又转身跳进河里捞石头,捞了一堆,又跳上岸飞快地挑着。

水花惊奇地看着,初时迷惑不解,继而恍然大悟,自言自语讥笑道:"哼,原来也是假的!"

水花又飞快地摘起了山茱萸。

水花看看天色不早,再往下看时,玉妹不知什么时候走了。

水花赶忙采了几把猪草盖在篮子上,下坡回家。

31

水花走进了村子。

东东拿着广播筒,一路走着叫着:"上工了,都快去参观大磨叔的干劲呀!"

水花不屑地冷笑着,走着。

水花回到院里,一脸自得的神气。

石头在门口等她,爱怜地埋怨道:"哎呀,说勤快就勤快得忘了饥饱! 我吃过了,你快去吃吧!"

水花催石头道:"你快去上工,别再落人后边了!"

水花目送石头走去,看见大磨婶喜笑颜开地喂猪,就幸灾乐祸地大声道:"快去吧,没听见在喊哩? 快去看看大磨叔的积极干劲吧,咱们也好好学习学习!"

大磨突然从屋里蹿出来,边跑边气愤地骂道:"妈的,这个东东,我扒你老祖先坟了? 成天找老子难看!"

大磨婶一愣,水桶掉在地下,变脸失色地追问:"咋啦,又是假的?"

大磨顾不上回话,一个劲往山上跑去。

大磨婶怔了一阵,也忙追了出去。

32

通往工地的路上,人们说说笑笑走着。

小山拦住兰兰,认真说:"兰兰,真是海水不可斗量,你知道大磨叔多积极吧,干起活来好比猛虎下山!"

兰兰歪着头看他,怀疑地问:"大磨叔请你吃糖了吧?"

小山:"咋?"

兰兰:"今天你咋当起他的吹鼓手了?"

"你还不服哩,你一会儿看看就知道了!"东东一本正经地帮着腔。

兰兰看他两个互相挤眉弄眼,嗤之以鼻道:"哼,又想玩啥花样!"

小山又拦住了王大伯,笑问道:"王大伯,你支持玉妹和大磨心换心?"

王大伯不解地反问:"咋,错了?"

东东:"不错,真灵! 大磨叔今天干得又快又多。老将出马,一个顶俩!"

王大伯高兴地问:"真的?"

小山认输地讲:"你一会儿看看就明白了。我算服了。不愧是上了年岁,真是见多识广,往后你可要多指点些!"

王大伯得意地笑道:"咱们自古以来就讲个心嘛!"

大磨慌慌张张赶来,想抢到人前。

东东一把拉住大磨,笑道:"跑那么快干啥? 慢慢走,给大家介绍介绍你提前完成任务的宝贵经验!"

大磨看东东得意的神气,断定大事不好,恨不得一口吃了东东,怒气冲冲地想甩开他,东东偏偏死不放手。他有苦难言,牢骚满腹道:"你好是你的,我落后是我的,你看的啥洋戏!"

东东假装糊涂,笑得更响,对人们大声道:"看,怪不得大磨叔进步快,听听这话多虚心呀,一点也不骄傲!"

33

大家说说笑笑到了工地。

东东走到大磨那堆石头跟前,高呼大叫道:"都来学习啊!"

人们蜂拥而来,把这堆石头围得严严实实。大家看来看去,这石堆垒得方方正正,没有破绽。

东东掏出卷尺,把这堆石头的高低宽窄量了又量,算了又算,然后扬扬得意地夸奖道:"看,大磨叔不但提前完成了任务,还超额完成,多了一寸。咱们鼓掌祝贺!"说完带头鼓起了掌。

"好啊!"大家欢叫着,响起了热烈的掌声。

大磨的脸憋红了。他瞪着东东,咬牙切齿地恨道:"你……"

小山指着大磨笑道:"看,大磨叔被表扬羞了!"

大磨婶轻轻含笑,一脸愉快幸福的神色。

东东看了大磨婶一眼,又点一把火:"大磨婶,今天夜里你得给大磨叔买瓶大曲酒喝喝!"

人们纵情笑着,转身欲要散去。

东东突然一声大叫:"别急! 看人要看心,看石方也要看心!"

这一声吼叫,喝住了众人。大家互相惊奇地看着。

东东脸上的笑容顿消,满面嘲讽的神色,挑战似的瞪了大磨一眼,径直走向石方,伸手去扒。

大磨像被当场抓住的小偷,故作镇静,上去拦住东东,质问道:"有啥好看? 里边也没花,扒乱了谁给我垒?"

"我垒!"东东推开大磨,高声点醒大家,"咋啦,里边是空的? 为啥怕看?"

"啊,空的?"大磨婶忽然明白了,原来这全是做的戏,是为了让大磨当众出丑。她霎时怒火攻心,眼前一黑,差点晕倒,忙靠着另一个石堆站住,指着大磨恨道:"你……"

人们也都明白过来,嚷叫起来:

"想着沟里石头也不会滚上山。"

"扒,扒开看看!"

人们冲上去,七手八脚就要扒了大磨的石方。

大磨狗急跳墙，反咬一口道："扒吧，只要上午放工后没人偷我石头，这还能是假的！"

人们扒起来了。

大磨看大势已去，反而铁了心，撸着胳膊，吼道："这一回谁要是偷了我的石头，老子非和他拼了不可！"

大家搬开上面的石板，里边竟然是实的！

东东愣了。

小山傻了。

大磨迷糊了。

东东和小山互相看看，又同时看看大磨。

东东百思不解，仍不死心，叫道："再往底下扒扒看看！"

人们又继续往下扒去，一直扒到底也没有一点空隙。大家松了一口气。气愤的人笑了，好奇的人不满足，想看洋戏的人失望了，纷纷议论起来：

"嘿，我当真是空的呢！"

"哈，过去的皇历真是看不得了。"

"三花脸改成红脸了。"

王大伯笑得抖着胡子，得意地说："我就说嘛，人心换人心，总算没给玉妹脸上抹黑！"

大磨婶长出一口气，斜了东东一眼，对着大磨叹道："看你刚才那样，我真当你又要耍奸了。"

大磨尴尬地苦笑道："我试试你，看看你的脸是不是又要变成锅底了！"

大磨婶"哼"了一声："你要天天 积极，一天到晚试不完，还不把人的魂都摘了。"

大家听了笑个不停,纷纷走了。

东东傻眼了,这时也一步一回头走去。他疑惑地看着大磨,对小山喃喃道:"这出鬼了!"

大磨看人们都走了,便去把扒乱的石头重新垒正,自语道:"真是出邪了,谁悄悄来救了驾?"

大磨搬着垒着一块又一块石头,突然看见一块石头上有鲜红的血迹,不由惊叫一声:"啊,血!"

34

夕阳西下,放工了,人们说说笑笑地回村里去了。

大磨低垂着头,心事重重地走着。路过一条小河时,看前边的人走远了,他就靠着一块巨石坐下去,洗着脚,呆呆地想着。

彩霞照在河里,山的倒影压在他的影子上,在水中随波晃动。

大磨皱着眉头,百思不解地自语道:"到底是谁帮我把空心填满的?"

大磨眼前一亮,喃喃道:"难道是玉妹?"

大磨思索一阵,又皱起了眉,摇摇头,自我嘲讽道:"笑话! 东东巴不得把我踩死,他的对象能和他唱对台戏,来帮我?"

大磨越想越纳闷,不由得哼起了小曲:"奇怪奇怪真奇怪,这事叫人真费猜。莫非神仙下凡来,帮我大磨下楼台……"

"大磨叔,愁啥哩?"突然背后有人叫他。

大磨慌乱地回头看去,见是玉妹扛着锄站在身后。

他心虚嘴硬地说:"谁发愁了?"

玉妹笑眯眯地说:"不愁? 看你愁眉苦脸的,今天又吃批评了?"

大磨不敢看她,低着头,装着专心洗脚的样子,问她:"下午你没去工地?"

"没有,女的锄秧茬。"玉妹回道。

大磨听说她没去,放心了,又扬扬自得地自吹道:"怪不得你犯了官僚主义,不哄你,今天得了个头名状元!"

"啊!"玉妹见大磨竟没有一点羞愧之意,感到厌恶,便冷下脸子,没有回话。她穿着凉鞋,跳进水里,洗着脚上的泥巴,半天才正言正色地问道:"初一过得不错,初二、初三哩?"

大磨忘乎所以,信口开河道:"哎呀,谁也不能把人看死。谁还能十七老十七,十八老十八?我看了,模范也是人当的,就是咬咬牙多吃点苦嘛!这一回不是对你吹的,往后我要当不了模范就不披这张人皮了!"

"好,我可要多准备奖状了!"玉妹心里又热起来,就拦住他,追问道,"咱们说句话得像立座碑,可不能再像阵风啊!"

"这一回可不比往常,一言既出驷马难追!"大磨越说越高兴,得意忘形地伸出了手掌,"不信?敢跟你三击手掌!"

"好!"玉妹高兴得眉开眼笑,真的走过去。

玉妹和大磨同时伸出手,连击三下。

大磨忽然发现玉妹的右手上包了一块纱布,还浸着鲜血。他脑子一闪,眼前又浮现出那块石头上的血迹。他不由"啊"地惊叫一声,拉住玉妹的手,脱口而出地问:"手咋了?"

"碰伤了。"玉妹随口笑答,缩回了手。

"干啥碰的?"大磨追问。

"山里地保——管得宽,这还得向你报告吗?"玉妹开了个玩笑,蹚着水过河去了。走到河对岸,又回头对他甜甜笑道:"说到做到,不放空炮！"

"你……"大磨突然觉得脸上发起烧来，站起来，想要回话，嘴张得很大，却哑了一般出不来声音，只好眼看着玉妹越走越远。

大磨又坐了下去，心里乱得很。眼前交替反复出现石头上的血迹、玉妹手上的纱布、玉妹的笑脸……

大磨狠狠往脑袋上砸了一拳，站起来走去。

35

大磨拖着沉重的脚步回到家里。

大磨婶正在炒菜，抬起头对他温柔地笑笑，又回头指指灶上。

大磨走到灶前，见上面当真放着一瓶白酒。他拿起瓶子，看看酒，又看着妻子的笑脸，越想越不是味，痛苦地摇摇头，羞惭地走向妻子，想向她坦白，攒攒劲，苦笑着叫道："小扣妈……"

大磨婶只顾炒菜，没有回头，问："咋？"

大磨话到嘴边又改了口，说："你也会笑吗？"

大磨婶甜甜回道："只要心里高兴，谁不会笑？"

大磨又嘿嘿道："你一笑，看着也年轻了。"

大磨婶翻他一眼，撇嘴笑道："从前都叫你气老了！不生气了，眉毛头不苦皱了，还不年轻？"

大磨不吭声了，半天才又吞吞吐吐叫道："扣他妈……"

大磨婶奇怪地看着他，追问："你今天是咋了？高兴疯了不是？有啥话你说嘛！"

大磨迟迟疑疑地说："下午……我要真是垒了个空心，你咋办……"

"咋办？我当场就跳河里淹死了！现在还能给你炒菜？"大磨婶重重地说了一句，接着又情意绵绵地诉说道，"你也像个人了！这多好。你知道不知道，多少年来，我见人就低一头。一听别人斗你、笑你，我心里比耗子抓还难受……"说着泪珠滚滚落了下来。

大磨眼巴巴地看着妻子，听她说着，张开的嘴又合上了。他对着妻子干笑着。

大磨心里像被猫爪挠一样不安生，眼前又出现玉妹的笑、玉妹的话、玉妹手上的纱布。他心一横，站了起来，走了出去。

大磨婶探身门外，问："干啥去哩？"

"去找玉妹一下！"大磨头也不回地走了。

36

大磨出了大门，往东走去，一会儿就到了玉妹家。

玉妹妈坐在大门外狗圈旁喂狗。

大磨招呼："吃过了，嫂子？玉妹呢？"

"我吃过了。"玉妹妈往院里努努嘴，"玉妹才回来，在屋里吃饭哩！"

大磨走进院里，正要进屋，听见玉妹正在屋里和东东顶嘴。他犹豫着，进退不是，站在桂花树下发呆，听着屋里飘出来的声音。

屋里，小桌上摆着几个菜，玉妹和东东面对面坐着吃饭。

玉妹高兴地："真灵，一包工工效就提高了几倍。"

东东反驳道："你不是说包了工就能治好大磨的病吗？你看清了没有？"

"啊，一包工干部就甩手不管了？就不需要做思想政治工作了?"玉妹夹起一个鸡蛋,放到东东碗里,笑道,"这是我妈给人家女婿煮的。"

"得啦,就我长个吃鸡蛋的嘴呀。"东东夹起鸡蛋放到玉妹碗里,反驳道,"思想政治工作就是对这号人一个劲地好啊!"

"咱们也按劳取酬,你今天挑石头,活儿重。"玉妹抬起身把鸡蛋硬塞到东东嘴里,又批驳道,"按你说,思想政治工作就是个斗字,'左'劲还不轻哩!石头还能暖热哩,何况人……"

东东嘴里塞个鸡蛋,说不出话,半天才伸伸脖子咽下去,说:"啥政治也不中,真要能治好他的病,我敢和你打赌!"

玉妹:"赌啥?"

东东比画着,自负地说:"我要输了,等咱结婚那天我头朝下转三圈。你哩?"

"我?头朝下转四圈!"玉妹自信地笑着,挑战道,"你敢不敢伸手击掌?"

东东伸出手:"不敢?来!"

玉妹也伸出手,和东东"啪啪啪"连击三下。

东东笑道:"你敢和我击掌,只怕陈大磨不敢和你击掌。"

玉妹笑得更甜:"给你说吧,你击的这个掌,大磨叔刚才击过哩。"她又紧紧握住东东的手,"你试试,热劲还没凉哩。"

"好啊,你又要我!"东东发觉又没跑出她的手心,在她好看的脸上捅了一指头,用劲攥住她的手,恨道:"看我轻饶了你!"

玉妹的手被攥得生疼,忍不住一声尖叫:"妈呀——"

大磨听见呼叫忙往院外跑,玉妹妈听见呼叫忙往院里跑,两个人在门口撞了个满怀。

玉妹妈惊问:"咋啦?咋啦?"

"没、没……两个人打着玩哩,你快去看看吧。"大磨慌乱地出门跑了。

37

工地上。附近河里的石头挑完了,不少人到山坡上找石头挑。

山茱萸林里,妇女们摘着山茱萸,嘻嘻哈哈笑着。

东东在山茱萸林旁边起石头,累得大汗淋漓。

东东抬头擦汗,忽然看见水花落在后边,鬼鬼祟祟四下瞧着。

东东脸上泛起一丝笑容,轻轻放下石头,悄悄地卧倒在乱草丛中,双手支着下巴,瞪着一双警觉的眼。

水花看看篮里的山茱萸,左右犯难,犹豫不定。眼前时而出现玉妹的笑脸,时而出现李大顺的鬼脸,时而出现玉妹把一角钱递给她,时而出现李大顺把一架缝纫机送她的情景……

水花叹了一口气,咬咬牙。前后看看没人注意,忙在地下扒个坑,把半篮山茱萸倒进坑里,又用土埋好,扎了根草做标记,左右看看没人,便放心地继续往前摘去。

东东瞪着眼,把水花的一举一动看得清清楚楚,几次欲跳起来当场抓住,可是都忍住了。他眼珠子转了几转,生了一计,得意地窃笑不止,直到看着水花往前摘去,才爬起来担起石头走了。

38

中午,收工了。人们纷纷回村去了。

东东磨蹭着不走,假装收拾筐子。等到人都走完了,便跳下来,提起筐子,飞快地往坡上跑去。

东东跑到半坡上一棵皂角树下,抬头看看,忙脱下鞋,飞快地爬到树上,摘了一大包皂角刺,下了树,穿上鞋跑了。

东东跑到山茱萸林里,找到水花埋山茱萸的地方,扒开埋的土,拿走山茱萸,把刺埋下去,用土照样埋好,又扎上那棵草。然后摘了几把肥草,把筐子里的山茱萸盖严实,兴高采烈地回村去了。

39

水花和石头回到家里。石头开开门,水花进去抓了一把谷跑出来,撒在地上,"咕咕咕"地唤着。一群鸡跑来吃食,水花赶着别人家的一只公鸡,骂道:"啥鼻子啥眼也来吃外食。"

水花提起一个小箩筐,冲着屋里嘱咐道:"你做饭,我再去割点猪草。"

石头忙从屋里出来,提住水花的小箩筐,憨厚地嘿嘿笑道:"看你这人,越说脚小越扶着墙走。做了一上午活,也不怕饿坏了身子,积极起来就不要命了。吃了饭再去吧。"

水花夺过小箩筐,看着他那个傻劲,假意怪道:"成天说我懒,不积极,人家勤快了,你又光拉后腿!"

石头被她埋怨得甜甜笑着,看她走去,忙回身做饭。

40

水花走出大门,恰巧碰见东东收工回来。两个人互相看了一眼,水花匆匆走了。

东东看着水花的背影,伸出舌头笑笑。然后跳到一个石碾上,踮起脚尖,两只眼追着水花的行踪。

水花出了村子,故意绕了个弯,然后又绕回去,一溜小跑往山茱萸林跑去了。

东东见了,心花怒放,跳下碾子,提起筐子就跑,迎面看见兰兰担水,急急问道:"兰子,见玉妹没有?"

兰子指指保管室,说:"在场里。"

东东不等听完撒腿跑去。

41

保管室门口,玉妹正在教几个小孩唱儿歌:"月亮走我也走……"

东东慌慌张张跑来叫道:"玉妹,快!山茱萸林里有人负伤了,你快去看看!"

"啊!"玉妹一惊,急问:"谁?"

东东撒谎道:"我只听见呼爹叫娘喊痛,不知道是谁?"

"你为啥不去看看?"玉妹审视着东东,看他的神情,怀疑他是说谎,"你别哄人,又想玩啥邪门哩?"

"我又没有药,去了也是白去!"东东一本正经,严肃地说,"我哄你白跑一趟干啥?"他上去拉玉妹一把,"哎呀,人命关天,你还不快去看看。我的好队长,你别磨蹭了行不行?"

玉妹看他挺着急,也就信以为真,忙进保管室背上卫生箱,飞也似的往山茱萸林跑去。

小孩们眼巴巴看着玉妹走了,又围住东东嚷嚷道:"你叫她走了,你给我们讲个故事。"

东东想想,笑道:"好,我给你们讲个皂角刺巧治三只手……"

42

山茱萸林里。

水花装着割草的样子,胆战心惊地四下看看没有人,又做贼心虚地叫了一声:"谁在那里呀?"

没有人回应。

水花放心了,忙走到那个插着草的地方,蹲下去,一边四下张望一边伸出双手狠劲快扒。

"哎呀!"水花突然一声尖叫,只觉刺骨般疼痛,忙缩回手看时,两只手上扎满了皂角刺。

水花又惊又疼地呆住了,再用脚踢踢。坑里连一颗山茱萸也没有了。她咬牙切齿地恨道:"谁?"话没出口,手又碰住了身子,十指连心,她疼得乱跳乱蹦,忍不住"哎呀哎呀"地叫起来。

玉妹赶到山茱萸林,四下看去,不见人影,忽然听见叫疼声,忙顺着声音寻了过来。

玉妹一眼看见水花,忙赶前几步,急问:"水花嫂,咋啦?"

水花正叫疼,抬头看见玉妹,吓了一跳,忙把手背到身后,又碰着了刺,疼得头上浸汗,只好吞吞吐吐道:"手……手上扎了刺。"

玉妹上前去,轻轻拉住她的手,拔下一根根皂角刺,水花疼得龇牙咧嘴。玉妹打开卫生箱,拿出药棉,擦去血迹,敷上药水,关心地埋怨道:"咋这么不小心哩?"

水花疼得话不成声:"两眼一花,抓住了刺……"

玉妹四下瞅瞅,犯疑地脱口问道:"这里没有皂角树呀?"

水花无言以对。

玉妹这时发现了旁边土坑里的皂角刺,马上就明白了七八成。水花发现玉妹看着土坑,忙上前一步,双脚踏住了土坑。

玉妹看水花疼得难受,就安慰道:"不要紧,这药一抹,就不会化脓了。"

玉妹背起卫生箱,说:"走,回去吧。"

水花和玉妹一同走着。

水花越想越不对头,看着玉妹,追问:"你咋知道我扎刺了?"

玉妹不经意地回道:"听东东讲的。"

"东东?"水花不由一怔,立时又气又恼,上前一步,恶狠狠夺过玉妹手里的小箩筐,扭身从另一条路走了。

玉妹不知为啥惹她火了,愣愣地问:"咋啦,水花嫂子?"

"哼,别装神的装神、装鬼的装鬼,报复人也不能这样报复。"水花头也不回,气冲冲地扬长走了。

玉妹摸不着头脑,看着水花的背影发愣,继而又气又恨地道:"这个东东!"

43

保管室门前,像看大戏一样,围了一群人,在听东东讲用皂角刺巧治水花的经过。

"……咱这叫个巧治手痒,空口无凭,有此为证,大家看!"东东把高高提起的半篮山茱萸,放到了众人面前。

人们听了纵情大笑。

"巧治手痒！妙！妙极了!"有的人笑得连连咳嗽。

"东东,真有你的。"有的笑得直淌眼泪。

石头被笑得羞愧难当,蹲在地下,双手抱着头。

东东看着石头,激将道:"石头哥,你是缺吃还是少穿？为啥光打发她去干这号事?"

"你……"石头再也憋不住了,蹦起来,冲着东东张大了嘴,半天说不出话。他憋得脸红脖子粗,憋出了几滴眼泪,最后狠狠地赌咒发誓道:"天地良心,要是我叫她干的,我就不是人生父母养的!"说完又蹲下去抱住了头。

石头的话,和他可怜巴巴的样子,博得了大家的同情。人们止住了笑,看着东东,纷纷议论道:"这咋能怨石头?"

"是啊,别说石头白拿别人东西,就是白送他个金山,他也不要。"

"这都怨水花嘛。"

东东看石头可怜,就点火打气道:"我也知道不是你叫她干的。可是,你为啥成年光唱怕婆娘的戏？你就不能使使男子汉的威风治治她？哎,要是我……"

"要是你,你怎么着?"突然身后有人厉声问道。

东东回头一看,啊！玉妹站在身后。

玉妹恼怒地看着东东。

东东看玉妹生气了,那股得意劲顿时没影了,嘿嘿笑道:"要是我呀……我一定得好好帮助教育她!"

众人一阵哄笑。

东东羞红了脸。

石头看众人只顾逗东东,没人注意他,就悄悄溜走了。

玉妹看见石头走了,瞪了东东一眼,忙快步追赶石头,叫道:"石头哥!石头哥!"

石头不答,只管气冲冲走去。

玉妹追上去拉住了石头。

玉妹家里。

玉妹和石头坐个对面,兰兰站在旁边,玉妹妈忙着倒茶。

玉妹轻言轻语地追问道:"她为啥非偷山茱萸不行?"

石头道:"为啥,贱嘛!"

玉妹看着他,追问:"贱,就这? 她偷来叫谁给卖? 卖给谁?"

石头愣住了:"这……"

兰兰补充道:"山茱萸是珍贵药材,二类物资,归集体去卖。个人去卖,她不怕人家抓住她?"

石头闷了一阵,想想说:"别的还有谁? 前些天李大顺来了一趟,不知给她灌的啥迷魂汤,李大顺前脚走,她后脚就偷起来了!"

玉妹警觉地看着石头:"那天是他扛了个箱去你家里吧?"

石头恼怒地:"可是哩,还叫我给他送去!"

"叫你?"玉妹心里动了一下,商量道,"我明天去南阳买电机,你和我一路到县城,你把箱子给他送去行不行?"

"我?"石头愤恨地说,"我才不给他当孝子贤孙哩!"

44

小山开着手扶拖拉机,驶进了县城。

玉妹、石头、兰兰坐在车斗里,说笑着。

拖拉机在市管会门前停住了。

玉妹等几人从车斗里搬下箱子等东西,小山帮着绑好,把扁担递给石头。

石头怯阵地嘱咐玉妹:"你可早点去。"

"去你的。"兰兰笑着推了石头一把。

石头挑起担子,一步一回头地走了。

玉妹走进了市管会。

兰兰看看没人,把一张十元钞票递给小山。

小山接住,笑眯眯地问:"买啥?"

兰兰:"买你个肚里饱。"

小山嬉笑道:"饿死了也没人唱小寡妇上坟。"

兰兰怒道:"净说不吉利话。"

45

石头担着箱子,在背街小巷走着。

石头在一家门口停下,迟疑着敲门。

屋里有人问:"谁?"

石头不满地回答:"人!"

屋里又问:"干啥?"

石头牢骚地:"送箱子。"

"啊,石头。"门哗一下打开,李大顺站在门前,伸头往外看看,不放心地问,"你一个?"

石头怒气冲冲道:"一个团哩。"

李大顺看看石头脸色,放心地笑道:"为啥生这么大气?"

石头恶声恶气地说:"你还笑哩！把人都使死了。"

李大顺指着院中小椅,殷勤道:"快放下来。"

石头牢骚地把担子放到院当中,坐下去擦着汗。

李大顺关心地:"吃饭了没有?"

石头不满地回:"吃个屁!"

李大顺忙冲屋里叫道:"快做饭。"

李大顺欢喜地去搬箱子,没有搬动,高兴地自言自语:"还怪重哩。"

李大顺看看石头,说:"来,帮个手,抬到屋里。"

石头走过去,一人一头抬起箱子,往屋里走去。

石头不满地问:"这里头装的啥? 把人都压死了。"

李大顺失口问:"水花没给你说吧?"

石头回道:"她咋知道? 她说你拿去时都锁着哩。"

李大顺忙改口道:"对对对,我忘记给她说了,别人给点野苋菜。"

"玉谷?"石头怀疑地问。

李大顺重复道:"对,对。"

说着要过门槛了,李大顺在前,石头在后。石头把箱子抬得齐胸高,一只脚踏进门槛,另一只脚绊住了门槛,一个趔趄,"啪"的一声,箱子跌落在地上,跌得底板和帮板脱散,山茱萸撒满一地。

石头惊叫一声:"啊!"

李 大顺变脸失色,一时之间不知所措。

"好啊,你套购山茱萸,搞投机倒把,我非去报告不行!"石头瞪了李大顺一眼,回头就要跑。

李大顺一把拉住他,嘿嘿冷笑道:"告,你告谁? 山茱萸是你送到门上的。实话给你说了,这是水花托我买缝纫机的。"

石头怔住了。

李大顺看他犹豫了,就拉他上钩,威胁道:"你和钱有仇不是？别瞪眼了,这一回你洗也洗不净了。往后你也参与进来,只要给跑跑腿,有你花的银子钱。"

石头犹豫不决:"给多少钱？"

李大顺拿出了钱:"给,这一回的工钱,顶住你做几个月的活儿。"

石头憨笑着接过了钱,喃喃地说:"真会导演,一点都不走样！"

李大顺怀疑地问:"啥,不走样？"

石头得意地笑道:"玉妹导演的这场戏呀！她没见着你的面,就猜着你说什么做什么了！"

"你！"李大顺发觉上当,一下子蹿过来。石头愤怒地推开他,对外呼叫:"快来呀！"

玉妹领着市管会的人进来了。

46

石头气冲冲回到家里。

水花坐在床头,双手伸在面前看着。看见石头回来,又是委屈,又是气愤,流着眼泪哭闹道:"你钻到哪个老鼠洞了？ 跟着你这个窝囊废,要权没权,要脸没脸,人家把我欺压死了,你藏起来连屁也不敢放一下！"

"我钻老鼠洞去了,把李大顺这个老鼠掏出来了。"石头大吼一声,他再也忍不住了。

"你——"水花内心一震,吓了一跳,再一想,自己的东西还没有送出去,就嘴硬地道:"李大顺咋?我又没给他一根柴火麦秆。"

"没给?你那两只爪子咋啦?"石头眼红了。

水花忙把手背到身后,心虚地说:"手?我手咋啦?"

"你咋啦,你知道。"石头冲了上去,把她按倒床上,拉住她的双手看,上面抹着红药水,像在血里泡过一样,不由恨得咬牙,报复地说:"我叫你背着我,和李大顺勾勾搭搭。"

石头捏住水花的双手,狠劲地搓起来,还不解恨,又捉住她的手在床帮上狠劲拍打,气愤地叫道:"叫你偷,叫你偷!"

水花疼得头上冒汗,眼里流泪。她身单力薄,挣扎不脱,忍不住大声呼救道:"都快来救命啊,他杀人了啊!"

"你当我真怕你!你当我真怕你!"石头不肯罢休。他想起多年来受的羞辱,气上加气。他骑到水花身上,使劲把她的手在床帮上搓着,咬牙切齿地恨道:"还说我不该拉你后腿!还说我不该拉你后腿!"

水花的惨叫声惊动了左邻右舍,人们都慌慌张张跑来。

大磨两口子第一个跑进来,见石头骑在水花身上,两个人忙上去把石头拉下来,批评道:"这是干啥?"

水花看有人拉架,马上又使出泼妇的手段,弯着腰伸着头,往石头身上乱撞,撒野道:"我是不活了,今天非碰死在你身上不可。"

大磨婶忙拉住水花,大磨叔拉住石头,把他们从中间隔开了。

石头和水花互不服气地你瞪着我,我瞪着你,都气喘吁吁。

大磨婶关心地追问:"啥事呀?划着生这么大的气?"

石头喘着粗气,怒指水花道:"她办的好事叫她说。"

这时,看热闹的人越来越多,了解内情的人假装不知,不了解内情的人寻根问底,异口同声道:"石头今天咋发这么大火呀?"

"我算眼瞎了。"水花怕石头露了真情,胡搅蛮缠吵起来,"嫁给你这个老鳖一,还不如嫁给干部家一条狗哩! 俗话说打狗还看看主人,人家的狗还有个面子,你哩……"

"你连点狗性都没有。"石头越听越气,忽然冲上去打开柜子,抓出里面的衣服,一件一件狠狠甩到水花脸上头上,气呼呼地质问道:"是少你穿了,少你戴了? 叫你下贱去偷?"说着抓住一条被子,欲向水花扔去,却又忽然缩回手,往胳膊上一夹,扭头冲门而去,回头决绝地说:"从今往后,你只当我死了,你愿嫁鸡你嫁鸡,愿嫁狗你嫁狗。"

大磨婶一把拉住他,劝道:"你这是干啥? 人家有错改了还不行? 像你大磨叔那样,我就该把他嚼嚼吃了!"

大磨听了嘻嘻道:"对,对,人嘛,谁一天没有个三昏三迷?"

人们也真真假假劝道:

"是啊,别把话说死了。"

"没有远比,还没有近比? 看看大磨不是说变就变了。"

"她要像大磨叔一样,她也算吃五谷长大的。"石头说着,猛一用劲,挣脱了大磨,夹着被子一怒而去。

"唉,你……"大磨追了出去。

人们继续劝解水花。

"别气了,你也争争气捞个先进,不怕石头不乖乖回来!"

"是啊,大磨婶原来也要把大磨叔赶出门外,大磨叔一受表扬,大磨婶又亲不及了!"

大磨婶笑道:"水花要是积极起来,可比大磨强多了。"

水花扫了众人一眼,从人们脸上看到了幸灾乐祸的样子,从大磨婶脸上看到了扬扬得意的神气。她受不住这个冤,冷冷一笑道:"哼! 有些人也别喜死了,'四人帮'都打倒了,还想亲一派打一派。有人干了坏事还上黑板报受表扬,眼都叫臭青泥糊住了,好像就我是个落后分子!"

人们听这话是冲着大磨来的,都怀疑地看着大磨婶。

大磨婶火了,理直气壮地反驳水花道:"水花,我们可是你叫救命叫来的。你好你坏你知道,你不要拿别人来为自己遮羞挡丑,你今天得说清楚,他上黑板报咋了?"

水花撇着嘴,不屑地挖苦道:"得了! 积极嘛! 担石方光担个外壳,就这还炒鸡蛋慰劳哩!"

大磨婶追问道:"当中石头是你担的?"

"人家玉妹歇晌时去担的。"水花一言而出,大家无不惊异。她见转移了目标,不禁扬扬得意,"不信? 叫玉妹捂住心口窝说说。还当别人不知道哩,好像就我不是人,里里外外结成伙子看我洋戏!"

人们像大梦初醒,恍然大悟地议论开了:

"怪不得那天他怕得很!"

"想着他不也是出力扛吗,怎么担那么快?"

大磨婶听后头昏眼花,全身发抖。她双手捂住脸,踉踉跄跄逃出了水花家。

人们追了出来,同情地叫道:"大磨婶! 大磨婶!"

大磨婶头也不回,哭着一头钻到自己屋里,"咚"一声关上门,上了锁,放声痛哭起来。

人们涌到大磨家门口,门不开,就在门外你一言我一语劝起来:

"别哭了。谁知道水花说的是不是实话?"

"想开一点,不念大磨,也念小扣嘛!"

大磨婶在屋里哭得更痛了。

王大伯对兰兰说:"她性子刚强,别想不开寻了短见,你快去喊你大磨叔回来。"

兰兰点点头,转身跑了。

47

保管室旁边,一间护场人住的小屋,里边只有一张床,一张桌子。

石头坐在床上,低垂着头生闷气。

大磨坐在石头身边,神态轻松,劝解石头道:"回去吧,回去低个头算了。常言说,鸡不和狗斗,男不和女斗,向女人低个头不算丢人!"

石头厌恶地瞪他一眼,转个身背对着大磨,闷闷不语地吸烟。

大磨又嘻嘻劝道:"常话说:天上下雨地下流,夫妻没有隔夜仇。我就经常让着你婶子,她不比你们水花还厉害?"

"咱俩不能比!"石头硬声硬气道,"你让着大磨婶,是向好思想投降;我要让着她,就是向贼投降。"

大磨拉长了脸说不出话,解嘲似的说:"看看看,你可当成真了,我是试试你,看看你能不能抗战到底。"

石头不屑地冷笑了一声。

人们纷纷来看石头,对他充满了同情,你一言我一语,小屋里顿时热闹起来。

"石头,别气! 大家心里有数,谁也不会说你个不字。"

"这一回治治她也好,叫她试试离开男人的滋味!"

"对,非叫她认输不可,别回去,一天三顿,我给你端饭。"

大磨俏皮地说:"石头,别气了。看看,大家对你真比对婆娘还亲三分!"

众人哄笑,大磨笑得更得意了。

兰兰慌慌张张冲了进来,对着大磨叫道:"大磨叔,别笑了,快回去吧,大磨婶在寻死哩!"

众人一惊,急问:"咋了?"

大磨却不在意地说:"别哄我玩了,刚才还好好的哩!"

兰兰急着说:"水花嫂说你垒石方垒个空心,里面的石头是玉妹歇响时偷偷替你担的,还挖苦大磨婶慰劳你会作假,大婶又羞又气……"

众人怔住了,都一齐瞪着大磨。

大磨脸色顿时变了,马上低下了头。

石头愤愤不平地说:"她还有脸揭别人短哩! 她多光彩,偷吃了人家苹果,玉妹在树枝上绑了钱,人家退给她,她还死皮不要脸地接哩!"

大家听了又是一怔,纷纷议论开了:

"玉妹这个队长算当到家了。"

"是啊,对自己亲骨肉也不过如此了。"

"唉,有人是给脸不要脸,真没良心!"

"唉,狗不识人敬,有啥办法?"

别人说什么难听话,大磨都不敢回话,走又不好意思走,只好低着头听下去。

兰兰着急地推了大磨一把:"你还不快回去,给我大磨婶赔个不是。"

大磨这才趁机没趣地走了。

48

大磨畏畏缩缩地回到了小院里。

上屋和两边厢房都关门闭户了,只有灯还明着。

大磨走到自家门前,想喊门,怕惊动邻居丢人,就孤零零靠在院中果树上。

天上,乌云遮月。空中,冷风呼呼。

大磨又饿又冷,打了个冷战。

东东和水花家的灯熄了。

大磨一步一步走到自家门口,轻轻推一下——门上锁了。

大磨走到窗前悄悄站住,里边传出了声声抽泣。他悔恨交加,忍不住轻敲窗户,低声叫道:"开开门吧,我再也不了。"

屋里的灯立马灭了。

大磨摇摇头,叹口气,无可奈何地回身走出了大门。

大磨无处可去,又转到场边,靠着麦垛想心事。

有人说笑着走过来。

大磨听见,四下看看,无地容身,就一头扎进麦垛里藏起来了。

49

麦垛里。

大磨心里乱成了一团麻,不由想起了自己这一生走过的路,有过光荣,有过耻辱,也有羞愧:

——一九五三年,人们给他披红挂花,授予他"售粮模范"的奖状……

——一九五八年,在小水电站旧址上,他看着墙壁上的标语"超英赶美",笑嘻嘻道:"吹牛皮不报税!"有人大喝一声:"好啊,你长敌人志气,灭自己威风!"于是人们斗开了他,又推又拉……

——一九六七年,他戴着高帽游街,一步一敲锣:"我是资本主义尾巴,都来割啊……"

——玉妹拿着广播筒:"大磨叔愿意执行制度……"

——石头上的鲜血……

——玉妹手上的纱布……

——和玉妹的击掌……

——玉妹和东东击掌……

——玉妹的笑脸……

大磨往头上狠狠砸了一拳,从麦垛里钻出来,自言自语:"对,找玉妹,只有求她了!"

50

玉妹家里还亮着灯。

大磨走近窗户,轻轻叫道:"玉妹!"

玉妹妈应道:"她去南阳买发电机了!"

大磨失望地走出了大门。

云更黑,风更猛。他游荡着走向看场屋。

51

看场屋里,灯还亮着。

石头半躺在床上想心事,大磨进来了。

石头扫他一眼,没有理他。

大磨干笑笑,坐到床边,把烟袋递给石头:"尝尝我这!"

石头厌烦地推开烟袋,还是不言不语。

大磨尴尬地:"我来给你做伴,省得你怕!"

"我不怕!"石头冷冷地回了一句。

大磨叹道:"没想到咱俩会一样下场!"

"咱俩不一样,你为啥? 我为啥?"石头一口吹灭了灯。

大磨半天说不出话来,呆呆地坐着,不由唉声叹气道:"唉,玉妹要在家就好了!"

52

工地上,人们正在干活,小山开着拖拉机来了。

"发电机拉回来了!"人们欢呼着跑过来团团围住。

玉妹跳下车,向大家报喜:"咱们加个油,争取国庆节大放光明,大队业余剧团还来给咱演戏祝贺哩!"

人们七手八脚忙着卸电机。

小山看看左右,塞给兰兰一条纱巾。

兰兰埋怨道:"真是等不及了,回家给就晚了?"说着忙塞进口袋里。

玉妹斜了他们一眼，笑着走向东东。

玉妹递给东东一本《电工学》。

"东东要当电气工程师了！"小青年们笑道。

王大伯感慨万千地说："东东他爹当队长时，为修电站也没少操心！五八年修电站，说要为钢铁元帅让路，开个头停了。六六年又修哩，不光停了，还把东东爹批斗死了。这一回可要亮了！"

"再也不用桐籽照亮了！"

"往后可不用人推磨了！"

人们说笑着去河边洗手。

玉妹、石头、大磨、东东蹲在一块儿洗。

石头用泥沙搓去手上油污，若有所思地突然问："玉妹，你说说，这手要黑了能洗净，人心黑了能不能洗净？"

玉妹见他眼巴巴地看着自己，明白他的心思，回答："咋不能！"

大磨看着洗净的手，愁眉苦脸地问："玉妹，这手洗净了人家能看见，心洗净了人家看不见，还是不信，你说咋办？"

玉妹看看他两人，笑道："你们两个今天是怎么了？"

东东对着玉妹耳朵悄声说："你不知道，咱们那个小院，现在变成三家四户了！"说完站起来擦着手，笑嘻嘻地跟着放工的人群走了。

"三家四户？"玉妹不解，要问个明白，追上去，"东东！"

东东站住了，玉妹追了上来。

两个人顺着河边柳林，踏着光洁的河石，说着走着。

玉妹追问："咋三家四户啦？"

东东扬扬得意地介绍道："石头气走了，大磨叫大磨婶赶跑了，现在石头和大磨住到看场屋了，这不成了三家四户？"

玉妹听了又气又急,连连叫苦道:"我的好爷娃呀! 你是不是看着乱才美气? 就你这样治,能把他们的坏思想变成好思想?"

东东不服地"哼"了一声,搪塞道:"按你说,咱们帮着他混,帮着她偷才对?"

"我帮着混,帮着偷了? 你不要不讲理。"玉妹看东东还是一脸不在乎的神气,不禁气极了,"你别口是心非! 你说说,你到底是立志搞四化,还是立志报私仇?"

东东看玉妹真的恼了,就低声下气强辩道:"你别给我戴大帽子,我这最多是方式方法不对头!"

"方法不对头? 说得可轻巧!"玉妹批评道,"你和他们住在一个小院里,你又是团员,听名称怪进步,你帮过他们几回? 他们出了错,你就没一点责任? 不但不难受,还高兴得像刘备得了荆州,在一旁添油加醋看洋戏。这是方法不对头?"

东东被揭了底,不得不挖思想,苦笑道:"千错万错都怨我感情错了,成天不是盼着他们学好,是一心盼着他们出错。看他们有了错,自己心里就痛快。今后咱一定改,可就行了吧?"

玉妹听他说的是真心话,就故意板着脸,冷冷地说:"管你改不改。反正我也看透了,咱们不是一个心眼,弹不到一根弦上!"

东东看她拂袖而去,不由急了,追上去求告道:"哎呀,坦白从宽,抗拒从严。我都坦白了,你还不从宽? 不给出路的政策可不是无产阶级的政策!"

玉妹被逗得忍不住笑了,可又马上咬住了嘴唇,不屑地"哼"了一声。

东东更急了,上去拉着玉妹的手:"来,打我两下解解气,行了吧!"说着用玉妹的手往自己脸上、头上打。

玉妹挣脱了他的手,吓唬道:"你别给我玩俏皮！哼,你笑人家三家四户哩,你要这样下去,以后不管谁做你老婆,也会把你赶出去和陈大磨一样。"

玉妹说着匆匆而去。

东东傻了眼……

53

小院里。

水花挑水回来,又忙着坐到门口择菜。想起石头这次的凶劲,不由气上心头,不干不净地骂道:"死不要良心的,爬到哪里吃野食了！"

对面,大磨婶和小扣在门口一张小桌上吃饭。

小扣伸手从桌上拿起个馍,站起来说:"我给我爹送去！"

大磨婶狠狠夺过馍,没好气地说:"饿死他个死不要脸的,狗还有个改性哩！"

水花听了刺耳,不由翻了大磨婶一眼。

大磨婶还在数落着:"你长大了可不许学他。狗肉不上桌,穿的像个人,心比狗屎还臭！"

水花不由低头看看自己穿的衣服。

大磨婶继续发泄着对大磨的不满:"成天好吃懒做,钻窟窿打洞占小便宜,像蛆一样,见肉就钻！"

水花不由站起来,指着大磨婶吵道:"你积极是你的,你不要指鸡骂狗,我把你娃子扔井里了？"

"啊！"大磨婶一愣,生气地反驳道:"咋？我揭俺小扣他爹的伤口,你疼的啥?"

水花回道:"你骂你男人,为啥叫我听见?"

"我哪知道你们害的是一个病?我还把他顶到头顶当神敬哩!"大磨婶挖苦了一句,又自言自语地道,"风不刮,树不摇,心里没病不犯疑!"

"别装得像个人!不是又炒鸡蛋、又买酒慰劳男人的时候了!"水花撒泼了。

玉妹笑眯眯跑进了小院。

大磨婶一眼看见玉妹就迎了上去,委屈地诉苦道:"玉妹,你评评这个理!俺们那个死不要脸的,为啥不准我管他骂他?"

玉妹奇怪地笑道:"哎呀,谁敢不叫你管大磨叔呀!"

"谁?"大磨婶回头指向水花,"她!"

水花看见玉妹,又羞又怕,早溜进灶房里,支棱着耳朵,偷听大磨婶告状。

外边传来大磨婶的声音:"我不叫小扣送馍,我说他不要脸,就这她还不依了!"

水花听大磨婶没有添枝加叶,也不好发作,就赌气地自语道:"叫人们看看,离了他谁还能连毛吃猪!"

水花拿柴烧锅,柴是大块的。她抡起斧头去劈,斧头震飞了,也震得手上的刺伤针扎般疼,忙抬起手用嘴吹着。吹了一阵,一抬头看见玉妹站在灶房门口,满怀关心地看着她。

水花猛地转个身,走到灶前背对着玉妹坐下去,心里虚嘴上硬,发狠道:"说吧,想要收拾我?我知道斗争东东他爹时,我提过意见!"

玉妹看着她,咽下一口气,也不回话,走过去拾起斧头,弯腰看看木柴的纹路,然后抡起斧头,三五下把柴劈碎,撂给了水花。又揭开锅,添上水,才含笑地说:"烧火做饭吧,吃了饭再说!"

玉妹这个动作、这句话,打败了水花故作强硬的威风。她又不好意思马上示弱,就冷冷地说:"我不饿。"

"你不饿我饿!"玉妹恳求道。

水花不好再推却了,只好生火。

玉妹走到灶旁,从水花手中拿过火钳,说:"我烧,你做。"

水花顺从地站起来,开始淘米做饭。

两个人都默默无语。

水花胆怯地偷看了玉妹一眼,只见玉妹也在看她。两个人眼光相交。水花飞快地低下头,再也不敢看玉妹了。

玉妹被灶膛里的火光映照得脸色更红,苦苦思索着如何洗净水花心灵上的污泥,半天才说了一句:"我在城里见了李大顺!"

水花头皮一麻,头更低了。

玉妹停了一阵,又不动声色地说:"他因为投机倒把被拘留了!"

水花吓呆了,心里一阵发毛,眼前不禁浮现出一幕幕可怕的情景:

——一群气愤的人们,给她剃了个阴阳头。

——一群恶眉瞪眼的人,在她脖子上挂了双破鞋,逼 她游街。

水花的手发抖了,瓢里淘米的水洒了……

玉妹看着水花失魂的样子,入情入理地又讲:"我知道这一回不是你想干的,都怨李大顺拉你下水,是我们先去把他告了,这个事情才了了!"

水花提着的心放下了。她发觉瓢歪了,赶忙端正,淌着的水止住了。

"你也有错！自己不长主心骨！"玉妹的声音是温柔的,口气却很严肃,"经不起李大顺的引诱,差一点叫他把你也拉进法院了！"

水花的眼眶红了。

玉妹诚恳地又说:"我也批评了东东,他不该捉弄你！他也认错了,保证以后再也不了！"

水花心里一酸,害怕哭出来,忙偏过头。

玉妹顿了顿,又责备自己道:"这事我也有责任,过去对东东批评帮助不够。你是嫂子,就原谅俺们这一回吧！"

水花被打动了,心里一热,止不住的眼泪像断了线的珠子,滚滚落下。

玉妹站起来走近水花,轻轻按着她的肩头,一只手拨着她的乱发,恨铁不成钢地批评道:"你是嫂子,比妹子懂得多,不是妹子逞能批评你,你想过没有,当个人怎样活着才快活？才光彩？你和大家一般高一般粗,也有一双巧手,可是,你用这双手往自己脸上擦的什么？……好嫂子,过去的事不提了,从今往后,咱们一同搞四化行不行？"

水花"哇"地哭出声了,抽泣道:"谁知道大家还信不信？"

"信！我就信！"玉妹真诚地说。

54

秋风吼叫着,天气突然冷了。

大磨家里,玉妹帮助大磨婶做衣服,两个人十分投机,笑声不断。

玉妹笑道:"你说说,大磨叔憨不憨？"

大磨婶撇嘴道:"能是能,就是能劲光往邪门歪道上使！"

玉妹看着大磨婶，笑问："要是以后把能劲都使到正事上哩！"

大磨婶不信，说："他能学好？"

玉妹笑道："现在时兴包产到户，大磨叔这个人我也包了！"

大磨婶含笑感激道："那我隔河给你作揖！"

说话间大磨婶把大磨的夹衣做好了。

"这一送去，大磨叔身也暖了，心也暖了！"玉妹顺手把夹衣递给小扣，"给你爹送去！"

大磨婶一把夺过衣服，就往箱子里放。

玉妹忙起身拦住，怪道："哎呀，我说了一个上午算白说了，你就不怕他冻病了？"

"这号人就不能心疼他！"大磨婶说着把衣服放进了箱子里，斜了玉妹一眼，要锁又迟疑着不锁。

玉妹心里明白，就从她身后伸出手抓过衣服，交给小扣："快给你爹送去！"

小扣接过夹衣，回头飞快地跑了。

大磨婶埋怨道："你怎么能这样？送去了他还当成咱服软了想留他了！"说着做出要追赶小扣的样子，叫道："小扣！"

玉妹看她想送又不好意思，就拦住她不放。

大磨婶要挣脱又不用力，无可奈何地叹道："要不是看你的面子，就不叫他穿。冻死他我心里才美气！"

玉妹甜甜笑道："你的心可真狠！"

55

看场屋里。

小扣匆匆跑来，把棉衣塞给大磨。

大磨刚收工回来，冷得打战，摸着软和的棉衣，忙披到身上，心里热乎乎的，喜眯眯地问："你妈叫你送的？"

小扣天真地摇摇头。

大磨又把小扣拉到怀里，问："你自己送的？"

小扣又摇摇头。

大磨低下头，看着小扣，追问："到底谁叫送的？"

小扣同情爹爹，说："我妈说你死落后，冻死也不亏，要把衣服锁起来，是我玉妹姐抢来的！"

大磨被这句话震得往后一仰，心里又凉又热，眼里不由蒙上了一层泪水。

"爹，你哭了？"小扣惊讶地看着他，从他怀里挣出来，边跑边叫，"我去给我妈说！"

大磨看着棉衣，恨妻子铁石心肠，骂道："哼，好像天下就你一个积极，开口国家，闭口积极，比对你老祖宗还亲！"

石头正在墙角临时支起的小灶上做饭，越听越不是味，把刀一搁，上去拉着大磨，气愤地叫道："走，咱们找个地方评评理，看我说坏了你啥？"

大磨一愕，吃惊地道："咋啦？咋啦？"

石头喘着粗气，质问道："你为啥骂我！"

大磨这才明白，叫冤道："我骂你了？我是骂俺女人的啊！"

石头不信，火道："你别当我是憨子，你口口声声积极长积极短，我上午劝你要爱国爱队，你不是骂我是骂谁？"

"哼，就你一个积极？"大磨也气了，挣脱石头，自豪地说，"哼，俺小扣他妈也不比你差！"

石头憋了半天，又驳斥道："管她是你啥，只要积极，你都不该骂！"

正在这时，大磨看见玉妹来了，忙迎上去，低头看着身上棉衣，感激地叫道："玉妹，我……"他不知怎样说才好，抱着头蹲了下去。

玉妹从床上抱起石头的被子，对他们两个人笑道："都别气了，大磨婶和水花嫂子叫我来接你们回去的。走吧！"

大磨听了喜出望外，忙站了起来，立到玉妹身边，笑着要和她一块儿走。

石头却不放笑脸，上去夺过玉妹手中的被子，又扔到床上，重重地说："我不回！"

玉妹劝道："哎呀！别得理不让人！人家水花嫂子这几天都变好了！"

"她会变把戏！"石头硬声硬气地说，"哼，刚埋怨我不该拉她后腿，眨眨眼就去干那号丢人丧德的事！"

玉妹解劝道："那事人家已经认了错，况且都是李大顺勾引的！"

大磨迫不及待地想回家，也帮腔劝道："哎呀，该罢休就罢休，非要叫水花亲自来请你不成？"

屋外。水花走到门口，听屋里有人说话，又不好意思进去，就扒着窗子往屋里看去。

屋里。"请我也不中！"石头翻大磨一眼，坚决地说，"我还没叫她要够？要叫我回去，除非她变个样子叫大家看看。到那时，不用她请她接，我自己上门给她庆功！"

屋外。水花听到这里，气石头没情没义，咬着牙自语道："哼，不怕你不上门给我说好话！"一气而去。

屋里。玉妹看石头一时难以说通，就叹了口气，对大磨说："大磨叔,走,你先回!"

"行!"大磨早等着这句话,跟上玉妹就走。

石头看着大磨走了,心里忽然不是滋味,脱口而出叫道:"大磨叔!"

大磨已走到门口,听他叫自己,又站住,回头奇怪地问:"咋?"

石头憨厚地说:"这几天,我对你的态度不好,你可别生气!"

大磨苦笑道:"看你说到哪里了!"

石头又诚心诚意叮嘱道:"回去可别再惹大磨婶生气了!她多好呀,手又勤快,心又直,谁不抬举她!她为你哭了多少眼泪啊!你有一点好处,她都高兴得恨不能把心扒给你吃了!水花要像大磨婶那样,我就是当牛当马也心甘情愿!"说到最后,石头的声音里充满了辛酸的味道。

大磨心头一热,突然又拐回来坐到石头身边,呆头呆脑说:"我也不回了,我还给你做伴!"

玉妹上前几步,笑道:"又变了?"

大磨郑重地说:"我也要变个样子叫人们看看,我就不信俺小扣他妈不来接我回去!"

56

水花回到小院里。

大磨婶正在给水花扫门口的地,她扫得干干净净,垃圾拢成了一堆。

水花看了不由一怔,和大磨婶对看了一眼。大磨婶刚要开口,水花头一低跑进了灶房里。

　　水花一脚踏进门槛,就看见东东正在给她劈柴,累得满头大汗。她又是一怔,继而寒下脸子,因为一见东东就不由得来气。

　　东东看看她,撂下斧头就跑了,跑到门外,又回身扒着门框,伸进头做个鬼脸,叫道:"水花嫂子,看在我比你小的分儿上,饶了咱吧!要不,玉妹可要把我蹬了!"说完缩回头跑了。

　　水花看着地下堆的劈柴,心里比麻还乱,呆呆地站着。

　　大磨婶被东东推着拉着进来了。

　　大磨婶满脸堆笑,不好意思地说:"他嫂子,你还在生我的气吧?我这个炮筒子脾气,往后保证改!"

　　水花不知如何回答,红着脸低下了头。

　　大磨婶又认真地说:"玉妹这几天批评我了!仔细想想我也真不对,咱们住在一个小院里,我这个近邻没当好,平常对你没帮助,有时候还看你笑话!"

　　东东插嘴道:"对,我也是这个毛病!"

　　大磨婶拍拍东东,做证道:"玉妹也批评他了,批评得可狠了!说他这个毛病再不改,就不和他好了!"

　　东东得意地笑道:"只要你往后改邪归正,咱们就停战讲和。"

　　大磨婶听他又说重了,悄悄拉拉他的衣襟。

　　东东忙改嘴道:"对,对,往后咱们要互助互爱,三个烟囱冒烟,一个心劲搞四化,那该多好!"

　　水花白了东东一眼,还是不说话。

　　大磨婶急了,回头就走,说:"你也别气,我去把石头给你接回来,让他给你说!"

　　水花突然上去拦着大磨婶,憋不住哭道:"好婶子,你别去,强扭的瓜不甜!"她擦擦眼泪,又低下头,刚强地说:"他自己有心有腿,他能自己走了,也得叫他自己回来!"

57

顺河风刮得工地上的汽灯忽明忽暗。

玉妹走进电机房,把一件大衣披在东东身上:"明天保准能通电吗?"

东东信心十足地说:"只要明天上午能突击栽好电杆,下午能架好电线,保你能用电灯演戏欢庆国庆!"

玉妹想想又问:"安那么多灯泡,还要加工磨面、打米、铡草、轧花、打油、粉碎,会不会超负荷?"

"没问题!"东东胸有成竹地讲。

"你也早点休息吧!"玉妹放心地转身走了。

东东突然又认真严肃地叫道:"别走,有一个数据可是大大超过了负荷!"

玉妹忙回头走向东东,关切地问:"哪个数据?"

东东飞快地在纸上写下了一行数字,递了过去,笑道:"你好好看看!"

玉妹接过纸片,见上面写着一个加减式,轻轻念道:" $26+25-(25+23)=3$ 。"

玉妹看着东东,不懂地问:"这是啥数据?"

东东笑道:"你再想想,这可是特大问题!"

玉妹皱起眉头,百思不得其解,问:"你学过电工学,是啥你说吧。"

东东站起来,指点着玉妹手中那片纸上的数字,眯着眼,憋着笑,说:"你二十五,我二十六,加在一起,减去号召的两个人晚婚年龄四十八岁,已经超负荷三年了啊!"

玉妹一下子笑了,照东东头上狠狠戳了一指头,回身跑了。

玉妹头也不回地答道:"电灯还没明哩!"

58

大场里,人们纷纷攘攘,往架子车上装着电线杆子。

59

场里,人声喧嚷,都在寻找自己的车子,争先恐后地拉着上路。

大磨婶匆匆赶来,到处找不到自己头天夜里装好的车子,着急地喊着:"谁把我的车子拉走了?"

石头也在着急地说:"谁把我的车子也拉走了?"

吆喝声渐渐平静,场里已经没有一辆车子了,只剩下石头和大磨婶两个人。

大磨婶似明白了,笑道:"你也别找了,可能是水花拉走了!"

"她?!"石头怀疑地摇摇头。

大磨婶想想,说:"走吧,咱们快去,给别人推车也行!"

60

从村子到电站,要翻一个陡坡,一条简易公路盘山而上。

东方露白,模模糊糊能看见人影。人们拉着电杆,艰难地往上爬着。

远远望去,走在最前边的人累得弯腰弓背,肩上的襻带绷得笔直,吃力地一步一步拉着。这人用劲过猛,踩着了石子,只见他脚下一滑,一头栽倒。重车失去了拉力,就拖着这人横冲直撞往坡下滑去,眼看就要冲落到路边的深崖下了。

远处的人看见了,忙放下车子,一边飞跑着上来抢救,一面惊慌地呼叫:"快放下襻带! 快! 快!"

那人早吓昏了,襻带还在肩上拽着他继续往下滑去,眼看就要跌下深渊。

这时,只见后边一个人,撂下自己的车子,三五步跑上去,用肩头顶住冲下来的车尾。车子停住了,人也得救了。

石头第一个跑上来,对那跌跤的人埋怨道:"你咋这冒失,多危险啊! 你不要命了!"

那人一回头,原来是水花。

石头惊疑地"啊"了一声,猛上前几步,伸出双手要扶住她,却又突然倒退几步,不好意思地叫道:"你……"

水花惊魂未定,一眼看见石头,真是大难不死见了亲人,眼泪不由得流了出来,但又倔强赌气地咬住嘴唇,头一甩, 又拉起车子要走。

石头上去一把夺过车子,埋怨道:"还不快去谢谢人家救了你的命!"

水花这才想起救命恩人,忙回头去找。

大磨婶也跑了上来,一眼看见水花,急着问道:"哎呀,真吓死人了! 是谁救了你?"

那个救人的人背对着大家,看着自己的车子滚到崖下,急得搓手踩脚,听见有人问他,才回过头来。啊,竟是大磨!

大磨婶万万没有料到大磨会舍己救人,愣愣地叫道:"啊,你……"

大磨指指崖下,心疼万分地说:"车子算完了! 新新的啊!"

大磨婶听了这句质量不高的话,哭笑不得,埋怨道:"唉,你呀! 车子能值几百? 值几千? 能比人还金贵?"

大磨还是望着崖下,叹息道:"光说哩,好几十块哩!"

大磨婶道:"干坏事时,尽说觉悟话;干好事时,倒不会说觉悟话了!"

人们听了哄笑起来。

水花走上前去,又感激又害羞地叫道:"大磨叔,你……我……"她不知说什么才好,又流下了眼泪。

东东对大磨伸出了大拇指,大磨把他的手一巴掌打下去。

东东对水花伸出了大拇指,水花扭过了脸。

61

上午,电杆已经栽好,大家分头架电线。

大磨抬头看着东东说:"东东,听说玉妹你俩今天夜里结婚?"

石头羡慕地问:"真的?"

"发电之时,就是结婚之日!"东东低头看着他俩,卖着斯文,喜不自禁,"你们结婚时点的是桐油灯、煤油灯,啥也看不清,现在电灯底下结婚,多美气呀,干脆你俩也再结个婚吧!"

石头实打实地说:"谁家还兴结两回婚?"

大磨想想,诡秘地说道:"东东,这一回我要给你送份厚礼!"

东东认真地:"俺们可不请客收礼!"

大磨笑道:"别的礼你们不收,我这个礼保险你要不及,是你最最最需要的东西!"

石头好奇地问:"啥?"

大磨:"到时候你就知道了!"

62

看场屋里。

大磨和石头一同把屋里收拾干净。

石头夹起被子,叫道:"大磨叔,回吧!"

大磨摇着头,吸着烟,慢条斯理地说:"你先回吧!"

石头憋着笑,说:"真是要叫大磨婶来接哩!"

大磨嘻嘻笑道:"实话给你娃子说,这一回要不蒸馒头争口气!"

石头只好独自走去,到了门口回头叫道:"看,大磨婶真来了!"

大磨伸头一看是真的,忙躺到床上闭起了眼睛。

大磨婶走进来,见大磨在装睡,撇撇嘴叫道:"真是立了大功,还得叫三跪九叩哩!"

大磨不但没起,反打起了呼噜。

大磨婶装作要走的样子,吓唬道:"你别给我装死,敬酒不吃吃罚酒。你要不回,我可走了。"

大磨急忙从床上跳下来,嘻嘻笑道:"回! 回! 我压根就不想出来!"

63

天刚黑,电灯就放明了。家家户户屋里都挂上了小太阳,村里到处响彻着笑声。

小山和兰兰拿着乐器,往东东家走去。

小山偏着头看着兰兰,笑眯眯地问:"玉妹是要等到电灯明了才结婚,你哩?"

兰兰笑道:"通汽车,盖高楼!"

64

小院里,满院喜气。

东东的门上贴了大红对联,成群结队的男男女女前来参加婚礼。

大磨家也是喜气洋洋。

大磨婶看着电灯,听着上屋传来的笑声,不由想起当年和大磨结婚时的情景:

大磨婶顶着红盖头,被引进新房。石头举着用铁丝穿起来的、点燃着的一串桐籽在大磨婶面前晃着,熏得她连声咳嗽。石头笑道:"看,花婶子还咳嗽哩!"

大磨看她发愣,忙问:"又咋了?"

大磨婶苦笑道:"我想起咱们结婚时点的那个亮!"

大磨把编好的柳条圈装进提包,笑嘻嘻地说:"眼气哩?"

大磨婶笑着拉过大磨,帮他换上新衣,戴上新帽,又拉衣服又拍灰,把他打扮得整整齐齐。

大磨走到桌前,拿起镜子,拉过大磨婶一同照着镜子,得意忘形地笑道:"看,咱们也不老呀! 咱们在这电灯底下再结一回婚才美气!"

"净说些傻话!"大磨婶夺过镜子放到桌上,嗔怪道,"我看你三天不挨打,就高兴得忘了姓啥!"

石头家里,也洋溢着欢乐。

石头打扮一新,看着电灯,也想起了自己结婚时的情景:

新房里,东东端着墨水瓶做的小油灯,在水花面前晃来晃去,调皮地叫道:"嘿,好一个花嫂子,都来看呀!"

水花火了,噗一口吹灭了灯……

水花看石头发怔,捅他一下,质问道:"还生气呀?"

石头嘿嘿笑道:"谁气了? 我想起咱们结婚时点的那个灯,要也是电灯,你就吹不灭了!"

水花催道:"有啥好想的。走,快去吧!"

"急啥?"石头手忙脚乱,给水花系上围巾,又给她拿来了镜子和梳子,"你也打扮打扮嘛!"

水花推却道:"打扮个啥,又不是咱们结婚……"

石头嘿嘿笑道:"咱们再结一回也不多余嘛!"

这时,上屋里传来了阵阵叫声:"大磨叔,石头哥,都快来吧! 举行完婚礼还要去看戏哩!"

65

婚礼开始了。鞭炮齐鸣,业余剧团的乐队奏起新婚曲。雪亮的电灯,照得后墙正中的双喜字更红了。

东东和玉妹面对红双喜,站在屋当中。

司仪王大伯唱道:"夫妻对拜!"

东东突然跑向王大伯,挤眉弄眼地耳语一阵。

王大伯哈哈大笑道:"叫大磨和石头两口子,也陪着结个婚,行不行?"

"行!"人们笑道,动手就拉。

大磨婶和水花挣扎着,冲着玉妹求助道:"玉妹,你也管管呀!"

玉妹甜甜笑道:"再结一回也行嘛!"

大磨婶和水花同声嗔怪道:"你咋也这样!"

玉妹笑得更甜,说:"那一回是身子结了心没结,这一回结个同心嘛!我和东东也是结个同心,他要还是从前那号样,我还不嫁哩!"

小青年们听了这话更有劲,不容分说,死拉活扯。大磨婶和水花听了这话,心里也甜丝丝的,不再挣扎,就半推半就,任人们摆布。

男左女右。一边是大磨、东东、石头,一边是大磨婶、玉妹、水花。人们在他们胸前挂上了红花。

王大伯看他们站好,就喊道:"夫妻对拜!"

对拜毕,大磨突然跑到王大伯身边耳语了一阵,王大伯为难地道:"好吧!"

王大伯又高声唱礼:"现在开始献礼!"

玉妹惊愕地:"这……"

大磨不等玉妹打岔,忙回头从挂在墙角的提包里掏出了柳条圈,恭恭敬敬地递向玉妹和东东,嬉笑道:"送给你俩,谁戴呀?"

大家不解其中奥妙,玉妹和东东也早已忘到九霄云外了,一齐迷惑地看着大磨。

大磨嘻嘻笑道:"头朝下转圈时戴呀! 省得新婚之夜把头皮磨破了!"

玉妹和东东恍然大悟,双双纵情笑了。

大磨还是双手捧着,追问:"献给谁呀?"

玉妹看着东东,笑而不答。

东东做个鬼脸,抓过柳条圈,笑道:"君子一言,驷马难追。咱戴!"

东东戴上了柳条圈。

众人看他们笑个不住,又不解其中之谜,齐声问道:"这里头有个啥故事? 说说! 说说!"

玉妹看看东东,笑道:"别问了,以后大家都会知道。快去看戏吧,大家都在等着哩!"

于是,乐队吹吹打打,伴送着三对夫妻走向剧场。

原载《银幕剧作》1983 年第 2 期

1

山里人

●

烈日似火。

八百里伏牛山，万顷林海，碧涛苍茫。一座山顶上，插着一面大红旗，上绣五个金光大字："走大寨之路"。微风吹来，红旗飘扬。

红旗下面，梯田层层，一直延伸到沟底。垱子垒得如同刀切一般整齐，从石头上看，这些梯田全部是新修的。

千军万马在抗旱，拖拉机、架子车在拉水，青壮年在挑水，老年人用罐提，红小兵们用盆端。机器声、吆喝声，组成了一曲战天斗地的乐章。

一队架子车往坡上拉着水，人们大汗淋漓。知识青年虎子担着空桶反转身，对着拉车的人掏出竹板，边打边说快板：

　　天大旱，人大干，

　　敢和天公比长短。

　　为了革命夺高产，

　　誓死保卫大寨田。

拉车的带头人是个彪形大汉，三十多岁，名叫石柱。他听了快板，回头挥臂大叫一声："冲啊！"话音未落，他拉着车子冲向山上,后边的人一阵吆喝也跟了上去。

担着空桶的陈大磨迎面走下来,看着人们这个虎劲,叹息一声走去。恰好副支书刘中才从地里出来,手里拿着一棵干枯的庄稼苗。陈大磨忙跟上去,关切地问:"副支书,你说能保住吗?"

刘中才看他一眼,反问:"你说能保住吗?"

陈大磨一副早知道的神态,说:"保住?谁不知道这条沟是有名的渴死龙,'文革'中山梅开始要治这道沟,我就说不中,山梅还批我哩!看看吧!"

刘中才看着手中干枯的庄稼苗,笑道:"哈,好一个秋后算账派!"

陈大磨又进一步说:"中才啊,你可不能光跟着山梅瞎跑啊,说得再美,她是个年轻闺女家,到底差点劲啊!"

刘中才不在话下地说:"你把心放在肚里吧!"

这时,迎面走过来一群担水的女青年,为首的是一个十八九岁的姑娘,叫王华。她一碰见刘中才就没头没脑地问:"中才叔,正抗旱哩,听说你派刘连发出去找副业门路,真的?"

刘中才一怔,继而回答:"是啊!抗旱要万一抗不住了咋办?得早点下手多抓点钱。这就叫两手准备,懂吧?"

"懂!懂!这就叫三心二意抗旱!"王华说完,不等回答就担着担子大步走去。

跟在她后面的一群姑娘笑着走了过去。

刘中才看着她们的背影摇摇头,叹口气走去。

刘中才担着空桶,来到池塘边,只见池塘快干了,人们把浑浊的水舀进桶里。

人们纷纷问道:"副支书,快没水了,怎么办?"

刘中才皱起了眉头，束手无策地说："支书山梅去大寨参观，今天就回来了。等她回来了再说吧！"

陈大磨嘲笑地："对，山梅是响当当的革命派，保险从大寨回来给咱们担一挑子，一头担的长江，一头担的黄河，还怕没有水浇地？"

"陈大磨，你别说风凉话了！"人们反驳道。

突然，喇叭声起，人们转身看去，只见不远处公路上开过来一辆客车，车慢慢停住了。人们欢叫道："山梅回来了！"

几个年轻人箭一般往公路上跑去，边跑边叫："山梅姐——"

2

公路上。

人们围住汽车，眼巴巴地看着，叫道："山梅！""山梅姐。"

车门打开了，下来一个五十多岁的人，穿戴像个干部，一脸能气。汽车门又关上了，开走了。

人们失望地问："刘连发，没见山梅？"

"哈，我还当都来接我呢！"刘连发开了个玩笑，又说，"山梅要给队里省几个钱，连夜跑着回来了！"

"怎么到现在还没见人？"

刘连发："听说队里要抗旱，就翻山去两河口找水了。"

人们奇怪地自语道："两河口？"

3

两条干河在一个峪谷处汇成了一条干河，这里就是两河口。河床里滴水不见，一眼望不完的滩滩，巨石乱卧。

河滩里有一个新挖的深坑，只见从下面飞快地往上撩着沙土，不见人影。一会儿从下边伸出了一只端着水的手，把茶杯放到坑边上，杯上印有五个红字：走大寨之路。杯里清水往外淌着。接着，一个姑娘从下边跳了上来，她就是将军山大队的支书山梅。她端起水，飞快地站到巨石尖上，欢叫道："喂，这里有水了！"

"这里也有水！"一片回声中，喜山爷等四五个人分别从四五块巨石后走出来，每人手里都端着一杯水。

突然从地上冒出了一群人，幽静的山谷顿时洋溢着热烈的气氛，他们奔放地笑着，走到一块儿围成一堆。

山梅指着身边的深坑，大声笑道："看，龙王爷可真刁，想从咱们脚底偷跑。不行，咱们得把它逮住，拉到将军山上！"

四十多岁的支委赵中和喜道："对！把水拉到山上，就能保住大寨田了！"

"干吗要保？咱们要发展'文化革命'的成果！"山梅指指面前的河滩说，"咱们在这里修个水库，把天上的水蓄起来，把地下的水拦起来！"她又挥手指向立陡如墙的山壁，"顺着阎王山再开一条渠，把水牵到将军山，把大寨田都变成水浇地！"

"修水库？"

"开渠？"

人们被这个大胆的理想征服了，互相看着。山梅对着喜山爷，恳切地问："喜山爷，你说行吗？"

喜山爷看看杯中的水，重重地说道："我说——行！"

"好。"山梅举起杯子，提议道，"来！为庆祝明年将军山上水稻大丰收，咱们先干它一杯！"

"干!"人们纵情大笑,举起杯一饮而尽。

山梅:"走,去和群众商量商量!"

4

村头,收工的人群团团围住山梅。山梅手中举着几张照片,人们不由分说地抢着。抢到照片的人们,退到一边看着,赞赏着:

"这是狼窝掌!"

"这是大寨的虎头山!"

"这是林县的红旗渠!"

王华走过来。

山梅亲切地叫道:"王华!"

王华扑上去叫道:"山梅姐!"

山梅掏出小本,从里面抽出一张照片递过去。

王华一看,惊喜道:"啊,大寨的铁姑娘队!"

山梅:"对!"

王华看了又看,然后把照片贴在心口,激动地说:"山梅姐,我一定学铁姑娘,把咱们大队也建设成大寨!"

"好!"山梅高兴地说,又问:"你爹哩?"

王华:"还在大队兽医站!"

山梅:"走,咱们去看看他!"

山梅领头,一群青年跟着走去。

虎子看看山梅,边走边愤愤地说:"山梅姐,天一旱,当初反对修大寨田的人又跳出来说风凉话了!"

"噢!"山梅惊觉地问,"谁?"

虎子生气地:"陈大磨。他说,等你回来了,叫你去造龙王爷的反,好救大寨田。"

"造龙王爷的反?"山梅沉思了一下,继而哈哈大笑道,"这一回他算说对了,这个反咱们造定了!"

虎子着急地说:"他是看咱笑话哩!"

山梅坚定地说:"咱们要叫它变成实话。今天上午和喜山爷他们商量了一下,咱们在两河口修个水库!"

"修个水库?"人们不约而同地停住脚步。

"对!"山梅热情奔放地讲,"什么龙王不龙王,听——"她用手拍着拍子,自豪地唱道,"我们不靠神仙和皇帝,全靠自己救自己。"

青年们跟着唱起《国际歌》,前呼后拥地走过村街,歌声越唱越高昂雄壮。

5

刘中才家里。

刘中才在搞家庭副业——编席。一见刘连发进来,就关切地问:"办成了没有?"

刘连发表功地说:"难呀,腿也跑断了,嘴唇也磨薄了,才订了这个运输合同!"说完递过合同。

刘中才接过看着。

刘连发在一旁鼓动道:"这可是个好门路啊,拖拉机架子车的辘轳转一圈就是一张票子!"

刘中才把合同装进口袋,说:"好吧,等山梅回来了商量商量。"

陈大磨一头闯了进来,叫道:"山梅回来了,听说要修水库哩!"

刘中才吃惊地:"什么?"

陈大磨:"你听,来了! 来了!"

外面传来了高昂的歌声。

刘中才推开窗子一看,只见一群青年跟着山梅,昂首挺胸唱着《国际歌》大步走去。

刘中才看不惯地摇头叹道:"唉,平白无故地领着一群人在大街上唱什么歌,一点也不稳重,哪像个支书的样子!"

队伍走了过去。

6

山梅和王华在村街上走着。

老地主刘宗汉迎面过来,一看见山梅,忙让到一边站住,毕恭毕敬地低下了头,弯下了腰。

山梅看他一眼,没有理他,径直走去。

面前是一座大院,门口挂着一块牌子:将军山大队。

山梅和王华走到门口,一队饲养员老宽拉着一头肥牛走出来。山梅叫道:"老宽叔,这头牛病好了?"

老宽高兴地:"好了,好了! 大队办的这个土兽医站真是一等一级,牛得了病,不但管治,还管给养好!"

王华打岔道:"老宽叔,你别夸了!"

老宽不服地:"噫,还替你爹谦虚哩!"他拉住山梅说:"你快摸摸。"

山梅摸了摸:"肥!"

老宽大笑着拉牛走了。

山梅和王华走进饲养室,里边拴着两头病牛,一个人端着一碗饭,正在喂牛吃着。

"陈大伯。"山梅和王华同叫。

陈大伯一回头,惊喜地叫:"啊,山梅回来了!"

王华急切地:"我爹呢?"

陈大伯哈哈大笑:"你听!"

传来了叮叮当当的响声。

后院里,一个老汉在打石槽。山梅和王华进来,老人家没有发觉,还在一心一意打着。王华叫道:"爹!"

王祥老汉抬头看了一眼,继续打着,说:"啊,山梅! 你回来了!"

山梅看看满院新打的石槽,关切地问:"打够一百几了?"

王祥头也不抬,边打边说:"离一头牛一个槽还差得远哩。"

王华忍不住上去夺过锤,撒娇地训道:"爹,我山梅姐来找你商量大事哩!"

"大事?"王祥站起来,惊异地看着山梅:"啥事?"

山梅:"咱们想在两河口修个水库,顺着阎王边开一条渠,把水引上将军山,你说,阎王边那刀刮石崖能开渠吗?"

"在阎王边上开渠?"王祥老汉想了想,语气很重地说,"能! 铁山还能化成铁水哩!"他回头从王华手中夺过锤," 这不光能打石槽,也能开山啊! 山梅,你把这事交给我吧!"

山梅感动地说:"大叔,修不修,谁去修,还要支部研究决定。我就是来请你下午去列席参加支部会! 再讲讲咱们将军山缺水的苦头!"

王祥老汉忆起了往事,沉重地说:"讲缺水的苦头! 好!"

7

山谷里。

一堵石壁上裂开一条细缝，淌着一滴一滴的水，下边用石头砌成一个水池，池子里积存着一汪清水。

石壁上刻着两行字：

> 刘家祖传宝水，供养四方邻居。
>
> 一担水一斤麦，违者送官究办。

石壁下边，池子周围，坐着支委们。

王祥老汉在诉苦："旧社会，咱这方圆附近就这一个泉眼，被刘宗汉霸占了，担一担水要一斤麦！人吃，喂牛，哪一家一天不要两担水，一年就是七八百斤麦子啊。地租，水费，把穷人的骨髓油都榨干了啊！那一年五黄六月，我妈病在床上，干渴得张大着嘴，叫道：'水！水！'我赶忙来担水。可是，刘宗汉说我欠了水费，把我水桶砸了，等我回去，妈还在叫道：'水！水！'我一头扑到妈怀里，妈见我带回来的不是水，是满脸眼泪，老人家就连渴带气，死了！"

一片叹息声！

山梅讲道："咱们大队吃尽缺水的苦头！解放后夺回了被地主霸占的泉眼，解决了人畜吃水的困难！公社化以来，挖了水塘，打了机井，解决了一部分土地浇水的问题。现在到了咱们彻底改变缺水面貌的时候了，我们要让每一块土地都能自流灌溉，叫每一寸土地都为革命多打粮食。"

石柱："我赞成！咱们不能光做老天爷的奴隶，要做大自然的主人！"

喜山爷:"对!"

刘中才打断喜山爷的话,说:"修水库我赞成,可是现在搞这么大的工程,条件还不成熟。我的意见,先狠抓一下副业收入,等公共积累扩大了,有了机械,有了电,水泥炸药也充足了,再修也不晚!"

喜山爷:"我不赞成,咱们搞建设不能坐等机器,得靠自力更生艰苦奋斗才行。再说,不先多打粮食,支援国家建设,机器会从天上掉下来?!"

石柱:"大寨治山,林县修红旗渠,人家等机器了没有?"

刘中才不服气地说:"说得容易,这不是吹糖人一口气,谁敢保证能顺顺当当治好?"

山梅反问:"咋,干革命还得打包票?"

石柱:"不是要保票,是想抓钞票。"

双喜接道:"光想捞钞票,我这个大队会计也该改名,叫账房先生了!"

刘中才生气地说:"你别说风凉话。"

赵中和劝道:"算了,算了,一个要先治水,一个要先置机器后治水,目的都一样嘛!"

山梅反驳道:"不一样,这是两条不同的道路,丢粮抓钱,就会走上资本主义道路。咱们得清醒一点,从前困难时,敌人会破坏捣乱,自发势力会冒头,现在还会……"

刘中才不服地说:"别成天光吓唬自己,才搞了'文化革命',敌人又要跳出来送死了,资本主义又跑出来找着挨批了,人家都是憨子傻子!"

山梅:"敌人不憨不傻,资本主义也精明得很。可是,我们要忘了党的基本路线,就会变成憨子傻子,就会上当受骗!"

刘中才:"我清楚得很!"

石柱:"搞副业的主意是谁出的?"

刘中才:"我自己有脑子,群众也有要求。"

山梅反问:"什么群众? 还不是那几个私心严重的人。"

8

两小块自留地,当中隔着一条土埂,刘宗汉和刘连发都靠埂边锄着各自的草。

刘宗汉小声地问:"我说的那个人找到没有?"

刘连发:"找着了,他给弄了个合同。"

刘宗汉:"交给刘中才了?"

刘连发:"对。"

刘宗汉:"没有说是我给想的门路吧?"

刘连发一笑:"我没有疯嘛!"

刘宗汉:"连发,将来真要搞成了,可别忘了老叔,想办法叫咱也跟着出去自由几天。"

刘连发摇摇头:"成不成还是两回事,山梅回来了,听说要修水库哩!"

"修水库?"刘宗汉怔了一下,继而阴毒地挑拨道,"这样说,你喝到嘴边的酒,她又要给你打洒了。"刘宗汉说到这里,忙躲开刘连发,三两步往地当中走去。

原来,王华和虎子等一群青年从对面路上走了过去。

9

支部会还在继续进行。

山梅在讲:"历史的经验值得注意。咱们不能老是盯着票子多了没有,得不眨眼地看着河山面貌变了没有。咱们要学大寨贫下中农,不能光顾个人,得想着国家。不能光顾咱这一辈,得想着几辈子的事。队里副业已经不少了,再把主要劳力抽去搞运输队,那就是以副伤农,就会走向资本主义。"

刘中才坚持道:"这种想法是好,可是……"

王华等一群青年人蜂拥而来。不等人们开口,王华就站了上去报幕:"毛泽东思想宣传队,现在演出开始:诗朗诵《请战》。"

十几个青年齐刷刷站齐,面对着支部的几个人,高声朗诵道:

太行、王屋两座山,

高不高?高!

大不大?大。

是谁把它搬走?

愚公一家!

当代愚公千万家,

腰斩龙王!

刀劈群山!

看我们把山河重新安排,

定叫伏牛山上盛开大寨花!

朗诵到这里,十几个青年唰地一起递上请战书,又同声念道:"我们把青春献给党,请党把我们放在重新安排山河的战场上!"

他们递过请战书,又一同转过身,整齐走去。

支部的同志们被感动了。

石柱大叫一声:"赞成治水的举手!"

支部委员一个个举起了手,有的真心,有的勉强。

山梅:"好吧,咱们看了线路,做出规划,再请示县委批准。"

10

雨后,东方出现了彩虹,群山如洗,格外清新碧绿。

支委们拿着标杆,沿着山边走去。到了阎王崖边,只见山势奇伟,石壁如同刀切,要在这里修渠,真是难如登天。

山梅攀着葛条树枝往上爬着,几次踩空滑下来,又爬上去。喜山爷和石柱、双喜也跟着上去。赵中和爬了一半停住了。刘中才根本就没上,站在下边。

山梅他们站在距地面一百米的高处,离山顶还有四五十米高。她们放眼望去,只见村里树荫浓盖,这里那里闪露出一角青红瓦房,田地整齐如切,一条干涸的沙河从上往下伸展着。

山梅向下叫道:"中才,上来啊!"

中才向上叫道:"下来吧,上那么高干啥?"

山梅:"水得从这高处走啊!"

刘中才:"我看水从这低处走就行。"

山梅:"从低处走,将军山的地都浇不完啊!"

刘中才:"从高处走,得多费多少工、冒多大险啊!"

山梅:"学大寨就要大干。"

刘中才:"我看学个小寨吧,从底下走虽说少浇一点地,可是保险些。"

赵中和站在中间,看他们争论,就说:"我看,从底下走浇地太少,从上面走费劲太大,咱们不大不小学个中寨吧。"他把手中标杆往面前一扎,"从这半山腰走吧!"

石柱在上面叫道:"你别和稀泥!"

山梅:"要想大变,就要大干!"

刘中才不满地:"大干大变?水路抬那么高,只怕不等下边大变,水库上游的一百多亩好地先变没有了!"

山梅:"你光想上边淹地,没看见水库一修,"她指向远处河滩,"这下边河滩可能改造成上千亩良田哩。"

刘中才:"放了手里的一个鸟,去抓树上的一群鸟!"

喜山爷:"逮个麻野鹊还得费几个柿皮哩。"

刘中才不服地:"我看,咱们还是先听听群众意见再定线。"

山梅:"好吧,走!"

他们往远处走去。

11

将军山顶,层层梯田旁边,有一个十来户人家的村子。一户门口墙上有一块黑漆的语录牌。一个大娘站在地上,小桌边站一红领巾,红领巾的小手捏住大娘的大手,在语录牌上写了一行字:农业学大寨。

定线的支委们陆陆续续走来,站在后边不动声响地偷看。石柱忍不住叫道:"王大娘,你和我王祥大叔真是一对老来红啊!"

王大娘一回头,含羞地笑道:"哎呀,可别笑话啊!"她一把拉过山梅,指着语录牌:"闺女,看大娘写错了没有?"

山梅夸道:"没错,没错。"

王大娘看看他们手中拿的标杆,就问:"你们这是干啥啊?"

山梅:"给水渠定线!"

红领巾小春一听,飞跑而去,在村里大声叫道:"喂,往咱们这里修水渠了!"

村里人三三五五围了过来。

王华从山下担一担水上来,一见众人,忙放下水桶,扑了上去,叫道:"山梅姐!"

王大娘在那边关切地问:"水能不能流到这里?"

刘中才摇摇头,为难地:"要流到这里,得经过三道沟两座石头山,难啊!"

王大娘一听气了,指着旁边的田,质问道:"这是不是公社的田?难,就把它扔了?!"

王华在一边听了,掂着钩担挤进来,冲着刘中才质问道:"多难?咱们这里是石头山,大寨那山都是泥捏的?比林县挖红旗渠还难?"

小春拉着大娘说:"妈,你别气,他们不修,等我长大了我修!"

周围的群众也七嘴八舌地乱吵吵:

"要排除万难,去争取胜利,这有多少难呀!"

"盼了几百辈,这算又白欢喜一场了!"

"怕难,就别叫大家学大寨!"

人们围住刘中才乱吵,这时,山梅走进人群给刘中才解了围,说:"乡亲们,大家说得对,舒舒服服学不了大寨,轻轻松松改变不了面貌。难不难?是难! 可是天下要没难事,还要共产党干啥?大家放心,水,一定要流到这里。"

人们一片欢呼!

12

全面规划开始了。

水库上,喜山爷等人在测量。

渠道上,山梅等在定线,一面面小红旗在悬崖峭壁上插成一条线。

王祥大伯拿着铁锤,这里那里不停敲着。

王华和虎子站在高山顶上,画着规划图。

13

大队部门口。

山梅和刘中才推着两辆车子走向大路。山梅对送行的喜山爷和石柱等嘱咐道:"你们先在家准备好,我们去汇报,县委一批准,咱们马上就动工。"

喜山爷:"好!"

两个人骑着车子走去。

14

公路依山傍水,九曲十八弯。红旗到处在飘,歌声到处在响。到处写着学大寨的标语,到处有学大寨的人群。梯田层层,绿林如海,真是看不完的新气象。

山梅和刘中才骑着车子在公路上奔驰。

刘中才慢慢落后了。

山梅放慢速度,回头叫道:"中才,快呀!"

刘中才赶了上来。

山梅兴奋地说:"咱们要是把水库修成,水库里养上鱼,高山上也种成水稻,再修个水电站,磨面打米、铡牛草、粉碎饲料、弹花打油,都用上电,咱们大队就要大变样了!"

刘中才对山梅这样激动的谈话,一点也不感兴趣,平淡地回道:"我像你这个岁数,心里也爱想啊!"

山梅:"现在咋不爱想了?"

刘中才感慨地说:"你还年轻,将来你就知道了!"

山梅追问:"现在不能告诉我?"

刘中才感叹地说:"现在告诉你,你也体会不了。"

山梅笑了:"噢,学问就这么深?"

刘中才以长辈的口吻说:"你光知道青年人的脾气,冲啊,干啊!"

山梅:"这有什么不好?"

刘中才鄙薄道:"年轻人,根本不懂得啥叫过日子。一家人吃喝穿戴,孩子小了上学,大了成亲,盖房子,置家具,人来客往,哪一样少了钱能行?"

山梅听了,沉默了一阵,半开玩笑地说:"怪不得一开会你就提议抓钱,一回到家就加工编席。"

刘中才不服气地说:"你将来会明白的!"

山梅笑道:"如果将来有一天,我心里也只有个人没有革命,我倒希望那时的青年人起来帮助我批判我,如果我不改,他们就应当把我一脚踢开。"

刘中才一笑:"到时候就难讲了,这是人人都要碰到的实际问题。"

山梅缓缓地说:"可是,解决这个实际问题的道路不同。几千年,天下的穷人哪一个不是操碎心流尽汗,想解决自己的这个实际问题,结果还是个穷。只有跟着党干社会主义,才能从根本上解决千百万户人家的这个实际问题。不解放全人类,就解放不了自己!"

刘中才:"咱们不谈理论。"

山梅反驳道:"没有革命的理论,就没有革命的行动。就应该把理论和实际结合起来。"

两个人骑着自行车走着。

15

县委会内。

山梅和刘中才走进来。山梅和一个干部打招呼:"张秘书。"

张秘书热情地叫道:"哎呀,啥风把你吹来了?"

山梅笑道:"东风!李书记在家吗?"

张秘书:"不在,去地区参加整风学习了。找他有要紧事吗?"

山梅:"对。"

张秘书想了想:"叶书记在家里。"

山梅:"好!"

山梅和刘中才走去。

16

叶书记正在看文件,山梅和刘中才走了进来,叶书记忙站起来,亲切地叫道:"哎呀,真是想谁谁就到。坐,坐!"

山梅和刘中才坐下。

叶书记:"有事吗?"

山梅:"我们想在两河口修个水库,把将军山上的大寨田都改成水地。"说完,递上规划图和报告。

叶书记接住,匆匆浏览了一眼,赞不绝口:"好啊,真是思想扎了翅膀,敢于大胆设想,精神可嘉!"

山梅追问:"可以吗?"

叶书记把规划放到桌上,不置可否地看着刘中才反问:"群众当中有没有不同意见?"

刘中才:"有。"

叶书记又问山梅:"支部当中有没有不同意见?"

山梅:"也有。"

叶书记深思一阵,意味深长地说:"当个领导,可要善于听取不同的意见啊!"

山梅反问道:"对那些反对学大寨的意见,我看光能听,不能取,还得适当地批评批评。"

叶书记被顶撞,半天没言语,继而关怀地劝道:"你如今不是群众组织的头头了,现在是支部书记,地位变了,干工作可得稳重一点啊!"

刘中才附和道:"对,对!"

山梅反问道:"地位变了,干革命的劲头也要变吗?"

叶书记一怔,继而哈哈大笑:"看,说着说着,当年大辩论的脾气又犯了!"

山梅一开头就觉着话味不对,这时忍住气问道:"叶书记,你对我有啥意见就直说吧,我受得住。"

叶书记淡淡一笑:"现在是降温的时候了,脑子再发高烧,可就要犯错误了。"

"降温?"山梅思索了一下说,"那也要看什么事情,在学大寨上,我看不是应当降温,是应当加火。"

叶书记摇摇头,不愿再谈下去了,又拿起规划图,淡淡地说:"好了,谈正事吧。"

山梅关切地:"贫下中农可都在盼着县委的一句话了。"

叶书记又放下规划图,沉思了一下,叹道:"这么大的工程,可不比斗走资派容易啊!他在社会主义面前会低头认输,山水可不管你什么主义不主义!"

"叶书记,你说这不对。"山梅打断叶书记的话,一脸激动的神色。坐在她身边的刘中才,忙悄悄地拉拉她的衣裳,示意她不要说了。山梅却甩开他的手,语气加重,"山水也分主义。旧社会封建主义时期,大寨有海绵梯田吗?林县有红旗渠吗?山山水水在社会主义面前也会低头认输。"

叶书记生气了:"林县?人家每人拔根汗毛也比你们腰粗!"

山梅针锋相对地说:"可是,我们和林县贫下中农学大寨的志气一样大。"

叶书记质问道:"志气?精神不能代替物质。"

山梅:"是不能代替,可精神会创造物质。"

叶书记："你们有炸药吗？"

"我们造土炸药！"

"你们有水泥吗？"

"我们烧土石灰。"

"你们有技术人员吗？"

"我们边学边干。"

叶书记被驳得理屈词穷，指着规划图："你算过没有？按这上面的几十万个工，能创造多少财富？一个工划一块钱……"

山梅脱口而出："可以挣几十万块钱，够当个资本家了！"

叶书记恼怒了："你这是什么态度？"

刘中才忙打圆场道："算了！算了！还是谈规划吧，县委的意见是……"

叶书记加重语气说："这个规划建立在空想的基础上，脱离了主客观的实际条件，县委不能同意这样乱来！"

山梅听到这里，再也忍不住了，抓起规划图，愤愤地走去。

刘中才上去拦她，叫道："山梅！"

山梅推开他，大步走了出去。

刘中才无可奈何地回过头，对叶书记苦笑一下，说："叶书记，她就是这个脾气，你不要介意。"

叶书记淡淡一笑："坐！"

刘中才尴尬地坐下，叶书记也凑近他坐了下来，两个人促膝而谈起来。

叶书记语重心长地说："往后，你们大队的事，你得多操点心，要坚持原则，不能再任她胡来了！"

刘中才吃惊地说："那合适吗？"

"你将来就会明白的。"叶书记说着,顺手从桌上拿起一份文件,指着其中一段,"省里二把手王书记有个讲话,指出现阶段斗争的主要任务,是防止小资产阶级抢权,你看看这一段……"

刘中才认真地看着。

17

工地上,喜山爷领着一群人在搭工棚。

峭壁上,王华和虎子在写"大战山河"标语。

小孩们看着热闹,小春对一群小朋友说:"山顶都要养鱼哩!"

"谁说的?"

"山梅姐。"

"那才美哩,夏天洗个澡,逮个鱼。"

"那是队里的鱼,不准乱逮!"

"对,咱们红领巾给队里看鱼,不叫老地主刘宗汉去鱼塘边!"

他们说得那么认真,好像水已经通了,塘里的鱼已经长大了。

"哎!发不发电?"

"发!"

"那咱们能在电灯下读书了!"小孩们拍手。

"喂鸭子不喂?"

"不喂。"小春说。

"噫!要喂鸭子多好,咱们给队里放鸭子!"

"那才美哩,见天收一箩筐一箩筐鸭蛋。"

"咱们去给山梅姐提个意见!"

"走!"

红领巾们和几个更小些的孩子,一边走,一边呼叫道:"山梅姐——"

18

大路上。

山梅骑着自行车,车把上端端正正带着一卷纸。她缓缓蹬着,苦苦地思索着。

山梅刚骑过一个山岗,猛一拐弯,就碰到小春等一群小孩,一片呼叫:"山梅姐!""山梅姨!"

山梅忙下了车,小孩们围住了她,乱吵吵地叫道:

"咱们也喂鸭子吧!"

"俺们要放鸭子!"

"行吧?"

山梅为难了,委婉地说:"好,好! 有了水就喂。可是,上级还没批准,修不修还得群众讨论。"

"上级不叫修?"

小孩们马上流露出失望的神情。

"不叫修,还能养鱼吗?"

"没水咋养?"

"那山尖上也种不成大米了!"

"咱们也不能在电灯底下读书了!"

山梅看着一张张失望的小脸,听到一声声失望的议论,心里燃起了一把烈火。她正要开口说话,小春却摆出小大人的神气,叫道:"山梅姐骗咱们的,毛主席叫学大寨,谁敢不叫学?"

小孩们忽然醒悟了,又围住山梅,纷纷叫道:

"你骗人,你骗人!"

"我们要喂鸭子!"

山梅含着热泪,抱起一个小孩,举到头顶,坚决地说:"喂,一定喂! 还要种大米,还要养鱼,还要发电,一定叫你们在电灯底下读书!"

小孩们拍着手:"好! 好!"

小春又忽然提出一个问题:"山梅姐,俺们为修水库干点啥?"

"对,也得叫俺们干。"其他孩子附和着。

山梅思索了一下,蹲到小朋友中间,亲切地说:"上次给大家讲的那个儿童团的故事,忘了没有?"

小春高兴地:"叫俺们看地主?"

"对!"

小朋友们可高兴了:"好! 俺们看地主,看地主!"

19

村头,临路边一排房子,是大队的修配组。几盘炉子,炉火通红。石柱等正在打铁铸治水工具。火花迸射,铁锤叮当,不少人在议论着治水的事。

这时,刘连发和陈大磨等拉着架子车走过来,车上还放着行灶和被褥等用具。

看打铁的人们好奇地问:"喂! 干啥呀?"

陈大磨哈哈大笑:"哎呀,你们还蒙在鼓里哩,趁早收拾吧,县里不叫治水了!"

"啊！不叫治了？"

路上的人站住了，修配组的人出来了。

人们纷纷问道："县里不叫搞？谁说的？"

刘连发傲慢地："当然是官方消息！"

"你们这是干啥？"

陈大磨得意地说："搞运输呀。我们先去打个前站，等料理好了，拖拉机架子车都要去哩！"

石柱拨开人群，挤了进去，抓住陈大磨的车子把，质问道："谁批准你们出去的？"

"谁批准的？"一片追问声。

陈大磨回头望望刘连发，二人面面相觑。

石柱质问道："说呀，谁批准的？"

又是一阵叫声："说呀！"

"我！"刘中才跨前一步，大声地回答。

"你？"人们惊异不安地看着他。

石柱生气地质问道："你怎么能自作主张放人出去？"

刘中才反讥道："怎么，我这个副书记是摆摆样子，连个派工的权力也没有？"

石柱反驳道："贫下中农给你的权力，不是叫你派人去搞资本主义的！"

刘中才怒气冲冲地："他们出去一天给队里交一块钱，这算什么资本主义？"他拉过车子把，对陈大磨们命令道："去！"

喜山爷扛着一根木料正在一边听。这时，他把木料"咚"地往路当中一撂，上去挡住车子，对刘中才批驳道："一天交十块钱也不行！要是不交钱还算不合法，交一块就把人叫出去了，等于一块钱买一张搞资本主义的通行证!"

刘中才看喜山爷动气了,就转而和颜悦色地解释道:"喜山叔,县委叶书记说了,咱们现在修水库条件还不成熟,要防止小资产阶级的盲动性。"

山梅骑着车子赶回来了。刘中才一见,就打住了话,对大家说:"叫山梅讲讲,上级批准了没有?"

人们看着山梅,纷纷对她诉说着眼前发生的事情:

"上级真没有批准?"

"老刘要派他们去跑运输了。"

刘连发和陈大磨们也幸灾乐祸地声声催道:"说呀,上级到底批准了没有?"

同志们焦急的心情,刘连发的扬扬自得,刘中才的仗势胡作乱为,在山梅心中燃起了一腔怒火,她铿锵有力地大声讲道:"同志们,批准了!"

刘中才惊愕地叫道:"山梅,你可不能说谎话啊!"

山梅不理他,从车把上解下那卷纸,走上一个石碾,对围拢来的群众说道:"大家看看这批准书吧!"她小心翼翼地展开手中的纸,端端正正地放在胸前。原来是新华书店印制的毛主席语录,金光闪闪五个大字:农业学大寨。

此时此刻,大家觉着这条语录格外亲切。

人们齐声诵读道:"农业学大寨!"

刘中才仍不示弱,穷追道:"我问你,叶书记到底怎么说?"

山梅回了一枪:"叶书记不批准咱们治水,正像你批准他们弃农经商一样,都不符合毛主席的革命路线!"山梅又对大家激愤地说:"同志们,咱们要听毛主席的话,顺着大寨之路一直往前走,要坚持党的基本路线。谁反对学大寨,谁要搞资本主义,咱们就要和谁斗到底! 大家说说,有人不批准,咱们怎么办?"

一片议论声:"干!"

老宽激动地说:"干! 我本来打算今年盖房子,现在不盖了,宁可住窄一点,也要把水引到山上!"

一个年轻媳妇:"一年少添几件新衣服,穿旧一点,腾出工夫也要干!"

一个壮年:"批准不批准咱都要干,也不过多出点力,多吃点苦!"

"对,要大变就要大干!"

"山梅,咱们可不能还没开头就收兵啊!"

山梅听了群众的议论,心里添了千斤力量,充满信心地说:"同志们,咱们要干! 为了重新安排山河,为了彻底改变咱们大队的面貌,为了给国家多贡献粮食! 大家说得对,宁可住窄一点,穿旧一点,吃苦一点也要干! 这三点说得好,只要坚持自力更生、艰苦奋斗的精神,咱们就一定能把水牵到将军山上!"

王大娘拉着王华,走向山梅,叫道:"山梅,有人不叫干,我偏把王华交给你去治水!"

虎子妈拉着虎子:"山梅,叫俺虎子也去!"

众人"哗"一下围住山梅,叫着:

"我去!"

"我报名!"

"还有我!"

全场沸腾了!

20

不平静的夜晚。

山梅在村街上走着,看着从家家窗里透出来的灯光人影,听着从户户屋里传出的热烈议论:

"上级没批准,敢动工吗?"

"哎呀!他能来给群众的手都绑住?"

"咱们硬开工,等于打了叶书记的脸,他能不给小鞋穿?"

"我看山梅要吃大亏!"

"就是能治成,受益的也是大家,挨整的可是山梅她一人呀!"

山梅一路走着,一路听着。她心情沉重地回到家里。

21

妈妈在灯下做鞋。山梅进来了,妈妈关心地看着她。山梅坐到桌前,看着毛主席的书,时而抬起头,凝神沉思。

妈妈担心地问:"又出了什么为难的事?"

山梅摇摇头:"没有。"

"没有?"妈妈不相信地走到她身边,同情爱怜地说,"告诉妈,妈也能帮你想想啊!"

山梅感动地说:"妈,是这样……"

22

村里,灯光全熄了,三两个民兵在查夜,边走边议论:

"将来咱们也安上路灯!"

"那不和城里一样了?"

"就要叫它一步一步都一样,要不,咋叫消灭城乡差别?"

他们走过山梅家,一个民兵指着说:"看,山梅家的灯还在亮着哩!"

"天快明了!"他们说着往前走去。

23

山梅家。

山梅还在看书,妈妈把鞋做好了,拿在手里,看着山梅,关切地问:"毛主席是怎么说的?"

山梅看看妈妈,就轻轻读道:"毛主席说,在社会主义这个历史阶段中,还存在着阶级、阶级矛盾和阶级斗争,存在着社会主义同资本主义两条道路的斗争,存在着资本主义复辟的危险性!"

妈妈认真地听完,又问:"我是说治水的事……"

山梅解释道:"妈,治水的事也关系着基本路线啊,咱们要不走大寨之路,出去弃农经商,能人该发财了,地富反坏也该自由了,集体生产乱了套,对国家咋还能多做贡献?哪里还有社会主义?哪里还有咱贫下中农的天下?!"

妈妈点点头,松了口气,语重心长地说:"是啊! 只要你认准办的事就是毛主席叫办的事,妈就放心了!"

天明了。

山梅吹熄了灯,合起书本,对妈妈一笑,起身欲走。妈妈把手中的鞋递给了她,山梅接住,犹疑了一下。妈妈慈祥地笑道:"换上新鞋,走大寨之路也跑得快些!"

山梅坐下去,换上了新鞋,掂起一把铁锤,对妈妈笑笑,飞快跑去。

24

村头。

山梅抡开铁锤,有力地敲着挂在树上的钢轨。

响声震撼着村庄。

人群从四面八方汇拢来,互相招呼的声音此起彼落:"治水开工了!"

25

锣鼓声中,拖拉机上插着红旗,迎着朝阳在前边开路,后边跟着上百辆架子车,再后边是浩浩荡荡的人群。

山梅走在队伍当中,路过一块田边,山梅对正在领着人干活的赵中和叫道:"中和,家里生产的千斤重担可都搁在你们肩上了!"

赵中和朗朗大笑:"我们把田整好,等着你们放水种稻谷!"

队伍在笑声中向前走去。

26

治水大军分布在水库上、渠道上、英雄洞前，一个个精神抖擞，跃跃欲试，正待开工。

阎王崖上，人们正在做着往下系人的准备，山梅认真检查着每条绳子。旁边有一块醒目的小黑板，上面写着"爆破班名单"，画了十个格格，每个格子里填着一个人名。

陈大磨站在崖边，探头往下一望，深不见底，只觉头晕眼花，不由得叫了声："老天爷呀！"他回过头去对一个青年厉声叫道："小发，快回去给你妈抓药。"

小发手里拿着绳子，不知所措地站住了，陈大磨扬手做欲打的架势，喝道："快！"

小发伸手指向黑板上的名单："我编在……"

"离开你这个萝卜头，人家照样办酒席！"陈大磨说着走向黑板前，伸手把其中一格上的"陈小发"三个字擦去。

石柱怒不可遏地："你干啥？"

陈大磨："他妈有病，叫他去抓药。"

一群人纷纷揭底："他妈昨天不还好好的？！"

陈大磨："人吃五谷杂粮，不准得急病？"

小发被陈大磨推着，跟跟跄跄而去。

一片愤怒的指责："临阵脱逃！"

"拦住他！"吼声四起，"不准他走！"

人们欲追，山梅伸开双臂拦住众人。

人们带着愤怒的表情，目送陈大磨走远。

山梅走向黑板,拿起粉笔,在空格里有力地刻下了两个字:山梅。这时,从旁边伸出一只手,又把"山梅"二字擦去。山梅回头一看,只见王华眼里闪着愤怒的火花。山梅惊异地问:"你……"

王华打断她的话,愤愤地说:"这么大的工程,到处都需要你,你不能固定在这里啊!"她说着,在空格里飞快地写下自己的名字:王华。

人们怔住了,一个小姑娘要下崖打炮!

石柱果断地说:"你知道吗,这是最危险的事!"

石柱说着伸手欲擦去她的名字,王华伸手挡住,并把他推到一边,激动地说:"刘胡兰面对铡刀,董存瑞面对碉堡,他们不知道危险吗?!"

山梅被她打动了,可还是坚持道:"好妹妹,你还年轻啊,听姐一句话吧!"

"我不听!"王华充满了顽强的革命激情,说道,"姐姐,我这么大了,你为什么还要把我当个孩子看?刘胡兰不是比我还年轻吗?"她说着掏出山梅送她的铁姑娘队照片,"大寨铁姑娘队有的比我还小呢!姐姐,有人反对学大寨,有人临阵脱逃,你就叫我下去吧!我跟我爹学过石匠啊!"

王华闪着泪花,说得这么恳切,字字声声打动人心,山梅突然发觉面前这个姑娘高了大了。山梅从心里想答应她,可她是个指导员,不能感情用事。她上去紧紧握住王华的手,只叫了声:"王华——"下面的话卡住了。

周围的人再也忍不住了,给王华求情道:"山梅,你就把她交给我们吧!"

山梅满含深情地点了点头。

正在这时,虎子匆匆跑来,满头大汗,气喘吁吁地报告:"县委书记来了! 刘中才正在向他汇报哩,八成是不让咱们干了!"

"啊!"人们吃惊地叫道。

山梅冷静地问:"哪个书记?"

虎子:"我不认得。看,他们来了!"他伸手向远处指去。

27

刘中才和县委李书记并肩往山上走着。

刘中才惭愧地自我检讨道:"叶书记光说叫我坚持原则,不要叫山梅任着性子乱来,我可真是坚持不住啊!"

李书记怀疑地看着他,追问:"叶书记讲的?"

"对。"刘中才深有感触地说,"真是小资产阶级掌权,顽固得很啊!"

李书记一怔,不由得停住了脚步,问道:"你这话从哪里来的?"

刘中才看看李书记的脸色:"叶书记告诉我的啊!"

李书记听了默默走去,他不愿把县委的矛盾私自乱讲,可是,他心里生气啊! 这不是分裂下边支部的团结吗? 怎么能随随便便给一个支书扣上小资产阶级掌权的帽子? 真是树欲静而风不止啊!

刘中才看李书记一脸严肃的神色,也不知他心里想的什么,就不敢再讲下去了。

李书记走了一段,沉重地说:"老刘,最近学习得啥样?"

刘中才解释道:"忙啊,学了一点点。"

李书记诚恳地劝道:"要好好读毛主席的书,读马列的书啊! 要用党的基本路线去分析一切,才能分清什么是无产阶级掌权,什么是资产阶级掌权。"

刘中才连连点头："对!"

李书记："还有,要坚持九大团结胜利的路线,要加强支部团结,不能分裂支部!"

说话间到了山顶,山梅快步迎上来,热烈地叫道:"李书记!"

李书记笑道:"又忘了? 是老李!"

李书记开头第一句话就使群众和他的心贴近了许多,人们大笑道:"老李!"

山梅遗憾地说:"我去找过你!"

李书记:"我听说了。"

王华在一旁忍不住地问:"你是支持派,还是反对派?"

李书记回头一看,哈哈大笑,对山梅道:"看,和你一样,出马就是枪,真是强将手下无弱兵。叫啥名?"

"王华!"人们抢着回答。

王华被逗乐了,追问:"你还没回答我的问题哩!"

"我是学习派。我这个老兵来向你们小将学习!"李书记笑着对山梅说,"支书!"

山梅纠正道:"我也有名字!"

李书记笑道:"对,山梅,发给我一把锤。"

山梅迟疑地:"你?"

李书记笑道:"怎么? 你要打击我学大寨的积极性?"

在人们的大笑声中,山梅递给他一把锤。

李书记接过锤,弯腰拾起一根绳,就往腰上缠。人们纷纷上去争夺,说:"这可不行!"

李书记哪里肯放,冲着山梅叫道:"山梅,你们这里的人怎么没一点礼貌啊!"

山梅往腰里系着绳,给李书记解围。

人们这才散开,笑声中一个个治水的英雄被系到了半空中。

28

峭壁上,李书记和山梅各攀一根树枝,山梅扶钎,李书记打锤,边打边谈。

李书记赞赏地:"这水路可不低啊!"

山梅解释道:"支部提出上中下三条路,贫下中农赞成水从高处走,认为这样才能把将军山的地都浇完。"

李书记语重心长地说:"水该从哪里走,支部内部有斗争;国家该走哪条路,党内也有斗争啊!"

山梅睁大眼睛看着李书记,问:"是不是上面也有人刮西风了?"

李书记又说:"要注意团结积极分子,也要通过批评帮助把思想落后的人团结起来,这样才能使错误路线成为没有群众基础的纸老虎。"

山梅点点头说:"我们一定做到。"

29

欢快的劳动场面。

英雄洞已掘进几丈远了,王祥老汉在一锤一锤打着,人们往外运着碎石。

浓烟滚滚之处,喜山爷们在烧石灰。

水库上,拖拉机在附近山边挖着土。架子车如同穿梭,把挖下的土运向堤坝。坝上,人们唱着打夯歌,石夯飞起飞落。

歌声中秋去冬来了。

30

料石场里,摆满了方方正正的石块。在一片叮当声中,人们还在继续开采石头。

陈大磨扶钎,山梅打锤。

山梅严肃地批评道:"你总想跟着发个财,可都吃了苦头,在咱们社会主义国家里,搞资本主义回回都要碰得头破血流啊!"

陈大磨耷拉着脑袋,扶着钎,不敢看山梅一眼。

这是初冬时节,山梅边说边打,满头大汗。夹衣撂在一边,上身的单衫也被汗湿透了,而陈大磨却穿着一件薄袄,两个人好像过着两种不同的季节。

几个人拉石头从旁边经过,站住看了看,愤愤不平地叫道:"陈大磨,你看你像话不像话,你们一个过冬,一个过夏。"

"你不能换换?"

陈大磨尴尬地欲要站起来夺锤,山梅制止住了他,对拉东西的人说道:"是我不叫他打,陈大叔腰疼。"

"哼!腰疼?"拉东西的人不满地走了。

山梅又抡起了锤。

陈大磨抬起头看着山梅,奇怪地问:"你怎么知道我腰疼?我可没对谁说过啊!"

山梅笑道:"蠓虫过去还有个影哩,昨天你在灶里烤腰,对吧!"

"对,对!"陈大磨赞叹地说,"上千人的工地,连一个人的腰疼也看在眼里,记在心里,唉!"

山梅打断他的话:"不说这个了……"

陈大磨叹道:"叫我歇着,我还不知道呢!山梅,我……"

山梅:"别说这了,大叔,你再想想,贫下中农可都希望你能跟着大家走社会主义啊!"

陈大磨低下头,惭愧地说:"说句心里话,我也下过狠心跟着大家走,可是不知咋搞的,走着走着,别人拉一下,就又跑到岔道上了!"

山梅诚恳地说:"大叔,'私'字可是通向反革命的桥梁啊!往后得好好改造世界观才行啊!这半年你的病可又犯得不轻,上一回又带头要出去跑运输!"

陈大磨忙纠正道:"我可没带头,是刘连发串联我的。"

山梅一锤狠狠打在钎上,重重地道:"刘连发!"

31

村头,一座小院,大门虚掩着。

屋里,刘连发面对刘宗汉坐着,垂头丧气地叹息道:"条条路都叫山梅堵死了,挤得只有跟着治水这一条路可走了!"

刘宗汉把坐着的小椅子往他面前移移,狞笑道:"你没看看风向,现在正是火候,想办法叫刘中才再去找找姓叶的,把她那条路堵死,把咱这条路打通!"

大门"咚"的一声被推开,撞进一群拿红缨枪的小孩。刘连发大吃一惊,忙走出门口,喝道:"干啥?"

小春四下瞧着,说:"找狗,狗把咱们一块肉嗡跑了。"

刘连发生气地:"这里没狗,走!"

小孩们哪里肯听,纷纷说:"可有,俺们看着进来了!"他们说着绕过刘连发,走进屋里,一眼看见刘宗汉。

刘宗汉忙嘻嘻道:"我来借个家具!"

一片声音嚷嚷道:"是老地主,不是狗!"

小春笑道:"是条落水狗!"

"哈哈哈……"小朋友们大笑,"落水狗,落水狗!"

刘连发气红了眼,又嚷又推:"走,走!"

小孩们被赶了出去,刘连发又"咚"地关上了大门。

大门外,小朋友们围成一堆,小春掏出小本,拿着铅笔,问:"今天几号?"

"二十三,星期四。"

小春在小本上记下了几个字:二十三号,下午……

32

县委会内。

刘中才和叶书记坐在火盆前烤着火。刘中才掏出一张统计表递过去,说:"这是你要的材料。"

叶书记看着,刘中才指点着说:"这是费的工数,这是花的钱数,这是吃的补助粮数。"

叶书记惊叹道:"太可怕了,投入这么多人力物力,群众怎么能受得了!"他审视着刘中才追问,"准确吗?"

刘中才保证地说:"都核对过。"

叶书记满意地点点头："省里王书记正需要一个这样的典型材料,我们马上就报上!"

刘中才担心地问:"李书记同意吗?"

"老李?"叶书记淡淡地说,"犯错误了!"

刘中才吃惊地问:"犯错误了?"

"对!"叶书记惋惜地说,"老李是个好人,可惜路线觉悟不高,这两年在一些原则问题上动不动就和上级顶牛。我们争论过无数次,他总是坚持自己的看法,特别是片面强调学大寨,冲击了政治,结果犯了小资产阶级掌权的错误。这次,调他去住训练班了!"

刘中才关切地问:"还回来吗?"

叶书记摇摇头,感叹地说:"斗争复杂啊! 只有吃透了上级精神,步步紧跟,才能赶上形势啊!"他认为自己吃透了,紧跟了。

面前的炭火越烧越旺,太热了,叶书记不由得解开了扣子,走到窗前,打开窗户,只见外边漫天风雪。

33

漫天风雪。

山野一片白,雪路上留下了一串深深的脚印,李书记和风雪搏斗着向前走去。

李书记冒着风雪,来到了工地。

工地上,千人大军正在热烈地战斗着。一个个都成了雪人,一个个都精神百倍,人们一见李书记来到,就欢呼道:"啊,老李! 怎么下大雪跑来了!"

李书记笑道:"准大家下雪干活,也准我下雪跑来啊!"

人们笑了。

李书记问："山梅哩？"

人们伸手指向一边，说："在修渡槽哩！"

34

渡槽工地，人们正在清理地基。挖得深深的地基里积满了水。抽水机坏了，山梅和几个社员跳在冰水中正修理机器。李书记来了。

"老李！"响起一片叫声。

"啊！机器坏了！我这个工程师也赶得真巧啊！"李书记笑着就脱鞋脱袜，要往水里跳。

人们一把拉住他："你别冒充内行！"

李书记挣脱着，笑道："内行都是外行变的，山梅，你说对吧？"

山梅笑道："听我的？"

李书记："对！"

山梅："我说，你们拉紧一点，不准他下水！"

李书记被捉弄了，人们大笑起来。

李书记认输了，便对拉他的人恳求道："只此一回，下不为例，好吧？"

人们被他恳切的态度感动了，松开了他，说："好，一言为定，下不为例！"

李书记跳了下去，一边帮忙修着机器，一边问道："你们学大寨，知道不知道大寨发生过一件大事？"

人们好奇地问："什么大事？"

李书记:"有人要砍大寨这面红旗!"

人们回答开了:"可知道。"

"是×××那根黑线干的!"

"哼!还想把陈永贵他们都打成四不清哩!"

李书记点点头,又问:"要是又有个什么人来,不叫你们学大寨,你们咋办?"

人们毫不介意地议论道:"我们也要像大寨贫下中农一样,把他们赶走。"

"顶走!"

"斗走!"

山梅听了这一番话,敏感地看着李书记,关切地问:"老李,出了什么事吗?"

李书记不愿当众说出一些党内的事,便郑重地回答:"没什么。我是说,学大寨要学根本,要学他们坚持党的基本路线的顽强性,要学他们走社会主义道路的坚定性。"

山梅从李书记的言行中察觉到与往日的不同,便不再言语了。

机器修好了,又突突地响了。

35

风雪弥漫的山路上,山梅在送李书记。

李书记心情沉重地讲:"我走了,你的处境可能越来越难,压力也会越来越大,在任何困难的情况下,都要记住毛主席的话:道路是曲折的,前途是光明的!"

山梅不由得重复道:"道路是曲折的,前途是光明的!"

李书记指着漫天大雪,满怀信心地说:"太阳出来就会冰化雪消!"

山梅领悟地点点头。

李书记从挂包里掏出一本《毛泽东选集》,双手递给山梅。

山梅双手接着,紧紧捂在心口,满腔阶级深情凝聚成一句话:"老李,你放心,就是刀架到脖子上,我们也要干社会主义!"

李书记依依不舍地说:"从今往后,我们在不同的地方为一个目标共同战斗,我们还是同一个战壕里的战友,等到胜利的时候咱们再见!"

山梅眼含泪珠,说:"我们相信你会赶得上来参加我们的放水典礼!"

两个人紧紧握手。

李书记回头大步走去。

山梅怔怔立着,感情像波涛在心中起伏,好像还有千言万语没有说完。突然,她飞跑着追上去,叫道:"老李!"

李书记回头站住,深情地看着她。山梅一肚子的话,却又无话可说,真是无言胜有言!两个人默默相对而立,好一阵山梅才说:"老李同志,你再对我说点什么吧!"

老李想了想,说:"在生产斗争上要寸土必争,在路线斗争上寸步不让!"

山梅凝重地点点头。

李书记又回头走去。

山梅站在山顶一棵挺拔的松树下,看着李书记消失在风雪中。大风啊,吹乱了她的头发;大雪啊,下白了她的衣服。任凭风吹雪打,她一动不动,像一尊女英雄的塑像,风雪中响起了她的心声:

"对！寸步不让！"

36

工地上，雪花飞舞，群众斗志更欢。

山脚巨石背后，陈大磨正在撂土装车。拉车的人是刘宗汉，一边装车，一边谈着话。

刘宗汉看看左右没人，笑眯眯地说："这个罪快受到头了，就要解放了！"

陈大磨糊涂了："咋？"

"你还不知道？"刘宗汉对陈大磨耳语一阵，狂笑着拉起车走去。

"老李垮了？"陈大磨看着刘宗汉走去，不由得摇头，自语道，"他要解放了？"他想了一阵，把锨狠狠往土上一扎，转身大步走去。虎子拉着空车转来，叫道："你干啥？"

陈大磨头也不回："我找山梅去！"

37

风雪之夜。

山梅家里，墙角生着一堆熊熊大火，几个支委围着小桌坐着。山梅沉重地说道："老李就这样被停职，被调去训练班挨整了！"

"混账！"石柱一拳击在桌上，怒不可遏，"老李领着大家坚持党的基本路线，走大寨之路，发展社会主义经济，冲击了什么政治？"

喜山爷愤愤地接上话头："冲击了资产阶级政治。"

双喜火辣辣地说："我看有人就是不安好心，一口能讲十个忠字,就是不许提生产,这是和毛主席抓革命促生产的号召唱对台戏,想用破坏社会主义经济的手段,达到破坏社会主义革命的目的。"

"对!"

赵中和叹道:"想不到坚持基本路线,艰苦奋斗学大寨,成了小资产阶级掌权!"

山梅重重地道:"什么小资产阶级掌权? 是贼喊捉贼,是扛着红旗反红旗!"

妈妈端来了姜汤,人们喝着。

山梅气愤地说:"刘宗汉又兴风作浪了,说什么老李垮了,他要解放了。"

大家一时群情激愤:

"妄想!"

"他要解放了,咱们就要再受欺压了!"

"斗他!"

山梅提议:"这一向他就和刘连发鬼来鬼去,明天在工地斗斗他!"

"好!"一片赞同。

山梅:"还有,要把当前的形势主动告诉群众,一场严重的路线斗争可能就要开始了,我们一定要坚持党的基本路线,寸步不让!"

"对! 寸步不让!"大家站了起来。

38

村里。

喜山爷、石柱、双喜、赵中和等,冒着风雪,分头走进一家家大门。

39

山梅冒着风雪,推开了一家人的门。眼前的情景使她怔住了:一个人面朝后墙,在昏暗的灯光下编着篮子,竹篾在他怀里飞快地跳动,他编得这样专心,竟然没有发现有人进来。

山梅怔怔地看了一阵,忍不住从后面伸过手,一把夺过他手中的篮子。这人一惊,忙回头一看,愣愣地叫道:"啊!山梅!"

这人就是刘中才。

山梅痛心地说道:"中才,你怎么能这样?叫你去开支委会,你说病了,可你又在家搞副业!"

刘中才辩解道:"我真是有病,刚刚下床……"

刘中才尴尬不安地强笑着,递过一把小椅子,问:"有事吗?"

"有。"山梅坐了下来。

刘中才追问:"什么事?"

山梅缓缓地说:"李书记走了——"

刘中才淡淡一笑:"我早就知道了。"

山梅责问道:"早知道?为啥不和支部的同志通通气?"

刘中才蛮有理地说:"要我犯自由主义?"

"自由主义?"山梅反驳道,"刘宗汉咋早知道了?"

刘中才恼火地说:"是我告诉老地主的?"

山梅一脸严肃:"你亲近的人不会告诉他?"

刘中才不言语了。

山梅又心平气和地问:"你对李书记的事啥看法?"

刘中才脱口而出:"我是党员,当然无条件地拥护。"

"你是无条件拥护,刘宗汉是打心眼里高兴。"山梅沉重地说。

刘中才吃不住了,跳起来,甩掉了披在身上的大衣,指着山梅,怒叫道:"把我和老地主比!这是你支书的话!"

山梅不动声色地指着小椅子命令道:"坐下!"

刘中才无奈地坐了下来。

"你没有和老地主挂钩,同志们都了解。可是,在世界观上,你和老地主没有一脉相通的东西吗?你说说,拥护和高兴差多远?"山梅既严肃又诚恳地批评道。

山梅站起来,拾起刘中才甩掉的大衣,披到他身上,满怀阶级感情地劝道:"一个人要不能从'私'字里解放出来,就会越走离毛主席革命路线越远,越走越向资产阶级反动路线靠拢。"

40

工棚里,人都睡熟了。

山梅提着马灯在查铺。她轻轻移动脚步,给这个拉拉被头,给那个盖好衣服,突然背后有人叫道:"妈,通水了!"

山梅忙转过身一看,原来是王华说梦话,脸上洋溢着笑意。山梅给她拉拉被头,她忽然手脚乱动地又叫道:"快,快!电灯明了!"山梅把她的手塞进被窝里,又去给她盖脚时,不由一怔:脚上青一块紫一块,不知什么时候生了冻疮。她叹息一声,拉拉被子把她的脚盖好。然后弯腰拿起王华的鞋,只见单薄的鞋早已烂了。山梅看着,响起了心声:"好妹妹,你长了一双灵巧勤快的手,可你从没想到为自己缝上一针一线!"

山梅提起马灯,拿着王华的鞋走到桌前,放下灯,拿起针线,想给她缝缝补补。可是从哪里补起呢?她想了一下,从床头拿出一双鞋底子,用王华的鞋比了比,大小正合适,她满意地一笑,飞针走线地纳起来……

远处传来了一声鸡啼。

工棚外边,东方吐出旭光。

石柱从男工棚出来,用劲地敲着钟,新的一天开始了。

41

雪后初晴的太阳,给人们增添了光和热。银装素裹的河山也披上了一层金色的外衣。

阎王崖边工地上,干劲更胜似昨天。

一个社员从村里赶来,叫道:"叶书记来了,说也要在咱们大队搞点哩!"

"啊?"

"在哪里?"

这个社员挥手指去:"在水库上。"

42

水库工地上,人们穿梭似的忙碌着,链轨拖拉机在轧着大坝。

山梅领着叶书记等一行人,边走边看。水库里的水位已经不低了。山梅想通过现场参观改变叶书记的看法。她指着半库清水,热情澎湃地说:"水库修好了,全部土地都能改种水稻,再也不愁水旱灾害了。再修个水电站,有了电,各种机器都能转圈了,实现了水利化、电气化、机械化,就能为国家提供更多的粮食!"

山梅讲到这里,回头一看,叶书记早走向远处了,她的一番热情算白费了。她看了远处的叶书记一眼,咽下一口气,对还站在身边的张秘书等人讲:"同志们,我们这里自古以来水比油贵啊!多少穷人临死前渴得张大着嘴,要是不能把水送到每一家,送到每一块地,就对不起贫下中农对党支部的期望……"

"走啊!"叶书记在远处不满地向这边叫。

人们只好走去。

43

渠道绕山边伸展向远处,弯弯曲曲。里棱靠山,外棱是石板砌的,虽然弯曲,却很整齐坚固。

山梅陪着叶书记走在前边。到了英雄洞口,人们从洞里往外运着碎石。他们站住了,山梅介绍道:"这个洞有一百五十米长,现在已经打了一百二十多米!咱们进去看看吧!"

"好!"随行人员回答。

山梅领着进去了。

洞里越走越昏暗,一串几十盏马灯,闪着微弱的灯光。一片叮当声中,许多人在打着炮眼。山梅对着王祥他们叫道:"同志们,叶书记来看大家哩!"

"叶书记!"人们停住了锤,站了起来,齐声问好。

山梅回身一看,哪还有叶书记的影子,便问身边的张秘书:"叶书记哩?"

"他在外边哩。"张秘书回答。

44

石灰场上，沿山脚紧挨着几个石灰窑，正在冒着浓烟。临时搭起的茅草敞棚里，石灰堆得像一条山丘。拖拉机、架子车正在装石灰，一边的喜山爷和双喜等正忙着过秤。石灰粉末到处弥漫，人人身上都蒙上了一层白。

原先冷若冰霜的叶书记，现在也热情洋溢地夹在人群当中问长问短。

叶书记关切地问："都是本队用的吗？"

喜山爷："大部分卖给兄弟队修水利了。"

叶书记像发现了新大陆，指着冒烟的石灰窑问："一直在烧？"

"对！"喜山爷豪情满怀地说，"靠山吃山，全大队三十多个山头，我们豁上这一个山头的石头烧灰，给水利建设提供原料，提供资金！"

叶书记"噢"了一声。

这时，山梅领着一群人赶来了，叫道："叶书记！"

叶书记从石灰场里走出来，拍打着身上的石灰末，满意地说："走！"

他们又走去。

45

山梅领着叶书记一行人，往阎王崖走去，离得老远就看见黑压压一堆人,就听见一片愤怒的呼叫声。

山梅解释道:"那里在斗争地主分子刘宗汉。"

叶书记淡淡地问:"为啥?"

山梅:"因为……"

前边的斗争会上,王华指着老地主,愤怒地批判道:"旧社会你霸占水泉,害死了多少人?今天,你又破坏治水,想煽动人去搞资本主义,你想再回到旧社会,想再骑到穷人头上,还当山霸王水霸王,这就是你要求的解放!"

"说!是不是这样想?"

"老实坦白!"

老地主刘宗汉奄拉着脑袋一言不发。

山梅领着叶书记站在一旁等人。听到这里,叶书记站出来,对老地主命令道:"下去再好好想想,老实坦白。"

老地主如得了救星,忙退着走出人群,蹲到一块大石背后。

叶书记这才讲道:"同志们,立场坚定是好的。可是,要防止极左思潮!我们的政策是要把他们改造成新人,如果瞎斗一通,越斗仇越深,他抵触越大,思想越反动,这样下去,啥时候才能把他们改造成新人?"

众人愕然,刚才还是一团烈火,现在被迎头泼了一瓢冷水,人们惊异而不满地看着山梅,山梅咬着嘴唇不语。

王华突然站了起来,不服地说:"几千年来没人斗过他们,他们比现在还反动一千倍一万倍,只有现在天天斗着,他们才不敢杀人害人。不斗,咋能把他们改造成新人?"

叶书记一怔,不满地问:"你叫什么名字?"

王华回答:"王华!"

叶书记鄙夷地："你读过《资本论》吗?"

王华回答："我读过党的基本路线!"

叶书记："还读过什么?"

王华激动地说："我还读过家史! 我奶奶就是渴死、气死在老地主手里的!"

"简单的阶级感情,不能代替政策!"叶书记不屑理会地顶了一句,对山梅命令道,"通知支委,开支部会!"说着领上一群人径自走去。

参加斗争会的群众,一双双愤怒不平的眼睛看着他们的背影,王华突然扑到山梅怀里,叫道:"山梅姐!"

山梅搂着王华,眼睛里燃烧着火花,鼓励道:"好妹子,你顶得对!"

46

大队会议室,正在开着支委会。

人们怀着不安的心情,低着头一个劲吸烟。山梅却泰然处之,一边听一边做着棉鞋。

叶书记动员道:"责任不在你们,主要是前段时间县委个别负责人路线觉悟不高,片面强调学大寨,造成全县都犯了盲目大干的错误。省里王书记非常生气,亲自指示我们要彻底纠正。希望你们大队能带个头!"

石柱突然问道:"这个头咋带?"

叶书记明确地说:"停止盲目大干,迅速恢复过去的正常生产!"

石柱把烟锅里的余烟一敲,不满地反问:"这几年学大寨治山治水,一股劲干社会主义,哪一点不好? 恢复到过去的样子,还搞三自一包、弃农经商? 这个头谁愿带谁带,我不带!"

石柱越说越气,虎生站了起来,一冲而去。

大家怔住了,面面相觑,山梅淡淡一笑。

叶书记生气地说:"成绩是明摆着,不说也跑不了。今天主要是查找这几年的问题和错误。"

双喜缓缓地说:"不叫总结这几年'文革'的成绩和经验,专门叫查错误,找毛病,挑'文革'的刺,这样的会……"他站了起来,重重地说:"我——请假!"

双喜头也不回地走了。

人们又是一阵面面相觑。

叶书记更是火上浇油,怒气冲冲地说:"为什么怕谈错误? 为了照顾你们威信,才关住门叫你们自己谈,要不,就把问题公开给群众!"

"那你就交给群众吧!"喜山爷站了起来,像受了侮辱一样,气愤地说,"害怕群众的人不是共产党,我们不需要包庇照顾!"

喜山爷也走了。

会上只剩下了山梅、赵中和、刘中才,叶书记没想到会这样。他把桌子一拍,蹿了起来,满腔怒火一齐倾泻向山梅,喝道:"这是什么态度? 老实讲,你们支部问题严重得很,费了几十万工,花了上十万块钱,吃了几十万斤补助粮,给集体塌了这三个大坑,就为了挖一个水坑! 这是劳民伤财的祸水,这是填不满的穷坑,这是盲目大干极左思潮的反映。一方面又大开窑场,大搞钞票挂帅,走资本主义道路,这是极右的表现! 省里王书记讲了,这就是小资产阶级掌权,左右合流,是方向路线的错误。"

山梅早停住了手里的针线，看着叶书记满脸怒容，听着叶书记枪林弹雨的攻击。自打叶书记来了，一系列不满的事情都积压在肚里，现在又是如此这般的责难，她再也控制不住了，虎生站了起来，激动地叫道："叶书记——"她话到嘴边咬住了，伸手给叶书记倒了一杯水，诚恳地说："叶书记，请你再下去摸摸情况，听听贫下中农心里是怎么想的，咱们再谈，好吧？"

山梅不等回答，从容地走去。

赵中和看看，只剩下叶书记和刘中才了，他想了一下，站起来，拎起热水瓶，抱歉地一笑："我去烧水。"害怕被拉住似的也匆匆跑了。

47

赵中和出了门，踮起脚尖往远处看看，一眼看见前面路上的山梅，就提着热水瓶飞跑着追上去。

山梅心情沉重地走着，赵中和赶上来，两人互相看了一眼，默默无言地并肩走着。

走着走着，赵中和忍不住了，哭丧着脸说："咱们犯罪了！"

山梅重重地说："犯罪了，我先住监狱！"

又默默无言地走了一段。

赵中和长叹一口气，悔恨地说："当初要不干，如今就平安无事了！"

山梅看他一眼，边走边有力地说："刘胡兰当初要是不革命，也不会被铡；董存瑞当初要不炸碉堡，也不会粉身碎骨；千千万万烈士，当初要不和敌人斗争，也不会流血牺牲。他们要是贪图平安，会有今天的社会主义吗？会有咱贫下中农当家做主的今天吗？"

赵中和:"那是和敌人斗争。"

"路线斗争也是这样,不是东风压倒西风,就是西风压倒东风,没有调和的余地!"山梅说着站住了,她看着赵中和,恳切地说,"中和同志,你都看见了,咱们学大寨碰到的困难、压力很大,咱们当干部的一句话一个行动,都能影响群众的情绪,你能不能答应我,不要再和稀泥了!"

赵中和被感动了,说:"山梅,你放心吧!"

山梅点点头,大步走去。

48

水库工地上,拖拉机停着,架子车放着,镢头、铁锨到处撂着,人们三三五五凑在一堆议论着。

山梅来了。她默默地走向堤坝里边,看着半库清水,呆呆地想着。她弯下腰,愤懑的表情映在清水中。她捧起一捧清水,大口地喝了下去。这时,人们发现了她,便从四面八方涌了过来,团团围住她,愤愤不平地问道:"听说不叫干了?"

"整你们了?"

山梅点点头。

虎子满腹委屈地叫道:"山梅姐,咱们五黄六月顶着火干,十冬腊月冒着雪干,不表扬咱们还整咱们!"

"这算啥理?"

"岂有此理!"

山梅走向虎子,亲切地说:"虎子,要是错误路线表扬咱们,咱们成了啥样的人?!"

"这?"虎子怔了一下。

山梅满怀热情地说:"错误路线越压咱们,就越说明咱们走在了毛主席革命路线上!"

"对!"人们赞同地应道。

"不稀罕他的表扬!"

山梅指着半库清水,问:"大家看,这是什么?"

"水!"

"是高山上的大米,是家家户户的电灯,是无数转动着的机器,是社会主义新山区,咱不能叫一阵风就把这些吹跑了!"山梅说着,顺手拉起一把架子车,"干吧!"

于是,拖拉机又叫了,架子车又转圈了,镢头和铁锨又上下飞舞了。

山梅拉着重重的土车,低着头沉思着走去。面前这场斗争非同小可啊!她想了许多许多。她只顾想着,越过了堤坝,还在一个劲走,虎子惊异地看了看,忙追了上去,叫道:"山梅姐,你……"他指指车子。

山梅这才从沉思中醒转过来,尴尬地一笑,把车子交给了虎子,说:"给!我去找喜山爷。"

虎子扶着车把,看着山梅匆匆走去。

49

山泉下边。

山梅在复印着那个"一担水一斤麦"的告示。旁边小路上,喜山爷背着挂包,依依惜别地对双喜、石柱、中和等嘱咐道:"叶书记会把全部毒气都使到山梅身上,这是泰山压顶啊!你们要拧成一股劲,帮她担当一点。"

三个人同时道:"你放心去吧!"

这时,山梅拿着复印好的告示走来,交给喜山爷,嘱咐道:"把这个和咱们的申诉一同送给党中央,毛主席会支持咱们的!"

喜山爷充满信心地说:"对!这次去北京告状,咱们一定会胜利,大家等着好消息吧!"

喜山爷顺着小路,爬上了山顶。

看着喜山爷走远,山梅才说:"咱们一方面向党中央申诉,同时,要把学大寨的锣鼓敲得更响,让群众知道,我们干的事情就是毛主席叫干的事情,全国千千万万生产大队正在和我们一同并肩战斗,咱们不是在孤军奋战。"

50

工地上到处传播着革命的捷报,革命的烈火在每个人心中燃烧。

看!水库工地上,一群人围在山梅身边,山梅拿着一张《人民日报》,正在读着大寨有关文章。

看!在窑场上,一群人围在双喜身边,双喜拿着一张《河南日报》,正在读着有关学大寨的经验。

听!英雄洞里,一群人围在赵中和身边,赵中和怀里抱着收音机,正在收听广播大寨的消息。

听!阎王边工地上,又一个收音机放在石板上,石柱和王华等一群青年男女围在旁边,收音机正在播送学大寨的战歌。

听着听着,王华等人跟着唱起来了。

收音机的歌声,青年男女的歌声,继而整个工地都跟着唱起来。

歌声震撼着山谷田野。

51

大队会议室。

叶书记在接电话:"好,好!是,王书记,我坚决执行上级指示,马上宣布停工!"

叶书记放下电话,对一边的刘中才重重地说:"听见了吗?马上停工!"

52

山间公路上,正在进行着一场斗争。刘连发等三五个人,拉着架子车要走,王华掐着腰,雄赳赳气昂昂地站在路当中,挡住了他们。

刘连发气势汹汹地:"叶书记叫散的……"

王华理直气壮地:"叶书记叫你跳崖你也跳崖,叶书记叫你吃屎你也吃屎?"

"你!"刘连发被顶撞,气得嘴脸发青。一回头见刘中才来了,好像天上降下了救兵,便叫道:"中才,她……"他怒指王华。

刘中才三两步赶来,对王华哈哈笑道:"你又当成我们是私自跑的,这是叶书记根据省委王书记的指示……"

王华打断他的话批驳道:"啥叶书记王书记,天王老子地王爷也不中!我山梅姐说几百回了,要全力以赴争取汛期前把水库修好……"

刘连发打断王华的话,冷笑一声:"别山梅山梅了,没看现在到啥时候了!"

"革命的时候! 学大寨的时候!"王华锋利地回答,又尖锐地质问道,"你说现在是啥时候?"

刘中才忍气吞声劝道:"王华,你这样做,只会给山梅罪上加罪啊!"

这时,山梅从山顶下来了。

王华叫道:"山梅姐,他们要走哩!"

山梅听见叫声,站着看了一下,从路边崖上跳了下来。

刘中才先发制人地关切地说:"山梅,叶书记等着你要检查哩,赶快去吧!"

刘连发也帮腔威胁道:"再晚了,叶书记可要发脾气了!"

"谢谢你的虚情假意!"山梅嘲讽了一声,走向刘连发,严厉地质逼道,"谁叫你走的?"

刘连发仗势欺人地:"叶书记……"

"你是叶书记的直属社员吗?"山梅义正词严地反问,又斩钉截铁地说,"治水是大队贫下中农代表会通过的,是大队革委会和大队支部决定的。在贫代会、大队革委和支部做出新的决定前,一个人也不能动! 回去!"

跟着刘连发的几个人忙拐了回去,刘连发看了刘中才一眼,把车子"咚"地一撂,大步走去。

山梅喝道:"你要干啥!"

刘连发气冲冲地:"我找叶书记!"

"你去找吧!"山梅毫不畏惧地说,她弯腰掂起车把,交给了王华,"拉到工地。"

王华看了刘中才一眼,拉着车子走向工地。

刘中才欲说又止,回头就走。山梅指指路边一块石头,严肃地说:"坐下,咱俩谈谈。"

刘中才迟疑了一下,坐了下去。

两个人默默坐了一阵,刘中才先开了口,劝道:"你这个脾气也得改改了。"

山梅决绝地:"要得改了,除非死了!"

刘中才叹了口气,担心地说:"你这样下去,会吃大亏啊!"

"你为我担心?我还为你捏着一把汗哩!"山梅说着说着激动起来,满怀着阶级情谊地劝道,"中才,历史的经验值得注意啊!搞'三自一包'时,你认为某人官大腰粗,谁抵制,你就说谁反党,结果你狠狠跌了一跤,难道已经忘了?"

刘中才喃喃地说:"这一回还和上一回一样?"

山梅坚信地回答道:"皮不一样,瓤可是一样!他打倒了,就不会有人想复辟资本主义了?"

刘中才摇摇头,怀疑地说:"打倒他的口号还没落,可又有人学他了?别犯经验主义了!"

山梅咽下一口气,按着性子耐心地说:"你拿不准,就允许你再看看,大家等着你回到毛主席革命路线上来。可是,希望你不要做对不起贫下中农的事!"

刘中才低下了头。

53

大队部里。

叶书记和刘连发相对而坐,谈得非常投机。张秘书在一旁往小本上写着什么。

叶书记:"省里王书记指示了,一定要粉碎这个独立王国,你可以串联一些苦大仇深的人来参加批判会,我们要叫她自己下命令停止盲目大干。"

张秘书看了他们一眼,走了出去。

54

月明星稀。

山梅站在山顶,向北眺望,深沉地自语道:"喜山爷该到北京了!"

王华从口袋里掏出一把石子数了数,说:"走够十天了。"

张秘书来了,叫道:"山梅!"

山梅转过身,叫道:"张秘书!"

张秘书走近她,递过一封信。

山梅:"信?"

张秘书:"李书记的。"

山梅急切地:"他的压力也很大吧?"

张秘书点点头:"是啊!"

山梅:"县里啥情况?"

"复杂啊!县委大多数同志都在斗争,看样子天快晴了!"张秘书感叹地又说,"我们跟叶书记来的几个同志都要回去了!"

山梅惊异地:"为啥?"

张秘书愤愤地:"因为我们不同意他的看法,他嫌我们碍事,叫我们走开！这个人危险啊，'文化革命'中受了批判，到如今一直不理解，对出现的新事物总是看不惯……"张秘书摇摇头不愿再说下去了。

山梅："要不，咋能和错误路线情投意合？"

张秘书突然问："刘连发这个人咋样？"

山梅："旧社会是赌博光棍，新社会好投机倒把，'一打三反'中揭发他许多政治经济问题，到如今还没弄清。"

张秘书点点头，从口袋里掏出一个小本，递给山梅，说："这是我下来后听到的看到的记录，或许对你会有点帮助。"

山梅感激地接住。

55

村里。

刘连发从一家大门出来，又走向另一家，轻轻敲了几下门，悄悄地叫道："大磨，快开门！"

屋里大磨的声音："深更半夜的干啥？"

刘连发看看左右无人，悄声回道："快开开，给你报告个好消息！"

门"吱"一声打开，刘连发进去了。

石柱从一个巷口走出来，对着大门看了又看。

56

山梅家里。

窗前桌旁，几个支委围在山梅身边，山梅念着张秘书交给的记录："省委王副书记指示，为了彻底粉碎这个独立王国，就要狠狠打击现在支部的顽抗活动，手腕要硬，要下决心踢开这个摊子，重新换个班子。"

"踢摊子！"

"换班子！"

大家气愤地沉默着。

石柱憋不住了，叫道："再念念李书记信上的最后几句话吧！"

山梅从信封里取出信来，念道："别看资本主义复辟势力张牙舞爪，不过是一只纸老虎，当革命的狂风暴雨一到来，就会把它们淋得稀巴烂。从中央到地方，都正在进行斗争，他们快完蛋了！坚持下去就是胜利。在困难的时候，唱唱《国际歌》：英特纳雄奈尔就一定要实现！"

"英特纳雄奈尔就一定要实现……"大家不约而同地小声唱了起来。

57

大门外，一个黑影瞅瞅四下没人，闪进院子，听见屋里传出了庄重但压低了声音的《国际歌》，他犹豫了一下，走向窗子。从屋里射出的灯光照亮了他的面孔，原来是陈大磨。他掏出一片纸，从窗棂里塞了进去，然后回身就跑了。

"谁？"屋里叫道。

石柱追了出来，院里早已没人影了。

58

屋里。

山梅把塞进来的那片纸,展平放在桌上,大家围着看,同声念道:"他们要斗你了,赶快出去躲几天吧!"

大家互相看看,该说什么呢?

赵中和:"你先出去躲几天也行,事大事小我们顶着!"

"不!"山梅气愤地回道,"想吓走我?办不到!"

59

工地上。

山梅正在打钎,突然来了一个人,叫道:"支书,叶书记请你谈话!"

山梅撂下铁锤,跟着来人走去。

石柱看着山梅的背影,想了想,对一旁的王华指指山梅:"去!"

王华撂下手中工具,追了上去。

60

王华匆匆赶到大队,大门闩上了,她推,她敲,她喊,都没有人理会。突然,屋里传出了稀稀落落的口号声:

"坚决反对盲目斗争!"

"坚决反对盲目大干!"

王华又气又急,忽然转身飞也似的跑去。

61

会议室里。

山梅在主席台上镇静地坐着,下边一片吵吵声:

"站起来!"

"坦白从宽!"

山梅击案而起,怒指喊声起处,厉声叫道:"有理的上来说!"

会场里马上寂静了。

叶书记从主席台上站起来,走向山梅,摆出一副宽宏大量的语气,劝道:"你在政治上搞盲目斗争,在生产上搞盲目大干,在方向道路上搞资本主义。从极左到极右,左右合流,这次又对抗上级指示,搞独立王国。根据王书记指示,本应开除党籍,念及你还年轻,再给你三分钟机会!"他转身拿过墙角桌上的话筒,"只要你现在向大家宣布停止盲目大干,马上停工,你的党籍问题还可以再考虑!"

说完,叶书记递过话筒。这话筒连通着全大队几百个有线广播喇叭,山梅只要对着话筒说上一句停工,影响可就大了!山梅哪里肯接,于是人群围了上来,一个劲威胁道:"说!说——"

62

阎王崖工地上,有线广播喇叭突然响起了吵嚷声:"说!你要不要党籍?说呀!"

有人惊叫:"听!大队出什么事了?"

石柱和人们火速围到喇叭下面听着,这时王华满头大汗跑来叫道:"他们搞突然袭击了,快——!"

石柱掂着手中的铁锤,叫了声:"走!"

一群人跟着,往大队飞跑而去!

63

会议室里。

人们团团围住山梅,有的抹着胳膊,有的推推搡搡,一片叫喊声:"说! 快说! 快命令叫停工!"

"好!"山梅一把夺过叶书记手中话筒,"我说!"

人们达到目的了,安静下来,每个人脸上都不由流露着骄傲、得意的神气。

上次支部会上,山梅就想反击叶书记的谬论,可是,她忍住了,希望他下去听听群众的意见,能改变自己的看法。结果,他还是坚持自己的立场。这时,她多少天来,对资产阶级反动路线凝聚的满腔义愤一齐爆发了,她对着话筒激昂地讲道:"贫下中农同志们,一场严重的路线斗争开始了!……"

64

·　全大队每个角落都在响着喇叭声,走路的人停住了脚步,干活的人停住了劳动,都在听着山梅对"资反"路线的愤怒控诉:"我们斗了老地主刘宗汉,有人心疼了,骂我们是盲目斗争,是极左思潮,说什么越斗仇越深! 该怎么办? 最好是不分阶级的相亲相爱。同志们,这是要一口吃掉无产阶级专政!"

英雄洞里,王祥等人握着铁锤,眼里闪着愤怒的火花。

王祥愤愤地说:"让他们去和老地主亲嘴吧,咱们就是要年年月月斗!"

65

大队会议室里,人们围住山梅吵吵着:

"不许说这个!"

"不许说!"

"命令停工!"

"你们怕了吗? 胆小鬼!"山梅无畏地对着话筒继续讲道,"同志们……"

66

阎王崖边工地上,一副副愤怒的面孔,听着山梅钢铁般的战斗语言:"我们治山治水,有人眼红了,说我们是盲目大干,骂我们塌了三个坑,挖了一个坑。是啊! 我们投了工花了钱,可是这些都积累在水库里,将来可以得到千百倍的收益。他们不是反对治山治水,他们反对的是学大寨走社会主义道路!"

虎子抡起铁锤,把面前一块石头砸得粉碎,大叫一声:"谁敢反对学大寨,咱们就砸烂它!"

67

大队会议室里。

叶书记怒不可遏地:"你胡说八道,我开除你的党籍!"

"对,开除她!"台下响起一片附和声!

"开除吧。"山梅激愤地继续讲道,"同志们……"

68

石灰场里,双喜等人静静听着:

"我们办了窑场,以副养农,那些右得不能再右的人,又骂我们是右倾,这是借资本主义的帽子来反对以粮为纲,全面发展的方针!他们攻击的是党在农村的经济政策,他们想反掉以副养农的正当副业,去搞资本主义单干副业!"

双喜愤愤地说:"标准的贼喊捉贼!"

69

大队会议室里。

叶书记气急败坏地说:"放下! 放下!"

"不许她说!"

刘连发暗地里推推一个人,这个人便上去抢夺话筒。

"怎么? 准你们放毒,不准别人消毒,天下有这个理吗?"山梅怒对抢话筒的人,一步一步逼上去,那人后退了。山梅对着话筒继续讲道:"同志们——"

70

成群结队的人,掂着工具跑向大队。山梅洪亮的声音震撼着山岳,激励着每一个人:"他们攻击搞社会主义是极左,攻击落实党的政策是极右,他们安的什么心? 他们要维护封资修的旧秩序旧事物,想开历史的倒车。同志们,捍卫毛主席革命路线的时刻到了,我们在路线斗争上要寸步不让,在生产斗争上要一刻不停,我们要在学大寨的路上跑得更快!……"

71

水库工地上,赵中和振臂高呼:"同志们,干啊——"

72

大队会议室里,叶书记不择手段地煽动道:"谁革命谁不革命,就看这一回了! 现在开始斗争!"

大门外,人们敲着、推着,石柱抡起铁锤狠狠砸去。

会议室里,人们仍叫道:"头低下去!"

山梅的头抬得更高了!

正在这时,石柱、双喜、王华等人冲了进来。

会场马上安静了。

石柱一只手掂着铁锤,一只手掐着腰,威武地叫道:"怎么,你们想反天了?!"

那些参加斗争会的人往外一看,黑压压站了一院子人,便一个个灰溜溜地鸟兽散了。

王华扑到山梅怀里,叫道:"山梅姐!"

山梅抚摸着她的头发,默默无语。

石柱愤怒地看了叶书记一眼,对山梅说道:"走!"

王华抬起头看着山梅,眼里含着泪珠,说:"山梅姐,咱们走!"

山梅从台上走下来,人们拥着她向外走去。走了几步,山梅想了想,又回头,对站在台上的叶书记说:"你怎么能依靠这些历次政治运动中受过批判的人、有严重问题的人? 你这是要把他们推到深潭里! 叶书记,我还是那句话,你应该听听贫下中农心里在想什么!"

"走! 咱们跟他说不清!"王华拉住山梅走去。

叶书记狼狈地跌坐在椅子上。

外边,山梅领头走在大路上,他们唱起了凯歌!

73

锣鼓声中,文娱晚会正在演出样板戏《龙江颂》。扮演江水英的是山梅。

台下的人,睁大眼睛入神地看着。这里边有双喜、石柱、王祥、赵中和、王大娘和虎子等,他们充满了喜悦,一个个满面笑容。

74

厕所在一个阴暗角落里,刘宗汉和刘连发相遇了。

外面传来了一阵热烈的掌声、笑声。

刘宗汉咬牙切齿地说:"听听,他们喜得!"

刘连发叹道:"叶书记要气死了!"

刘宗汉同情地说:"姓叶的是个好人,上一次要不是他救我,就把我斗苦了!"

刘连发惋惜地说:"要是依他的办,日子就好过了,没想到叫山梅把他斗败了,只怕要走了!"

刘宗汉阴毒地说:"走? 咱们得留住他!"

刘连发:"怎么留?"

刘宗汉:"咱们助他一臂之力,给他一发打山梅的炮弹。"随之压低了声音。

75

大队部里。

叶书记背着挂包在接电话,他神色不安地听着电话里的声音:"……根本的办法,是从物质上把祸根挖净!"

叶书记面有难色地说:"王书记,是不是先停一下,群众抵触情绪很大!"

电话里的声音:"不行,事关政治,坚决不能退步,这样的旗不砍掉,咱们的旗就树不起来! 必要时可叫公安局协助!"

"好吧!"叶书记放下了电话,长吁一口气,摞下肩上的挂包,走了出去。

76

傍晚,收工之后。

阎王崖工地上静悄悄的。山梅、石柱和王华等人,躲在一个石窟里。石柱把电线接到盒子里的电池上,霎时,工地上炮声轰隆,浓烟冲天,碎石纷飞。

王华扳着指头,一一数着,响声落了,她叫道:"还有一炮没响!"

又等了片刻还没响,石柱失望地说:"哑了!"

他们走出石窟,往崖上看了看。

"我去排除!"山梅毅然地往崖上走去。

"我去!"石柱追上去。

"我去!"王华飞跑而去。

这时,叶书记迎面走来,拦住他们,说:"现在开个紧急战地会议! 走!"

山梅为难地说:"发生了哑炮,要不排除,就会影响明天施工。"

叶书记看看天色,固执地说:"等排除到啥时候了? 明天再排吧! 马上开会,传达上级紧急精神!"

山梅看看叶书记坚持的神色,说:"好吧!"

王华自告奋勇地说:"你们开会,我去排除!"说着要走。

山梅拦住她,说:"不行! 走,咱们一块儿,你也回去看看大娘,好几天没回去了吧!"

山梅拉上她,几个人一路走了一段,然后岔开了,山梅对王华嘱咐道:"回去告诉大娘,就说水快通到门前了。"

"好!"王华走去。

77

王祥家。

小春在读书,大娘在做饭,王华担着水回来了。

王大娘怜惜道:"也不歇歇,又去担水!"

王华往缸里倒着水,笑道:"妈,我担不了几回啦,顷刻水就流到咱们门口了!"

王大娘不满地:"谁知道那个老叶会不会再想邪门?"

王华笑道:"妈,你放心吧,这一回他斗败了,他要还想邪门,胜利的还是我们。"

小春扑了上来,叫道:"姐,可给我接住讲大寨的故事吧!"

"好,"王华坐了下去,掏出相片放在灯前,"你知道这是谁的相片?"

小春看了看,说:"大寨铁姑娘队!"

王华:"对! 咱们今天就讲铁姑娘的故事……"

78

大队办公室。

叶书记软硬兼施地说:"王书记一再指示,叫把你们支部换了,我总想等着你们自己觉悟,你们是不是硬逼着我走这一步? 我的意见,工程暂停……"

"咚!"突然传来一声巨响。

"谁? 炮响!"人们惊叫道。

"谁去排除哑炮了?"山梅一把抓起桌上刚刚做好的棉鞋,跑了出去。

大家也跟着跑到门外。

远处,隐隐约约传来呼叫声:"王华——王华——"

"啊!王华!"山梅惊叫一声,飞步跑去。

石柱等也飞快地跟着。

79

双喜和赵中和饱含悲伤,走向英雄洞。洞口一群人肃静地站着,人们让开路,往洞里边指指。

洞里,传出了有节奏的叮当声……

双喜和赵中和低下头走进去。

一盏马灯,闪着明亮的光芒,王祥大伯在打着石头,他一手扶钎,一手打锤,是那样的专注。

双喜和赵中和在他身后站住了,互相看了一眼,唉,该怎样开口呢!

双喜走到他身边,蹲到他旁边,开口叫道:"大叔……"

王祥偏过脸看他一眼,又继续打锤。

赵中和又叫道:"老王哥……"

王祥大伯"嗯"了一声。

双喜再叫一声:"大叔!"

王祥大伯奇怪地抬起头:"说呀,你们怎么了?"

双喜满含悲愤地说:"你知道,有人反对咱们学大寨,要砍咱们的治水工程,王华憋了一肚子气呀!"

王祥大伯打着锤,淡淡地说:"叫我我也气!"

双喜沉痛地讲道:"王华为了给咱贫下中农争气,为了给毛主席革命路线争光,她、她……"

王祥大伯意识到出了什么事,惊问:"她怎么了?"

赵中和悲伤地:"她不顾自己危险,悄悄去排除哑炮,不幸……"

王祥大伯一怔,停住锤,看着他们,重重地道:"说!说!"

双喜和赵中和同时低下了头:"她牺牲了!"

"啊!"王祥大伯叫了一声,钻尖从石头上落下去了,锤子从手里落下去了!

80

眼睛,眼睛! 每一双眼窝里都搁着泪珠!

每一个人的臂上都戴着黑纱!

大队卫生室里,山梅双手托着年轻的姑娘王华。王华躺在山梅怀里,神态还是那样刚毅,双手紧紧握成铁拳,脚奋拉着,穿着山梅新做的棉鞋。

山梅用泪水晶莹的眼睛,看着怀里的战友,悲痛、怀念、誓言,汇合成了山梅深沉的心声:"王华,好妹子,你活着,像大寨铁姑娘一样战斗! 今天,当有人命令从社会主义大道上全面退却的关键时刻,你又挺身而出,用生命进行了回击! 好妹妹,你将永远活在全大队贫下中农心中,你美丽的青春,将成就我们的青山绿水!"

山梅一滴滴泪珠落在王华脸上!

人群一阵轻微的骚动,抬头看去,王祥大伯在双喜和赵中和的陪同下来了,后边是山梅妈陪着王华的娘。

来了,来了! 王祥大伯迈着沉重的步子走来了,王大娘噙着眼泪走来了!

山梅托着王华迎了上去,叫声:"大伯——"

王祥大伯双手接过王华,低下头看着,疼爱地叫道:"孩子,你刚刚能为革命出把力就走了!"

王大娘抚摸着王华,满面泪水地叫道:"闺女,你就等到把渠修好,看着水流到山上,喝上一口从咱门前流过的水,妈也不难受啊!"

山梅泪水模糊地叫道:"大伯——"

王大伯满怀阶级深情地劝道:"大伯我难过的是王华她为革命做的活儿太少了! 山梅,别伤心了,这么大改天换地的事业,要奋斗就会有牺牲啊!"

山梅感激地点点头,叫道:"大伯,大娘,我们一定要叫王华的鲜血化成永远流不完的幸福水,千秋万代灌溉着公社的土地!"她抬起头,对着悲痛的人群,大声喊道:"同志们,咱们把这条渠叫王华渠好不好?"

"好!"人群中响起一片回声。

81

躲炮的石窟里。

山梅和石柱、双喜在察看现场,三个人默默地看着想着。电线的插销塞在电池盒上。

山梅沉思着:"王华会先接通电再去检查哑炮吗?"她摇摇头,坚定地说,"她不是这样没长脑子的姑娘!"

双喜:"你是说……"

山梅:"我们要从阶级斗争上想!"

石柱:"可是找不到一点证据!"

山梅想了想:"一方面我们依靠群众,查清炮响前后每一个人当时在干什么,同时要把群众的悲痛化为力量,加快工程进度!"

82

阎王崖上。

书写爆破班名单的黑板上,伸过去一只手,擦掉了王华的名字,填上了"山梅"。

山梅转过身,拿起铁锤走向崖边,正要下去时,赵中和匆匆赶来,把山梅拉到一边,神色紧张地说:"老叶一蹦多高,叫你马上去……"

83

大队部里。

叶书记面对山梅,击案而起,怒道:"玩忽人命,这就是对抗上级的结果!"

山梅争辩道:"我认为王华的死,可能是阶级敌人破坏治水工程的阴谋……"

叶书记打断她的话:"你还想用阶级敌人做挡箭牌,来掩盖自己的错误。根据刚才王书记的指示,现在我代表县委宣布:你停职反省检查!大队支书由刘中才代理!"叶书记宣布完一怒而去。

"叶书记,我……"刘中才想说什么,见叶书记径自走去,回头看了山梅一眼,摇摇头,叹口气坐了下来,叹道:"当初要听我的,现在咋会闯这么大祸!"

山梅从椅子上一冲而起,没好气地回道:"当初要听你的,现在早走到资本主义了!"她也推门走了。

"你……"刘中才气得追到门口,看着山梅气昂昂地走去,他回过头,对赵中和无可奈何地说:"中和,没想到闹到如今,这千斤担子都撂到了我肩膀头上,你可得帮着我啊!"

84

村头大路上。

山梅和石柱、双喜说着话。石柱听完,大叫一声:"和他拼了!"回头就走。

山梅忙拦住他,坚定地说:"走!"

石柱强咽一口气,只好回头跟着山梅和双喜走去。

山梅走在两人当中,深沉地说:"当前主要的不是去把支书这个职位争回来,主要的是教育群众、团结群众。群众知道了真理,不论谁当支书,他领着学大寨,群众就会齐心去做;他反对学大寨,群众就会齐心去斗!你们两个抓紧把王华的死调查清楚,好教育群众打击敌人,我去看看王大娘。"

85

王祥家里,做午饭时候。

王大娘拿起瓢往锅里添水,揭开水缸盖子一看,水缸干了。大娘伸下去的瓢又缩了回来,失神地呆立着。

小春在灶里生火,见妈妈失神,便走过来,探头往缸里一看,又抬头看看妈妈说:"妈,我去提水!"

一言未落,山梅担水进来,亲切地叫道:"大娘,我又来晚了!"

大娘回头一看,不由热泪盈眶,道:"怎么又叫你担水了!"

山梅往缸里倒水,笑道:"大娘,我还能担几回?顷刻水都流到咱们门前了!"

啊!这个倒水的动作,这个利索的回答,竟然和王华那次担水时一模一样。

大娘看了听了,不由得重复道:"水顷刻都流到咱们门前了!你妹妹也是这样说的!"

"大娘,王华说得对!"山梅说着拿起钩担欲走。

大娘上去夺过钩担,恳切地说:"闺女,坐下,大娘想和你说说话。"

山梅点点头,坐到大娘身边。大娘抚摸着她的头,继而顺手拿起梳子给她梳着头,轻轻叫道:"山梅——"

"唉。"

"山梅——"

山梅在大娘怀里,抬头看着大娘欲言又止的神态,亲切地问:"大娘,说呀!"

大娘怜惜地:"听说你受委屈了!"

山梅不愿使大娘生气,就笑笑说:"大娘,没事呀!"

大娘气道:"闺女,你还瞒着大娘?我都知道,他们说要不是治水,王华也死不了,为这把你撤了!"

山梅劝慰道:"大娘,你放心,他们能不叫我干支书,可是休想不叫咱们学大寨干社会主义!"

大娘愤愤地说:"死了一个王华,他们还嫌不够,还想再从贫下中农心里把你也夺走,他们休想!"大娘说着,从怀里掏出大寨铁姑娘的照片,照片上染有王华的鲜血,递给山梅,"闺女,这是你送给王华的,大娘还给你,你遇到困难时也好给你做个伴!"

山梅双手接过相片,看了看,扑到大娘怀里,叫道:"大娘,你真是革命的好妈妈! 王华的血不会白流!"

86

兽医站里。

陈大伯对双喜讲:"那天夜里,我给病牛灌了药,拉着牛出去遛……"

那夜,陈大伯拉着牛在村头遛牛,老地主刘宗汉神色慌张,贼头贼脑地匆匆走来。

陈大伯喝道:"谁?"

刘宗汉一怔:"我啊,我、我!"

陈大伯严肃地:"半夜三更你干啥?"

刘宗汉满嘴嘟噜:"在……啊……刘连发叫我去帮他锯锯柴……"

双喜听了点点头。

87

工地上。

陈大磨给石柱和双喜讲道:"……炮响前后,刘连发在我家里,他还和我说好戏还在后头哩,叫我等着瞧。"

石柱追问:"没记错吗?"

陈大磨肯定地:"没错!"

双喜:"你去忙吧!"

陈大磨走了。

石柱对双喜道:"这样说,刘连发没找刘宗汉锯柴,是不是先审问刘宗汉?"

"不!"石柱想了一下,"咱们还要再多了解一些情况,走!"

88

夜,月明星稀。群山显得更加威严,松涛声更加响了。

还是那个山顶,那棵松树下面,山梅仰望着北方,风吹乱了她的头发,她动也不动地看着想着。松涛声中响起了她的心声:"喜山爷,你怎么还不回来啊! 大家都在等着你啊! 等着你带回来党中央毛主席的支持啊!"

一件棉大衣轻轻地披到了她身上。她回头一看,陈大伯、老宽、王大娘、虎子、小春,还有一群人站在她背后。

陈大伯关切地问:"又在盼喜山爷哩?"

老宽安慰道:"喜山爷会很快回来的。山梅,别难过了!"

"我不难过!"山梅感动地回道,她看着乡亲们,缓慢有力地说,"下边的阶级敌人和上边的错误路线配合着压咱们,想一炮把咱们打垮。同志们,咱们得顶住干! 只要头不掉就要干下去! 只有社会主义才能救中国啊!"

众人纷纷争着说:

"对！我们把一颗心一身力气都交给社会主义了！"

"谁也别想再把我们拉到资本主义！"

正在这时，王祥大伯匆匆赶来，后边还跟着一个背着行李的女青年，面貌酷似王华。

山梅忙迎上去："王祥大伯！"

王祥指指小山，说："山梅，我再给你送个新兵。"

小春扑到小山面前，叫道："二姐！"

小山对王大娘叫道："妈！"

人们围住小山问长问短。

"中学毕业了？"

"嗯！"

"啥时候到家的？"

"还没到家哩！"小山说了想想不对，又指向山脚下工棚，"那不是家吗？"

"怎么没到家就来了？"

"听说为我姐姐的事，山梅姐被撤了，我爹就直接把我送上来了，叫我接我姐姐王华的班！"小山回完话，转向山梅，"山梅姐，收下我这个新兵吧！"

王祥大伯牺牲了大女儿，又把二女儿送上来；上边撤了山梅的职，而王祥大伯却把自己的女儿又交给山梅。此时此地、此景此情，怎么不叫人感动！

山梅握着小山的手，说："欢迎你！"接着又拉住王祥大伯的手，闪着泪花说："大伯，你送来的不止一个小山，你送来了咱贫下中农学大寨重新安排山河的志气，送来了将革命进行到底的决心！"

东方欲晓。

王祥大伯重重地说："上边不叫你当支书，我们贫下中农叫你当带头人！山梅，领着大家干吧！"

"干！我干！"山梅浑身是力，"走！"

大家抬步刚走，赵中和迎头走来，气愤地指着山下叫道："山梅，他们……"他说不下去了。

"怎么了？"人们急问。

赵中和心疼地说："这一回我可看清了，我再也不和稀泥了，他们要把咱们多少年来辛辛苦苦积累起来的东西全部分掉啊！"

众人大吃一惊："要分什么？"

赵中和愤愤地说："机器、车辆都要分，说一点不留！"

山梅听了，从牙缝里挤出了一个字："走！"

89

水库工地的广场上，刘中才正在布置主席台，台上摆了一张桌子，桌子上放着扩音器和热水瓶等。

台下广场里，摆着大小拖拉机、柴油机、小型发电机等，还有几百辆架子车，简直像一个大型物资交流会。人群如流，人们抚摸着每一件东西，脸上流露出愤懑的神色。

广场边上，山梅、石柱、双喜和刘连发从工棚里走出来。看样子，是刚刚经过一场尖锐的斗争，刘连发像一只斗败了的鹌鹑，耷拉着脑袋走去。

老地主刘宗汉得意啊！他这里那里串着，碰见了刘连发，就走上去搭讪道："看，"他指指天空，"可见到青天了！你准备分点什么？"

"我……"刘连发吞吞吐吐地回答，一抬头，看见那边几双眼睛往这边盯着，忙匆匆离开老地主走去。

那边，石柱和双喜等直盯着老地主的活动，和山梅低声地议论什么。

台上，刘中才对着扩音器叫道："喂，喂！现在大会开始，请叶书记报告！"他带头鼓了几下掌，可是响应的不多。

叶书记走向扩音器讲道："同志们，省里王书记指示，为了挖清盲目大干的祸根，要把大队的东西分下去，大件的分给生产队，小件的分给社员个人。这是上级的指示，也是群众的要求——"

台下一片高声呼叫：

"哪个群众？"

"这是污蔑群众！"

山梅突然跳上了主席台，叶书记见状喝道："你要干什么？"

山梅："我要说话！"

叶书记严厉地："你现在是靠边站！"

"我就是靠边站，靠毛主席革命路线这边站！"山梅正气凛然地回答，一步一步逼近讲台，然后上去一把夺过话筒，激昂地说道，"同志们！他们反对盲目大干是招牌，要分掉社会主义才是真心，强大的集体经济，明明是我们的命根，他们偏说是祸根——对，不把这个根子挖净，他们就没办法复辟资本主义，当然他们才把这看成祸根！他们口口声声代表群众，究竟代表的什么群众！"她愤怒地对台下叫道，"石柱，把他押上来！"

石柱和双喜押着刘宗汉、刘连发走了上去。

叶书记一见大怒，叫道："你要镇压群众是不是？"

"就是要镇压他！"山梅满腔仇恨地指着刘宗汉，"同志们！就是他，治水开始，出谋划策煽动少数人去跑运输，想破坏学大寨。就是他,趁王华去检查哑炮,接通电线,炸死了王华!"

山梅对刘连发喝道:"刘连发,说!"

刘连发低下头,一连声说:"是! 是! 他说得给叶书记提供一发打击山梅的炮弹,留住叶书记!"

台下,人群爆炸了!

"打倒刘宗汉!"

"为死难烈士报仇!"

"加强无产阶级专政!"

山梅命令道:"押下去!"

石柱和双喜押着刘宗汉、刘连发走了下去。

叶书记狼狈地跌坐在椅子上。

山梅继续讲道:"同志们,阶级敌人和错误路线互相支持,想瓦解社会主义经济,复辟资本主义,我们该怎么办?"

"坚决不答应!"

"同志们! 大家看!"山梅挥手指向满场的东西,自豪地讲下去,"叶书记精心布置的这个大会好得很,展示了我们大队'文化革命'的伟大成果,展示了我们大队学大寨以来集体经济的发展壮大……"

这时,一声喇叭响,一辆吉普车开到场里停住了。人们马上回过头惊异地看着。车门打开了,第一个下车的是喜山爷!

山梅从台上跳下来,扑上去,叫道:"喜山爷——"

喜山爷欢喜地叫道:"看!"

啊! 老李也来了!

"老李!"人们围住了他。

喜山爷笑道:"同志们! 咱们的状告到了北京,党中央毛主席表扬了咱们,省委和地委又把老李还给咱们了!"

热烈的欢呼声,热烈的鼓掌声!

老李高兴地说:"告诉大家个好消息,省里那个王副书记是林贼死党,他们想复辟资本主义的美梦做完了! 咱们的无产阶级专政更加巩固了!"

大家又是一阵欢呼!

老李又说:"还有第二个好消息,城里的知识青年听说王华牺牲了,他们……"

一言未了,开来了几辆大客车,停住了。

老李带头鼓掌。

在一阵阵掌声中,车门打开了,知识青年们争先恐后地跳下了车。

老李对知识青年介绍道:"这位就是支书山梅同志! 你们的名字自己报报吧。"

"我叫李华!"一个知识青年挺胸报名。

"我叫张华!"

"朱华!"

"石华!"

"梁华!"

好家伙,一个个都是"华"!

李华激动地说:"山梅同志,我们来接王华的班,她没走完的路我们接着走下去。"

山梅感动地闪着泪光说道:"同志们……"该说些什么呢? 她忽然从口袋里掏出那张相片,双手递了过去,"同志们,这是大寨铁姑娘的照片,这上边染有王华的鲜血! 让我们像王华那样学大寨,像王华那样战斗一生!"

谢华接住相片,同伴们围住看着,同声回道:"王华,我们一定像你一样战斗!"他们又抬头对着山梅,喊道:"山梅同志,让我们开始战斗吧!"

"好!"山梅跳上主席台,对着扩音器叫道:"同志们,党和毛主席这样关怀、支持我们,我们要在学大寨的路上跑得更快! 现在,上工——"

拖拉机响了!

架子车转了!

红旗在前面开路,千军万马冲向学大寨的战场!

90

欢呼声中,英雄洞打通了!

欢呼声中,阎王崖的渠道修好了!

水库工地上,红旗如林,锣鼓声大作。

老李和山梅一同打开水闸,水奔腾着流进了渠道。

老李和山梅带头,后边跟着双喜、石柱、陈大伯、赵中和、老宽、虎子等等,人们跳进渠里,跟着水流,往前跑去,跑过阎王崖,穿过英雄洞,笑啊! 闹啊! 他们捧起水大口喝着!

水! 流过王大娘门口,王大娘捧起了水,眼泪滴入水里,她大口大口喝着。

水! 流向块块梯田!

91

夜。

水库下边电站里,双喜扳动了电闸——

山村的夜色,突然繁星落地,家家户户电灯通明,孩子们在灯下读书,机器在各处转动。

政治夜校里坐满了人。电灯下,山梅在讲:"……我们还不能说胜利,斗争还在继续,要坚持党的基本路线,在生产斗争上寸土必争,在路线斗争上寸步不让! 我们还要学习大寨继续革命……"

92

朝霞似火。

高山尖上,老李和山梅指着群山,在议论着什么。他们身边站着喜山爷、石柱、双喜、赵中和、刘中才等。

"好! 开始吧!"山梅站在山尖,向山下挥舞手中红旗,然后把红旗插到山尖上。

山下,四面八方的人群——王祥、小山、虎子、老宽、李华、张华等等,扛着工具,分成几十路,欢呼着冲向山顶,涌向红旗!

1974 年 9 月

1

山乡的深秋时节。

晨曦。青山如屏。偶尔一声清脆的鸟啼，使群山显得更加幽静。山溪欢快地奔流着，溪水中映出几片艳丽的朝霞。

依山傍水的玉泉村还沉浸在甜蜜的梦乡。一只红冠白公鸡站在丝瓜架上，昂首长啼，引得村中的雄鸡此起彼伏地纵情合唱。

墨绿的冬青树下，身材苗条、眉清目秀的女队长盼盼正在拉绳打着挂在树杈上的一截钢轨。"当当当"的钟声，传得很远很远。

鸡鸣和钟声唤醒了山村，家家户户吱吱扭扭地开了门。

村中的道路上，盼盼拿着铁皮做的喇叭筒高声呼叫："去水电站工地上工了！"盼盼走到一所四合小院的大门口，推门走进院内，来到她住的那间下屋里，从桌上针线筐里拿起一件东西，又返身走出来，站在大门口，看看院里上屋和两边厢房还都关门闭户，就拿起喇叭对着上房的窗户大声喊道："上工了！"

瑞雪飘飘

2

上屋门口。房门吱扭一声打开了。

栓柱——一个虎头虎脑、身材粗壮的小伙子,趿拉着"空前绝后"的灶布鞋,慌慌张张走出来,揉揉惺忪的睡眼,四下张望。

盼盼站在大门口对他甜甜一笑,转身走去时,向他扔过来一件东西。栓柱伸手接住,哈,一双新鞋。他低头看看脚上的烂布鞋,傻呵呵地笑了。

3

银杏树下。

栓柱走下台阶,来到院中那棵粗大的银杏树下,坐在石片支成的"凳子"上,正欲换上那双新鞋,忽地看见两边厢房还是关门闭户,寂然无声,便鄙薄地一笑,左脚一甩,把一只烂鞋砸在左厢房门上;又右脚一甩,把另一只烂鞋砸在右厢房门上。

他调皮地一笑,不紧不慢穿上新鞋……

4

左厢房里。听到什么东西砸在门上,长得十分精明俊俏,年约三十岁的巧梅从床上坐起来,侧耳倾听。

窗外传来栓柱不满的喊声:"喂!队长的嗓子都喊哑了,还在那里梦周公哩!"

巧梅柳眉倒竖,对着窗子恶声恶气地回答道:"怕你那心尖宝贝使坏嗓子,你去替她吆喝!"

她丈夫石头是个老实憨厚的汉子,正在墙角找工具,听了巧梅的刻薄话,忙过来捂住嘴,小声求告道:"祖奶奶,你少说一句中不中!人家新官上任,你就不怕……"

巧梅气咻咻地推开石头的手,火上浇油地贬驳道:"她老公公当队长时我都不怕,轮到她,我就怕了?! 我偏去晚一点,看她能把我活吃了!"说着又蒙头睡下。

"哎哟,你——"石头无可奈何地摇头叹气,给甜睡的两个孩子盖好,拿起工具推门走出去……

5

右厢房里。头上过早生出了白发的大磨婶拿着家什正欲往外走,回头一看丈夫大磨还躺在床上,就走过去朝大磨裸露的膀臂上狠狠打了一巴掌,吆喝道:"耳朵塞驴毛了,没听见喊上工?"

早已醒来的大磨翻开眼皮,用玩世不恭的口气嘟哝道:"傻货,做这活还是大呼隆,又不包工,再积极还能赏给你个牙膏皮奖章戴戴?"

大磨婶火了:"不包工就不要脸了?"

大磨嘴角闪过一丝讥笑,翻身又睡,喃喃地:"脸? 脸多少工分一张?"

大磨婶气得浑身直颤,上去拧住大磨的耳朵,恨恨地:"你不要脸我还要脸哩,衣裳没穿破,叫人家捣脊梁骨都捣破了!"

"哎哎,说句玩笑话你可当真了!"大磨一听她的声音变了,嬉皮笑脸地连忙坐起,"这就去,这就去……"

大磨婶抹了一下眼眶,拭去泪水,转身开门走出小院。

东山头上捧出一轮红日,灿烂的霞光照得河水像一匹锦缎。

大磨婶和盼盼边走边说着什么。

青山爷走出小院门口,笑眯眯地放眼张望。

6

通往工地的小路上。

玉泉河弯弯曲曲,河水欢笑着,闪着波光奔流而去。河两岸的苹果树上挂满了红红绿绿的硕果。

一条与河并行的小路上,人们三三两两,有说有笑地担着石头,往上游水电站工地走去。

大磨慢慢悠悠地担着石头走过来,他眼光机警地四处"瞄"着。河边有个深潭,鱼儿在水面哗哗"亮膘"。大磨咽了口唾沫,慢吞吞地向前走着,一步一回头,看着潭里的鱼……

潭里依然一幅游鱼戏水的场景。

7

(幻觉)

鲤鱼跃出水面,落进大盘子里,变成了喷香的红烧鱼。大磨津津有味地边品酒边吃着。

河鱼又变成了提在手中的大鱼。大磨提着鱼走向集市……

人群中,大磨和几个买鱼的人讲价钱。买鱼的人给了他一大把票子……

大磨笑眯眯地数着钞票……

8

（现实）

大磨看着深潭想入非非，不由停住了脚步，呆呆地看着潭里的鱼儿……大磨婶担着石块走过来，见大磨在潭边愣神，便放下担子，推了他一巴掌，没好气地问道："又想啥邪门哩？"

大磨猛然惊醒，眼前盛满一筐鲤鱼的幻觉顿然消失。他不满地看一眼媳妇，继而嘻嘻哈哈地："我能想啥，还不是想快点修好电站！"

大磨婶撇嘴"哼"了一声，擦了一把汗，挑起担子走了。

大磨无可奈何地挑起担子，向前走去，但又恋恋不舍，一步一回头地看着潭里的鱼儿。走了一段，到底忍不住了，又放下了担子。

大磨婶发觉跟在后边的大磨停下了，便回头盯着他，不悦地问道："又想弄啥哩？"

"咦，管天管地还能管住屙屎放屁？"陈大磨嬉皮笑脸地佯装解裤带要小便的样子，往河边树林跑去……

9

河边小树林。

大磨跑进小树林，藏在树干后边，探头往路上看去。见大磨婶走远，路上也没有人了，就飞快地跑到潭边，从衣兜里掏出钓鱼钩和一个小瓶。又从瓶里倒出诱饵,吊在鱼钩上,连同钓鱼绳利索地扔进潭里,再把绳头拴到潭边树毛子上。他四下张望一番,见有人来了,又佯装着系裤带的样子,回到路上,得意地哼着小曲,担起担子走了。

10

潭边。

巧梅担着空筐远远地走来,当路过大磨钓鱼的地方,听见鱼打"嘌嘌"的响声,便停步四下搜索。

潭里,鱼拉浮标不停挣扎。

巧梅喜出望外地扭头四下看看,见前后无人,连忙跑到潭边,把绳子拉出来。

嗬,好大的一条红尾鲤鱼!她手忙脚乱地把鱼捺住,放到筐里,又拔几把野草盖上,顺手又把鱼钩扔进潭里,眉开眼笑地走了。

11

小路上。栓柱担着石头过来,巧梅和他擦肩而过。

栓柱见巧梅神色异常,心中生疑地回首审视着她。见她走远,就放下担子,往潭边跑去。

12

潭边。栓柱仔细寻找着,发现了潭中的钓鱼浮子,心里明白了。

他生气地一把将鱼钩拉出来,把绳和钩拧成一团扔到草丛里,扭身走去。走了几步,忽地眼中闪出一丝狡黠的光,又拐回来,从草丛中捡起钓鱼绳,绑上一块石头,扑通扔进水里,把绳头依旧绑到树毛子上,得意地走了。

13

小路上。大磨担着空筐,悠闲地走来,哼着小曲:"昔日里有个姜太公,会钓鱼他才出了名……"

大磨来到潭边下钩的地方,看见浮标下沉,以为钓住一条大鱼,顿时喜上眉梢。看看前后没人,急忙跑去捉住绳头猛拉,他越拉越重,喜不自禁地自语:"可逮住个大家伙!"

大磨一把一把用劲拉着,"鱼"拉上来了。啊,竟是一块石头!他愣怔了,生气了,愤怒了,那张脸像是霜打的秋叶。大磨气得两眼直冒火星,一屁股坐在潭边……

14

工地上忙碌异常,人们把担来的石头倒下又匆匆走了。

大磨把扁担横在两个筐上,坐在扁担上,心神不宁地吸着旱烟。他四下乱瞅,忽然瞥见巧梅担的筐子里乱草蠕动,他悄悄跟上去,轻轻拨开乱草,只见一条尺把长的大鱼在筐里挣扎。他恍然大悟,不禁怒火胸中烧,伸手想把鱼抓起来,但一转念,眼中闪出一丝狡黠的光,又收回手,双臂抱在胸前,嘴角挂着讥讽,冷笑着,望着远去的巧梅……

15

小院门外的路上。

阳光灿烂,秋蝉长鸣。社员们担筐扛锨,有说有笑地回家了。

大磨斜披着上衣和盼盼走在一起,快走到小院门口,他忽然拉住盼盼,眼瞄着跨进院门的巧梅,诡秘地说:"她盼盼姐,哎,队长。"他连忙改口,"我请示你一个问题中不中?"

盼盼走着听着,那双大眼忽闪闪地笑了。"大叔,你咋啦? 啥请示不请示的!"

大磨脸上现出一副严肃之色:"现在实行法治啦,要是逮住小偷,你说得判几年?"

盼盼走到门前,稍一思索,认真地说:"嗯,那得看具体情况。"

大磨诡诈地笑着,随盼盼跨进小院大门。

16

小院里。

担着空筐的巧梅急匆匆地向自家门口走去。一个五六岁的小女孩带着她的小弟弟在门口逗着花猫玩耍,见巧梅回来了,都高兴地扑过来,一个拉住巧梅的手,一个抱住巧梅的腿,亲昵地叫道:"妈妈——"

巧梅放下担筐,高兴地抱起那个年岁小的孩子,亲吻着:"乖孩子!"

大磨"喵喵"地学着猫叫,捉住跑过来的花猫,又悄悄把猫放到巧梅藏鱼的筐中。花猫嗅到了鱼腥味,扒开乱草把鱼叼了出来,拖着就跑。

巧梅忽地瞥见花猫叼走了鲤鱼,嘴里不干不净地骂着:"你这该死的,偷吃我的鱼!"说着放下孩子,拔腿就追。

站在旁边冷眼旁观的大磨"吧嗒、吧嗒"地抽着烟袋……

巧梅追赶着花猫,花猫叼着鲤鱼逃窜。巧梅气喘吁吁,急中生智脱下一只鞋,向花猫狠狠地砸去。花猫被鞋打中,"喵"地一叫,放下嘴中的鱼,逃走了。

巧梅面红耳赤,喘着粗气,喜滋滋地提起那尾鲤鱼。她一转身,脸唰地变了色——大磨板着脸,瞪着眼,站在她面前。

巧梅见状,硬着头皮,尴尬地冲大磨干笑一下,急忙向自己屋里走去。大磨扬手挡住她的去路,声色俱厉地:"巧梅,慢着!你哪儿弄的鱼?"

巧梅一看这局面,反而横下了心,也板起脸,理直气壮地说:"咋啦?我拾的!"

大磨一股火上来了,伸手抓住鱼,怒气冲天地:"这是我钓的鱼!你拾得怪巧!"

巧梅拼命夺鱼,嘴不饶人:"你的?上面刻你的姓啦?写你的名啦?……"

17

小院外。人们听见小院里的争吵声,纷纷放下担子,挤进小院围观。有些人站在院墙外伸头看热闹,有些孩子骑在墙上跟着起哄。

18

小院里。

盼盼、青山爷、栓柱娘也各自出门，过来劝架。

大磨和巧梅一个捉住鱼头，一个捉住鱼尾，争夺不下。

大磨大声质问："你拾的？你咋拾的？"

巧梅随机应变嗫嚅着："我……我在潭边草丛拾的。"

大磨反唇相讥："你再去拾一个让我看看！"顺势一用力，将鱼夺过来。

巧梅手一滑，跌坐在地。

大磨得胜地瞥了一眼盼盼。

巧梅撒起了泼，破口大骂："你陈大磨不要脸，大白天抢我的鱼，咱去队上评理！"

栓柱挤进人群吆喝道："争啥哩？吵啥哩？"

鱼在地上一蹦一跳……

盼盼："大磨叔，巧梅嫂子，有话好说……"

大磨怒气冲冲地："她偷了我逮的鱼，还绑个石头捉弄我，坏良心！"

巧梅腾地从地上跃起，双手掐腰，冲大磨赌咒发誓地大声喊道："谁要绑石头了叫天打五雷轰了谁！"

大磨两眼血红，又冲盼盼说："队长，你说吧，按现在的刑法，她偷鱼该咋整治?!"

盼盼不语。

巧梅拉住盼盼求告她："队长，陈大磨诬赖好人，你不办他诬告罪可不中！"

盼盼笑了："我又不是法院的院长……"

栓柱忍住内心的笑声，假作正经地："别争啦，别吵了！"

这时大磨婶跨进院门，听见吵架，急忙分开众人。一看是丈夫和巧梅在吵嘴，立刻脸色变青了，上去一把拉住大磨，"回去！"

大磨气咻咻地甩开她，对巧梅吼道："哼，你打听打听，我陈大磨不是泥捏的！"

石头也挤进人群，气得咬牙跺脚，上去拉扯巧梅："祖奶奶，你别给我丢人啦！"

巧梅白了石头一眼，推开他，又对大磨吵道："哼！你去问问，俺孙巧梅也不是面做的！"

围观的人们有的嬉笑，有的愤懑，有的叹息，一片闹哄哄的。

满脸鬼灵的小山挖苦地说："一个是孙二娘，一个是铁拐李，可有好戏看啦！"

五十多岁的老宝叔站在门口，见这场面，苦笑一下："照这样闹腾，还修水电站？咱还是回去垒鸡窝吧！"说着拉了一下他那胖胖的老伴，又对闺女小兰使个眼色，背着手走了。

栓柱愤愤地："我看得开个群众大会，叫他俩都上台！"

小山和小青年们起哄地嚷嚷："叫她上台看洋戏！"

巧梅一听，脸唰一下变得惨白，她被委屈、羞辱激怒了，又被"上台"挨批斗吓呆了。她白了一眼盼盼，耳畔轰响着："我又不是法院的院长……"眼前出现了幻象。

（幻觉）

巧梅站在农村简陋的戏台上，低着头，胸前挂着牌子，她的名字上还打着红"×"。

台下,人头攒动。

栓柱振臂高呼,台下的群众挥拳附和……

盼盼在台上拿着一张纸在宣布什么……

画外音:"我又不是法院院长……"

盼盼的画外音:"嫂子,你……"

(现实)

巧梅惊醒过来,她白了盼盼一眼,从牙缝中挤出几个字:"你这队长偏心,我……我……"她疯了似的拨开门口的人群,冲出小院,飞也似的向院外的一个池塘跑去。

人们被她这突如其来的举动惊呆了,一时愣在那里。

大磨提着鱼,站在小院的门槛上,幸灾乐祸地:"她吓唬谁? 有种跳呗——跳呗——"

19

池塘边。

巧梅回头望望,见人们呼叫着向她奔来,自以为算是占了上风。想跳,又犹豫着,等人们来拉她,也好挽回面子,可一听大磨"你跳呗"的话,横下一条心,咬紧牙关,一头栽进池塘中。

池塘中的鸭子被惊吓得扑棱着翅膀,"嘎嘎"地叫着游走了。

人们赶到池塘,盼盼和小兰冲了进去,把巧梅从塘中扶起来。巧梅一脸青泥,浑身湿淋淋地站在水中号啕大哭。

池塘的水刚刚没到巧梅的膝盖处……

20

盼盼家里。

已是掌灯时分,玻璃煤油灯散发着橘黄色的光。

盼盼一边忙着给爷爷做饭,一边指着桌子上的那条鱼埋怨栓柱:"你疯了,给人家绑个石头,还嫌咱这小院矛盾少,不热闹? 还不快去给大磨和巧梅赔不是去……"

栓柱腾地从凳子上跳起来,火冒三丈地:"哼,叫我给这号人磕头? 你想得怪美!"说罢,用力拉开门愤愤地走了。

盼盼气得浑身发抖,冲上几步喊道:"栓柱!"

望着栓柱的背影,盼盼委屈地转回来,坐在旁边暗自抹泪。

屋角灶上的锅中,水开得翻滚……

盼盼内心独白:"我连这个小院都管不好,还咋管一个生产队? 这个队长我不干啦! 对,还是回小学教书去。"

盼盼擦干了泪水,走到柜子跟前,打开柜门拣了几件衣裳,突然,一个纸卷抖落在地上。她捡起来展开一看,原来是一张奖状。奖状上写着:奖给民办教师田盼盼同志。

盼盼看着这张奖状,叹了口气,又坐在床边独自沉思……

民办小学的牌子。

小学门口,身背行李、手拎网袋的盼盼和老校长一起走来。

老校长:"本来我是不想放你走的,可你们队上选了你当队长,我也只好同意啦。盼盼,回去当队长也要当个优秀队长,给咱学校争光啊!"

盼盼甜甜地笑了:"老校长,你放心,我还没有当过逃兵哩!"

老校长:"把你们小队搞好,再来到大队当队长!"

盼盼羞涩地笑了。

床沿上坐着的盼盼看着那张奖状,眼中又涌出了泪水……

青山爷的声音忽然传来:"盼盼,饭做好了吗?"

听见喊声,盼盼连忙擦干泪水,收起衣物应声道:"我这就做!"

青山爷进屋坐在临窗的床上,一边编竹器,一边对盼盼说:"你看,就是为了这条鱼,闹得黄河水不清。像这样,还能修电站? 你这队长咋想哩?"

盼盼强忍住往外涌流的泪水,一边往锅里下面,一边说:"爷爷,我……"她最终忍住了"不想干"的话头,接着说:"我年轻,又刚当队长……你出个主意吧。"

青山爷:"为这点事,栓柱还要鼓捣着批斗人家?"

盼盼盛好一碗面递给爷爷,"嗯"了一声。

爷爷卷着烙饼,不屑地说:"对街坊邻里,不能成天像公鸡斗架那样,得学老母鸡抱鸡娃。五七年陈大磨下学回乡参加劳动那阵,比谁都积极。大伙选他当了炼钢组的组长,因为他不会说瞎话,七斗八斗,斗得他比谁都落后。"

(镜头切入:大磨在自家屋里摆弄半导体……)

青山爷:"巧梅才来时,脸皮比那二层鸡蛋皮还薄,现在哩? 斗得她的脸比这烙馍还厚!"

(镜头切入:巧梅换了一身干净衣裳,半躺在床上哼哼。石头殷勤地给她端水……)

青山爷:"这些年就是不管三七二十一地乱斗,越斗疙瘩越多、仇气越大;越斗志气越短、人心越散。唉! 斗争也得对准坏人哪,对自己人要数落帮助才中!"他感慨万千地长叹一声。

盼盼盛了一碗面,在青山爷身边坐下,掂量着爷爷的话,若有所悟地点点头。

爷爷:"人都是识抬举的,你敬我一尺,我敬你一丈。我说呀,斗人不如敬人,敬人不如帮人!"

盼盼放下手中的面碗,忽闪着大眼,领悟地自语:"敬人? 帮人?"

21

栓柱家里。灯下,盼盼在帮栓柱妈做着针线。盼盼看了栓柱妈一眼,委屈地:"大娘,我捏还把大家捏不到一块哩,他还从当中用叉挑,叫我这个队长还咋干呢!"

栓柱妈和颜悦色地劝道:"这个小祖爷就好惹是生非! 别生气,好闺女,他不听有我哩!"

栓柱担水进门,见那条鱼放在案板上,嬉笑道:"好啊! 慰劳我哩!"

盼盼白了他一眼,没有理他。

小院里的吵骂声、小孩的哭叫声又响起来了。

"惹祸妖精! 你爹活着时成天数落这个、批评那个,落个啥下场? 你又学起他了!"栓柱妈气上心头,冲着儿子骂起来。

盼盼看大娘真动了气,劝道:"大娘!"

栓柱妈咽下这口气,提起那条鱼递给栓柱,命令道:"去,给人家赔个不是!"

栓柱赌气地:"啥呀? 不批不斗,还往他嘴里塞糖豆?"

盼盼劝说道:"他不好好做活不对,你从中玩那一手就对了?"

栓柱不服地："啊,把鱼送给他吃了,他就学好了?"

盼盼温柔地："斗人不胜敬人,敬人不胜帮人,你懂吗?"

"算了,算了!"栓柱恼火地,"对他们这号人,就得拔火罐、扎汗针,你这补药不灵。要去你去!"

盼盼想了想,迟疑了片刻,终于提起那条鱼,正欲举步出门,栓柱妈一把拉住盼盼,一手拾起一根柴火棍,朝栓柱扬起来,威胁道："就你娃子能! 我看盼盼说的就在理,和能生财! 你给我去!"一边偷偷地给栓柱使眼色。

"好好,听队长的! 咱再赔上一包五香粉!"栓柱见了母亲的眼色,随机应变地接过鱼,又从案上拿起一包五香粉,嘲弄地说着,背过身去对盼盼做个鬼脸,伸手欲拧盼盼的脸蛋。

盼盼拂开他的手,从他手里要过来那条鱼,温顺地笑着说："你去给巧梅嫂子赔情,我去大磨家送鱼。"

22

石头家里。

巧梅正在切菜,切着想着,又来了火。看了一眼蹲在那里抽闷烟的丈夫,火更大了。她把刀"咣当"一撂,噔噔跑到石头身边,一指头捣到他的额头上,气恼地骂道："聋了,哑了! 看着人家降①自己的老婆,你憋气不吭,要你这号男人有啥用?"

石头被巧梅一指头捅得差点仰八叉撂倒,他想对巧梅发火,一看巧梅那副双手掐腰、怒气冲冲、凛然不可犯的神气,又软了下来,怯

---

① 降:豫西南方言,指欺负。

生生地嘟哝道:"拿人家鱼,又给人家绑个石头,我咋张嘴去说人家?"

"好啊!"巧梅咬牙切齿地,"人家诬赖我,你也跟着人家学驴叫,你到底和谁是一家?"

石头嗫嚅地:"你没绑,那是谁绑的?"

"我!"栓柱推门走了进来,"好汉做事好汉当!给他开了个玩笑,看看你们吵得像一锅米饭啦!"

"你?"巧梅一怔,马上又冲着栓柱吵起来,"那你当场哑巴了?"

石头着急地制止巧梅:"哎——"又满脸堆笑,给栓柱让烟拉凳子:"坐这儿。"

巧梅上去一把拉住栓柱的手腕:"走,咱们去和陈大磨说清楚,非叫他给我平反昭雪不行!"

23

大磨家里。

大磨哼着小曲在开膛另一条鱼,自以为得计地自语着:"哼,让你偷,偷走一条我还有的是!"

大磨婶在做针线,看他那副得意劲,气得咬牙,恨恨地:"都要像你一样,正做活哩去钓鱼,电站就别修了。"

"这算个啥嘛!"大磨嬉皮笑脸地答道,"大呼隆,一窝蜂,干不干,照样烙馍卷大葱。咱们庶民百姓弄两条鱼吃,犯不了啥王法!"

大磨婶气得停住针线,不由发火:"你还要脸不要?"

大磨哈哈大笑,继而满含悲怆地:"脸?脸早掖到裤腰里啦!"

大磨婶气红了眼,把针线往筐里一撂,虎生站起来,冲上去夺过大磨手中的鱼,狠劲甩到门外,又拉起大磨,连推带搡地往外搡,眼泪汪汪地:"你给我滚!滚!你不要脸我还要哩!"

大磨愣怔了一会儿,继而还是嬉皮笑脸地:"哎,哎,君子动嘴不动手嘛……"

正在他夫妻俩推推搡搡的当儿,盼盼推开门,提着鱼进来了。她见状扑哧一笑,开玩笑地说:"大婶、大叔,您老两口还动手哩? 有话好说!"

大磨婶指着大磨,流着眼泪委屈地对盼盼诉苦道:"我咋碰上个丢人妖精啊! 我还不如一头扎到河里淹死,也落个干净!"

"看你想到哪里了! 大磨叔也不是那号没脸面的人,以前也当过模范。这些年都怨这斗争、那斗争把人给斗疲软了!"盼盼劝解着把鱼放到案子上,鼓励大磨:"大磨叔,攒攒劲,再争个模范叫大婶喜欢喜欢,行吧?"

大磨想起当年勇,又"喷炮"开了:"模范咱也不是没当过,那有啥难? 明天也捞一个叫你看看!"

"说的比唱的都好听!"大磨婶多少消了点气,回头从桌上拿起钓鱼钩和绳,交给盼盼,决绝地说,"给,把它没收了,叫他往后混不成工!"

盼盼接住鱼钩和绳子,又还给大磨,恳切地说:"大磨叔钓鱼没啥错,往后只要不占生产时间,钓几条鱼改善改善生活也是好事!"

这些年来,大磨头一遭听到这温存、在理、舒心的话,心中不禁一热,赌咒发誓地说:"他盼盼姐,哎,队长,你放心,往后我当不上模范就不是人生父母养的!"

"陈大磨哩?"突然巧梅吆喝着冲了进来,伸手去拽大磨。

大磨见她来势不善,胳膊一抹也迎了上去,做出要打架的样子,喝道："你想干啥?"

盼盼见状,忙把两人从当中隔开,问道："咋啦?"

巧梅怒指大磨："你得给我平反!"

盼盼一听就明白了,笑道："大磨叔,那个石头是栓柱绑的,你错怪人了!"

栓柱低着头,踅了进来,尴尬地说："我开了个玩笑……"

巧梅得理不让人,对大磨吼道："你诬赖好人,给你说,你犯法啦!"

"啊!"大磨泄劲了,怔了一阵,脸色一变,嘻嘻哈哈道："噫,都怨我犯了官僚主义! 咱错了,咱给你道歉!"大磨的眼睛四下乱瞧,跑过去从案板上拿起盼盼送来的那条鱼,递给巧梅,嘻嘻哈哈地说："这行了吧?"

巧梅撇撇嘴,双手叉在腰上,趾高气扬地说："哼,说得倒轻巧,一条烂鱼就能平了我的冤案?"

盼盼接过大磨手中的鱼递给巧梅,劝说道："杀人不过头点地,大磨叔认错就算了。接住吧,他钓的还有哩!"

"哼! 啥主贵!"巧梅接过鱼,顺手扔出门外,那鱼正巧砸在出门的石头身上。

24

夜,月光如水,秋蛩长吟。

银杏树下,小院的人们各自干着手中的活计,说着话。

盼盼恳切地对大磨说："今天的事我也有责任,因为劳动管理上一窝蜂才出这号事。刚才队委们商量了一下,修电站也要像大田生产一样,从明天起实行定额包工。"

大磨婶高兴地说:"好!好!这一下谁也别想混了!"

巧梅不悦地说:"这也包工?"

大磨心里一热:"包工好是好,可咋评工分?那工具家什咋办?"

盼盼甜甜地一笑,胸有成竹地说:"那咱也开个社员大会再商量……"

25

水电站附近的山坡上。

一株株山萸树,挂满了鲜红晶莹的果实。

盼盼站在山脚下,给散坐在石头上、树荫下的男女社员们分活:"队里商量过啦,男社员备料,一方石头记十分。女劳力摘山茱萸,每斤五分。摘净一点,咱们指望这买发电机哩。大家看这样中不中?"

人们一片叫好,纷纷散去。

大磨高兴地紧了紧腰带,往手里唾了唾沫,掇起工具,浑身是劲地向河边走去……

26

河边。

男社员们有的在挖石头,有的担着石片往工地走去……

27

坡上。

大磨在山脚下挖出一块石头，搬了几次没搬动，累得大汗淋漓，看看自己无能为力，便坐下边抽烟边想办法。

栓柱和小山担着石头走过来，在大磨跟前放下担子停步稍憩。栓柱斜了大磨一眼，挑战地说："大磨叔，今个儿咱俩赛赛吧！"

大磨翻了一下眼皮，以不屑的神气道："你娃子，吃腥了嘴倒会念经，你大叔还能怯你不成？"

"好！"栓柱上前伸出巴掌，"来，打手击掌！"

大磨看他当真，心里怯了三分，面子上却装出气壮的样子说："你孙猴想寻俺老猪开心？ 错啦！ 咳，要叫你娃子胜了，也显不出我老将黄忠的真本事！"

小山在一旁激将："栓柱哥，你别隔门缝看人。老将出马，一个顶俩！ 大磨叔，对吧？"

大磨又得意了，叹道："要不是怕你娃子丢人，你当我真不敢？"

"我输了，给你灌四两白干，外加一条红鲤鱼！"栓柱又伸出巴掌，"来！"

围观的众人跟着起哄："来就来吧，老鹰还怕小鸡娃呀！"

"赛就赛！ 哼，火车还能是人推的？"大磨被逼到这个份儿上，强装好汉，只好和栓柱连击三掌……

28

山茱萸树林深处。

盼盼、赤脚医生小兰和妇女们错落成行，在树上摘着山茱萸。真是三个妇女一台戏，有说有笑，好不热闹。

穿戴得花红柳绿的妇女们轻巧的手指如同蜻蜓点水，摘下山茱萸，放进篮里……

29

林子尽头。

摘满了山茱萸的妇女们随便拣个地方坐下休息，只有巧梅故意落在后边，不时用眼睛瞄瞄前面的人，不紧不慢地摘着山茱萸……

30

树荫下。盼盼看见巧梅在后面磨蹭，招呼道："巧梅嫂，快来歇会儿！"

妇女们叽叽喳喳地跟着喊道："巧梅快来歇会儿！"

巧梅又累又烦，认为众人取笑她，便以恶言回敬："我摘得少，少记工分！张着二尺半的嘴喊，也不怕老鸹屙到嘴里！"

大家听她骂人，火了，纷纷回击："啥东西，不知好歹！"

"哼，还骂人哩！"

"生就是孙二娘转世……"

"不识抬举!"

盼盼使眼色制止众人,走到巧梅身旁,一边帮她摘山茱萸,一边小声劝道:"今天没催就来了,这就进步不小!"

盼盼有意为巧梅开脱,大声说:"怪不得慢哩,那棵树长得又高,结得又稠!"盼盼和巧梅走到众人旁。

巧梅理直气壮地说:"哼,眼都长到屁股上了!"

大磨婶递给她一条毛巾,安慰她说:"你坐下歇歇吧!"

巧梅"哼"了一声,掏出毛巾擦汗。

"腰都累断了!"巧梅做出筋疲力尽的样子,用衣襟扇汗。她坐在盼盼身边,发牢骚地说:"累死也没人心疼!"

盼盼笑笑,把自己摘的一篮山茱萸倒进巧梅的篮子里。

巧梅顿时失色,说道:"咋啦,又不按斤记分了?"她慌忙挡住了篮子。

盼盼诧异地反问:"谁说的?"

巧梅:"那你摘的咋放到我的篮子里啦?"

盼盼笑道:"看你多薄气! 人情就值那几个山茱萸?"

巧梅坐不住了,心里猛然涌过一股暖流,动情地看着盼盼……

31

河边工地上。夕阳西下,晚归的鸟儿鸣叫着飞进树林。

大磨斜披衣服,担着空筐,自得其乐地哼着小曲往家里走去……

栓柱担着满筐的石头,满头大汗迎面走来,见大磨扬扬自得的样子,问道:"大磨叔,你可担够了?"

大磨一怔,神色有点慌乱,继而哈哈大笑:"你娃子准备灌酒摸鱼吧!"他伸出拇指和食指比画成喝酒的样子,嘲笑着栓柱走去了——

栓柱抬头看看太阳,又怀疑地看看大磨的背影,忙把石头担到自己那一堆倒下,又走到大磨的那一堆跟前。

大磨的那方石块垒得整整齐齐。

他不禁愣住了,又不甘心地掏出皮尺量量,更为惊讶了,自语道:"这货,一包工就不要命了!"

栓柱颓丧地走在回家路上,边走边回头看看那堆石头,他忽然心里一动,忙又拐回来,搬开表面的石块一看,里面竟是空的!

他顿时怒气冲冲,朝着远处回家的人群大声叫道:"哎——"话刚出口,又戛然而止,一脸能气地笑了,旋即把表面的石块按原样盖好,然后笑眯眯地走了……

32

村外小河边。

夕阳西下,石板小桥,潺潺流水。下工的人们三三两两在河边,有说有笑地涮毛巾、洗脸……

盼盼的容貌倒映在水中,她也蹲在河边洗脸。远处传来小山、小兰他们的欢笑声。忽然,一颗石子投到盼盼身边的河水中,激起的浪花溅了她一身。

盼盼抬头看去,原来是栓柱从树后朝她笑呵呵地走来,她也甜甜地笑了,骂了声:"猴娃!"

栓柱坐到盼盼的身边捧水洗了一把脸,又把光脚伸进河水中洗涮,笑着对盼盼说:"一包工,大磨就出彩了……"

盼盼心中一震:"咋了?"

栓柱笑道:"他半天干了一天的活儿,挖了三方多石头。"

盼盼听后,舒心地笑了。她眼中闪着激动的泪光:"那可得好好地表扬一下……"

栓柱一听,愣住了:"表扬?"他沉下了脸,忽又眨眨眼,赞成道:"对,表扬他,向他学习!"少顷,又对盼盼说:"哎,对了,现在不兴说假话,要表扬也得实事求是,我忘了是三方几寸了,你去再量一下咋样,别让人家不服气。"

盼盼忽闪着大眼睛,点点头。

33

村内十字路口。

已是薄暮时分,不少的院落里升起了袅袅炊烟。

十字路口的一堵白墙上漆着一块黑板,栓柱在黑板上用粉笔写着什么,小山在一旁摇头晃脑地编着词。

一群孩子围着他们乱哄乱叫。

放工的人们三三两两过来看稀罕,有的人不成句地念着,有的人议论着……

背药箱的小兰、大磨婶和一群妇女远远走来。

小山向小兰眨眨眼,又高声叫着大磨婶:"大磨婶,快来看,大磨叔可上墙了!"

大磨婶根本不信,径直走过去,撇嘴笑道:"他要能受表扬,猴都会笑!"

"你别戴着哈哈镜看人!"小山和几个青年不由分说地把她拉了

过来。

小山连念带比画地哼着墙上那首打油诗：

光棍收心金不换，

大磨如今干得欢。

运石备料快又好，

一天干了三方三。

明个开个现场会，

都去学习大模范！

大磨婶一听是真的，满脸堆笑地说："瞎猫碰个死老鼠，他可不值得上墙费这几笔！"

小兰和几个妇女嘻嘻哈哈围住大磨婶。

小兰笑道："如今时兴表扬了，大磨叔进步了，你也该慰劳慰劳才对！"

这时巧梅走了过来，石头向她指指黑板报。

巧梅看了一眼，嘴撇到耳朵根，"哼"了一声，不屑地扭头便走。又回头命令石头："还不快回去担水做饭，有啥好看？"

"军令如山！快，石头！"小山领头和大伙一起哄笑。

石头在笑声中挤出人群，忙不迭地三五步追上巧梅，羡慕地说："人家大磨叔都进步了！"

巧梅昂首向前走着，冷冰冰地说："哼，他能上黑板报，我都能上北京开模范会！"

一群白鹅嘎嘎地叫着，昂首阔步，大摇大摆地从巧梅身边过来，扑通、扑通地跳进水塘里，游远了……

34

小院里。

暮色苍茫,鸡群在刨食。

大磨摆弄着吱吱作响的拆散了的半导体收音机,漫不经心地和油头滑脑的李大顺坐在银杏树下搭着话。

大磨一抬头见巧梅和石头回来了,便收起自己的东西,一头钻进了自己家里。

巧梅猛一见李大顺,怔了一下,随即吆喝石头:"快去倒茶。"又满脸堆笑地快步走到李大顺面前,亲热地叫道:"表叔,啥风把你吹来了?"

李大顺站起来,拍拍身边放着的一口箱子,笑容可掬地说:"嘻,报纸上送来的好风嘛!"

巧梅凑近李大顺,低声问:"陈大磨问你啥?"

李大顺:"问问城里有没有电烙铁……"

巧梅听后放下了心,又大声问:"大叔,这次进山办啥公事?"

李大顺:"我这次进山给队里办公,你大表姐婆家送我一个箱子,先寄存到你这里,你们谁早晚进城时给我捎回去。"说着,掏出带过滤嘴的烟递给石头。石头正给他送来茶水。

石头非常冷淡,不接他的烟,扬了扬自己的旱烟袋,坐到捶布石上,点上火吸着,不时怀疑地上下打量着李大顺,冷冷地问:"如今倒腾啥买卖啊?"

"看你说的,大表侄!"李大顺嘻嘻一笑,"虽说上头准许做买卖,可咱是庄稼人,倒腾那没啥意思……"他指指脑袋,油腔滑调地说,

"如今这里边也换成四个现代化了,这一回是来给队里买牛哩!"

巧梅不满地瞪了石头一眼,推门进屋。

李大顺提着箱子跟进去。

石头寸步不离地紧紧跟着。

走进屋里的李大顺对巧梅使眼色,巧梅会意,扭头命令石头道:"还不快去担水做饭!"

石头剜了他们一眼,犹豫片刻,到底还是担起水桶走了。

李大顺见石头走出小院,连忙关上屋门,打开箱子,从中拎出一个小包递给巧梅。

巧梅接过小包,解开一看,有头巾、衣料、点心,欢喜地:"又叫你花钱……"

"小意思!"李大顺盖上箱子,又走到门口探头往外看看,回头诡秘地对巧梅说,"又到收山茱萸的季节了,今年的价钱好,多弄一点吧!"

巧梅心虚地说:"可不敢了,新上任的那个妮子管得严!"

李大顺给她打气:"没事,趁现在政策宽,快弄! 如今上头还顾不着管这事。过了这个村,可就没这个店了!"

巧梅胆怯地说:"真是不敢了,现在人们的眼尖……"

李大顺诱劝她:"这一回,保险给你挣个缝纫机!"

巧梅心里一震,眼睛一亮,动摇了:"真的? 唉,我怕万一出了事……"

李大顺给她出谋划策:"咳,你不会生法叫石头送去? 谁都知道他是个老实人……"

35

院内。

石头担着水和盼盼悄悄地说着什么,走进院里。

盼盼点点头,径直往栓柱家走去……

36

栓柱家里。

栓柱妈在擀面条,栓柱在烧火。盼盼走了进来,看了栓柱一眼,走到案板前甜甜地叫道:"大娘,你去歇一会儿,我来擀。"

栓柱妈不肯,说:"你做了半天活……"

"妈,"栓柱截住妈妈的话头,"真是有福不会享,放着劳力不会使!"

栓柱妈佯嗔地瞪了栓柱一眼,把擀杖递给盼盼,笑着走了出去。

盼盼擀着面条,栓柱一边在灶下烧火,一边不住地看着盼盼的脸,嘻嘻笑个不停。

盼盼感到莫名其妙,不禁问他:"你吃笑药了?"

栓柱乐呵呵地:"看你长得好看!"

盼盼佯嗔地说:"就会贫嘴!"

栓柱:"大磨的石方量准了?"

盼盼:"量准了,是三方四寸。"她兴奋地接着说:"真是政策对了头,河水变成油!大磨又回到十八岁了!"

栓柱一听,沉下了脸,生气地说:"你弄了半天,还没看出门道?"

盼盼笑着说："猴娃,啥门道?"

栓柱叹了口气,思索片刻,忽而眼中放亮,诡秘地说:"告诉你个好消息,明早咱请客,叫你看出好戏……"

盼盼信以为真,问:"啥戏?"

栓柱:"巧破空心计。"

盼盼好奇地问:"只听说有个空城计,哪里又出来个空心计?"

栓柱一本正经地回道:"新编现代戏!"他指着自己的鼻尖笑道:"惹你见笑,我自编自导的。"

盼盼发觉栓柱在诓她,便停下手中的擀杖,打量着他,追问道:"又想玩啥门道哩?"

栓柱得意地从灶前走到盼盼身边,俯在她耳边低语……

37

小院内。

大磨一家围在树下吃饭。青山爷在喂着"安哥拉"长毛兔。巧梅正送李大顺出院子。

38

栓柱屋内。

栓柱还在盼盼耳畔悄悄细语,盼盼听着听着,那脸上似遭霜打,笑容霎时消失了。她愠怒地瞪了栓柱一眼,气恼地说:"我想着你也不会平白表扬陈大磨,你这是啥态度?"

栓柱理直气壮地说:"叫他当众出彩,看他还敢不敢学坏使乖!"

盼盼切着面条,斜了他一眼,讥讽道:"你嫌他脸皮还薄,再叫他长厚点?"

"对这种人就不能心慈手软!你光看见十五,咋就不记得初一?"

栓柱又想起宿仇,气愤地说:"哼,当初他对咱爹,从来是话不狠不说!"

"啊,他踢你一脚,你还他两捶,照这样下去,电站就修成了?"盼盼一边说着,一边往锅里下着面条。

栓柱转身往灶里添柴火,不以为然地撇嘴抽鼻,瞪了盼盼一眼,说:"与人斗,其乐无穷。这句话,你不懂吧!"

盼盼看他瞪眼,淡淡地一笑,走过去用沾了面粉的手往他肩上戳了一指头:"眼瞪哩怪大,我哪点错了?成天往自己人身上使劲,斗了恁些年也没见斗出个'红彤彤'的新天地。你没见过母鸡抱鸡娃儿?那是暖出来的!人心换人心,我就不信他是河里的石头!"

栓柱听不进盼盼的话,生气地抓了一把干草塞进灶火洞内,一下把火压灭了,急得他趴下吹起火来,一时弄得屋内狼烟遍地,他脸上也黑一块白一块,惹得盼盼笑得前仰后合……

39

陈大磨家里,像过年一样喜气洋洋。

大磨坐在椅子上,架着二郎腿,拉着胡琴,摇头晃脑地唱着小曲:"蛐子蹦来蚂蚱跳,三眼铳打兔呱呱叫……"

大磨婶在门角锅灶上炒着鸡蛋,散发出一阵阵诱人的香味。

盼盼走了进来,笑问道:"呀,改善生活哩!"

"好不容易碰上个闰腊月,可要脸一回!"大磨婶满面春风,瞟了大磨一眼,忙着炒鸡蛋。

大磨的十二岁女孩小扣正在复习功课,抬头向盼盼报喜道:"盼盼姐,我爹今天可受表扬了,你看俺妈高兴的!"

"学习你哩吧!"大磨婶喝住小扣,忙给盼盼搬凳子,"快坐,她大姐……"

盼盼挪了挪凳子,趁势坐到灶边帮她烧火。她看着大磨家欢乐和睦的气氛,又暗暗端详着大磨,满腹心事,欲说不能,欲咽不下。熠熠的火光照在她那秀丽的脸上,一明一暗的。盼盼几次想问大磨,但又压下话头。终于她假装不知道那件垒石方的事,笑着说:"大磨叔,真的? 可别叫大磨婶喜半截啊!"

陈大磨停下胡琴愣了一下,脸上暗下来,但这阴影稍纵即逝,旋即哈哈笑着说:"哎呀,这才是个秀才模范,往后咱还要当举人模范哩!"他偏着头,胡琴拉得更脆了,摆出一副受之无愧的样子。

大磨婶回头看着大磨,喜不自禁地说:"看看,受一回表扬,就忘了姓啥名谁,往后要真中了状元,心扒出来给你炒炒吃,俺都情愿。"

大磨嬉皮笑脸地说:"你就那一颗心,够我吃几回? 咱只要求炒个鸡蛋!"

盼盼本来想批评大磨,又怕伤了大磨婶的心。她看着大磨,轻轻地叹了一口气,鼓励地说道:"大婶,你放心吧,往后有你喜的。大磨叔,我没说错吧?"

大磨婶把炒好的鸡蛋送到大磨面前。大磨放下二胡,夹了一筷子塞到小扣嘴里。

大磨婶见状,打心里高兴,可嘴上还数落着大磨道:"咱丑话说前头,往后再干叫人家捣脊梁骨的事,看我不活剥了你!"

盼盼看着这幸福的情景,决心不提垒石方的事了,她站起来轻声说道:"大磨叔——"

大磨正夹了一筷子鸡蛋往嘴里送,扭脸见盼盼那副严肃的神情,心里一震,把鸡蛋抖掉在地上,颇感紧张地说:"咋?"

"只有再一再二,没有再三再四,你可不能再伤大婶的心了!"盼盼话里有话地说着,又对大婶惨淡地一笑,抬脚欲走。

大磨婶拉住盼盼,热情地说:"就在这儿吃吧!"

"不啦,我爷早把饭做好了!"盼盼说着走了。

大磨婶转身捞了一碗面条,浇上鸡蛋,端给大磨。

大磨表情严肃地品着盼盼的话,也没心思吃饭了,把饭碗递给小扣。

大磨婶站在一旁,眼巴巴看着他,满怀哀怨地恳求道:"你也是五尺高一条汉子,往后也干几样正经事,让人们看看,俺娘儿们也能光光彩彩站到人前,理直气壮说句话。中不中?"大磨婶说着眼睛潮润了。

大磨点起了旱烟,"吧嗒、吧嗒"地吸着,沉思着……

小扣端着碗走到大磨身边,天真地说:"爹,你往后天天受表扬,咱们天天吃鸡蛋,我也保证回回考一百分,俺哥在工厂也当模范,咱全家都高兴,中不中?"

大磨震动了,泪水夺眶而出,一下把小扣搂在怀里……

40

井台上。

翌日清晨,东方刚刚放曙,轻纱似的薄雾在村中飘荡。

辘轳在飞快转动。一群妇女在井边洗衣服,看见大磨婶端了一盆衣裳走来,就七嘴八舌地说开了。

胖女人:"他婶,你成年气恼大磨往你脸上糊屎,看今天可往你脸上搽粉了吧!"

瘦女人:"我老早就说,光棍收心金不换嘛!"

小兰:"今儿个上黑板,明儿个说不定还上报纸哩!"

大磨婶洗着衣服,竭力掩盖着内心的喜悦,强抿住嘴不笑,却叹道:"谁知道能不能久远?"

这时,巧梅昂首阔步地手托着箩头,从井台旁经过,故意吆喝道:"谁去薅猪草,咱们一块儿走!"

大家忙着洗衣服,冲她笑笑,没有人表示同去。

人们看着巧梅的背影,又是一阵夸奖。

胖女人:"巧梅也变勤快了!"

瘦女人:"从前不是气都懒得出!"

41

山茱萸林里。

这里静无一人,只有山鸟叽喳鸣叫。

巧梅做贼心虚,一步一回头地向下张望,不管路边有草没草也要弯腰薅一下。她鬼鬼祟祟地绕到山茱萸林子深处,从树上飞快地摘着山茱萸……

突然,山脚下响起一阵清脆的歌声,巧梅吓了一跳,忙藏到一棵大柿树后边。

一阵风过,吹掉了一个什么东西,砸在巧梅的头上,把她吓了一跳,忙低头看看,原来是个柿子,她生气地狠狠踢了它一脚。

金黄的柿子向山下滚去……

巧梅诡秘地向山下望去……

42

井台上。

洗衣裳的人更多了,妇女们叽叽喳喳,有说有笑,好不热闹。

栓柱拿着广播筒走过来,一副兴高采烈的样子,挤眉弄眼地举起广播筒向大家喊道:"走啊,队里通知,快去参观陈大磨大干'四化'的成果呀! 去向人家大磨同志学习哟!"

小山嘻嘻地冲大磨婶一笑,揶揄地喊道:"大磨婶,这一下大磨叔可要名扬四海了! 快叫俺大磨叔也去!"

大磨婶喜上眉梢,抬起头感激地向栓柱笑着……

43

大磨家里。

大磨躺在床上睡得正香,大磨婶搬着他的胳膊摇着,他咕噜了一声,翻身又睡。

大磨婶着急地大声叫道:"快起来,全村都去参观你干的活儿哩!"

大磨闻声虎生坐起,惊愕地问:"参观我的活儿?!"

大磨婶喜滋滋地说:"哎——参观!"

大磨的脸唰地变得惨白,急切地问:"真的?!"

大磨婶笑道："谁还诓你！你下回可得虚心一点，别一受表扬就喷喷炮炮说大话！"

大磨气得七窍生烟，像火燎一般跳下床，埋怨道："哎呀，老天爷，你咋不早说哩！"

大磨婶笑道："晚不了！栓柱刚喊人去看。"

大磨慌了神，急忙抓起衣裳，倒穿着就往外跑，气咻咻地骂道："妈的，栓柱你个兔娃子！我扒你老祖坟了？你成天找老子难看！"

大磨婶看他心惊神慌，不禁怃然一愣，急切问道："咋啦？"

大磨顾不上回话，提上鞋，出门就跑。

大磨婶怔了一阵，也忙追了出去。

44

通向工地的路上。

"参观"的人群络绎不绝。

栓柱为了使大磨摔得更重，故意把他捧到天上。人群中，栓柱拉着老宝叔，正正经经地说："老宝叔，真是人不可貌相，海水不可斗量。没想到大磨一天就变成这个！"他伸出大拇指。

老宝叔欢喜地眯着眼，笑道："是啊，大磨又变成五八年以前的大磨了！那时他干活干得可凶了！"

栓柱又拉住小山，挤眉弄眼地说："小山，往后咱们也得拼命干，陈大磨跑到咱们前头了！"

小山一唱一和："没想到大磨叔会变戏法，烂铜变成金了！"

栓柱和小山两人哈哈大笑。

大磨从后边慌慌张张地赶来，想抢到人前赶到工地，可是栓柱一把拉住他,嬉笑着,一语双关地说:"跑那么快干啥?当模范也分秒必争啊?咱一块儿走,给俺们介绍介绍你的宝贵经验,晚上请你喝四两!"

大磨看栓柱挤眉弄眼,一脸能气,断定大事不好了。他怒气冲冲地甩打着要挣脱栓柱,但栓柱偏偏不放手。大磨气红了眼,恨不得咬他一口,但是有苦难言。他强压怒火,故作镇静地说:"你排场是你的,我落后是我的,你看的啥洋戏!"他猛然一甩,挣脱了栓柱的手,大步向前赶去。

栓柱假装"迷瞪僧",望着大磨的背影,笑得更响亮,对人们大声说道:"看,怪不得大磨叔进步快,人家多虚心啊!哈哈!"

45

工地上。

栓柱走到大磨的那堆石头跟前,高呼大叫:"喂,都来学习啊!"

人们蜂拥而来,把这堆石头围得严严实实,纷纷啧嘴夸奖叫好。

栓柱为了把这场戏推向高潮,就掏出卷尺把这堆石头的高低宽窄量了又量,算了又算,然后扬扬得意地夸奖道:"看,大磨叔不但提前完成了任务,还超额完成了任务,多了一方零四寸。咱们鼓掌祝贺!"说完,冲着大磨带头鼓起了掌。

"好啊!"大家欢叫着,工地上响起了热烈的掌声。

"向大磨学习!"小山故意大声呼喊。

此刻,大磨的脸皮再厚也要憋炸了,他瞪着血红的眼,定定地看着栓柱,气得咬牙切齿。

"看,大磨叔高兴了!"栓柱恶作剧地指着大磨,嬉笑道。

提心吊胆的大磨婶放心了,眉头舒展开了,脸上洋溢着愉快幸福的神色。

栓柱看了大磨婶一眼,又点了一把火:"大磨婶,今天晚上得给大磨叔买瓶大曲喝喝!"

小山:"再做条黄焖鱼!"

小兰笑着看看大磨婶。

人们纵情笑着,就要转身散去时,栓柱突然大叫一声:"看人要看心,看石方也要看看心!"

众人被这突如其来的一声严厉吼叫惊呆了,纷纷回头看去。只见栓柱满脸严肃的神色,用挑战似的眼光瞟着大磨,径直走向石堆,伸手去扒表面的石块……

大磨像被当场抓住的小偷,脸上红一阵、白一阵,但他故作镇静,上去拦住栓柱,摆出大大咧咧的架势,质问道:"有啥好看,里边也没花,扒乱了谁给我垒?"

"我垒!"栓柱恶狠狠地推开大磨,粗声憨气地点醒大家,"咋?难道里边是空的,怕看?"

"啊,空的?"人们听出了门道,肯定是石方有问题。有人气愤,有人好奇,有人想看洋戏。小山等几个好事的小伙子,七手八脚去扒石方,一边嚷嚷着:

"哼,看胡子也不是杨延景!"

"生成的弯腰树,还想当大梁哩!"

大磨一看这场面,心中暗暗叫苦,他明白如今大势已去,反而铁了心,抹下了脸,用破罐破摔的态度,双臂抱在胸前,站在一旁嘻嘻干笑,装出一副毫不在乎的样子。

大家搬开了上边的石块,里边竟是实实在在、满满当当的整块石头!

栓柱愣住了!

小山傻眼了!

大磨一看,脸上露出惊愕的神色……

栓柱愣了一会儿,仍不死心,叫道:"再往底下扒!"

小山继续往下扒去,一直扒到底,并无一点虚假。大家松了一口气。

气愤的人笑了,好奇的人感到不满足:

"哎呀,我当真是空的呢!"

"哈,隔年皇历看不得了!"

"三花脸改唱红脸了!"

栓柱迷瞪了,像散了架似的蹲在地上,捂着脑袋,自语地嘟哝道:"这真是出鬼了!"

大磨以反败为胜的神气,乘势反击:"出啥鬼了?我看你娃子能得猴精,想看如来佛的洋戏,咳,太嫩啦!"

大磨婶长吁一口气,脸上又变得红润了,不满地斜了栓柱一眼,轻声对大磨叹道:"看你刚才那样子,我当真以为你又使奸了!"

大磨哈哈一笑,理直气壮、振振有词地说:"哼,女人家的心眼,比针鼻还小,能干啥大事,刚才我是试试你……"

大磨婶也"哼"了一声,掩饰住内心的喜悦,佯嗔道:"往后你要天天积极,一天到晚试个不完,还不把人的魂都摘了!"

大家听了笑个不住,纷纷走散了。

栓柱斜溜着夹在人群中,一步一回头,迷惑地看着大磨,怏怏而去。

大磨见状,上前一把拉住栓柱,用胜利者的口吻,严厉地喝道:

"娃子,这酒和鱼,啥时吃?"

栓柱:"今天晚上!"说罢挣脱大磨的手,溜走了。

大磨看人们都走了,得意地笑笑,蹲下看着这堆乱石。他吸着烟,寻思着是谁悄悄救了驾。

46

(幻觉)小山在垒石头……

47

(现实)大磨摇摇头,继续吸烟……

48

(幻觉)盼盼和小兰在垒石头……

49

大磨摇摇头,又狠狠地吸了一口烟……

50

(幻觉)妻子在垒石头……

51

（现实）大磨摇摇头,他磕磕烟锅,越想越迷糊。突然,他看见一块石头上有片鲜红的血迹,不由惊叫一声:"啊,血!"

52

傍晚,玉泉河边。

清风吹晚霞。大磨心事重重地坐在玉泉河边的石头上,音调不准地拉着二胡。他洗着脚,胡思乱想起来。

霞光映在河里,水面上不时有鱼在打嘌。山的倒影和大磨的影子在水中随波晃动,大磨发愣地看着自己摇晃不定的影子,他越想越纳闷,自拉自唱地哼起了小曲:

奇怪奇怪真奇怪,

这事叫人好难猜。

莫非神仙天上来?

帮我大磨下梯台。

突然,河中的倒影多了一个,还是个女的!大磨以为自己眼花了,停下胡琴,定睛细看……

"大磨叔,愁啥哩?"身后突然有人问。

大磨慌乱地回头看去,见是盼盼扛锄站在背后。大磨觉得他的心思被盼盼看穿了,便心虚嘴硬地说:"是盼盼!把我吓得一跳三丈高,谁发愁了?"

盼盼忽闪着大眼,笑眯眯地盯着他,抿嘴笑着反问道:"不愁?

那你唱啥哩?"

大磨心虚,不敢看她,低着头,装着专心洗脚的样子,问她:"早上你没去工地?"

"没有,我给李四奶锄地哩。"盼盼说。

听盼盼说没有,大磨就放心了。他恢复常态,又扬扬得意、自吹自擂道:"怪不得你犯了官僚主义,不哄你,今天叔得了个头名状元!"他从腰间解下旱烟袋,"嚓"地点着了火……

盼盼心头一凉,看大磨没有一点羞愧的样子,真使她感到寒心。她慢慢地坐在大磨旁边的石头上,把穿着塑料凉鞋的脚伸进水里,洗着腿上的泥土,好大一阵没回话,不时地斜大磨一眼。

大磨也不时偷看盼盼一眼,当两个人目光相遇时,大磨发觉盼盼的眼光里似乎有一种难过、责备的光芒。这光芒像针似的刺着他,他赶忙低下头,又洗起脚来……

山林中的鸟儿被惊着了,扑扑棱棱飞起了一群。

半晌,盼盼才正言正色地问道:"初一混得不错,初二初三咋过哩?"

大磨强捺住慌乱的心绪,又耍起五马长枪,信口开河地喷着大话:"模范也是人当的,她盼盼姐,这一回修电站我要当不了模范,就不披这张人皮了!"说到这里,大磨真的动情了,眼里闪着泪花。

"好啊! 我可要准备奖状了啊!"盼盼心头又热起来。可是她知道大磨叔说大话比喝凉水还容易,就盯住他,追问道:"咱们说句话像立座碑,可不能像刮阵风啊!"

大磨:"君子一言,驷马难追,来,拍手击掌!"

"好!"盼盼的脸庞高兴得像一朵盛开的桃花,真的伸出手来……

就在这将击掌的一瞬间,大磨发现她右手包了一块纱布,还浸有血痕,脑子里"嗡"地闪了一下,像是看到了那块石头上的血迹,不由慢慢放下了手,脱口而出:"手咋了?"

"碰伤了。"盼盼随口答道。

"干啥碰的?"大磨追问。

"山里地保——管得宽!"盼盼笑笑,蹚着水过河去了。

大磨关切地问:"她盼盼姐,天恁晚,你去哪儿呀?"

盼盼走到河对岸,放下裤管,高声说:"咱们修水电站的石方够了,我去安排明天拉水泥的事。"

大磨决心将功折罪地大声说:"我也去!"

盼盼回头对他甜甜一笑,叮嘱道:"大磨叔,说到做到,不放空炮!"说罢,她披着一身霞光,消逝在树林之中……

53

黄昏时分,公社水泥厂的货堆旁。

大磨和栓柱等人把一袋袋水泥装上架子车。满载水泥的架子车拉走了。两辆架子车和一辆手扶拖拉机的拖斗也装满了一袋袋水泥。

起风了,树摇云飞。

盼盼抬头望去,焦急地对栓柱、大磨说:"看样子天要下雨,咱们快回吧!"

大磨精神抖擞地说:"那就走!"

栓柱麻利地坐到手扶拖拉机上发动机器,"突突突……"机器响了几下又熄火了。

栓柱急得满头大汗,跳下拖拉机,钻到腹下……

盼盼、大磨关切地看着栓柱修理拖拉机。

栓柱从机器腹下钻出来,拆下了一个什么零件,懊丧地给盼盼看:"油嘴坏了!"

大磨坐在一旁的水泥袋上,脸上挂着讥笑,有点幸灾乐祸似的"吧嗒、吧嗒"吸着旱烟。

盼盼又抬头看看天,风起云涌,不禁焦急地说:"那咋办哩?"

栓柱丧气地说:"只有去县机修厂换一个新的。"

盼盼心急如焚,又看看天色,拧眉稍作思考,果断地说:"这样吧,我去县里,顺便把咱卫生室的药买回来,你们等我一块儿回去……"

栓柱请求道:"我去吧?"

盼盼甜甜一笑,俯在栓柱耳边低声说:"你们俩正好交交心嘛,啊?"

栓柱无奈地点点头,扭头看了大磨一眼。

大磨吸足了烟,把烟锅在鞋底磕了几下,别在腰间,走到盼盼跟前,掏出一沓钱:"她盼盼姐,我想给俺扣她妈扯条裤子,不要太艳的……这是钱跟布票。另外,你再给我捎一把电烙铁。"说着又掏出一个小包,数了几元钱,交给盼盼。

突然,远处传来汽车的喇叭声。

栓柱着急地催促盼盼:"快点走吧!"又拿眼瞟了一眼大磨。

从大门口可以看到一辆乡村公共汽车缓缓驶来……

盼盼跑过去,回头向栓柱、大磨扬了扬手,麻利地登上了汽车。

栓柱深情地注视着登车而去的盼盼。

汽车开动了。

盼盼从窗口伸出头,招着手,对栓柱、大磨喊道:"等我回来!"

54

农村的干店。

暮色苍茫,山风吹散了雨前的闷热,使人感到凉飕飕的,十分爽快。

干店里很热闹,赶车的、投信的、过路的,都在这儿吃饭。

堂倌高声招呼行人:"丸子热哩,浆面条!"

大磨斜披着衣裳走来,挑一副干净桌椅坐下,招呼堂倌:"哎——"

栓柱坐下,对走来的堂倌说:"来四碗捞面条!"

大磨精明地看了栓柱一眼:"你吃恁多?"

栓柱友好地:"我请客,咱俩的!"

大磨不想承他的人情,连连摇头,忙不迭地说:"我不好吃面条,我喜欢吃丸子……"说着站起,扬了扬毛巾包着的什么,径直往丸子锅那边走去。

堂倌高叫:"一碗丸子! 多加辣子,忌讳——!"

栓柱气得瞪着眼,半晌没有说话。

大磨换个地方坐下,津津有味地喝着丸子汤,啃着煮熟的玉米棒子。

忽然,一声驴叫引得他停下筷子,循声望去……

55

干店旁的大树下。

树上拴着一头毛驴,它受了什么惊吓,扬蹄长嘶。

56

桌子旁。

大磨眼里放出一丝狡黠的光芒,看着驴子,笑了。

画外音:"大磨叔!"

大磨正想得入迷,猛听有人叫他,吓了一跳。

原来是栓柱走过来。他冷冷地说:"大磨叔,公社中学有电影,你去不去看?"

大磨佯装身子不舒服:"我有点肚痛,想早点歇会儿。"

栓柱板着脸:"那我去了,你就睡在西边那个铺——"他指了一下干店的里屋,说着走了。

大磨点点头,看着栓柱的背影,脸上闪过一丝狡黠的笑容。

57

干店西屋的通铺上。

大磨斜靠着被子,跟一个钻在被窝里的五十多岁的胖老头搭讪。

大磨把烟袋递给老头:"老哥,吸袋烟吧,正经的许昌货!"

老头摸出半包揉皱的廉价卷烟，让着大磨："你吸个这！"

大磨笑笑表示感谢，抽出一支，划了根火柴，先给老头点着，又给自己点着，美美地吸了一口。

大磨笑眯眯地问："老哥，那头驴是你的吧？"

老头警惕地答道："俺队上的，来拉化肥。"

大磨称赞道："毛色不错，正是出力气的时候。"

老头一语双关："就是性子烈，又认生！"

大磨往老头身边凑凑，亲热地说："想给你商量个事，中不中？"

老头不冷不热说："说吧，好商量。"

大磨真挚地："俺队上要修个电站，明天要使洋灰，我想连夜把洋灰拉回去。嘿嘿，借你的驴使一夜，明早送回来，不耽误你用。"

老头态度硬邦邦地说："别的好说，这事不中！俺等着使化肥哩！"

大磨尴尬地笑笑，自打圆场："没啥，没啥……咱给你赁钱中不中？"他回头一看，老头早已呼噜起来。

大磨丧气地盘腿坐在铺上，"吧嗒、吧嗒"地吸着烟，想着心事……

58

夜，中学的广场上。

电影《庐山恋》正放到精彩处，坐在露天人群中的栓柱，看得津津有味，咧嘴笑着……

59

干店外的大树下。

大磨蹑手蹑脚走到毛驴跟前,伸手去解缰绳。那驴子又踢又跳,吼叫起来……

大磨吓得出了一身冷汗,惊恐地回头看了一下,见四周没人,便从腰上解下毛巾包,掏出一穗玉米棒塞到毛驴嘴里。

倒也真灵,驴子嚼着玉米,安静下来了。

大磨一只手温存地抚摸驴子的背毛,另一只手悄悄解下缰绳,牵驴就走……

毛驴嚼完了玉米棒,被大磨一拉,再次又叫又跳起来,慌得大磨赶紧又塞进它嘴里一个玉米棒……

就这样,一个玉米棒、一个玉米棒地塞着,大磨终于把驴牵走了……

60

干店里屋的通铺上。

老头还在打呼噜,睡得正甜。

栓柱走来,见大磨的床铺空着,十分惊讶。四下打量一番,没见人影,便推醒了老头。

栓柱:"老大爷,你见俺村的陈大磨了吗?"

老头揉揉眼,迷瞪了一会儿说:"你说的是跟我借驴的那人?"

栓柱不解地问:"借驴的?"

61

山路上。

大磨吃力地拉着一辆满载水泥的架子车,手上挂着一条长绳,牵着跟在后头由驴拉的另一辆架子车。

天上飘来一块乌云,遮住了月亮……

62

干店外的大树下。

老头黑丧着脸,带着哭腔号叫:"我的驴!"

栓柱铁青着脸,气得浑身乱颤,怒骂道:"这陈大磨! 当小偷! 回去非批得你褪一层皮!"转脸又强装和颜悦色地对老头赔不是:"大爷,你放心,我现在就去把他抓回来,保证明早还你的驴!"说罢,大步流星地走了。

63

山路上。

山风吹来淅淅沥沥的雨。

前面是一条小河,大磨一见下雨,连忙停下车子,从车架下取出几块塑料布,把两个车子的水泥盖好。看看后面的车子盖得还不严实,又脱下了自己的褂子,把露出水泥的地方盖好。

一阵山风,把光着身子的大磨吹得打了个喷嚏,他见雨越下越大,急忙拉着车,牵着驴,快步走去……

他刚拉车牵驴过了小桥,迅猛的山洪冲来,把小桥淹没了。

雨,下得更猛了……

64

早晨,小院门口。

栓柱铁青着脸开着"手拖",突突突地在小院门口停下,咚地跳下,像炮弹似的撞开门,冲进小院,向大磨家奔去……

65

小院里。

雨过天晴,彩霞绚丽。苹果树上的苹果变红了,枝叶上还挂着晶莹的露珠……

大磨头上缠着毛巾,脸色苍白地从树上解下那头毛驴。

大磨婶心疼地说:"扣她爹,你发着恁高的烧,我去送吧……"

大磨强打精神,淡淡一笑:"驴是我借的,你又不认识人家,去干啥?"

大磨婶情意绵绵地给大磨披上一件衣裳,叹了口气,柔声地说:"这多好! 你知道不知道,多少年来,为你不正经干活,我在人前低三分! 一听别人整你、斗你、耍笑你,我心里像刀剜一样!"说着,流下了泪水。

大磨猛然一震,心像被刀剜了一下,痛苦地说:"别说啦,往后也叫你上光荣榜!"说罢牵起驴就要出门。

"陈大磨!"突然栓柱大喝一声,一个箭步冲到大磨跟前,"你干的好事!"

大磨惊愕不已地望着栓柱,又看看妻子,羞愧地垂下了头。

巧梅抱着孩子,嘴里吃着什么,出来看笑话了。

栓柱怒气冲冲地说:"你真给咱队上丢人!"

大磨有口难言:"……"

巧梅看出了问题,插嘴道:"栓柱,这驴是偷的吧?"她见栓柱不作声,认定自己看准了,大声高腔地:"哼!等着法院来传吧,看这大偷咋下台!"

栓柱脸都气歪了:"你干了这号事,下午开你的会!"

大磨婶哆嗦着:"……"

大磨泪光闪闪,眼前猛然一片恍惚——

66

(幻觉)

光芒四射的金星……

院内的白果树在旋转……

(画外音)

"等着法院传吧……"

"看你这大偷咋下台……"

"下午开你的会……"

巧梅得意地笑着……

栓柱铁青的面孔……

妻子痛苦的神色……

67

大磨又羞又愧,又气又恨,眼前一黑晕了过去,摔倒在地上。

大磨婶慌忙上前,抱住大磨,哭喊道:"扣她爹,大磨——"

栓柱也慌了神,忙上前叫着:"大磨叔——"

巧梅见出了事,出溜一下钻进自家屋里了。

68

院外小路上。

栓柱只顾急切地向前奔跑,正和盼盼撞个满怀。

盼盼含笑嗔怪道:"你这冒失鬼,跑恁快去救火呀?"

栓柱:"唉,比救火还急,大磨他……"他急得话也说不上来了。

"大磨叔咋啦?"盼盼吃了一惊。

"唉!"栓柱懊丧地蹲在地上,抱住了头……

69

大磨家里。

大磨躺在床上,小扣递给他一碗水:"爹,喝水吧。"

大磨婶在一旁流泪:"你咋恁没脸皮?才叫我在众人面前挺起胸脯几天,又叫我跟着丢人……"

大磨叹了口气:"别哭了,我又不是偷,是借的!还给他留下了借条和一块三毛七分钱的赁钱哩!怕啥?到法院说我也不怯气!"

这时,吱扭一声门推开了,进来的是盼盼。她快步走到床边,又批评又安慰大磨道:"大磨叔,虽说这借的方式不好,但你也是为了咱的电站……"

70

大磨家窗下。

巧梅抱着孩子侧耳谛听……

盼盼的声音:"那老头也是好人,听说咱急用洋灰,就说算了,又把你塞到他枕头边的借条和这一块多钱叫我还你……"

巧梅听了心头一震,撇了撇嘴,走了……

71

屋内。

盼盼接着说:"刚才栓柱真该打,我非得给你出气!"

大磨的眼睛湿润了,声音哽咽了:"她大姐……"说着翻了个身,把脸朝墙扭去……

栓柱带着卫生员小兰走了进来,不好意思地站在大磨床边,亲切地说:"小兰给你看病来了,大叔!"

小兰给大磨测体温,从药箱里取药……

栓柱接着说:"大叔,刚才我的态度不好,错怪了你……这驴我去。"

大磨"哼"了一声。

盼盼接过小兰手中的药,塞到大磨嘴里,说:"小扣,给你爹倒水……"

屋外忽然一声驴叫,大磨闻声虎生坐起,抹去泪花,毅然决然地说:"我去送驴!"

72

盼盼家里。

薄暮降下,正是掌灯时分。

大病初愈的大磨走进来。

青山爷正在吃饭,忙放下碗,亲热地招呼道:"啊,大侄子,你可是不常踩你大爷的门槛,坐吧。"

大磨怯生生地拉个凳子坐下。

青山爷忙着拉开抽斗,取出一盒卷烟,抽出一支递给大磨。

大磨接过烟,并没有马上就吸,他抚摸着香烟,受宠若惊地说:"大伯,你别客气!"

青山爷感激地说:"听说你今天带病把驴给人家送去了,好啊!盼盼才当上队长,小娃家不懂个啥,往后你多帮衬点,我知道好歹!"

大磨羞愧难当,如坐针毡,叫道:"大伯,我……唉!"他摇头叹气,又问:"盼盼哩?"

青山爷:"在栓柱家。"

大磨说道:"我找她说说……"说罢,转身走去。

青山爷忙拿起火柴划着火,递向他手中那支烟:"吸着再走嘛!"

大磨诚惶诚恐地就火吸着烟。

火柴的闪光下,依稀看到他眼里闪着泪光。

73

栓柱家门前。

大磨急匆匆地走到栓柱家门口,门虚掩着。他正要伸手推门,听见屋里正在谈笑,忙又缩回手,转身欲走,但忍不住上前隔着门缝看去……

74

屋里。

盼盼和栓柱坐在小桌旁,面对面吃着饭,高兴地嬉笑着:"咱们也得按劳付酬。今天你干了重活,得吃点好的补补亏!"盼盼夹起一个剥皮的煮鸡蛋强塞到栓柱嘴里。

栓柱嘴里塞一整个鸡蛋,憋得眼瞪多大,说不出话来,半天才伸伸脖子咽下鸡蛋,说:"你真要能治好他的病,我给你下跪!"他说着也剥了一个鸡蛋,递给盼盼,趁她不备在她脸蛋上亲了一下。

75

屋外。

大磨看得不好意思,抽身欲走,屋内传来了盼盼的声音:"猴娃,你又动手动脚啦?"

大磨扑哧一笑。

又听见栓柱问盼盼:"我看你今儿个给陈大磨再下一剂啥药!"

药？大磨一听话里提到他，又转回身来，侧耳倾听……

76

屋内。

盼盼胸有成竹地说："我想啦，光靠包工这一味药也不济事，还得给他加一味提高思想。我想啦，叫他参加咱们业余剧团演个角儿……"

77

屋外。

陈大磨蹲在院里吸着烟，表情严肃地想着心事，突然身后有人叫道："快回来吃饭呀！"

大磨吓了一跳，回头见是妻子在家门口站着，忙冲着妻子干笑笑。这笑，比哭还要难看。他松松垮垮地往家走去……

78

月光如水，山风习习。

队部屋里，灯火明亮。

琴声、笑声、说话声响成一片，满屋洋溢着欢乐的气氛。

盼盼、小兰、栓柱和小山等一群男女青年在灯下翻着剧本，争着讨论分配角色的事。

大磨畏畏缩缩地走了进来，故意干咳一声，算是跟大伙打了招呼。

盼盼抬头一看，亲热地叫道："大磨叔，就等你了！"

大磨走过去，嘻嘻笑道："叫我演个啥角儿？"

不等盼盼开口，栓柱抢先说："叫你演的这个角儿，你不用费力就能演得活灵活现，比真的还真！"

盼盼瞪了栓柱一眼，喝道："你少废话！"

大磨不解，追问："哈，看你把我夸的本事多高，啥角儿吗？"

栓柱嘲弄地抢白："演个落后社员，这个你有亲身体会，咋样？"

人群中响起一阵嘲笑声。

大磨被栓柱奚落，像挨了一耳光，扭身冲门外就走，回头发火道："我倒说你体会得深！"

"栓柱！"盼盼咬牙切齿地喝住栓柱，忙上前扯住大磨，好话好讲，"别听他的，狗嘴里吐不出象牙！不叫你演那个，叫你演个进步社员。"她拉着大磨走到桌边，指着剧本，"你看！"

大磨碍于盼盼的面子，不好再发火，接过剧本。

盼盼递给他几张纸，说："今儿个夜里，你先把词抄抄。"

大磨得胜地瞟了栓柱一眼，坐在桌旁哼着抄着：

　　〔白：孩子她妈呀，

　　我劝你且把那旧账一笔勾，

　　再莫要口吐刀子刺人心头。

　　左邻右舍皆成仇，

　　你批我斗何时休。

　　庄稼人买粮吃，羞也不羞？

　　难道说，人活着就是为了你争我斗结冤仇？

大磨哼着、抄着，不时停笔凝思……

79

山村的早晨。

一轮红日从山顶升起，山间林中飘荡着薄薄的白雾。

不等钟响，村子里各家各户就开了门窗。鸡啼、鸭鸣、牛哞、羊叫，组成了一支晨曦交响曲。

新的一天开始了。

80

小院里。

栓柱刚推开门就看见巧梅提个箩头急步往外跑，他紧紧追上去笑道："哈，巧梅嫂要抢第一哩！"

巧梅回头讪笑道："咋？ 第一你包了？"

"我老早就想让给你哩！"栓柱笑着，两人相继出了大门。

81

大磨家。

大磨也打开了门，习惯地挑起一副小筐。走了两步，又回头放下小筐，挑起一副大筐走去。

大磨婶在门口看着，脸上泛起了喜色。她提起篮子走出去，追上出门的盼盼，按捺不住内心的喜悦，指指前边的大磨，心里不踏实地问道："你说，他真的会变好吗？"

盼盼恬静地笑笑,肯定地说:"会!"

大磨婶喜不自禁:"往常我就是吵死,他也要挑那小筐。"

盼盼恳切地劝说道:"你往后多抬举他,可别再给他黑脸看了。人有脸,树有皮,越不抬举他,他就越破罐破摔⋯⋯"

她们说笑着,迎着灿烂的阳光,走远了⋯⋯

82

山坡上。

妇女们三五成群地摘着山茱萸。

漫山遍野一片欢歌笑语⋯⋯

83

工地上。

男社员有的担抬石头,有的和水泥,有的在砌拦水坝⋯⋯一片忙碌景象。

栓柱在一堵石崖下拉着一辆架子车运石头,小山在后面推着。在山坡处,栓柱猛劲往上拉,可车子又滑了下来。他吆喝道:"小山,用劲推!"见没人答应,他停下车子回头一看,小山不见了。栓柱奇怪地自语道:"小山呢?"

84

巨石后。

小山正猫着腰躲在石后,鬼灵地向山上张望……

85

树林中。

巧梅落在众人后边,她看看前边,众人都在专注地摘着山茱萸,她又看看后边,没有人影。她忙蹲下,在地上扒个坑,把半箩头山茱萸倒进坑里,又用土埋好,还在上边插了一根蒿草作为标记。

86

巨石后。

小山把巧梅的行动看得清清楚楚,眼珠子像滚珠一样转个不停,猛然心生一计,暗自得意地笑了……

87

山路上。

收早工了,人们三三两两、有说有笑地结伴回家……

88

山茱萸林中。

小山飞快地爬上一棵皂角树,掰下一根又一根皂角刺,用手巾包了一包,然后出溜一声下树,走到巧梅埋山茱萸的地方,扒开埋的土,捧出山茱萸放在筐里,又把皂角刺倒进去,再把那根蒿草扎上,这才咧嘴笑着,兴高采烈地走了……

89

院里。

大磨先回来,走到自家门前,先查看苹果树上的苹果,又看看石头家的门还锁着,放心地笑了。

大磨婶抱着一捆猪草回来了,拉了一把凳子放到大磨面前,又递给他一把斧头,指指木柴,进屋了。

大磨坐下,用劲劈起柴来。

石头和巧梅说着什么走进院子。

石头走到自家门口,放下担子,打开门。

巧梅装出很累的样子,坐在门前的石条上,用衣襟擦着并没有汗的脸,命令石头:"还不去挑水!"

石头闻声,顺从地挑起水桶。

巧梅进屋抓把玉米出来,"咕咕咕"学着鸡叫,然后把玉米撒在地上。

大磨家的一群鸡跑来争食吃,她急忙用木棍赶走大磨家的鸡。忽地,她见石头担水回来,又命令道:"你做饭,我再去割点猪草!"

石头关切地劝道:"算了,做一早上活,又累又饿,别使坏了身子!"

巧梅提起篮子,嗔怪道:"成天说我不积极,才积极一点,你又拉后腿!"说着又坐下,摆出不想走的架势。

石头见状,上前抚慰地赔笑,拉她起来:"你去吧,我做饭。"

巧梅撇了撇嘴……

90

院外。

巧梅走到大门口,恰巧碰见栓柱回来,两人互相看了一眼。

栓柱让开路,笑道:"巧梅嫂,连饭也顾不得吃了,可真是一心当状元哩!"

"那也比不上你!"巧梅撇撇嘴,顶送栓柱一句,匆匆走去。

栓柱踮脚看着巧梅远去的背影,快看不见了,又上到门口的一个石磙上看去……

小路上,巧梅拐了个弯,见前后没人,便一溜小跑往山茱萸林跑去……

91

小院大门外。

这时,小山忽然从院墙拐角处钻了出来,大喝一声,把栓柱吓了一跳。小山心花怒放,嘴里一边说着"今儿个让你看洋戏",一边拉着栓柱向小院里跑去……

92

盼盼家门口。

小山冲屋门口喊:"青山爷!"

青山爷应声从屋里走到门口,问道:"啥事,山猴子?"

小山眨着鬼灵的大眼:"俺队长哩?"

青山爷手里编着什么,笑着说:"在队部哩,干啥?"

"好事!"小山笑着回头跑了……

青山爷看着小山的背影渐远,自语道:"这猴娃子精!"

栓柱莫名其妙地追着小山:"哎,小山,你到底玩的啥把戏呀?"

93

队部。

队部院里的空场上,堆放着山茱萸,像堆了一堆鲜红的珍珠。

盼盼和小兰在收拾着山茱萸,她们说着悄悄话。

盼盼忽闪着大眼问小兰:"你和小山的事咋说?"

小兰羞涩地说:"我才不理他哩……"

盼盼笑了:"不理?我不信。"

小山气喘吁吁地从外面跑进来,冲着盼盼,大惊小怪地叫道:"队长,快!"

盼盼扭头看他一眼,笑着问道:"啥事,看你急得像救火!"

小山向小兰打着手势:"快!山茱萸林里有人受伤了!"

"啊!"盼盼急问,"谁?"

小山佯装认真地说:"不知道,只听见有人呼爹叫娘地喊疼!"

"小兰,走!"盼盼急切地说。

小兰应了一声,急忙跑进屋里,背上一个卫生箱,匆匆跟上盼盼,往山上跑去……

94

山茱萸林里。

巧梅看看四下没人,忙蹲到那个插草标的地方,慌乱地用劲猛扒里面埋着的山茱萸。突然,她"啊"了一声,像被啥咬住似的,忙缩回手。低头看时,只见两只手上扎满了皂角刺,她吓呆了,忍着疼再用鞋尖踢踢,坑里满是皂角刺,哪有山茱萸的影子?

95

队部。

栓柱听小山说完,先是高兴地笑,后又严肃起来:"小山,你这治人的办法不对! 我以前就吃这亏。"他学着盼盼数落小山:"整人不如敬人,敬人不如帮人,你懂吗?"

96

山茱萸林中。

巧梅忍痛拔下手上的皂角刺。

这时,盼盼匆匆赶来,看见巧梅疼得泪和汗齐流,忙关切地上前问道:"巧梅嫂,咋啦?"

巧梅见是盼盼,吓了一跳,旋即装出一副笑脸,掩饰地说:"薅猪草哩,扎住了刺儿,不碍事!"

盼盼爱怜地上前托住她的手,轻轻地拔下一根根皂角刺:"哎呀,流血啦,小兰!"

小兰打开卫生箱,拿出药棉,擦去巧梅手上的血水,再抹上红药水,同情地埋怨道:"咋这么不小心哩!"

巧梅痛得吸溜着嘴撒谎:"两眼一黑,就扎上刺了。"

盼盼提上巧梅的篮子,安慰道:"不要紧,药水一抹,就不会化脓了。"

盼盼她们三人,相跟相随地走着……

巧梅怀疑地盯着小兰的卫生箱,越想越蹊跷,冲小兰问道:"你咋知道我手上要扎刺,背着卫生箱跑来?"

盼盼不知其中奥妙,随口说:"刚才……"这时,栓柱慌张地迎上来,拦住她们,关切地问道:"嫂子,扎得不轻吧?"

"好啊!"巧梅见栓柱也跑来,一切都明白了。她眼前浮现出在大门口碰见栓柱时,他那挤眉弄眼的神情。她顿时怒上心头,抢前一步恶狠狠地夺过盼盼手中的篮子,"哼"了一声,扭头顺另一条小路走了。

盼盼不知她为何突然发怒,怔怔地问:"咋啦,巧梅嫂子?"

"哼,神汉鬼婆,天生的一对! 早晚有好报!"巧梅恶言恶语,回头骂了几句,气冲冲地走了。

97

小院里。

怒气冲冲的巧梅推开院门走到家门口,使劲踢开门。进到屋内,只见凳子拦路,一脚又踢倒了它。她看什么都像和她作对似的,气得像一头发疯的母牛。

两个孩子被她这举动吓得哇哇乱哭。

石头听见屋里乒乒乓乓地山响，忙从灶火间跑到屋里。见披头散发的巧梅坐在床上铁青着脸，他大惊失色，急忙赔笑问道："手上怎么了？"说时欲拉她的手仔细看，被巧梅恶狠狠地甩开。

石头又忙跑出去端盆水进来，放到巧梅面前，讨好地说："洗洗吧！"

巧梅一脚将盆踢个底朝天，水洒了一地，溅了石头一身。

石头摸不清底细，低声下气问道："你看，到底咋了？"

巧梅看石头一副奴相，气得哭起来了："你要是大小当个官，我也不会叫人家欺负死呀！"

"到底为啥呀？"石头一再问道。见她不说，急得蹲在地上，双手放在膝盖上叹着长气。

大磨和大磨婶进来劝架。

大磨劝道："她嫂子，到底为啥呀？如今，谁也不兴降谁了，只要自己脚跟站得正，当官不当官都一样。"

"哼！"巧梅白了大磨一眼，想起大磨弄鬼作假还受表扬，更觉自己冤枉，就反唇相讥道："一样？说得怪排场。有人干了坏事还受表扬，就看我这个软杏好捏！"

大磨婶听巧梅话中有话，就询问道："你说谁干了坏事还受表扬？"

大磨大惊失色，实怕巧梅的这把火烧向自己，急中生智，连忙捂住肚子"哎呀"起来。

大磨婶忙扶住大磨，关切地问道："咋啦？咋啦？"

大磨佯装难受的样子："肚子疼！快，扶我躺一会儿。"

98

队办公室。

满天星斗,山风劲吹。

灯光摇曳的队部屋里。栓柱、小山、小兰和另几个男女青年团员在灯下谈着什么。

一个小青年:"小山,你这下可治了巧梅,看她以后还敢不敢。"

小兰瞪了小山一眼,小山低下了头。

栓柱:"小山这样做不对,你也是团员嘛。咱们要帮人,不能整人!"他还要说什么,猛听屋外有人叫:"栓柱!"他回头看去,盼盼板着脸站在门外。

栓柱忙跑过去,走到盼盼跟前,问:"干啥?"

盼盼递给他一个用手绢包着的小包:"给。"然后转身就走。

栓柱解开小包一看,啊,是那块宝石花手表!栓柱傻了眼,不知盼盼为啥生这么大气,忙追上去,着急地问:"我……我咋了?"

"谁有了错你就看洋戏,我也不敢保证我一辈子不出错!"盼盼冷冰冰地说完,扬长而去。

栓柱傻呆呆地看着手中的表,愣了一会儿,又飞快地追上去:"盼盼,你等等!"

99

翌日中午,栓柱家里。

栓柱妈在桌上摆好四大碗鱼肉,又把鸡蛋一个一个都染成红的,摞了高高一碗。

栓柱披着衣裳,无精打采地回来了。

栓柱妈抬头看见栓柱,高兴地问:"盼盼哩?"

栓柱沉闷不语。

栓柱妈还没有发现栓柱的表情变化,继续唠叨:"你忘性可不小! 今天是盼盼生日,快去叫她来!"

"妈!"栓柱烦躁地说,"别提啦!"

栓柱妈看儿子脸色不好,惊讶地追问:"咋啦? 你俩又顶嘴了?"说着气上来了,骂道:"你娃子就能得不像样! 眼看快结婚了,你非把她弄飞了才安生!"

"妈!"栓柱烦躁地叫了一声。

栓柱妈板着脸对栓柱说:"去,就说我叫她!"

栓柱坐在灶角里不动。

"打着灯笼上哪儿找!"栓柱妈惋惜地叹了口气,又催道,"去呀! 去呀!"

栓柱还是不动。

"你去不去?"栓柱妈走上前掂起烧火棍吓唬道,"低头认个错,可小你架子了?"

栓柱看着妈的脸色,不悦地站起来,怏怏地走了。

栓柱妈撂下烧火棍,看着栓柱的背影,得意地笑了。

100

盼盼家门口。

阳光灿烂。

青山爷在门外喂"安哥拉"长毛兔,盼盼在门口给兔娃切菜。

院外,一阵满怀哀怨的杜鹃叫声传来。

盼盼听了一怔,继而撇嘴冷笑一下,又使劲切起菜来。

杜鹃啼声越来越急促。

青山爷眯缝着眼看着盼盼,只见她心神不定,就会心地笑笑,叫道:"盼盼,你听!"

盼盼脸红了,撒娇道:"我啥也没听见!"

青山爷走过去,想从她手中要过刀,笑道:"拿来吧,别切住手了!"

盼盼不给,说:"我好好的咋能切住手!"

"去吧! 去吧!"青山爷笑眯眯地,"你别当我不知道,鸟在叫你哩!"

盼盼撇着嘴制止道:"爷爷!"

青山爷捋着胡须说道:"你们这些年轻人呀,好起来像胶粘住一样,撕都撕不开;闹起来和豆腐渣一样,粘都粘不住! 我和你奶奶那时候……"

盼盼不耐烦地说:"爷爷!"

"好,好,我不说。"青山爷笑道,"又咋啦?"

盼盼赌气道:"哼! 他成天就知道扒豁子,搞得人家不和,叫他去尝尝啥滋味!"

青山爷笑了:"这你就不对啦! 浇树浇根,帮人帮心。不理他,就能解决问题啦?"

院外,杜鹃声声啼得急。

青山爷:"听,都哭了!"

盼盼嘴硬心软地说:"就得叫他品品眼泪是甜还是咸!"

青山爷看着盼盼,眯起眼睛笑了。

101

小院后边的树丛中。

栓柱在学着杜鹃叫,一声高一声低,啼声中充满焦急、幽怨和哀求。他叫着,不时踮起脚尖向院内张望,突然一只手从身后落到了他的肩上,他心里一动,喜出望外地叫道:"我还当你真反了!"他说着回头一看,愣住了,身后是青山爷慈祥的笑脸……

栓柱羞得无地自容:"爷爷……"

青山爷诙谐地说:"咋样?心里啥滋味呀,是酸的还是苦的?"

栓柱强打精神,做出不在乎的样子,说:"啥味也没有,我在这儿逮鸟哩!"

"噢,那你逮鸟吧!"爷爷装着要离去,"我可就走了!"

栓柱上去一把拉住:"爷爷,你说……"

"说啥呀?你赶快逮鸟吧!"爷爷假装不懂。

栓柱求告道:"你劝劝她嘛!那事不怨我……"

青山爷笑了:"你谈恋爱,还要爷爷帮忙啊?"

栓柱不好意思地说:"爷爷,真的帮帮忙吧!"

青山爷:"好!你过来!"栓柱靠前一步,爷爷低声对栓柱说着什么……

栓柱听着,高兴地咧嘴笑了。

102

山林中,大树后。

栓柱躲在树后,探头探脑地张望着……

103

小路上。

盼盼和小兰说笑着走来。

104

树后。

栓柱见她们走来,连忙藏在树后,又学着杜鹃叫起来。

105

小路上。

小兰指指树林说:"这杜鹃叫得咋恁怪?"

盼盼:"不理他!"

小兰感到莫名其妙:"不理谁?"

盼盼听着杜鹃的"惨叫",终于忍耐不住了,对小兰说:"你先回,我拐个弯有点事……"

小兰仍是莫名其妙,她抬头看看林子上空,又看看盼盼,终于带着疑惑走了。

盼盼看小兰走远,这才向林子走去。

106

对面林中。

栓柱见盼盼走来,又低下头径直向前走去。

"你干啥去?"盼盼追上去问道。

栓柱还不答话,只管不紧不慢走着。盼盼追得快,他就走得快;盼盼追得慢,他就走得慢,引着盼盼向一个小山岗走去……

眨眼工夫,二人来到一座被玉泉河围绕的山岗上,这里翠柏秀竹,泉流有声,绿草如茵,山花争艳,鸟儿在枝头鸣唱。

107

一株翠柏下。

栓柱走到柏树跟前停下,斜倚着树干,惆怅地眺望着远方、峡谷、云雾……

盼盼跟着他走到这里,一眼看见柏树上的"同心同德"四个字,似乎明白了什么。她悄步走到栓柱跟前,也靠树远望——

万山红遍,碧空如洗……

108

(一组闪回镜头)

春天,柏树下,盼盼披着雪白的纱巾,采集着山花……

栓柱含情脉脉地从盼盼拿的花束中取出一枝雪白的百合花,插在盼盼的发间……

栓柱用小刀在柏树上深深地刻下四个字:同心同德。

秋天,盼盼在柏树下画水彩画。

栓柱在一旁指指点点,盼盼回眸甜甜一笑……

109

(现实)

翠柏下。

栓柱和盼盼两人同时回首看。

栓柱:"还生我的气呀?"

盼盼眼中含着泪花,拍打着栓柱:"连你都不支持我,我还咋团结全队去搞生产?"

栓柱急得一个劲直搓手顿脚:"咳!那是小山干的,我还批了他一顿……"

"是小山?"盼盼知道了真相,便擦去眼泪,叹了口气,"我还真当是你干的哩。"

栓柱赌咒发誓道:"我还能再扒豁子? 往后我要是再没情没理地治人家,就叫我……"

"不许说!"盼盼连忙伸出手捂住栓柱的嘴,生怕他说出不吉利的话,破涕为笑地,"谁叫你赌咒哩!"

栓柱笑了,掏出手帕给她擦去眼泪,又深情地把那块表给盼盼戴上,由衷地说:"你说吧,我啥都听!"

"猴娃!"盼盼娇嗔地捅了他一指头,"去给巧梅嫂赔情!"

栓柱不悦地说:"她偷队里的东西,我倒去向她做检查?"

盼盼:"不是叫你做检查,是叫你和小山向她说明情况,对她也是个批评教育。"

栓柱一动不动。

盼盼板着脸:"你去不去?"

栓柱见她冷下脸,慌了神,忙说:"我去,我去!"

110

翌日清晨,石头家。

巧梅坐在当间的凳子上奶着孩子,还在生闷气。

栓柱、小山进来,栓柱强堆着笑:"巧梅嫂子!"

巧梅见是栓柱,忽地扭个身子,把脊背对着栓柱。

小山强压下怒气,转到她面前,干笑道:"别气啦,我来向你认错哩!"

巧梅又忽地转个身子,把脊背对着小山。

栓柱被冷落,咽口唾沫压住火,转到巧梅面前,看了小山一眼,背书似的说:"俺们办事方式方法不对! 咳、咳,俺们做深刻检查。"

巧梅得势地"哼"了一声,又扭个脊背给他。这下可把栓柱惹火了,忘了对盼盼的誓言,他立时瞪大了眼,冷冰冰地说:"巧梅嫂子,我和小山可是被人家逼着来向你道错的。你别当是我干的,小山也没错到天上,只要你往后不拿队里的东西,这一回任你骂、任你打都行,咱二话不说。"

"拿贼拿赃,你捏住我手脖子啦?"巧梅也火了,噌地跳了起来,指着栓柱大吵。

"手上咋扎的刺儿?"小山冷冷一笑。

"我薅猪草时扎的,咋啦?"巧梅抵赖道。

栓柱嘿嘿冷笑,两只眼四下乱瞅。

"我偷啥了? 你来搜!"巧梅发现栓柱的目光盯在桌下李大顺拿来的那口箱子上,就猛劲拉出那箱子,推到栓柱和小山面前,威胁道,"今天你们搜不出来别想走!"

栓柱被巧梅激怒,忘记了来时的任务,倒退一步,和小山交换了一下眼神,小山上前捋着袖子,吓唬道:"搜就搜,真搜不出来你活吃了我!"说着就弯腰开箱。

"排场得不轻! 搜查证哩? 你给我走! 走!"巧梅心虚了。

她一脚踩在箱盖上,一下一下挥着手把栓柱和小山逼出去,"咚"的一声闩上了门。

栓柱和小山气急败坏地在外边嘭嘭地敲门,小山不由怒火中烧:"实话给你说,要不是看别人的面子,我今天……"

111

屋里。

"你有本事把我这个社员撤了!"巧梅恶声恶气地吼道。

112

屋外。

"你别当我不敢!"栓柱接上腔,双手叉腰,愤愤地说。

"你呀！啥事都坏在你们手里！"盼盼不知什么时候来了，猛然捅了栓柱一指头。

栓柱一见盼盼，马上松了劲，调皮地扮了个鬼脸，拉着小山跑了。

盼盼又上去敲门，轻声细语地叫道："巧梅嫂子，开开门。"

屋里不声不响。

盼盼语气平和地说："嫂子，有啥意见，咱开开门说，行不行？"

屋里还是不应声。

盼盼笑笑，佯装要走的样子，大声道："栓柱和小山乱来，现在就开个社员会，叫他俩在会上彻底交代咋扎你的事，给你出气，中了吧？"

这话真灵，门哗地打开了。

巧梅着急地跑出来，一把拉住盼盼，用宽怀大度、大人不计小人过的口吻说："算啦，大妹子，远亲不如近邻，可别叫他们检查啦！"

盼盼佯装严肃地挣着要走，气恼地说："不能惯他们这个毛病，非检查不中！"

巧梅吓坏了，死死拉住盼盼不放，扭扭捏捏地求告道："好妹子，我也有错，你抬抬胳膊叫嫂子过去吧！"

盼盼扭过身子，暗地里扑哧一笑。

巧梅连拉带扯地把盼盼拉进屋……

113

工地上。

人们边做活边议论巧梅偷山茱萸的事：

"哈，山茱萸变成皂角刺！"

"小山这一手可真解恨!"

小山火上浇油地对石头叫道:"石头哥,你真不敢管教她?"

栓柱听到小山的话头,忍不住插话:"这事要是我啊……"

"是你该咋着?"盼盼在他身后突然问。

栓柱回头看盼盼严肃地盯着自己,马上泄了劲,"要是我……我一定好好劝劝她!"

众人哄笑。

小青年们用指头刮脸逗他。

盼盼批评他道:"你是团支委,名声怪高,你帮助过她几回?"她又指指小山:"还有你。还笑哩,脸也不红!"

小青年们又向小山吐舌头。

盼盼走向石头,亲切地叫道:"石头哥,来,咱俩抬!"

石头自觉没趣,低着头,不言不语装上石块,两个人抬上就走。

石头走在前边,几次想说心里话,看人多,张不开嘴。到了没人处,石头突然转身回过头,两个人面对面抬着石块,也不放下。

石头眼巴巴看着盼盼,决绝地说:"我要和她离婚!"

盼盼吃惊地问:"离婚?"

石头沉郁地说:"我……唉!"

"离婚不是办法。"盼盼体贴地劝道,"嫌丢人了? 咱们把她再抬起来不就行了!"

石头愣愣地 说:"人咋抬?"

盼盼笑了:"我看这回是李大顺把她拉到了坑里,咱们把她再从坑里拉出来!"

石头一时无语。

盼盼早被那筐重重的石块压得受不住了,苦笑道:"石头哥,咱们放下说中不中?"

114

夜。

队部屋里灯火通明,琴声悠扬。

石头等人围在屋里看排戏。屋外窗口挤满了叽叽喳喳的孩子们。

大磨扮演一个进步社员,正在教训他那落后的妻子,可是他演得不像,油腔滑调地唱道:

　　　　我劝你且把那旧账一笔勾,

　　　　再莫要口吐刀子刺人心头。

　　　　左邻右舍皆成仇,

　　　　你批我斗何时休。

　　　　庄稼人买粮吃,羞也不羞?

　　　　难道说,人活着就是为了你争我斗结冤仇?

"停!"栓柱大喝一声。琴住了,唱停了。

栓柱对着大磨发火道:"大叔,你不会发发脾气? 一脸怕老婆相,老婆干了错事,你还低三下四嬉皮笑脸,咋不跪下给她磕个头哩! 重来!"

石头听见这几句,羞愧地低下了头。

大磨呆呆地听着这位"导演"训话式的启发。

观众嬉笑不止,石头却像被针扎住了,悄悄溜了出去。

大磨为难地苦笑着,不知如何是好地看着盼盼。

盼盼用温和的眼光鼓励他。

"你不会又气又恨!"小山在一旁咋咋呼呼地指点。

小兰生气地说:"你咋呼个啥!"小山听见小兰训他,找个地方老实地坐下了。

"行,再来!"受到盼盼的鼓励,大磨振作了一下,叫了板,重新唱头两句。他将胳膊挥拳头,虚张声势,全是做作过火的表演。

观众见状笑得前仰后合。

"停!"栓柱止住大磨,又气又急,"大叔,你这都是故意装的,演得不像!感情非从心里出来才中,斯……斯坦尼说,要进入角色!"

大磨被训得狼狈,脸上渗出汗珠,摇头叫苦道:"我就这么大本事!"

"先排别人的吧!"盼盼看两人顶住了牛,对栓柱交代了一声,拉上大磨,"走,大叔,咱俩出去好好研究研究剧情。"

大磨没趣地跟盼盼挤出人群,刚跨出门槛,就听见身后一阵嘲笑声:"压根儿他不中。自己都死落后,咋能对落后人生得出气!"

传来栓柱的声音:"别这样说,人总是会变的。得像母鸡抱鸡娃一样,慢慢来……"

大磨眼一涩,急忙去追盼盼……

115

大场里,月光皎洁。

石头坐在一棵树下,抱着头生闷气,看见盼盼和大磨走来,赶忙溜到了草垛后边。

盼盼和大磨坐到树下,大磨又羞又愧,为难地说:"我也气了,咋还不中?换人吧!"

"演戏得将心比心。"盼盼笑着启发道,"你说说,你要出了错,大婶对你啥态度?"

大磨一听问这事,马上来劲了,添油加醋道:"别提她啦! 大小有个事,她就恶得像老虎一样,恨不得一口吃了我!"

盼盼:"那她为啥对你格外厉害?"

大磨:"俺们是两口子!"

盼盼:"她亲你不亲?"

"要说可亲!"大磨又喷开了,开始得意忘形,"别看她对我恶眉瞪眼,那是她怕我出大错跳到臭泥坑里。别人不知内情,还当她对我真不好哩。其实呀,她一颗心都在我身上哩!"

石头在草垛后支着耳朵倾听……

"对!"盼盼打断他的话,"越是亲人出了错,越是心疼、越是气、越是恨。反过来也是这个理儿,出了错不气不恨就不是真亲!"

石头越听越来劲,心头亮了,不由小声自语道:"在理,不气不恨就不是真亲!"他霎时脸也绷起来了,拳也攥紧了,猛地站了起来,气冲冲地往家走去……

116

石头家里。

巧梅端着一碗荷包鸡蛋,刚走出灶房,就见石头黑着脸回来,不禁一怔,她从来没见过他这副凶相。接着她也一反常态,笑嘻嘻地把鸡蛋碗递给石头,甜蜜蜜地说:"你跑哪里去了,叫我头发都等白了。你累了一天,给,喝吧!"

石头对她怒目圆睁,并不接碗,一屁股坐在凳子上抽起烟来。

巧梅摸不着底，又柔声细气地说："今天咱妈捎来信，说有急病，我带着孩子离不开，你明天一早去看看吧？"

石头不理，把烟锅在凳子上狠劲一磕，瞪大了眼，厉声喝道："巧梅！"

巧梅看他眼里闪着凶光，心里一寒，胆怯地问："咋？"

石头硬硬邦邦地说："我过去对你不是真亲！"

巧梅"迷瞪"地问："啥真亲假亲？你今儿咋啦？"

石头不看她的脸，背书似的大声念道："不气不恨不是真亲！我过去不该光顺着你，才叫你跳到臭泥坑里！"

巧梅倒退一步，火了："你胡说八道些啥，中邪了？"

石头闷声闷气、一字一板地说："往后我要真亲你，你再干不光彩的事，我可要气要恨了！"

巧梅看他那一副呆劲，眼珠子转转，嘻嘻笑了，嘴一撇，撒娇地说："噫，你还气我恨我哩！今天盼盼给我谈了半天，我算开了窍，现在我才明白你以前不是真亲我，我算恨死你了！"

石头本想大闹一场，谁知她竟倒打一耙，便喜出望外地看着她说："你真是恨我过去不管你？"

巧梅多情地一笑："可不，你要早点管，我咋能丢这么大人？"

"你咋恨都中！"石头憨厚地诚挚地笑了，"咬我一口都中！"

巧梅狡黠地一笑，转身从糖罐里抓了把白糖放在鸡蛋茶里，递给石头，央告道："你明天一早去看看咱妈中不中？"

"你真能改好，叫我上天摘星星都中！"石头高兴地笑着。

他从桌上拿来一个空碗，把鸡蛋茶分出一半，递给巧梅……

117

大磨家里。

大磨婶坐在床沿上在做针线活。大磨在一旁拉开架势唱着戏词,还带着表情动作……

大磨婶含笑地看他一眼,道:"高兴啥哩!"

大磨停止表演,自吹自擂地说:"盼盼说,电站修好时叫俺演出庆祝哩。到时候,我在台上看着你给我拍巴掌!"

大磨婶:"能得不轻!啥时候能修好?"

"快啦!明早盼盼就要去县里卖山茱萸买电机哩!"大磨说着又表演开了,一会儿又忍不住说,"听说,到时候还评模范哩,扣她妈,这一回咱也要攒攒劲捞一个!"

大磨婶由衷地笑了……

118

村外。

一轮红日跃出山头,把山川村落映照得像披上了红纱。

119

巧梅家。

巧梅帮石头整理担子,轻声说:"这箱子给大顺叔捎回去。"

石头含笑点头,挑起了一头是箱子、一头是劈柴的挑子走出家门。

巧梅拿着一件夹衣追上来,披到他身上,又给他扣上领口的扣子,然后妩媚一笑,推了他一把,看着他走出小院……

120

队部门前。

人们正穿梭似的扛着包,往手扶拖拉机的拖斗上装着山茱萸麻袋。

121

小路上。

石头在一棵树下放下挑子,坐在扁担上擦汗休息。

忽然,他犯疑地看看那口落了锁的箱子,少顷,终于耐不住走过去,趴在箱子上闻闻,脸上立马变了色。他又摇摇箱子,心里明白了,勃然大怒地挑起箱子往回走去……

122

队部门前。

拖拉机上装满了山茱萸,一个女青年走上驾驶台准备开动。

盼盼坐在山茱萸包上面,向人们招手。

石头挑着担子来到队部门前。

栓柱看见他,亲热地叫道:"石头哥,来趁拖拉机进城哩?"

石头不回话,远远站住,闷闷叫道:"盼盼!"

盼盼应了一声,从拖拉机上跳下,走了过来。

石头蹲在地上,抱住头生闷气。

盼盼站在他面前,奇怪地问:"啥事?"

石头抬起头,眼泪巴巴地看着盼盼,憋了半天,才说:"你说着了!"

盼盼奇怪地:"啥事我说着了?"

石头憋得脸红脖子粗:"她……"石头猛地站起来,气得像疯了似的:"她真把我当二百五耍了!"

盼盼笑笑:"别生气,慢慢说。"

"她叫我也当贼哩!"石头气得憋住了眼泪,冲上去搬起那口箱子,举到头顶,"啪"一声砸在石磙上。

箱子破了,里边装的山茱萸撒了满地。

人们围上来看热闹,气愤地议论着:

"太不像话了!"

"大家都想叫电灯明,可她……"

"石头哥找了她,可真是……"

盼盼把石头拉到一边,安慰道:"石头哥,你做得对! 我现在进城买发电机,顺便找找李大顺。你先回去,可别跟她生气,啊?"

石头喃喃地说:"我不发火! 我不生气!"

123

石头家里。

巧梅坐在床上给孩子做一件花衣裳,她盯着花布笑了……

（幻觉）

三里长街，摆满了各色货物，人来人往。

巧梅在街上走着、看着，迎面走来了奸笑的李大顺。

李大顺把她领到街边僻静处，递给她一卷票子。

她扬扬得意地点着钞票，然后走进百货商店。

她在卖缝纫机的地方停下，羡慕地仔细观看。

她在卖布的柜台前，看一块花布……

突然，画外响起"咣当、咣当"的踢门声……

（现实）

巧梅惊醒，虎生下床，喝道："谁？"

石头怒火冲天地奔进屋来。

巧梅见状，脸色惨白，赤脚上前，惊问："啊！出事了？"

石头不搭话，铁青着脸，红着眼，拉开柜门，抓住一件又一件衣服，劈头盖脸地甩到了巧梅头上、身上……

巧梅从来没见过石头发这么大火，吓呆了，连连后退，跌坐在床上，叫道："你、你……"

"你是没穿的，还是没戴的？"石头狠劲摔打着衣服，"你还怨我不恨你……"

大磨、青山爷和栓柱妈赶来劝架。

"石头，有话好说！"大磨站在门口说道。

石头掂起一床被子，推开大磨，跨门而出，回头恨恨地说道："从今往后，你只当男人死了，我只当婆娘死了！"

124

水电站机房里。

栓柱在打扫房子,石头坐在床上生气。

大磨来了,坐到石头身边劝道:"我给巧梅说好了,她也怪后悔哩,咱男子汉和妇道人家不能一般见识!"说着拿起了石头的被子,站起来就要走。

石头一把夺过大磨手中的被子,瞪他一眼,转身把脊背对着他。

大磨又现身说法地劝道:"夫妻俩没有隔夜仇,我就常让着你婶子。"

"你俩不能比!"栓柱停下扫帚,指着大磨,批驳道,"你让着大婶,是错误向正确投降;他要让着巧梅嫂子,就是正确向错误投降!"

大磨被揭得张口结舌,半天才哈哈道:"看看,我能连个这都不懂? 我是试试石头,看他能不能抗战到底!"

栓柱扑哧一笑,又扫起地来。

石头坚决地说:"这一回你们看着,我非抗战到底不可!"

125

满天星斗,残月如钩。

白果树下,小院的几家人围在石板旁,好像在开会。

巧梅和青山爷坐在一起。

大磨挨着栓柱妈坐着,拼命地吸烟。

巧梅的大孩子小菊趴在大磨婶腿上睡觉。

栓柱略带讥讽意味地讲着："咱们这个小院就是事稠,今天咱们得好好互相……"他换了个比较温和的词,"帮助帮助,也好团结起来搞'四化'呀!"

没人吭声,只有小菊在打呼噜。

栓柱急了,看着大磨婶笑道："哎,再没人发言,咱们就抓阄,谁抓住谁先说!"

"我说两句!"大磨婶拍着小菊,心平气和地说,"我说巧梅几句,不是和你过不去,只为咱们住在一个小院里……"

大磨在背影里伸手悄悄拉大磨婶的衣服,不让她讲。

大磨婶打脱大磨的手,接着说："要大睁两眼看你往崖下跳,不拉一把,也不是邻居的心意!"

大磨急了,两眼直看着前面,又悄悄伸手向大磨婶拧去,谁知拧在小菊的脚上。小菊"哇"的一声哭了,喊叫道："谁拧我了! 狗拧我了!"

大磨婶瞪了大磨一眼,大磨低下了头。大磨婶拍着小菊,又说："往后多为队里想想,少拿队里东西……"

巧梅腾地站起来撒泼了,她撕破脸皮,揭大磨的短处："哼,还拿五尺量人家哩,你先量量自己够不够五尺?"

大磨婶听巧梅话里有话,倒噎一口气,问她："我摸过队里一根柴火麦秸?"

巧梅鄙夷地撇撇嘴,嘲弄地说："多排场! 你男人担石头光垒个外壳还受表扬,你咋不批哩?"

"啊?!"众人惊讶地张大了嘴。

大磨婶愣怔了一阵,不悦地反问："你见了?"

巧梅："那是人家盼盼……"

126

（回忆）

山茱萸树林。

巧梅正在采山茱萸,突然柿树上掉下一个柿子,吓了她一跳。

巧梅狠狠踢了它一脚。

巧梅顺着柿子滚去的方向看去……

127

（回忆）

工地石堆旁。

盼盼挑着装满石块的大筐,走到大磨垒的石方前。

她扒开空心石方,将挑来的石头一块一块地填进去……

她吃力地搬着石头,脸涨得绯红,一不小心挤破了手,在石片上留下一行鲜红的血迹……

128

（现实）

小院树下。

巧梅嘴不饶人:"就这还受表扬,多光荣!"

大磨婶听后,又羞又怒,勃然变色,厉声喝问大磨:"真的假的?你哑了?"

栓柱息事宁人地说："算了,过去的陈谷子烂芝麻提它干啥,向前看嘛!"

青山爷:"是呀,往后看气短,往前看气足。我说呀,不论是大磨还是谁,只要好好干,就中啦!"

大磨偷偷地看着众人,羞愧难当,觉得无地自容,内疚地:"我、我……"他悔恨地照自己头上砸了一拳……

大磨婶气得浑身乱抖,千言万语卡在嗓子里,指着大磨直叫道:"你、你,你还算个人不算!"说罢掂起凳子,回到屋里,"哐"地关上了门。

巧梅把火引到了大磨身上,得意地冷笑着,也回屋了。

栓柱同情地拍拍大磨,好言相劝:"大叔,改了就妥了,回去歇吧。"说罢,也同青山爷等人离开了。

大磨还蹲在原地不动,听听没有动静了,才慢慢抬起头偷看一眼,见没有人了,长叹一口气,愁眉苦脸地向家门走去……

129

大磨家门口。

大磨蹑手蹑脚走到门前,屋里的灯还亮着,他孤零零地靠着门前的苹果树呆立着,看着深秋的夜空。

月色黯淡,云随风飘。

从头顶上飞过一只孤雁,发出一声哀鸣。

一阵冷风吹过,树叶沙沙作响,飘飘落下。

大磨靠在树上,不禁打了个寒噤。他做贼似的一步一步走到门口,轻轻推门,门闩上了。他又走到窗前悄悄站住,屋里灯影摇晃,传出了声声抽泣。他悔恨难当,呆呆站了一会儿,几次抬手想敲窗户却又放下。终于,他还是鼓起勇气敲了敲窗子,惭愧地轻声叫道:"扣她妈,我再也不了!"

屋里的灯光霎时灭了。

大磨又在窗前默默站了一会儿,叹口长气,少气无力地转身向院外走去⋯⋯

130

水电站机房里。

顺河风刮进来,吹得小油灯忽明忽暗。

大磨畏畏缩缩地走进来。

石头半躺在床上,吸着烟,在想心事。见大磨进来,扫了他一眼,也不言语。

大磨干笑笑,坐在他床边,把烟袋递给石头。

石头推过大磨的手,不言不语。

大磨没趣地苦笑道:"我来和你做伴!"

石头"哼"了一声,便蒙住眼。

大磨叹道:"没想到咱俩一样下场!"

"咱俩不一样!"石头硬声粗气地说着,"噗"地一口吹灭了灯,在黑暗中又说了一句,"你为啥? 我为啥?"

131

工地上。

人们正在紧张地干活,拦水坝已初具规模,快要合龙了。

拖拉机"突突"叫着开过来。

盼盼站在拖拉机上,挥手报喜:"发电机拉回来了!"

人们欢呼着蜂拥而上。大家抚摸着油光锃亮的电机,高兴地说笑着。

"电灯快明了!"老宝叔高兴地说,"这可终于要点灯不用油、拉磨不用牛了!"

在盼盼的指挥下,大伙七手八脚地把电机卸下来。

人们这里摸摸,那里看看,然后恋恋不舍地又到河边洗手。

132

河边。

盼盼、小兰、栓柱、小山、大磨和石头等在一块儿洗手。

石头洗着,用沙子搓去手上油污,若有所思地突然问道:"盼盼,你说说,手脏了能洗净,心脏了能不能洗净?"

盼盼看着他,笑笑说:"能!"

大磨看着洗净的手,愁眉苦脸地说:"她盼盼姐,手洗净了,人家能看见,心洗净了,人家看不见,还说脏,你说咋办?"

"日久见人心嘛!"盼盼笑看着他俩,不解地反问,"你们俩今天是怎么了?"

栓柱笑道:"咱们小院里乱套了!"

盼盼吃了一惊地:"啊!"

133

小路上。

盼盼和栓柱边走边谈,盼盼时而皱眉,时而露笑……

栓柱急切地说着什么,盼盼淡淡一笑,说:"我看,咱们非得这样,才能……"

栓柱和盼盼消逝在金色的霞光之中……

134

小院里。

巧梅坐在门口,懒散地梳着头。

大磨婶在自己门口放张小桌,和小扣一同吃饭。

小扣拿个馍,说:"妈,我给俺爹送去吧!"

大磨婶一把夺过小扣手中的馍,放进馍盘里,没好气地说:"死落后,饿死他不亏!"

巧梅听了这话刺耳,不由瞥了大磨婶一眼。

大磨婶没发觉,继续数落着:"你长大了可别学他,白披张人皮,心比狗屎还臭!"

巧梅不由看着自己穿的衣服。

大磨婶又说:"成天好吃懒做,钻窟窿打洞占便宜!"

巧梅听到这里勃然大怒,腾地站起,指着大磨婶快嘴利舌地反问:"大磨家,你不要指鸡骂狗,我把你娃子扔到井里了?"

"啊?"大磨婶先是一愣,继而反击说:"我揭俺小扣她爹的疮疤,你疼的啥?"

巧梅蛮不讲理地说:"为啥叫我听见?"

"要知道你和他害的一样病,"大磨婶也火了,挖苦道,"我去东山头上唱曲哩!"

巧梅正撒泼,盼盼跑了进来。大磨婶张着双手迎上去,叫屈道:"盼盼,你评评,我骂俺那个死货不要脸,她为啥不依?"

盼盼笑道:"谁敢不叫你管大磨叔啊!"

"她!"大磨婶转身指巧梅,可一下愣住了,人呢?

135

灶火屋里。

巧梅心烦意乱,拿柴烧锅,柴是大块的,顺手扔下,又找着斧头劈柴,把一肚子火气都发泄在斧头上。由于用劲太猛,斧头震飞了,她的虎口也震麻了,一气之下坐在凳子上,不做饭了!

盼盼喊她:"巧梅嫂子!"

巧梅抬头一看,盼盼站在灶房门口,两眼满含深情地看着她。

巧梅赌气地转过身,背对着盼盼,干脆破罐破摔拼上了,心虚嘴硬地说:"说吧,想咋收拾? 我知道,斗争栓柱他爹时,我提过意见——!"

盼盼被这话刺伤了心,稍停,她又把委屈咽了下去,上前拾起斧头,三下两下把柴劈碎。她又揭开锅添上水,盖上锅盖才说:"烧火做饭吧,有啥话吃了饭再说。"

盼盼的所言所行打乱了巧梅的"对抗"方针,也杀去了她的"威风"。伸手不打笑脸人,她也不好再撒野了,只是冷冷地说:"我不饿!"

"做!"盼盼笑笑,命令道,"你不饿,我还饿哩。做好咱俩吃!"

巧梅听了这句亲切的话语,气消了一半,不好拒绝,只得生火。盼盼走到灶前,拿过火钳,说:"我烧火,你和面。"

巧梅顺从地站起来和面。

两个人各自干活,不言不语。沉默使巧梅更加心虚,她怯生生地偷看了盼盼一眼,只见盼盼也在看她,又忙低头和面。

盼盼烧着火,叹息一声,好半天才说:"我见李大顺了……"

巧梅怔了一下,没有言语,头耷拉得更低了。

良久,盼盼又说:"他不光捣鼓弄钱,还坑了咱们,公社经他手买的这个电机也有毛病,现在大磨叔正试着修理哩。光为这事李大顺就让工商管理所罚了一千块钱,他都坦白认错了!"

巧梅吓呆了,忘了和面,手在发抖。

"李大顺要把你往泥坑里推,石头哥把你又拉回来,可你……"盼盼埋怨道。

巧梅的眼睛红了。

"路过你娘家,我去看看大娘的病,她留我吃了饭,还叫我给你捎了东西。"盼盼说着站起来,走到案板前,掏出个笔记本,从里边抽出一张相片,递给巧梅:"给!"

巧梅哆嗦着手,接住照片。照片上,戴着红领巾的巧梅笑眯眯的,胸前挂着一朵大红花,双手捧着一张奖状。

巧梅凝视着照片……

盼盼动情地说:"大娘说,你上学时,一次拾到二百多块钱,一点也不动心,马上交给学校,还给了失主。那时,你的心像水晶一样透亮……后来吃食堂,你饿急了,偷吃了队里一个玉米穗,挨了半天批斗。往后的事……巧梅嫂子,也不能全怪你……"盼盼叹了口气,接着说:"可是现在不一样了,做人要有人的骨气……"

"啪!"巧梅泪水盈眶,突然打了自己一个嘴巴。

"嫂子——"盼盼一惊,急忙拉住她的手,疼爱地给她擦泪。

"好妹子——"巧梅一头栽到盼盼怀里,放声痛哭起来……

136

水电站机房。

石头在切面条,大磨在拆修电机,弄得满脸油污。他停下手里的活儿,看着石头,问道:"说真的,大侄子,你想不想巧梅?"

"想!"石头把刀"哐当"一撂,大磨吓了一跳。

石头生气地咬着牙,接着说:"想修理她!"

"女人家的心肠最狠了,俺小扣她妈就没一点夫妻情肠!"大磨叹了口气,越想越恼,不干不净地骂起来,"哼,好像天下就她积极!真是王八有钱出气粗、侄娃子有钱不叫叔,人一积极就六亲不认!"

石头越听越不是味,把刀又一撂,上去拉住大磨,恼怒地说:"走,上队里评评!"

大磨挣扎着说:"咋啦?咋啦?"

石头出着粗气:"你凭啥骂我?"

大磨冤枉地说:"我哪骂你了,我是骂俺女人的啊!"

石头有气没处撒,肝火旺盛地反击道:"你别当我是憨子,你口口声声说积极长积极短,不是指桑骂槐是啥?"

"咋,就你一个积极?"大磨也动火了,挣脱石头,夸耀道:"俺小扣她妈比你还积极哩!"

石头驳斥道："不管是谁,只要积极,就是不兴你骂!"

大磨还要再辩,抬头看见栓柱站在门口嘻嘻笑着吓唬他:"好啊,还骂俺婶子哩,我去告诉她!"说完回头跑了。

大磨忙赶到门口,对远去的栓柱央告道:"好侄子啊,你别再火上浇油了! 就这都够我喝一壶了!"

137

小院里。

栓柱蹲在苹果树下,对坐在树下的小扣说:"记住了没有?"

小扣眨着眼:"记住了!"

栓柱领着小扣,失急慌忙地跑进大磨婶家里,装作气喘吁吁的样子说:"快! 婶子,大磨叔病了,又冷又烧!"

大磨婶正在做棉衣,心头一颤,继而故作冷淡地说:"他病不病碍我啥事!"

"咦,"栓柱夺下她手中的棉衣,取笑道:"那你做这棉衣干啥? 是不是想给我找个新大叔?"

"死东西,没老没少!"大磨婶笑骂着起来扑打栓柱。

栓柱躲过大磨婶伸过来的巴掌,把棉衣给了小扣,使了个眼色。

大磨婶回头看见小扣拿着棉衣跑出门,忙追两步,叫道:"小扣!"

栓柱一把拉住她,笑道:"你就算了吧,别嘴上不疼心里疼! 冻在大磨叔身上,还不冷在你的心里?"

大磨婶白了栓柱一眼,但这眼光里却是由衷的感激!

138

水电站机房。

大磨接过小扣递过来的新棉衣和用一手巾兜着的白面馍,看了又看,心里热乎乎的,悄声问小扣:"你偷偷送的?"

小扣天真地摇摇头。

大磨又问:"你妈叫你送的?"

小扣点点头。

大磨抚摸着新棉衣,不由眼红了。

"爹,你咋哭了?"小扣眼巴巴地看着他,从口袋里掏出一块糖,塞到了大磨嘴里,懂事地说,"爹,回去吧,俺妈想你哩!"

大磨酸楚地抹抹泪:"回,回!"

石头在一旁做木工活,准备安装电机房的窗户,看见这场面,想起自己的妻子,不由恼怒地"哼"了一声。

大磨看看石头,又看看新棉衣,过去安慰道:"巧梅肯定把你的棉衣也做好了。"

石头发牢骚地说:"哼,她把我的棺材做好了!"说完,"喹"的一声把手中的斧子狠狠砍在木头上……

139

小院里。

栓柱和小山各扛着一捆干柴,蹑手蹑脚地走进院里,轻轻放到巧梅灶房外边。栓柱擦擦头上的汗,扒着门缝往里看看,只见巧梅正在劈一个榆木疙瘩,好久都劈不开,气得她流泪骂道:"没情没意的东西!"

栓柱撇嘴向小山笑笑,使个眼色。

小山会意,故意把脚在地上"咚咚"地跺了几下,然后一溜烟地跑了。

栓柱清了清嗓子,用正正经经的口气叫道:"石头哥,你咋把柴火放到门口就跑啦?算啦,回家吧!"

巧梅听见声音,拉开灶门,只见一个人影窜出院大门,低下头再看,果真门口放着两捆干柴,上面还放了一条鱼。

巧梅犹豫一下,赶忙追到大门口,只见那人影已跑远了。她失望地拐回来,提起那条鱼,看着那两捆柴,眼里不禁滚出了热泪。停了好大一阵,她才走回屋里拿着一件棉袄出来,往大门外走去。

栓柱和小山藏在墙角把这一切看得清清楚楚,不由捂嘴偷笑了……

140

电机房外。

巧梅左顾右盼、前前后后躲着人,往小水电站机房走去。走到门口,听见屋里说话,忙退到一边,扒着窗子往屋里偷看……

141

机房里。

盼盼一手拿着石头的被子,一手拉着正在用瓦刀砌电机座的石头,柔声劝道:"回去吧,巧梅嫂子离不开你呀!"

142

窗外,巧梅神情激动……

143

屋内,石头挣脱盼盼自顾干活,大磨在一旁和着水泥。

盼盼又说:"人都会变嘛!"

"她会变把戏!"石头停下瓦刀,粗声硬气地说,"哼,头天夜里多好,恨我不管教她。第二天一早就叫我去干那见不得人的事!"

144

窗外,巧梅一震……

145

屋内。

大磨一边用锹给石头递和好的水泥,一边也帮腔劝道:"哎呀,该罢休就罢休,还得叫巧梅来请你呀!你看我,这不自己就回去嘛!"

"八抬大轿来抬也不中!"石头瞪了大磨一眼,决绝地说,"要叫我回去,除非她变了样,到时候我找上门给她磕头都中!"

146

窗外。

巧梅泪水盈眶……

147

屋内。

盼盼笑笑,无奈地放下被子,又劝大磨道:"大磨叔,你先回去吧!"

大磨巴不得跑着回去,他放下铁锨,拿上东西要走,却又做出勉强的样子,找梯子下台说:"都是看你的面子,她盼盼姐。要不我可真不想回,独一个过着多清闲!"

盼盼转身撇撇嘴,忍住笑,帮大磨叔拿着东西往外走去。

石头看着他,心里像翻倒了五味瓶,不知是啥滋味。他突然叫道:"大磨叔!"

大磨在门口站住,回头看看石头。

石头恋恋不舍地说:"这些天,我对你说话态度不好,你可不要生气!"

大磨苦笑,尴尬地说:"牙和舌头还不和哩! 你也不要生我的气,咱做伴一块儿回去吧?"

石头憨实地嘱咐大磨:"大磨婶打发小扣又是给你送棉衣,又是送吃的。别看她吵你骂你,那是对你真亲! 你回去可不要叫她再生气了!"

大磨闻言,心头猛一热,愣了半晌,突然拐回来把东西放在床上,又继续和水泥帮石头干活,讷讷地说:"我还给你做伴……"

盼盼笑道:"哎,咋又变卦了?"

大磨郑重而严肃地说:"我也要变个样子,戴上红花,叫俺小扣她妈高高兴兴地接我回去!"

148

窗外。

巧梅听到这里,热血涌上心头,又变成热泪流下来,心一横回头就走。走了几步,忽然发现手中还拿着棉衣,想了想又拐回来,脚步噔噔,冲着屋里狠劲把棉衣扔过去,然后捂着脸,哭泣着跑了……

149

小院里。

巧梅匆匆忙忙跑进来,大磨婶正在她门口扫院子。

巧梅见状一怔,和大磨婶对视了一眼。

大磨婶微笑着刚要开口,巧梅噔噔地跑进了灶间,一脚踏进门槛,看见一个人背着她正在劈柴。这人听见脚步,回过头来调皮地一笑,原来是累得满头大汗的栓柱。

巧梅见状心头不由一热,却又马上寒下脸子。

栓柱看看她,把劈好的柴拢好,撂下斧头跑了。

巧梅看看劈开了的柴,堆得整整齐齐,又看看水缸,担得满满当当。

她思绪紊乱,不知如何是好。正在愣怔,大磨婶被栓柱推着进来了。

巧梅不知所措地低下了头。

大磨婶干笑笑,诚恳而又惭愧地说:"盼盼批评我了,咱们住在一个小院里,我这个近邻没当好,平素对你没帮助,遇事还看你的洋戏!"

栓柱也严肃地插话道:"嫂子,我也是这个毛病,最最严重了,你拧我吧!"说着又笑了。

大磨婶指着栓柱说:"盼盼也批评他了,说他这个毛病再不改,就不跟他好了!"

栓柱嘿嘿笑道:"你要是往后改邪归正,咱们就停战讲和……"大磨婶听他说漏了嘴,忙悄悄拉他的衣襟。栓柱忙改嘴道:"对,对,往后咱们互相帮助,共同进步,争取满院和气……"

巧梅瞪了栓柱一眼,还是不答话,但脸色却缓和下来。

大磨婶急了,拉拉栓柱,回头就走,说:"我们去把石头给你拉回来!"

巧梅上前,一下扑到大磨婶怀里,禁不住哭了,半晌才说:"好婶子,你别去,强扭的瓜不甜!"少顷,她擦擦眼泪,看了栓柱一眼,赌气地说:"我要叫他自己找上门!"

150

夜,水电站工地上。汽灯明亮,火把熊熊。人们在加班干活。

拦水坝快要合龙了。

"修好电站迎新年!"巨大的标语在汽灯下格外显眼。

"收工了,快回家歇吧!"盼盼上上下下催促着不愿离去的人们。

盼盼夺下老宝叔手中的铁锨:"大叔,你带个头嘛!"

老宝叔笑着:"好,回去!"又招呼大伙:"回家吧,明儿再干!"在他的带动下,人们欢笑着散去……

151

电机房里。

大磨、石头还在外面干活,此刻栓柱正坐在桌旁,就着玻璃油灯算着电站的各项数据。

盼盼悄悄走进来,把落在椅子上的大衣拿起来,轻轻披在栓柱身上。

栓柱回头一笑,又低头算着。

盼盼看看表,关心地说:"十二点了,歇吧!"

栓柱头也不抬:"快完了!"

盼盼关切地:"过年能通电吧?"

栓柱信心十足地说:"没问题,只要大坝按时合龙,保证使上电灯、演戏过年!"

盼盼又问:"安那么多电灯,又是磨面、打米、抽水浇地……会不会超负荷?"

"没事。"栓柱递过来一张写满数据的纸,"你看!"

盼盼低头看着,高兴地说:"好啊,总算把河水变成了劳动力!"

盼盼把纸还给栓柱,放心地向外走去,刚走两步又转身嘱咐道:"快点算完,早点睡!"

栓柱依恋地看着她的背影,诡秘地一笑,突然大声叫道:"还有一个数据可是超负荷了!"

盼盼当真了,忙回头走到他身边,担心地问:"哪个数据?"

"你看!"栓柱飞快地在纸上写下一个算式。

盼盼拿起纸片,只见上面写着: $26+25-48=3$ 。

盼盼念道:"二十六加二十五减四十八……"她微微嗔笑,不解地问:"这是哪个数据?"

栓柱嘻嘻笑个不停,指着纸片上的数据,解释道:"你二十六岁,我二十五岁,合到一块儿五十一岁。减去规定的晚婚年龄四十八岁,已经超过三岁了!"

"鬼娃!"盼盼忍不住笑了,照他头上戳了一指头,回头跑了。

栓柱追出门外,死死拉住她的手不松,眼巴巴地看着她,问:"超了咋办呀?"

盼盼见栓柱拉住她不放手,又羞又急,指指远处,示意有人。

栓柱扭头看去,盼盼趁机亲了他一下,挣脱着逃走了。她边跑边回头甜甜地笑道:"等电灯明的时候……"

栓柱傻乎乎、甜蜜蜜地摸着被盼盼吻过的面颊,嘿嘿地笑了。

远处,传来声声鸡啼。

天快放亮了……

152

小院里。

晨光熹微,麻雀在叽叽喳喳地乱叫。

大磨婶开门走出来,到巧梅门前,叫道:"巧梅,快起来,大坝今天要合龙了!"

屋里听不到答应的声音。

"瞌睡真大!"大磨婶笑着埋怨着,走过去推巧梅的门,门竟上了锁,大磨婶笑笑,"走时连吭都不吭,真是想抢第一哩!"

153

大坝上。

人来人往,一片欢歌笑语。

人们紧张地运石头、合龙大坝……

154

山坡上。

几个人拉着架子车从坡上跑来。跑在最前边的人用劲过猛,又一脚蹬在石头上,滑了脚步,失去重心,一头栽下去。

满载的重车拖着人,横冲直撞往下滑去,眼看着要跌到路边深崖里去了,坝上的人看见了,个个大惊失色,一边纷纷放下车子飞跑着上来抢救,一边齐呼乱喊:"快放开车子!"

这人早吓晕了,襻带还在肩上套着,继续往崖边滚去,再有眨眼工夫就会滑下深崖,跌个粉身碎骨。就在这千钧一发之际,只见拉第二辆车的人,撂下自己的车子,任其跌进深崖,不顾危险冲上去,用肩头死死顶住那人的车轮。

车子停住了,那人也得救了。

人们松了一口气,呼叫着赶上来……

石头第一个跑到躺在地下的那人身边,同情地埋怨道:"你咋恁冒失,多险呀!"话音没落,那人抬起头来,石头一看竟是巧梅。

石头吓得"啊"了一声,连忙把她抱在怀里,擦去她脸上的血迹,又是怜又是怨地叫道:"你——"

巧梅大难不死,惊魂未定。一见石头,泪水不由夺眶而出,伏在他肩上痛哭,继而又在他肩上使劲捶打。

石头一把捺住她的手,心疼地责备道:"还不快去谢谢人家!"

巧梅顺从地起来,走向救命恩人。

大磨婶和众人也都赶到,大声叫道:"老天爷,多悬啊! 是谁舍下车子救人一命?"

那救人的人背对大家,正在看着滚到崖下的车子,心疼不已。听见身后惊叫,回过头来,竟是大磨!

155

电机房里。

盼盼合闸,电机转动,电灯亮了……

156

村里。

家家户户灯亮了。人们喜悦地在电灯下做饭,小孩在电灯下读书……远处看去,夜幕下的村庄星星点点。

1982 年春

人物表

二妞——生产队长

东东——社员,二妞未婚夫

火婶——社员,积极分子

大木——大婶的丈夫,落后社员

石柱——社员,积极分子

水花——石柱之妻,落后社员

小院

1

白色如雪。

小山村浸润在甜蜜的梦乡。

一家鸡鸣,全村鸡鸣。

村中,高高的白杨树下,女队长二妞拉绳打钟。

鸡叫,钟声,惊醒了小山村。

二妞敲着钟,银喇叭筒呼叫着:"水电站开工了!"叫得家家户户吱吱扭扭开了门。

2

一座三合头小院。

二妞站在门口,呼叫:"水电站开工了——"

上屋的门打开了。

东东拿着工具,慌慌张张走出来。二妞站在大门口对他一笑,反身走去时,扔过来一包东西。东东举手接住,哈,新鞋。低头看了看脚上的烂鞋,笑了。

东东看看南北厢房关门闭户,就左脚一甩,一只烂鞋砸在北厢房门上;右脚一甩,一只烂鞋砸在南厢房门上,然后坐到院当中石凳上穿着新鞋,叫道:"喂,队长嗓子喊哑了——"

南厢房里。

水花坐在床上,回声道:"怕对象嗓子使坏了,你去替她喊呀,还没过门哩,可心疼不及了。"

丈夫石柱在墙角找工具,瞪她一眼,说:"你身子骨要像你这张嘴一样勤快就好了,你快点行不行? 今天上工要按制度办事。"

水花撇撇嘴,说:"别拾个棒槌当个针使,听他们吓唬人。"

北厢房里。

火婶拿着家具欲走,推推还躺在床上的大木一把,吆喝道:"耳朵塞驴毛了,没听见喊上工吗?"

大木睡眼惺忪,嘟哝道:"傻货,再积极谁还给你戴朵花……"

3

小水电站工地。

西山的半腰云中夹着一条小河,弯弯曲曲流着。

峭壁上刷着大标语:打倒"四人帮",深山电灯亮。

人们欢快地干着活儿。

路口,记工员小山看着放在石板上的闹钟,在登记人数。

大木和水花慢悠悠走来。

小山拦住他们,指指闹钟,说:"大家干半点钟了,你们得扣一分。"

大木推开他,笑嘻嘻道:"滚滚滚,开啥玩笑!"

小山认真地说:"玩笑?这是才定的制度!"

水花批驳道:"啥制度?别拿鸡毛当令箭。"

两人犟着要走。

二妞和一群人担着沙石过来。

小山叫道:"二妞,他们来得晚还不叫我扣分。"

二妞放下担子过来。

大木迎上去,打哈哈道:"二妞,我积极、落后你一脉尽知。这些天我一颗心迷到了电站上。昨儿黑,我想生个办法,早点把电站修好,一直弄到后半夜才迷糊过去,做梦都在干哩。就这,他还要扣我一分。"

东东故作认真,说:"好啊,我提议,给大木叔记上做梦分。"

众人哄笑。

二妞瞪东东一眼,对大木好言好语道:"想得好,还得干得好。来得晚,少干活,就该少记工。你真要为着电站,就积极执行制度。"

大木一时找不着词,水花插了上来,嘴比刀子还快,质问道:"制度,制度,早不制,晚不制,为啥专制我们?"

二妞解释道:"从前'四人帮'破坏,能说会道的人沾光,老实干活的人吃亏。现在落实按劳取酬政策,多劳多得,少劳少得!"

"好,这制度真好!"大木故作拥护,冲着看热闹的人自夸道,"要是早告诉我,噫,不是吹的,我比谁都跑得快。"

水花也趁机倒打一耙,吵道:"对!对!定制度为啥不打招呼?噫,还搞突然袭击哩。"

二妞转身责问东东:"你没告诉他们?"

"嘿嘿,"东东好笑地说,"昨天夜里开小组会,怎么喊你俩也不去。"他忽然转身问大婶,"火婶,你回来没告诉大木叔?"

火婶瞪了大木一眼:"可说了。"

大木故作惊讶:"哎呀,你散会回来时,我睡得像死猪一样,你说的啥,我没听见。"

小山质问:"你不是说,操心操到后半夜才迷糊过去吗?"

大木词穷:"这、这……"

众人又是一阵哄笑。

东东又问道:"石柱哥,你没告诉水花嫂子?"

石柱看水花盯他,吓得语塞:"这、我……"

水花捅了石柱一拳,反咬了一口骂道:"好啊,你这个死人还给我保密哩,叫我又丢人又丢分。"

东东又气又笑,指她:"装得怪像。"

水花一手指天:"我敢赌咒。"

东东讥笑:"赌咒不疼。"

大木耍赖:"反正我真不知道。"

"你为啥不指名道姓说?"二妞批了东东一句,又对大木和水花含笑道,"好吧,不知道没罪,去做活吧。"

大木和水花扫了众人一眼,得意地离去。

小山不满地埋怨道:"三句假话一说,制度就吹了,工分也不扣了!"

二妞笑道:"扣,为啥不扣!"

大木和水花回头,气道:"啊,说了半天还要扣!"

"扣我的。"二妞一笑,举起喇叭筒,大声广播道,"大木叔和水花嫂子愿意执行制度,今天迟到,是怨我没通知到,扣我二分。"

众人愕然,愤愤不满地看着大木和水花。

大木和水花涨红着脸,目瞪口呆。

火婶气得咬牙,推了大木一把,喝道:"还不快去做活!"

4

工地一角。

黄土崖下,一群人担土走去,大木和火婶走来,装土。

火婶气道:"看二妞是棉花絮脾气,好捏,自己磨洋工,叫扣她的分。"

大木摇头叹气道:"还棉花絮好捏哩,她这一手比铁棍还硬,这是在大家肚里安上钟点,往后看谁还敢晚来一分一秒。"

"明白了就好。"火婶装满拍实,又扣两锨,担起走去。

大木只装两半筐,跟着走去。一路上见火婶不断换肩,心疼地埋怨道:"说你傻,你还不服哩!试试,担得不少,压得不轻,也没见你香多很。"

"我心里没那些杂技。"火婶头也不回地说。

一群担土的人说说笑笑拐了回来。

火婶不由回头看看大木的担子,见只有两半筐,又气又急地命令道:"快,放下!"

大木不解,愣怔地放下担子,问:"咋啦?"

火婶飞快地把肩上的满担放到大木的肩上,自己挑起大木的两半筐,骂道:"奸猾得不轻,才丢罢人,又来出丑,也不怕捣烂你的脊梁骨!"

大木轻易不担这么多,压得龇牙咧嘴。

迎面的人走过来了。

东东看看大木担的满担,惊奇地伸出大拇指,叫道:"嘿,今天日头打西边出来了!"

大木苦笑着,脚步不停地摇晃着,吹道:"你娃子别说背良心话,咱啥时候担得少。"

二妞过来,看大木被压得东倒西歪,关怀地笑道:"咳,大木叔这一担挑了两座山哩!"

大木更得意了,严肃地说:"干革命呀,能叫使死牛,也不能叫打住车!"只管嘴快,脚下绊住个石头,踉踉跄跄差点跌倒。

二妞忙上去扶住他,把自己的空担子撂到地上,夺过大木的重担,嘱咐道:"少装一点,别压坏了身体。"

二妞几个快步赶上火婶,埋怨道:"他轻易不担重担,你别叫他一口吃个胖子。"

火婶哭笑不得,回头狠狠地看了大木一眼。

大木愣了一会儿,拾起二妞的空担子走去。

大木走过河边一个深潭,鱼儿在哗哗地亮膘,他的心又动了,迟疑了一下,强忍着走去。可忍不住一步一回头 看着潭里的鱼,到底没斗过私心,又拐了回去,放下空担子,看看前后没人,飞快地跑到河边,从怀里掏出钓鱼钩,安上诱饵,扔进水里,把绳头拴到河边一棵树的树干上。

5

工地又一角。

一群社员担着沙土,沿着林荫小道,穿过苹果园。苹果白里透红,红里透白,风吹点头,引诱着行人。有的枝伸到小路上空,低得碰头。社员们来来往往,没人摸一下。

看果园的张七爷敲着铜锣,来来回回赶着鸟儿。

小山担土过来,边走边叫:"七爷,小心有人顺手牵羊。"

"没事,相信你们这里没那号人。"张七爷笑着,匆匆去赶鸟儿了。

石柱和水花担土过来了。

压弯枝头的苹果,碰住了水花的鼻子。她往后一仰,看着苹果挑衅地叫道:"好啊,我不找你,你还找我哩,你当我不敢吃你!"说着伸嘴咬下一个苹果。

石柱急叫道:"你……这是人家外队的呀!"

水花满不在乎地说:"咋,外队的吃着有毒?"

"唉!"石柱咬牙跺脚而去。

水花边吃边走,猛抬头看见二妞迎面走过来,忙把苹果塞到怀里,神色匆忙地和二妞擦肩而过。二妞早已看见,欲说又止,看着她的背影摇头苦笑。二妞沉思片刻,顺路找到水花摘果子的那一枝,从口袋里掏出一角钱,绑到枝头。

6

水花担着空筐,路过大木钓鱼的地方,听见哗哗响声,四下看去,见鱼拉浮漂,喜出望外,忙跑到河边,拉出一条大鱼,放到筐里,拔了一把野草盖上,偷笑着走去。

东东恰好担土过来,看见水花在河边鬼鬼祟祟,便跑过去看个究竟。一仰头看见钓鱼钩,生气地拉出来揉成一团扔进草丛里,想想还不解恨,又拾起钓鱼钩,绑上大石头扔进水里,把绳子依旧绑在树干上,自得地笑着走了。

7

大木担着筐子,悠闲地走着,哼着小调:"昔日里有个姜太公,会钓鱼他才出了名……"

唱着来到下钩的地方,看见浮漂下沉,以为钓住一条大鱼,喜上眉梢。看前后没人,忙跑去捉住绳头,越来越重,喜不自禁道:"可逮住个大家伙!"一把又一把拉上来了,啊,一块大石头,他怔住了!

8

收工了,人们收拾工具准备回家。

二妞和张七爷说着话,从河那边走来。

这边,大木心神不宁,还在想着鱼。忽然见水花筐里乱草翻动,他跟上去伸手掀开乱草,一条濒死的大鱼还在挣扎。他恍然大悟,一把抓住了鱼。水花被惊动,忙回头一看,便扔了筐子,伸手去夺鱼。

大木哪里肯放,发火道:"你在哪里弄的?"

水花强硬地回道:"拾的!"

大木:"你……偷了鱼,还绑了石头,坏极了!"

水花:"你不要诬赖好人,谁绑石头了? 噫,还有脸说哩,做活哩,去钓鱼。"

大木道:"我钓鱼就该你偷?"

火婶上去拉大木,气道:"还有脸吵哩。"

大木甩开火婶,指天画地地冲冲大怒:"你打听打听,这些人也不是好惹的!"

石柱拉水花,水花推开他,跳起来叫道:"你也访问访问,这些人也不是好捏的!"

两人手里夺嘴里吵,人们围上来看热闹,东东冲到他两个当中,猛劲一抓,夺过鱼,大喝一声:"我叫你们争!"

水花控告大木:"你可钓哇!"

大木讥刺水花:"你可偷哇!"

东东甩开胳膊,狠劲往河里扔去。二妞刚走到河当中,见扔来一件东西,忙伸手接住,哈,一条大鱼。

岸上众人哄笑。

二妞看看手中大鱼,又看看岸上人群,指指水花,对张大爷说:"就是她!"

张大爷大步走去。

岸上,人们七嘴八舌批评大木和水花。

"做活去钓鱼,还说做梦都在干活。"

"你手也太长,偷鱼还绑块石头。"

张大爷插进来对水花埋怨道:"水花,你也太客气了。"

水花只当偷吃苹果的事犯了,变脸失色惊问:"我咋?"

张大爷:"摘了个苹果,吃了就算了,还……"

"好啊,还偷人家苹果。"大木截断张大爷的话,咋呼起来。

众人也气炸了,议论纷纷:

"咱们的脸算是丢完了。"

"做活少只手,见了东西又多只手。"

"批判她!"

"差啦,差啦!"张大爷看大家误会了,忙拿出那一角钱,摇着说,"她吃了个苹果解解渴,就在树枝上绑了一角钱。兄弟队呀,也太见外了。"说着把那一角钱递给水花。

水花初则吓得出冷汗,进而迷惑了,推开张大爷的手,尴尬地说:"不,不,我……"

"别客气呀。"张大爷硬塞给她。

水花硬是不接,涨红着脸,说:"不、不……"

张大爷看她执意不收,从口袋里掏出一个硬币,说:"你觉悟这么高,我们也不能卖高价啊,真要给,找你五分钱。"

水花不知所措,连连后退,张口结舌:"这、这……"

张大爷硬把五分钱塞给她。水花看见石柱在得意地眯眯笑着,以为是石柱绑的钱,也就心安理得地收下了。

张大爷对众人夸道:"你们队里风格真高,我一定给俺们队长说说,教大家向你们学习。"

二妞提着那条鱼走来,小山迎上去报喜:"二妞,沟里石头滚上坡了,水花给咱们生产队脸上擦粉了。"

二妞笑而不语。

9

夜,东东家里。

二妞在案板上切鱼,东东站在旁边看着,怀疑地说:"那一角钱准是石柱绑的,水花要有那觉悟,猴儿都会笑。"

"你也别把人看扁了!"二妞把鱼一切两半,一半递给东东说,"给水花送去!"

"哎呀!"东东吓一跳,反驳道,"劳动时间乱来,不批不斗,还往她嘴里送,工作就是这样干的?"

"不分敌我,不批不斗,工作就这样干!"二妞笑道,又讲,"雷锋说,对人民要像春天一样温暖。"

"她那心比冰块还凉,你就是像夏天一样,也暖化不了。"东东回话。

"你热几回试试,看行不行。"二妞多情地一笑,掰开东东的手,硬把半条鱼塞给他。

"好,看你面子,咱再赔上一包五香粉。"说完,东东拿起一包五香粉,做个鬼脸跑了。

10

石柱家里。

水花在擀面条,石柱洗洗手过来,笑眯眯地夺过擀面杖,说:"你歇歇,我来。"

水花侧目而视,感到奇怪:"嘿,今天咋啦?"

石柱站着,两只笑眯眼盯住她,憨厚地笑道:"你咋想起来在树枝上绑一角钱?"

"啥呀,不是你绑的?"水花察觉自己弄错了,不由惊叹一声。

"啊,不是你!"石柱当成真是水花绑的,满心欢喜,听了水花反问,心里凉了半截,怔了一阵,把擀面杖又塞给水花,坐到一边吸烟,气道,"那你就收人五分钱?"

水花没趣地说:"他硬要给。"

"你就厚着脸收?"石柱又气又急,"吃了苹果,又受表扬又落钱,还不快还给人家!"

水花喃喃道:"还给谁?"

"我!"东东走到门口,当成问他的,应着声进来,把半条鱼往水花面前案板上重重一放,"二妞叫给你的。"

水花被这突如其来的举动吓住了。

东东又放下一包五香粉,说:"再加一包五香粉。"

水花变脸失色地说:"你啥意思?"

"没意思。"东东强作笑脸,说,"下午看见你那一角钱作风,我差一点惭愧地哭了,过去对你太冷了,今后保证对你热一点!"他做了个鬼脸,回头就跑,到门口又扭头说,"愿你永远保持和发扬那一角钱的好精神!"

水花哭笑不得,呆住了。

11

大木家里。

火婶边做饭边数落:"水花都变了,就剩下你这个榆木疙瘩了,往后多干活少玩嘴。"

大木在一旁拉着胡琴,唱着小曲,听她啰唆,就指指墙上奖状,嬉笑道:"你天天担百斤,不如我讲几句好听话,不服也不中,就这,奖状比你多。"

火婶气急,上去扯下奖状,摔到他脸上,气道:"呸! 你别再想做那个梦了。往后你舌头放懒一点,双手放勤快一点,'四人帮'打倒了,说人话不做人事不中啦!"

大木笑嘻嘻地拾起奖状,展平着。

二妞提着半条鱼站在门口,听了看了,笑道:"火婶说得对呀!"

火婶回头叫道:"啊,二妞! 你……"盯着她手中的鱼,不知该咋说了。

二妞一笑,把鱼放到案板上。

火婶气道:"叫他吃吃,使劲落后哩!"

二妞笑道:"谁能一嘴吃个胖子,我看大木叔今天就进步不小——愿意遵守制度。"

火婶插嘴:"那是玩嘴哩!"

二妞又说:"今天担的也比往常多呀!"

火婶:"担得多,叫他自己说!"

大木在二妞身后给火婶使眼色,求告她别揭底。火婶瞪他一眼,转身从桌上拿起钓鱼钩,交给二妞,说:"给他没收了,叫他往后混不成！"

"钓鱼没错！"二妞接过，转手又交给大木，恳切地讲，"只要不耽误劳动，钓几条鱼改善一下生活，也是好事嘛！"

大木连说："你看吧，做活时间咱要再钓，怨咱真不觉悟，你使劲批啦！"

"我批？你比我还会批哩！"二妞笑笑，又说，"咱们庄稼人，得实打实才行。过去玩舌头，那是'四人帮'的一套，咱们不学！"

大木也附和道："对，对！那玩意儿不能打粮食！"

二妞笑笑走了。

大木得意扬扬，对火婶道："看看二妞哪和你一样，你就会使厉害！"

火婶呛白道："脸比城墙还厚！"

大木看看鱼，求告道："做啊！做吧！做个醋熘鱼，咱保证拿个模范，叫你喜喜！"

12

水电站附近山坡上，一株株山枣树挂满果实，鲜红晶莹。这果实叫"十月红"，药名叫山萸肉，又叫山茱萸，是一种珍贵中药。每到十一月间，叶子全落了，只剩下满树枣，像是满树珍珠。

二妞站在山脚下，给大家分活："男劳力备料，每人五方石头。女劳力摘山枣，按斤记工。摘净一点，咱们指望这买电机哩！现在分头干吧！"

13

男社员在河里和坡上找石头,往工地担。

大木坐在山脚下偷空抽烟,东东担石头过来,看他一眼,挑战道:"大木叔,今天咱俩赛赛吧!"

大木翻他一眼,不在话下地吹道:"你娃子别把眼药吃肚里了!"

"我想吃一下试试!"东东上前伸出巴掌,"来,击掌为定!"

大木看他当真,怯了三分,装出不屑的样子走开,说:"叫你输了,也不显得老将黄忠有本事!"

东东哈哈大笑:"我看你不是黄忠是稀松,就敢比舌头说进步话!"

大木被揭穿,回头怒道:"你!"

一群人担石头过来,笑个不住,小山又将了一军:"东东,你别隔门缝看人——把人看扁了。大木叔要来了劲,可是一个顶俩。"

大木得意了,又吹:"要不是怕你丢人,你当我真不敢?"

"我情愿甘拜下风!"东东又伸出巴掌,"来!"

大木强装好汉:"哎,我可不讲情面了啊!"

东东:"我想领教领教!"

大木无奈,众目之下和东东连击三掌。

14

坡上,妇女们排成横列,往前摘着山枣。三个女人一台戏,又说又笑。

妇女们轻巧的手指如蜻蜓点水,摘下山枣,放进篮里。

到林子尽头,大家坐下休息。只有水花落在后边,不紧不慢地摘着。

火婶叫道:"水花,快点啊!"

妇女们跟上吆喝道:"水花,快点!"

水花又累又烦,认为是取笑她,便翻脸恶语相伤:"我摘得少,少记工,谁叫你们腊月王八——闲操心!"

大家听她骂人,不由火了,纷纷回击:

"都少要工,咋能大干快上?"

"你就是为工分干的?"

火婶站起来,气道:"还骂人哩,你那嘴!"

二妞忙拦火婶坐下,含笑道:"别说了,她能把谁骂掉一块肉?今天没催就来了,这就进步不小!"

大伙不满地"哼"了一声。

二妞走向水花,笑着给她开脱:"怪不得慢,这棵树结得稠。"

水花像得了理,气道:"人们眼都瞎了!"

"大家说句玩笑话嘛,"二妞上去摘着,说,"你也坐下歇歇!"

"腰都快断了!"水花一点也不客气,用衣襟扇着,真的坐下了,还说,"使死了也没人心疼!"

二妞淡淡一笑,飞快地摘着,把摘下的山枣放进水花篮子里。

水花一看,虎生站起,拿过自己的篮子,不好意思地说:"你另放,按斤记工哩!"

二妞又抢过她的篮子,依旧把摘下来的山枣放进去,笑道:"看你说得多薄气,我小些,替你做一点也应该。"

水花也坐不住了,站起来和二妞一起摘着。看看二妞那样神态自如,闪念之间想起昨天吃苹果时碰见二妞的情景,觉着脸发烧了,不由脱口叫道:"二妞——"

二妞看看她:"咋?"

水花口羞了,尴尬地说:"不咋。"

停会儿,水花越想越不对,又攒劲叫道:"二妞!"

二妞抬头看看她,问:"咋啦?"

水花脸红了,掏出一角钱,塞给二妞。二妞怔了一下,笑了,又把那一角钱塞给水花,恳切地说:"别这样,你吃了和我吃了能差多远,都怪我平时对你的进步不够关心!"

水花看看手中的钱,低下了头,羞愧地说道:"好妹妹,我……"

15

河边工地上,男社员们来来往往担着石头,每人一堆,垒得方方正正。

大木担着石头走到自己那一堆跟前,放下担子,擦擦汗,摸摸肩头,怪疼的。看看自己的,和别人的比比,差多了。再看看太阳,天快正午了,不由长叹一声。他皱着眉头,灵机一动,有了窍门。看看人们又都去担石头了,他趁机飞快地搬动石头,垒得四四方方,当中用几个石头支着,表面上放了几块平面石板,然后伸开双臂上下左右量量,够了。看看没有破绽,自得其乐地哼着小曲往家走去。

东东担石头过来,看他扬扬得意地回家,奇怪地叫住他:"大木叔,你可担够了?"

大木回头一怔,继而哈哈大笑地走去,不屑地说:"泰山不是人堆的,火车不是人推的。你娃子成了老叔手下的败将!"

东东怀疑地看着他的背影,忙把石头担到自己那一堆跟前,走到大木那一堆,掏出卷尺量量,够了啊! 他无奈地认输走去,走了几步心里一动,忙又拐回来,揭开表面石板一看,哈,里边是空的! 他脚一跺,回头就追。

16

村中,一堵白墙上漆着一块黑板,东东用粉笔写着:

大木叔,干得好,

做梦都在把心操。

今日备料质量高,

都去参观莫骄傲。

人们看着念着,议论纷纷。

妇女们收工回来,小山叫道:"火婶,快看看,大木叔上墙了!"

火婶不信,撇嘴笑笑:"他要是能受表扬,石头发芽驴生角!"

"你还不信哩,你看!"人们把她推过来。

火婶一看是真的,满脸堆笑:"咋会瞎猫碰个死老鼠,还值得上墙费这几个字!"

妇女们笑道:"别看你们是两口子,人家进步了,你也得谦虚学习!"

水花走来,石柱向她指指黑板报。水花前去看一眼,嘴撇到耳朵根,"哼"一声扭身走去,回头对石柱命令道:"还不快回去做饭,有啥好看!"

石柱在众人笑声中挤出来,追上水花,羡慕地说:"大木叔都进步了!"

水花冷不丁说:"他要真进步,我都能当个大模范!"

17

小院里。

大木和李大顺坐在石板上说话,水花和石柱进来了。水花一惊,叫道:"表叔,啥风把你吹来了?"

李大顺站起,拍拍手边放的箱子,笑道:"我进深山哩,你大表姐她舅送我一口箱子,先寄放这里,你们早晚进城时给我捎去。"说完,掏出带锡纸的烟递给大木和石柱。

石柱不接,掏出旱烟,坐到捶布石上,低头抽烟,冷淡地问:"还跑买卖啊!"

李大顺哈哈大笑:"'四人帮'打倒了,我也洗手不干了!"指指脑袋,油滑地又说:"如今这里边也换成'大干快上'了,这次是专给生产队买牛哩!"

水花开门,李大顺提着箱子跟进去,石柱寸步不离地也紧紧跟着。李大顺拿眼盯住石柱,水花会意,对石柱道:"还不快去担水做饭!"

石柱翻他们一眼,迟疑着担起桶走了。

李大顺打开箱子,提出一个小包,递给水花。水花拆开一看,有头巾、衣料、点心,欢喜地说:"又叫你破费了!"

李大顺盖上箱子,走到门口,伸头往外看看,回头诡秘地说:"又到收山茱萸的季节了,今年价钱好,再弄一点吧?"

水花害怕地说:"可不敢了,今年不比往年,管得可严了!"

李大顺打气道:"怕啥?现在上边还顾不着管下边,过了这个村,可就没这个店了!"

水花胆怯地说:"真是不敢了! 现在大家的眼都睁多大,不像往年都是睁一只闭一只!"

李大顺坚持道:"就干这一回。这一回保险给你挣个缝纫机!"

水花动心了:"能弄个缝纫机? 万一出了事……"

李大顺心生一计道:"没事,叫石柱送去,都知道他是个老实人……"

18

黑板报下,东东眉飞色舞地给二妞表功:"这一回给他来个巧破空城计!"

二妞怪道:"你这啥态度?"

东东:"叫他当众出丑!"

二妞:"我不赞成,这是要笑人,只能叫他更落后,应当……"

"像春天一样温暖,诚恳帮助! 不中,你那不灵,还是我这剂药能妙手回春!"东东接话反驳。

二妞气道:"你这是老鼠药!"

"二妞!"有人叫她,她回头看去,见石柱担着水远远站着。她瞪了东东一眼,跑向石柱。

石柱憨厚地说:"那个鬼又来缠她了!"

二妞一时没悟开,问:"哪个鬼?"

石柱:"好捣鼓买卖的李大顺!"

两个人说着走进了小院。

19

二妞和石柱走进小院,石柱担水回家,二妞走进大木家。

大木坐在椅子上,跷着二郎腿,自得其乐地拉着胡琴,唱着小曲。火婶在炒鸡蛋。二妞笑道:"呀,改善生活哩!"

火婶满面春风,瞟大木一眼,快活地说:"好不容易碰上个闰腊月,可积极一回,慰劳慰劳有功之臣!"

二妞一愣,再看大木,他歪着头,胡琴拉得更响,一副受之无愧的样子。

火婶又喜不自禁地看着大木,说:"看看,受一回表扬,可得意得忘了姓啥名谁。往后只要天天这样,心扒给你炒炒吃了也情愿!"

大木自得地说:"你就那一颗心,够我积极几回? 咱只要求个鸡蛋就行了!"

二妞本来要批评大木,看火婶这样欢喜,不忍使她伤心,强把要说的话咽下去,半天才对大木道:"大木叔,看火婶对你多好,想叫你积极都想迷了,你可不要亏了火婶的一片心啊!"

大木一点也不脸红,笑嘻嘻地说:"你放心,往后咱保证一个心眼儿为革命!"

二妞还要讲什么,忽然听见院里响起一片说话声。

二妞忙走出去看时,见水花和石柱正在送李大顺。

李大顺心满意足的样子,连连摆手道:"回去吧,送不当走!"

他们送到了大门口,看李大顺走远,水花手里提个篮子,对石柱说:"你回去刷锅吧,我去薅点猪草。"

二妞追到大门外,石柱还在站着。二妞问:"他没说干啥?"

石柱摇摇头。

二妞看看东去的李大顺,又看看西去的水花,对石柱说:"野猫进宅——没事不来。咱们得小心点,别叫水花嫂子跳到李大顺的圈套里!"

20

午饭时节,工地静无一人。

水花做贼心虚,走一步都要回头看看,装作薅草的样子,鬼鬼祟祟从工地绕到山枣林子深处,飞快地摘着山茱萸。

突然,响起一阵清脆的歌声,水花吓了一跳,忙躲到一棵大柿树后边,探头看去,只见二妞挑着石头走向工地。她急了,忙拔几把杂草,盖住篮子里的山茱萸。

二妞来到大木叔的石堆前,揭开面上石板,把石头倒进去,又转身跳到河里捞石头,扔到岸上。捞了一堆,跳上岸飞快地担着。

水花惊奇地看着,迷惑不解,继而大悟,撇嘴一笑,又飞快地摘着山茱萸。

二妞累得满头大汗,擦擦汗,捧起河水喝了一口,又穿梭般担着。

一阵风吹过,压弯枝头的柿子摆来摆去,碰住了水花的头,她吓了一跳,抬头看是柿子,生气地猛摘一个,咬了一口。

河里,二妞一巴掌拍在腿上,骂道:"我叫你咬!"

水花又吓一跳,抬头看去,二妞手里提着一个牛绳什么的,狠狠扔了。

21

村里,井台上。

火婶在担水,一个正洗菜的老大婶喜道:"他火婶,你成年为大木生气,我就说人老了会收心,你还不信。看看,可应验了吧,都上墙了!"

火婶笑道:"谁知道能久远不能!"

东东拿着广播筒,一路走着叫着:"走啊,都去参观大木叔的干劲啊!"

火婶喜上眉梢,飞快担水走去。

大木坐在床上拉胡琴,火婶回来放下水桶,欢喜地催促着:"快走,快走! 都要去参观你干的活哩!"

大木虎生跳了起来,大惊道:"啥呀?"

火婶:"说你担石头又多又快,叫大家去参观,向你学习哩!"

大木傻了:"啊,真的?"

火婶笑道:"可不。你可得虚心一点,别一受表扬就把尾巴翘到天上了!"

大木急不可耐地埋怨道:"噫 ,你咋不早说哩!"

火婶:"晚不了,人刚去。"

大木慌了神,扔下胡琴,跳下床,倒穿鞋,慌慌忙忙往外跑去,叫苦道:"糟了,不得了啦!"

火婶一愣,变脸失色道:"咋啦? 是假的?!"

大木顾不上回话,一直跑去。

火婶见状,也往外赶去。

22

去工地路上,大木穿越人群往前边跑,东东一把拉住他,笑道:"急啥,给大家介绍介绍经验嘛!"

大木挣不开,哭笑不得,火道:"你别看笑话!"

东东笑得更响,故意大声地说:"怪不得大木叔进步快,看,多虚心啊!"

人们说笑中到了工地。

东东站到大木的石堆前,大呼大叫:"喂,都来学习啊——"

人们蜂拥而来。

大木硬着头皮,苦笑着。

人们围着石堆。垒得方方正正的石堆,看不出异样。

东东叫道:"看人要看心,看石方也要看心!"

大木欲拦,嘿嘿笑道:"有啥好看,里边也是石头嘛!"

东东推他一把:"咋,还能是空的!"

人们听他如此说,七手八脚地抢着搬开石板。大木蹲在地上,抱住了头,准备挨整了。

当搬开表面石板,看到里边是严实的。东东一愣,自己动手去搬,说:"再往下看看!"

一直搬到挨住地,都是严严实实的。

"好! 连个空隙也没有。"人们夸奖道。

大家鼓掌。

东东愣住了。

大木惊呆了。

火婶放心了,对大木怪道:"刚才看你急的,我当你又玩门道弄假了!"

大木干笑道:"我试试你,你那脸可马上又变成锅铁了。"

火婶又气又笑:"哼,你要天天积极,半夜都会试试了,露能得不轻!"

众人大笑不止。

火婶又问:"任务完成了,下午咋办?"

大木苦笑道:"接着干。"

众人又鼓掌叫好,纷纷散去干活,只剩下东东一副大惑不解的面孔。

23

日将落山,彩霞照在河里,山的倒影随波游动。

放工了,人们三三五五回村。

大木坐在河边洗脚,参观的事使他想不透、解不开,心事重重地哼起小曲:

奇怪奇怪真奇怪,

这事叫人真难猜。

莫非神仙下凡来,

帮我大木下梯台!

二妞担着山枣从山上下来,走到大木身后,轻轻放下担子,听他唱完,笑道:"大木叔,唱的啥?"

大木回头,一见二妞不禁惊慌失措,连连道:"没、没,啥也没唱呀!"

二妞一边脱鞋洗脚,一边说:"受批评了?"

大木怀疑地看着她:"下午参观你没去?"

二妞咬住欲笑的嘴唇:"没有。"

大木松了口气,自夸地笑道:"怪不得你犯了官僚主义。不哄你,今天得个这!"他伸出了大拇指。

二妞好笑,说:"好,这是个开头,以后咋办?"

大木高傲地说:"过了初一,你看初二、初三吧,你把那奖状多给咱准备几张!"

"好! 我相信初二会比初一更积极!"二妞笑了笑,认真地说,"想让你办个事,不知行不行?"

大木正在得意头上,满口应承:"只要咱能办,不会搁你的脸!"

二妞:"参加业余剧团演个角!"

"这……"大木笑了,吹道,"老了,不中了! 想当年那时候不是吹的,我还给豌豆花配过角哩! 现在洗手不唱啦!"

大木说着站起来,二妞忙把自己的毛巾递过去,他擦擦又扔给二妞。二妞也穿上鞋,一前一后走着。

二妞:"参加吧,大家都想听你唱哩!"

大木:"真的?"

二妞:"我都想听!"

大木:"好! 看你面子!"

24

月光如洗。

队屋里,争吵不休。

东东高腔大调:"再没人了,叫大木来演? 不能老看会唱,也得看看啥思想!"

二妞:"我想了一个下午,叫他演演有好处。恨他落后,就该帮他一下,不能把他扔到一边。"

这时,大木悄悄来了,见二妞、东东、小山等凑在油灯下边,翻看剧本,争吵不休,忙回头走到屋外。

二妞抬头看见他,忙叫道:"大木叔,就等你哩!"

大木只好又走进来,问道:"叫我演个啥角?"

东东抢着说:"演个受'四人帮'影响的落后社员,你对这事体会得最深了!"

大木被弹簧弹起来,冲门欲出,怪道:"我倒说你体会得深! 我不演!"

二妞忙拉住他,又生气地瞪了东东一眼,用好话说道:"不叫你演那一个,演个进步社员!"她拿过剧本,指着:"你看!"

大木这才熄火,接过剧本看了一眼。

二妞递给他几张纸:"把词抄抄!"

大木像胜利者似的瞟了东东一眼,伏到桌上哼着抄着:

> 骂一声我的妻你实在糊涂,
>
> 正路不走你走邪路。
>
> 终日里和干部乱吵乱斗,
>
> 耍嘴皮说假话把生产来误。

大木抄着,一句话让他停了笔:

> 磨洋工混工分心比屎臭……

25

又是一个大清早,村中钟声大响,二妞声声叫着:"男的还担石头,女的还摘山枣——"

小院里,东东刚开门,就见水花扛个箩筐疾步往外跑去,他追上去笑道:"哈,水花嫂子抢第一哩!"

水花回头讪笑道:"咋,第一你急了!"

东东笑而不答,跟去。

大木也打开了门,习惯地挑起一担小筐,一抬头看见东东在前边担着一担大筐,不由得迟疑一下,咬咬牙,拐回头又换了一担大的,兴致勃勃走去。

火婶看着他的行动,含笑不语,提着篮子走到门外路上,见二妞在前边,忙追上去,指指前边的大木:"你说,他会真心变好吗?"

二妞一笑,自信地回答:"会!"

火婶满意地说:"往常你就吵死,他也要担小筐,今天可自觉一回!"

二妞恳切地说:"鸡蛋暖得长了会变鸡娃哩!"

26

山坡上,妇女们继续摘着山茱萸。

男社员们把河里石头担完了,有人到山坡上找石头担。

东东在一堵石崖下扒石头,看见水花落在后边,鬼鬼祟祟四下瞧着,忙缩回了头。

水花看看前边,都在专注地摘着山茱萸,又看看后边,没有人影,忙在地上扒个坑,把半篮山茱萸倒进坑里,用土埋住,还插了一根蒿草。

东东在崖底下双手扒住崖棱,伸着头,把水花的行动看个清楚,眼珠子转了几圈,不由得窃窃而笑,担起石头走了。

放工了。

东东看妇女们都走了,忙放下担子,跑到山坡上,飞快地掰了几枝酸枣刺,这刺又尖又利扎人疼。然后找到水花埋山枣的地方,扒开埋的土拿走山枣,把枣刺埋下去,用土封好,插上蒿草,然后兴高采烈地走了。

27

早饭时节,小院里顿时热闹起来。

火婶和大木先回来,大木看看门口葡萄架上的葡萄,又看看水花的门还锁着,放心地笑了。火婶拉把椅子,扔到他面前,又撂给他几块木柴,他坐下去劈着。

石柱和水花回来了。石柱担着筐子,一只手提着水花用过的篮子。水花装着很累的样子,用衣襟擦着没有汗的脸。石柱放下担子,开了门,水花进去抓了一把玉米粒,走出来撒在地上,"咕咕咕"地唤着,一群鸡子跑来吃着。她赶走别家的鸡,回头对石柱吆喝道:"今早你做饭,我再去割点猪草!"

石柱走出灶房,关心地说:"吃了饭再去吧,别饿着了。"

水花提着篮子,怪道:"成天说不积极,可积极了,你又拉后腿!"

石柱被埋怨得甜蜜蜜笑着,看她走去。

水花走出大门,恰巧碰见东东收工回来,两人互相看一眼,水花就匆匆走了。东东呆呆地站着,踮脚望着她。只见她拐了个弯儿,一路小跑往山枣林而去。东东不由心花怒放,往保管室跑去。

二妞正在保管室门口的黑板上写稿,东东跑来大惊小怪叫道:"二妞,快,山枣林里有人受伤了!"

"啊!"二妞一惊,"谁?"

东东:"你去了就知道!"

28

山枣林里,水花看看四下没人,慌慌忙忙用劲猛扒那个埋着山枣的坑,突然一阵剧痛,忙缩回手看时,两只手上扎满了枣刺。她惊愕地呆住了,再用脚踢踢,坑里满是枣刺,哪有山枣的影子,一不小心又碰住手上的刺,十指连心,不禁失口"哎哟"了一声。

二妞听见叫疼,忙赶过来,一眼看见水花,忙问:"水花嫂子,咋啦?"

水花吓了一跳,不由要抄住手,又碰住了刺,疼得头上沁汗,只好吞吞吐吐遮羞道:"不咋,不咋,扎了刺!"

二妞捉住她的手,拔下一棵棵酸枣刺,打开卫生箱,拿出药棉,擦去血迹,抹上药水,关怀地批评道:"咋不小心,扎了一手刺!"

水花撒谎道:"两眼一花,抓住了刺。"

二妞背上卫生箱,又提上她的篮子,安慰道:"不要紧,这药一抹,就不会化脓了。"

她们相跟走着,水花心怀鬼胎,越想越不对,怀疑地看看二妞,追问:"你咋知道我要扎刺,背着卫生箱跑来?"

二妞不介意地说:"听东东讲的。"

"东东讲的?"水花抢上一步,恶狠狠地夺过二妞帮她提的篮子,"哼! 别装神的装神,装鬼的装鬼!"水花头也不回,气冲冲地走了。

二妞摸不着头脑,愣了愣,去找东东。

29

水花到家,踢开门,踢倒椅子,冲冲大怒。石柱闻声,忙从灶房跑出来,见状大惊,问:"手上怎么了?"要拉她的手看,水花恶狠狠地甩开他。石柱又忙端盆水,放到她面前,说:"洗洗吧!"水花一脚将盆踢个底朝天。石柱不摸底细,低声下气问:"到底为啥嘛!"

水花耍赖了,哭着叫着:"我还咋活人呀! 你这个死做活的,要能大小当个干部,我也不会叫人家欺负呀!"

上屋,也有二人争抢得脸红耳赤。

东东在做饭,面对二妞,不服地说:"咋,偷队里还不许治治她!"

二妞哭笑不得地批评道:"这样治,就能把她的坏思想变成好思想?"

东东嘴硬地说:"反正也不亏她! 不是她咬咱爹那时候了!"

二妞生气地说:"仇气越记越大! 你知道不知道李大顺找她?"

东东不解:"找她咋啦?"

二妞:"咋? 李大顺在拉她。你这是给谁帮忙哩?"

"这?"东东愕然,拍拍脑袋,苦笑着给二妞盛碗饭,二妞不接,怪道:"气都气饱了,还用吃饭!"

"好! 咱错了!"东东把碗硬塞给二妞,求告道,"咱扒的豁子咱去垒,总行了吧!"

二姐只好勉强接住饭碗。

东东一笑,转身跑出去。

30

水花还在吵叫,火婶和大木赶来劝架。

水花骂石柱:"你到死都不敢吭一声,看着叫人家骑到咱头上拉屎!"

石柱耷拉着头,闷声不响。

火婶听不过去,劝道:"他水花嫂子,为啥只讲啥,别连刺带挂!咱们这个社会,只要自己脚跟站得正,不论干部社员,谁也不敢欺侮谁!"

水花翻了大木一眼,反唇相讥道:"不一定! 有人干了坏事,不批评还表扬,就看我这个软杏好捏!"

大木大惊,实怕挂住自己,急中生智,大叫一声:"快! 饭煳臭了!"

火婶忙和大木一起跑进灶房,到灶台跟前揭锅一看,不由齐声说道:"没煳臭呀!"

大木坐在灶台旁苦笑,心中有鬼,怕以后露馅,想说出来又不敢,试探着说:"水花哭了?"

火婶愤愤地说:"一点也不亏!"

大木看着她的脸:"看把你气的,要是我干的,你都该气疯了!"

火婶厉声道:"你别给我打预防针,你要敢干这号事,看我敢不敢把你攮门外!"

大木一怔,咽下一口冷气,不敢坦白了。

火婶盛了一碗饭,顺手递给大木,心有余愤地说:"看见这白米饭,我就想起'四人帮'时年年减产还说形势大好!"

大木接过碗,吃了几口,像鱼刺卡住了嗓子,咽不下去,叫儿子道:"小扣,来,爹扒给你半碗。"

火婶看看他,关心地问:"病啦?"

小扣伸过碗,说:"爹,可不敢病,吃药可苦了!"

大木苦笑笑,心神不宁地走出去,只见东东在院里和石柱嘀咕什么,石柱生气地走了出去,东东走进石柱家里。

31

水花坐在当间椅子上生气,东东站在一边强笑着道:"水花嫂子!"

水花虎生把椅子转个身,背对着他。

东东强压住气,干笑道:"别气啦,我来向你赔错!"

水花讥笑道:"积极分子还有错?"

东东咽口唾沫,说:"别客气,咱办事方式、方法不对,咱深刻检查!"

水花得势地撇撇嘴"哼"了一声。

东东又说:"你想骂了骂我几句,想打了打我一顿,只要你保证往后不偷拿队里东西,咱说啥都行!"说着两只眼四下乱瞅。

"我偷了?我拿了?抓住手脖子了?"水花跳了起来,从桌下拉出李大顺的那口箱子,猛劲打开,外强中干地叫道,"你来搜搜!今天搜不出来你别想走!"

东东倒退了一步,两只手摸着胳膊,吓唬道:"你真叫搜?我可真搜了啊,别当我搜不出来!"

"你给我走!"水花心虚了,爹开双臂,一步一步把东东逼出去,"咚"一声关上门。

东东在外边敲门,火道:"你这是啥态度?! 别越说脚小越扶着墙走,我方式、方法错了,就等于你偷集体对了? 哎,我要不是姿态高……"

水花在屋里回应道:"你把我这个社员辞了!"

"你只要不改,不怕不治你!"东东无奈地转身走去,看见二妞站在身后。

二妞瞪他一眼,无可奈何地说:"你呀!"

东东做个鬼脸,一笑跑了。

二妞走上去敲门,叫道:"水花嫂子! 水花嫂子——"

屋里一直不答应。

二妞笑了笑,装成要走的样子,嘱咐道:"东东乱来,今天上午叫他在群众会上根根秧秧检查交代清楚,你不去听听?"

这一着真灵,门"哗"地打开,水花跑了出来,一把拉住二妞,装作君子不和小人计较的样子,说情道:"行啦,行啦,这点小事还划得着叫东东做检查? 远亲不如近邻,看咱们谁是谁嘛,别叫他做检查!"说着把二妞拉到了屋里。

二妞还挣着要走,气道:"不行,可得叫他做检查!"

水花吓坏了,死拉住二妞不放,差一点要跪下去,求告道:"好妹子,抬抬胳膊叫嫂子过去这一回……"

32

工地上,人们一边做活,一边议论水花偷山枣之事。

"这号人就得好好炮治炮治①!"

"东东这一手可真解恨!"

东东听夸他,扬扬自得地对石柱叫道:"石柱哥,你别再唱怕婆娘顶灯了! 你不敢治治她? 要是我啊……"

"是你怎么着?"二姐在他身后突然问道。

东东回头看二姐盯着他,那股劲早跑了,嘿嘿道:"要是我——我好好教育教育她!"

众人哄笑,小青年们用指尖刮脸逗他。

二姐又责备道:"你和水花嫂子住在一个小院里,你又是团员,听名称怪积极,你帮过她几回? 她出了错,你就没一点责任,一点也不痛心? 还笑哩,脸也不红!"

小青年们又向东东伸舌头。

二姐走向石柱,亲切地叫道:"石柱哥,来,咱俩抬!"

石柱自觉没趣,不言不语套上石头,两个人抬上走去。石柱走在前边,几次想说说心事,都张不开嘴。到了没人处,石柱突然回过头,两个人面对面对着石头,石柱恨道:"我要和她离婚!"

"丢人了!"二姐一笑,"咱把这个人再拾起来就行了!"

石柱愣愣地问:"咋拾?"

二姐:"我看这一回是李大顺把她扔到了坑里,咱们把她从坑里

---

① 炮治:豫西南方言,指摆治、整治。

再拉上来!"

　　石柱怀疑地说:"再拉上来?"

33

　　夜,队屋里灯火通明,琴声悠扬,石柱等人在屋里看排戏。

　　大木扮演的进步社员,正在训斥落后的妻子,可演得不像,油腔滑调地唱道:"骂一声我的妻你实在糊涂……"

　　"停!"东东大喝一声,琴住了,唱停了,他火道:"你不会藏藏脾气? 一脸怕婆娘相,老婆做了坏事,还低三下四对她笑哩,咋不趴下给她磕个头哩! 这啥感情,还有点觉悟没有?"

　　观众嬉笑不止,石柱却像被针扎住了,悄悄溜了出去。

　　"你唱得恨一点!"人们指正着。

　　"行,再来!"大木叫了板,又从头唱两句,又抹胳膊又挥拳头,只是脸上没戏。

　　"停!"东东又止住,火道,"你这是做作的,不是打心里出的!"

　　大木脸上渗汗,摇头叫苦道:"我就这么大个本事!"

　　"先排别的!"二妞看顶住了牛,对东东说了一句,又对大木道,"走,咱俩去再好好研究研究剧情!"

　　月光下,石柱坐在草场生闷气,见二妞和大木走来,忙移到草坪后边坐着。

　　二妞和大木坐到草场上,大木难为地说:"我也气了,咋还不中?"

　　"将心比心就中了!"二妞笑道,"你说说,你出了错,火婶为啥格外厉害?"

大木尴尬地说:"俺们是两口子嘛!"

二妞又问:"她亲你不亲?"

"可亲。"大木得意忘形地说,"别看她对我厉害,那是怕我出大错跳到坑里。不知内情的还当她对我真不好哩,其实啥好的都尽着我吃!"

"对!"二妞打断他的话,说,"越是亲人出了错越是气,越是恨!反过来也是这个理,出了错不气不恨,就不是真亲!"

石柱在草场后听了,心头一亮,不由小声重复道:"不气不恨就不是真亲……"

石柱站了起来,大步走去。

34

水花端着一碗荷包蛋,刚走出灶房,见石柱黑丧着脸回来,她怔了一下,一反常态,笑嘻嘻地把鸡蛋茶递给他,说:"你跑哪里了,头发都等白了!"

石柱不接,坐下去闷着头抽烟。

水花又说:"今天捎来信,我妈有紧病,你明天一早去看看!"

石柱不理,把烟锅狠劲一磕,突然叫道:"水花!"

水花看他那副要打架的气势,心里一塞,冷不丁地问:"咋?"

石柱语气加重地说:"我过去对你不是真亲!"

水花听了奇怪,问:"啥呀?"

石柱不看她的脸,背书似的说道:"都怨我脾气不好,过去老迁就你,顺着你,你有了错,我不气不恨不斗,看着你跳到了坑里。"

水花变脸失色道:"你这啥意思?"

石柱实打实地说:"往后我要真亲你,你再出错,我可要气要恨要斗!"

"你——"水花看他那一副气劲,吓得倒退了一步,眼珠子转转,嘻嘻笑了,嘴一撇,撒娇地说,"噫,你还会气我恨我哩! 今天二姐给我谈了半天,我醒开窍了。常话讲,从小偷针,大了偷金。你看着我一步一步跳到坑里,也不拦我一把,现在我恨死你了!"

石柱本想大闹一场,谁知她倒打一耙,喜出望外地眼巴巴看着她,追问:"你真恨我不管你?"

水花多情地一笑:"可不! 我恨死你了!"

石柱憨厚地说:"咬我一口都行!"

水花抓把糖放进鸡蛋茶里,再次递给石柱,央告道:"你明天一早去看看我妈,行不行?"

"你只要真能改好,叫我上天摘星星都行!"石柱欢天喜地地拿来个空碗,把鸡蛋茶倒一半给水花。

水花接住鸡蛋茶,边喝边唱着说:"去时,把李大顺的箱子也捎去!"她指指那只上了锁的箱子,语气加重,"从今往后咱和他一刀两断!"

院里,大木大声大调地唱着回来。

35

火婶在做针线,大木在一旁唱着,还带着比画动作。

火婶翻他一眼,含笑道:"高兴哩!"

大木自吹自擂道:"兰兰讲,电站修好是叫演出哩,到时候咱在台上看着你在台下给咱拍巴掌!"

火婶："啥时候能修好？"

"快啦，明早二姐就要去卖山茱萸，买回电机哩！"大木说着又表演开了，一会儿又忍不住说，"听说，到时候还评模范哩。小扣他妈，这一回我给你挣朵大红花！"

外边，月亮笑着，从这个山尖飞到那个山尖，山村夜色美极了。

36

月亮落山了。

水花打开门，石头挑着担子走出来。一头是箱子，一头是劈柴。走到大门口，水花拿着一件夹衣追来，披到他身上，又给他扣上领口的扣子，然后一笑，推他一把，看着石柱走去。

石柱大步走去，拐了个弯又走一段，忽然放下担子，转身走到刚才拐弯的地方，扒住墙角往自家门口看看，见水花走了进去，才放心地走回放担子的地方。他蹲下去想打开箱子，没有钥匙，只好搬起箱子摇摇，贴耳听听，又伸鼻子闻闻。一听一闻，脸上勃然变色，担起担子回头就走，走了几步想想不对，转身又往大场走去。

37

大场里，人们正往拖拉机上装山茱萸，大家穿梭般扛着包，欢乐地唱着歌。

石柱担着担子来到场边。

东东看见，叫道："石柱哥，来搭拖拉机进城哩！"

石柱远远站住，叫道："二姐，你来！"

二妞放下肩上的包,跑了过去。

石柱蹲在地上,抱住头生气。

二妞站在他面前,奇怪地问:"啥事?"

石柱抬起头,眼巴巴地看着二妞,憋了半天,才说:"她……"

二妞不解:"谁?"

石柱:"还有谁!"

二妞惊异地说:"她又怎么啦?"

"她!"石柱虎生站起来,恨道,"她把我当成二百五捉哩!"

二妞越发奇怪:"到底咋啦?"

"叫我给她也当贼哩!"石柱说着憋不住了,搬起那口箱子,举到头顶,"啪"一声砸在石碌上。箱子破了,里边装的山茱萸像鲜红的珍珠滚了满地。

人们围上来看着,气愤地议论着。

"太不像话了!"

"大家一个心眼想叫电灯明,可她……"

二妞把石柱拉到一边,安慰道:"这件事你做得对,大家不会怨你。我现在进城拉电机,顺便找找李大顺。你先回去……"

38

石柱家里。

水花熟睡的面孔,突然化作三里长街,人来人往,热闹异常。水花在街上走着,迎面碰见李大顺。李大顺把她叫到街边,递给她一卷钞票,她得意地走进百货商店……

突然响起"叮叮咚咚"声。

水花迷梦惊醒,虎生坐起,惊问:"谁?"

石柱一脚踢开里间门,黑着脸进来。

水花变脸失色,赤着脚跳下来,惊问:"出事了?"

石柱也不答话,铁青着脸,红着眼,拉开柜门,抓住一件又一件衣服,劈头盖脸扔到水花脸上。

水花从来没见过石柱发这么大火,吓呆了,连连后退,叫道:"你——"

"你是没穿的没戴的?"石柱气得哆嗦,上去就打,边打边单调地重复着一句话,"你还埋怨我不恨你! 你还埋怨我不恨你……"

火婶、大木和东东闻声赶来,赶紧拉架。

石柱掂起一床被子冲门而去,回头恨道:"从今往后,你只当我死了!"

火婶和东东忙去追赶石柱,只有大木向水花走去。

39

队屋里。

东东在打扫房子,石柱坐在床上生气。

大木来了,坐到石柱身边,劝道:"我给水花说好了,你回去低个头就行了。这不算丢人,和妇道人家不能一般见识!"

石柱翻他一眼,转身背对着他。

大木又现身说法地劝道:"夫妻俩没有隔夜的仇,我就常让着你婶子……"

"你俩不能比!"东东用扫帚指着大木,批驳道,"你让着火婶,是坏思想向好思想投降,他要向水花低头,就是好思想向坏思想投降!"

大木被揭得张大了嘴,哈哈着说不出话,继而嬉笑道:"看看看,你可当成真的了,我是试试他能不能抗战到底!"

东东挤挤眼一笑,又扫起地。

火婶端着饭菜来了,大木忙起身伸手去接,火婶闪过他,笑道:"多有功,还叫我给你端吃端喝!"说着走向石柱,亲切地叫道:"石柱,来,尝尝火婶的手艺!"

话刚说完,一群社员端菜拿饭纷纷走来,在石柱面前桌上摆得满满的,你一言我一语劝道:

"吃吧,别气了!"

"你揭发她多光荣,气啥?"

石柱看看满桌饭菜,再看看一双双同情和支持的目光,感动地说:"这一回,我非抗战到底不可!"

40

城里,李大顺家里。

二妞和一个壮年人站在李大顺面前,指着面前地上放的箱子,二妞说:"水花叫把钱捎回去!"

李大顺:"行!"掏出一卷钱递给二妞。

二妞数数,不满地问:"才给这么一点?"

李大顺:"这都不少了!"

"水花说了,钱少了叫再拿回去!"二妞回了一句,对那个壮年人说,"走,再拿回去吧!"

那个壮年人真的要搬箱子了,李大顺忙拦住,追问:"她要多少钱?"

二妞:"你给多少钱一斤?"

李大顺:"十块不少吧,比国家给的收购价贵两倍了!"

二妞:"好吧,你称称,按斤算。"

"行!"李大顺拿过一杆秤,掏出钥匙,打开箱子。箱子里装满了山茱萸,上边还放着一张叠着的纸。

二妞指着那张纸,说:"你看看,那是你应该还的账。"

李大顺拿起那张纸展开,上边写着三个大字:拘留证。李大顺吓傻了,失声道:"啊,你们……"

那个壮年人冷笑一声:"走吧!"

41

夜,队屋里正开着会。

石柱坐个面朝东,水花坐个面朝西,大木拼命吸烟,小扣趴在火婶腿上睡觉。

东东生气地讲道:"全队就咱们这个小组事稠,今天得好好互相批评批评。好的要表扬,坏的要批斗。相比大木叔,过去缺点不少,可人家现在改邪归正了,这次修电站备石料,就表现得不错!"

火婶笑而不露,水花不屑地撇嘴,大木耷拉着头。

"不是有人还玩'四人帮'时那套鬼把戏,偷偷摸摸!"东东讲着气攻心了,挥舞着拳头,咋呼道,"是谁,谁清楚,大家也明白。现在,咱们就开展批判!"

可是,没人发言,只有小扣在打呼噜。

东东急了,火道:"都吃哑药了!'四人帮'打倒了还怕啥?"

"我说两句!"火婶拍着小扣,心平气和地讲道,"我说水花呀,不是我要说你,只为咱们住在一个小院里……"

大木愤愤拉住她的衣襟,火婶一巴掌把他的手打脱,又说:"我要大睁两眼看着你跳到崖里,不拉你一把,也不是邻居的心意。你家里米面成缸,衣裳成箱,为啥还要拿队里的东西?"

"我拿了,你把我顶起来转几圈!"水花撒野了,不分青红皂白地回应道,"我错到天上地下,娃子大小都有资格批我斗我,就是你没资格说我!"

东东火道:"好啊,你还不叫提意见哩!"

火婶受辱,质问道:"我咋没资格?"

水花鄙夷地说:"哼,拿着五尺量人家,先量量自己够不够五尺!"

火婶质问道:"我摸过队里柴火麦秆了?!"

水花揭短道:"你排场,漂亮! 你男人担石头光垒个外壳,你咋不批哩,还炒鸡蛋慰劳他哩!"

火婶一愣,又质问道:"当中石头你担的?"

"人家二妞歇晌时担的!"水花趾高气扬,好像得了理,嘲笑道,"哼,还当别人不知道哩! 好像就我落后,里里外外结成伙捏我这个软杏!"

火婶被顶得张口结舌,众人也怔住了。

"原来是这啊!"东东如大梦初醒,追问大木,"真的?"

大木低头不语。

火婶又羞又怒,捅了大木一拳,吆喝道:"真的假的,你哑了?"

大木抬头看看众人,又羞愧地低下头,结结巴巴地说:"我、我……该死!"

火婶气得浑身乱抖,狠狠推了大木一巴掌,千言万语说不出口,直叫道:"你、你、你还是个人不是!"

水花把矛头引向了大木,在一旁得意地冷笑着。

石柱憋不住了,对水花恨道:"他哄人,你多光彩!偷了人家苹果,二姐赔了钱,人家退给你,你还有脸装起来!"

"哼,看胡子他也不是杨延景!"人们又是一惊。

水花还不服,吵道:"咋,都是个社员,手背手掌都是肉,他有错上黑板表扬,就我好欺侮!"

小扣被吵醒了,看看一个个横眉竖眼,吓得"哇"一声哭了。

东东气极,火道:"好好好,先散会,等二姐回来了咱们再算账!"

水花一甩头走了,火婶拉上小扣走了,人们也都散了。

42

小院里。

水花关上门,东东关上门,火婶也关上了门。

大木失神地蹑手蹑脚回来了,孤零零地靠着葡萄树呆立着。头顶,月色黯淡,云随风飘。东东和水花屋里的灯都吹灭了。秋风飕飕,不由打个寒战。他一步一步走到门口,轻轻推了一下,门闩上了。他走到窗外,怔怔站住,里边灯影摇动,传出了声声抽泣。他悔恨难当,站了一会儿,忍不住在窗户上轻轻敲敲,羞愧交加地低声叫道:"小扣他妈,我再也不了……"

屋里,灯光突然熄了。

大木摇摇头,又站了一会儿,愤然走去。

天空阴云乱滚。

43

大木走进队里家具屋里。石柱半躺在床上吸烟想心事,扫他一眼,也不言语。大木强笑笑,坐到床边,把烟袋递向石柱:"尝尝这!"

石柱推过大木的手,还是不言语。

大木没趣地笑笑:"我来和你做伴!"

石柱还不回话,"噗"一口吹灭了灯。

大木叹道:"没想到咱俩一样下场!"

"咱俩不一样!"石柱硬声硬气地怪道,"你为啥,我为啥?"

44

工地上,人们正在紧张地干活。

手扶拖拉机"突突"叫着开过来了。

二妞站在拖拉机上,挥手报喜:"电机拉回来了!"

人们欢呼着,飞跑而来:"电灯快明了!"

大家七手八脚把电机卸下来。

人们这里摸摸,那里看看,然后恋恋不舍地走到河边洗手。

兰兰和石柱、大木、东东在一块儿洗手。

石柱洗着,用沙子搓去手上油污,若有所思地突然问道:"二妞,你说说,这手黑了能洗净,人心黑了能不能洗净?"

二妞看看他,笑了:"能!"

大木看看洗净的手,愁眉苦脸地问道:"二妞,这手洗净了人家能看见,心洗净了人家看不见,还是不信,你说咋办?"

二姐看看他俩,笑道:"你俩今天是怎么了?"

东东拉二姐一把,对着她耳朵悄声道:"咱们那个小院,现在变成三家四户了!"

二姐不解:"三家四户?"

45

小院里。

水花坐在门口,懒散地择着菜。

火婶在自家门口放张小桌,和小扣一同吃饭。小扣拿个馍,说:"我给我爹送去!"

火婶夺过馍,没好气道:"死落后,饿死他还亏他啥材料!"

水花听了刺耳,不由白了火婶一眼。

火婶没有察觉,还在数落:"你长大了可不要学他。哼,穿得像个人,心比狗屎还臭!"

水花不由得看看自己穿的衣裳。

火婶还在说:"成天好吃懒做,钻窟窿打洞坑害集体,像蛆一样,见肉就往里头拱……"

水花听到这里勃然大怒,虎生站起,指着火婶,吵道:"你不要指鸡骂狗,看我把你娃子扔井里了!"

"啊!"火婶一怔,继而反驳道,"我揭俺小扣他爹的秃痂子①,你疼的啥!"

水花蛮不讲理:"为啥叫我听见?"

_____

① 秃痂子:豫西南方言,指短处、缺点。

"我要知道你们害的一个病,"火婶也气了,挖苦道,"我还把他顶到头上敬哩!"

水花正要撒泼,二妞欢天喜地地跑了进来,火婶摩挲着双手迎上去,叫苦道:"二妞,你评评,俺们那个死货落后,为啥不准我管他骂他,天下哪有这号理!"

二妞奇怪地笑道:"谁不叫你管了?"

"谁?"火婶回头指向水花。

水花看见二妞像老鼠见猫,出溜一下钻进了灶房。

46

水花走进灶房,拿柴烧锅,柴是大块的,她掂起斧头去劈,斧头震飞了,虎口震麻了,疼得她用嘴去吹。一抬头,只见二妞站在灶房门口,两只眼闪着剑一样的光在看她。她猛地转个身,背对着二妞坐下,心虚嘴硬地拼上了,赌气道:"说吧,咋收拾我?我知道斗争东东他爹时,我提过意见……"

二妞看看她,也不回话,走上前拾起斧头,三下两下把柴劈碎,又揭开锅添上水,才重重地说:"烧水做饭,吃了饭再说!"

这个动作,这一句话,打乱了水花的对策,也打垮了她的威风。不好再撒野了,她冷冷地回道:"我不饿!"

"做!"二妞气呼呼说道,"咱俩都吃!"

水花被镇住了,只好坐下。二妞走到灶台旁,从水花手里拿过火钳,说:"我烧,你去做!"

水花顺从地站起来,开始和面做饭。

两个人不言不语,沉默使水花更加心虚,她胆怯地偷看了二妞一眼,只见二妞两只眼像两个火球似的也在看她,她忙低下头和面。

二妞按住心中的火,好半天才说:"我见了李大顺!"

水花怔了一下,没有言语,头皮发麻了。

半天,二妞又说了一句:"他去法院了!"

水花吓呆了,忘了和面,手在发抖。

"李大顺要把你也拉进法院,石柱哥从半路上把你截住拉回来,"二妞重重地批评道,"可你……"她停住不往下说了。

水花的眼泪像断了线的珠子,往下滚着。

二妞猛地站起,走向水花,恨铁不成钢地批评道:"水花嫂子,你想过没有,人活着为了啥?你和大家一般长一般粗,你也有一双手,可你这双手干的啥?"她看水花哭泣了,又加重了口气,责问道:"你以为你比别人能多拿一点、多占一点,可你心里比大家要虚得多。大家欢欢乐乐地劳动着笑着,你敢站在大家面前哭哭吗?"

47

家具屋里。

石柱和大木在合伙做饭,大木一边烧火,一边问:"说真的,你想水花不想?"

"可想!"石柱在案板上切菜,把刀猛地一提,重重地说,"想打她!"

"女人家心肠最狠了,俺小扣他妈就没一点夫妻情意!"大木叹了口气,越想越牢骚满腹,不干不净地骂起来,"哼,好像天下就她积极,张口队里,闭口集体,比对她老祖宗还亲!"

石柱越听越不是味,把刀一撂,上去拉住大木,气呼呼地道:

"走,咱们找个地方说说!"

大木吃惊地问:"咋啦? 咋啦?"

石柱出着粗气:"你骂我干啥?"

大木冤枉地说:"天呀,我骂你了? 我骂俺女人啊!"

石柱不服,火道:"你别当我是憨子。你口口声声积极长积极短,你不是敲我哩!"

"咋,就你一个积极?"大木也气了,挣脱石柱,辩驳道,"俺小扣他妈也是积极分子!"

石柱驳斥道:"管她是你啥,只要积极,就是不准你骂!"

大木还要再辩,抬头看见东东站在门口嘻嘻笑着,东东吓唬他道:"好啊,还骂哩,我去告诉火婶!"说着回头就跑。

大木忙上去拉住他,求告道:"好兄弟呀,你别火上浇油了,就这都够我喝一壶了!"

东东还是挣着要走,二妞赶来,叫道:"东东!"

东东这才松开手,大木尴尬地叫道:"二妞,我……"他抱住头蹲下去。

二妞安慰他道:"大木叔,你只要真心改错,火婶的工作我去做!"

大木感激地说:"我改! 真改!"

48

队屋里正开着队委会。

二妞在讲话:"'四人帮'把香和臭弄颠倒了,好的没人敢夸,坏的没人敢抓。我们要通过总结这段工程,把'四人帮'颠倒了的是非再颠倒过来,使积极的更积极,使落后的也变成积极,我的意见这样子……"

49

火红的工地上,正在举行评功劳模大会,红旗飘满会场,主席台上坐着挂红花的劳模,主席台旁边拴着几匹披红挂彩的高头大马。

人们兴高采烈,整个会场洋溢着欢乐。

二妞在讲话:"……有的同志敢向坏人坏事做斗争,有的同志不怕苦不怕累埋头苦干,他们为社会主义革命和社会主义建设尽了心出了力,我们要向他们学习!"

会场响起热烈的掌声。

鸣炮三声,锣鼓齐鸣,游行开始了。

人们拥着当选的模范,走向高头大马。

东东和小山等人把披红挂花的石柱和火婶扶上马。

游行队伍往村里走去,沿路人山人海争着看热闹,鼓掌喝彩。

大木夹在人群当中羡慕地看着,小扣拉住他,着急地叫道:"爹,看不见!"

大木把小扣拱到脖子上,小扣终于看见了火婶,兴奋地叫道:"爹,看我妈骑大马! 爹,你咋不骑哩?"

大木尴尬地说:"爹下一回也骑个大马叫你看看!"

小扣冲着火婶欢乐地叫道:"妈,我爹说他下一回也骑 大马哩——"

火婶骑在马上一颤一颤,听见叫她,往人群中看去,看见了大木和小扣,又见大木还穿着夹衣,酸甜苦辣一齐涌上心头,流下两行泪水。

水花站在远处看着,谁知马队偏向她走来,她忙走进附近树丛里,双手捂住脸不看,可又忍不住,两只眼隔着指头缝看去,只见石柱骑在高头大马上,胸前大红花耀眼,显得那样英俊。

50

风大雪狂。

小院里。二妞推着火婶走向箱子,从里边拿出一件厚棉衣,对小扣说:"给你爹送去!"

小扣接过棉衣欢天喜地跑了。

火婶一想不对,忙追出来,叫道:"小扣——"

小扣站住了。

火婶走上来,弯下腰对着他耳朵小声说:"别说是我叫你送的!"

小扣眨巴眨巴眼,点点头跑了。

51

家具屋里。

大木接过小扣递过来的新棉衣,看了又看,热乎乎地问:"你妈叫你送的?"

小扣天真地摇头。

大木又问:"你自己送的?"

小扣又摇摇头。

大木把小扣拉到怀里,套他:"你不说,爹就不穿。"

小扣神秘地说:"是我二姐姨逼着我妈送的。"

大木被这句话震得往后一仰,心里又热又酸,看着棉衣,眼里慢慢模糊了。

"爹,你咋哭哩。"小扣奇怪地看着他,回头边跑边叫,"我去给我妈说。"

52

这时,水花左顾右盼,看看没人,也往家具屋走来。走到门口,听见屋里说话,忙退回去,扒住窗户往里偷看。

屋里,二姐一手拿着石柱的被子,一手拉着坐在床上的石柱,劝道:"回去吧,水花嫂子离不开你。"

石柱稳坐不动。

二姐又说:"她会变好的。"

"她会变把戏!"石柱余怒未消,"哼,头天夜里还说,气我恨我不拉她一把,第二天一早就哄我去干那号缺德事。"

大木也帮腔地劝道:"哎呀,该罢休就罢休,还得叫水花亲自来请你?"

"请也不中。"石柱看大木一眼,决绝地说,"我还没叫她哄够?要叫我回,除非她变个样,我自己上门给她庆功。"

二姐笑笑,无奈地放下被子,又对大木道:"大木叔,走,你回。"

"行。"大木早巴着这句话,站起来拿上东西就走,一脸喜眯眯的。

石柱看看他,迟疑一下,叫道:"大木叔!"

大木回头看着他。

石柱憨厚地说："这几天,我对你态度不好,你不要生气。"

大木苦笑一下,不好意思地说："哪里话。"

石柱感慨地嘱咐道："听听小扣刚才说那话,火婶可是真心疼你啊!回去认个错吧,水花要像火婶那样,我也早回了。"

大木怔住了,心头一热,又拐回来坐到石柱身边,呆呆地说："我还给你做伴。"

二妞笑道："咋又变卦了?"

大木郑重其事地说："我也要变个样,叫俺小扣他妈高高兴兴来接我回去。"

窗外,水花听到这里,心一横回头就走。

53

小院里。

火婶在水花门口扫院子。水花回来了,两个人对视一眼,都怔住了。火婶刚要开口,水花噔噔地跑进了灶房,入眼看见东东在给她劈柴,累得满头大汗。她又是一怔,继而寒下脸来。她一见东东就来气。东东抬头看看她,扑哧一笑,扔下斧头跑了。

水花看着地上劈碎的木柴,思绪万千,正在发呆,火婶被东东推着进来了。

火婶强笑笑,说："他嫂子,你还在生我的气吧?我这个一冲药脾气,往后保证改正。"

水花不知如何回答,低下了头。

火婶又说："二妞批评我了。咱们住在一个小院,我这个邻居没当好,平素对你没帮助,还看你洋相……"

东东也插进来,格外正经地说:"对,对,我也是这个毛病。"

火婶指着东东解释道:"二姐也批评他了,说他这个毛病再不改,就不和他好了。"

东东笑笑,又说:"只要你往后改邪归正,咱们就停战讲和……"火婶听他说走了嘴,赶紧拉拉他的衣襟。东东忙改嘴道:"对,对,咱们往后相互帮助,共同进步!"

水花白他一眼,还是不答话。

火婶急了,回头就走,说:"我去把石柱给你接回来。"

水花一把拉住她,憋不住哭了,说:"好婶婶,你别去,强扭的瓜不甜……"顿了顿,擦擦眼泪,看了东东一眼,刚强地说:"我要叫他自己笑着回来!"

54

夜,水电站工地上,人们在加班干活。

巨大标语"修好电站迎新年"在汽灯下格外显眼。

二姐从渠里走上来,呼叫:"夜深了,收工了——"

机房里,东东在计算数据。二姐悄悄走进来,把搭在胳膊上的衣服披到东东身上。东东回头一笑,又低头计算着。

二姐关切地问:"元旦能通电吧?"

东东信心十足地说:"没问题,只要明天能架好电线,保证用电灯演戏庆新年!"

二姐又问:"安那么多灯,还有磨面、打米、除草,会不会超负荷?"

"没问题!"东东有把握地讲了一句。

二妞放心地转身走了。

东东突然又认真地说:"只有一个数据大大超过了!"

二妞一慢,忙回头急问:"哪个数据?"

"你看,"东东飞快地在纸上写下了一个数学等式:$(26+25)-48=3$。

二妞拿起纸,轻轻念一遍,奇怪地盯着东东问:"这是啥数据?"

东东指着每个数目,忍着笑说:"你二十六,我二十五,减去规定的结婚年龄四十八岁,已经超过三年了!"

二妞扑哧一下笑了,照他头上捅了一指头,回头跑了。

东东追去,叫道:"超了咋办呀?"

二妞一路跑,头也不回地说:"电灯亮了再说!"

东东大声叫道:"好! 一言为定!"

这时,传来了声声鸡叫。

55

村里,家家鸡叫,天还黑得伸手不见五指。

火婶开门走出,叫:"水花——"

火婶叫了几声,以为她睡熟了,走过去推门。一摸,上锁了。火婶笑笑,飞快跑去。

56

大场里,一辆辆架子车装着电线杆,人们争先恐后拉着走去。

石柱着急地吆喝:"谁把我的车子拉走了?"

火婶匆匆赶来,也找不到自己的车子了,叫道:"谁拉我的车了?"

57

东方欲晓,路上可见人影。

从村子到电站,要翻一个陡坡,简易公路绕山而上,人们拉着电线杆,艰难地往上爬去。

走在最前面的人累得弯腰弓脊,肩上襻带绷得笔直,一步一步吃力地拉着。谁知用劲过猛,又一脚蹬在石头上滑了,失去重心,一头栽了下去。重车拖着人,横冲直撞地往下冲去,眼看着就要滑到路边深崖里了……

远处的人看见了,一边飞跑而来拖住,一边惊慌地呼叫:"快放开车子!"

这人早吓迷了,襻带还在肩上拽着,继续往下滑去,再有眨眼工夫就要跌个粉身碎骨。这时,只见后边一个人,撂下自己的车子,任其飞进深崖,三五步跑过去,用肩头顶住那人的车尾。车子停住了,人也得救了。

人们惊呼着赶来了。

石柱第一个挤到这人身边,叫道:"你冒失的啥,不要命了!"话音没落,一眼看见这人是水花,惊疑地"啊"了一声,吓得倒退几步,叫道:"你——"

水花惊魂未定,一眼看见石柱,眼泪不由流了出来,却倔强地咬住嘴唇,头一甩,拉起车欲走。石柱上去一把夺过车,恨道:"还不快去谢谢人家。"

水花这才想起救命恩人,忙回头走去。

火婶也赶来,大声叫道:"谁舍车救人了?"

那个救人的人背对众人,看着自己的车子滚到崖下,急得搓手顿脚,听人问他,回过头来,啊,是大木!

火婶喜出望外,愣了半天,叫道:"啊,是你——"

大木心疼地指指崖下:"车,完了啊!"

这句话声量不高,火婶哭笑不得地说:"咳,车子车子! 你呀——"

水花走过来,感恩地叫道:"大木叔!"

58

一条条电线拉起来了。

东东在电线杆上,石柱在下边给他递瓷瓶,憨厚地说:"听说,你和二妞今天夜里结婚?"

东东打趣道:"眼气啦? 你和水花嫂子也该结了!"

石柱实打实地说:"俺们早结过了。"

东东笑道:"再结一回也不多嘛! 那一回是身体结了,这一回结个同心!"

"结个同心?"石柱品着这句话,憨笑着,忘了递瓷瓶。

59

家具屋里。

石柱夹着被子,叫道:"大木叔,回吧!"

大木不动,说:"你先回。"

石柱:"真要火婶来接哩?"

大木嘻嘻笑着不语。

石柱走到门口,回头叫道:"火婶来了!"

大木伸头一看,忙躺到床上闭住眼睛。

火婶进来,看见大木装睡,叫道:"咋啦,真是立了大功,还得叫三跪九叩哩!"

大木打个呼噜。

火婶装作要走,吓唬道:"你别给我装死,别敬酒不吃吃罚酒!不回我可走了。"

大木猛一下从床上跳下来,嘻嘻笑道:"我回! 我回!"

火婶嘴一撇,笑了。

60

夜,电灯明了,像星星洒满山村。

小院里。

东东门口贴上喜联,从屋里传出了阵阵笑声,不断有人欢笑着前来贺喜。

大木家。

火婶看着电灯,听着上屋的笑声,想起当年和大木结婚时的场景。

——火婶顶着盖头,被引进新房。石柱拿着一根铁丝,铁丝上扎着一个烟头,烟头被点着了,火光中夹着浓烟,在火婶面前晃着,笑道:"叫我看看花婶子!"

大木看她发愣,问:"又怎么了?"

火婶苦笑一下,说:"我想起咱们结婚时点的那个灯……"

大木嘻嘻笑道:"眼红啦?"

火婶笑笑,帮他穿上新衣服,戴上新帽子,又拉衣襟又打褶,把他打扮得整整齐齐。

大木笑个不够,指着电灯,说:"咱俩就得也在这电灯底下再结一次婚才美!"

石柱家。

石柱仰头看着电灯,听着上屋里的笑声,想起自己结婚时的场景。

——新房里,东东端着做的小油灯,在水花面前绕来绕去,笑着叫道:"嘿,真好个花嫂子,都来看呀!"水花发火地"噗"一口吹灭了灯。

水花看他愣怔,推他一把,质问道:"咋,还生气呀?"

石柱嘿嘿一笑,说:"谁气了,我是在想咱俩结婚时点的那个灯。"

水花:"有啥想的? 走,快去吧!"

"急啥。"石柱手忙脚乱,给她系上围巾,又给她拿来镜子和梳子。

61

上屋,婚礼开始。

雪亮的电灯,照着房屋正中巨大的红双喜字。

二妞和东东站在当中。

小山叫道:"叫大木叔和火婶、石柱和水花嫂子也陪着结结婚行不行?"

"行!"人们笑着,七手八脚拉扯着,不容分说,硬把大木叔和火婶一对拉在左边,把石柱和水花一对拉在右边,人们又在他们三对夫妻胸前别上了大红花。

1980 年秋

第一本

山里红梅

（淡入厂标）

　　珠江电影制片厂（淡出）

（叠化）山里红梅

（化）《山里红梅》创作组集体创作

　　乔典运执笔

　　导演——斯　蒙

　　摄影——王云晖　刘洪铭

　　美工——黎　淦　张之楚

　　作曲——梁立柱

刀劈崖下（日，晴，外）

（化）刀劈崖屹立在群山之中。

（叠印）一九七一年，秋

（摇）在峭壁的一端，王华、虎子和石柱等几十个青年正在沿着用红旗标出的渠线砍杂树、刨碎石。

　　喜山爷（画外音）："好小子——"

　　石柱（画外音）："喜山爷，你也来了？"

　　喜山爷扛着镬头大步走上来，边走边说："你们干活也不招呼一声，啊？"

王华(画外音):"你怎么也来了?"

大伙一愣。

石柱:"喜山爷,他们让你歇着。"

虎子:"喜山爷,我们共青团决定让你歇一天。"

喜山爷:"歇? 哈,你们瞧不起我这老头子啊? 只许你们青年大干,就不准我老汉为建设共产主义出把力,爷爷呀还要跟你们比一比。"

大伙乐了起来,很受鼓舞。

王华和众人:"好,干!"

(摇)众人散开。

这时,常运从山坡下(背影入画)爬上来。

常运:"慢着!"

虎子:"副支书,有什么事?"

常运气喘吁吁地说:"谁叫你们开工的?"

石柱:"哎,公社不是已经批准了吗?"

常运:"咱们的修渠计划叫县里新来的卫副主任给打回来了。"

石柱(画外音):"什么?"

王华等人围拢过来:"怎么不同意了?"

石柱:"县委石书记不是说县委是支持的吗?"

常运拿出"计划"拍打着:"你看看,白纸黑字,这是卫副主任的批示。"

石柱伸手去拿,常运缩手不给:"算了,算了,收工吧! 大家该干啥就干啥去,啊!"

石柱生气地走开,虎子"嘿"了一声坐在地上。

王华着急地冲向常运:"常运叔,你在县里也没争争?"

常运正想回答,画外突然传来喜山爷的声音:"他争,哼!"

坐着抽烟的喜山爷不满地说:"他巴不得哩,这一回呀,可该安安生生地盖他的楼房了。"

"这跟我盖房子有啥关系?"常运说着蹲下,"卫副主任的批示,咱得服从。"

石柱:"卫副主任的批示,也得山梅回来研究一下再执行嘛!"

喜山爷:"对! 咱们啊等山梅回来再说。"

"嘀嘀——"画外传来长途汽车的喇叭声。

虎子:"班车来了。"

众人一起朝公路望去。

公路上(日,晴,外)

一辆红色客车从远处弯路驶来。

山路上(日,晴,外)

喜山爷、常运、王华、石柱、虎子等向山下跑着,边跑边看汽车。

喜山爷在半路停下来,向汽车望去。

公路上(日,晴,外)

汽车在山河大队村口停下,有两人上车,无人下车,汽车又开走了。

山路上(日,晴,外)

大家见没有山梅,便惊讶相问。

王华:"哎,怎么山梅姐没回来?"

石柱："昨天是我接的电话,她说今天回来,怎么变了?"

众人疑惑不解,忽听画外传来一个中年人的喊声:"常运,喜山爷!"

大家转头望去。

王祥赶着一群羊从山上下来。

王祥见喜山爷等跑来(入画),迎上去。

喜山爷："王祥,什么事?"

王祥："喜山爷、常运,山梅回来了。"

众:"回来了!"

王祥："叫你们上刀劈崖开支委会。"

喜山爷："到哪儿?"

王祥用鞭子一指:"刀劈崖!"

喜山爷把手一挥:"哦,走!"

喜山爷等人向刀劈崖爬着。

众人顺着山腰一起向上跑去。

王华边跑边叫:"山梅姐!"

虎子："是山梅。"

众人:"走!"

刀劈崖上(日,晴,外)

王华(画外音):"山梅姐!"

山梅正在刀劈崖上察看地形,闻王华喊她,回身看。

众人跑到山顶,激动地向山梅打招呼,山梅热情地迎向大家。

王华："山梅姐,你怎么到这儿来了?"

喜山爷："是啊,怎么到这儿来了?"

山梅喜悦地说:"我到前山水库去了一趟,一路上看了看地形,就到这儿来了。"

石柱:"这是怎么回事?"

喜山爷:"是啊,这是怎么回事?"

山梅:"我这次去大寨学习,很受教育,对咱们修渠的计划有个新的想法,我叫大家上来,就是想跟大家商量,看行不行。"

石柱:"什么新想法,你说说吧!"

众人坐下。

王华到虎子身边:"虎子,走!"

山梅:"喂!你们俩是团支委,也听听。"

王华、虎子高兴地坐下。

山梅:"我到大寨一看,觉得咱们原来的那个计划……"

常运掏出计划:"山梅,咱们那个计划县里新来的卫副主任不同意,给打回来了。"

山梅:"卫副主任不同意?"

常运(画外)把计划递给山梅:"是啊,这上面有批示。"

　　根据新的形势要求是否要搞这样的工程,应重新考虑。

卫如雪

一九七一年八月十二日

山梅看完批示,自语道:"新的形势要求?重新考虑?"突然抬起头来,坚定地说:"咱们的修渠计划是应该重新考虑。"

喜山爷(画外音):"哎?"

喜山爷和虎子感到惊异。

喜山爷:"山梅呀,咱们的计划到底有什么问题?!"

常运高兴地说:"问题就在不该修这条渠。"

山梅笑着把"计划"放进口袋："不！常运叔，这次我在大寨，看到大寨贫下中农大批促大干，大干促大变……"

常运听着。

山梅（画外音）继续说："……革命精神，很受鼓舞。"

喜山爷和虎子听着。

山梅（画外音）："他们站在虎头山，望着天安门……"

山梅："这一比一看，觉得咱们的计划是跟不上形势的要求，是应该重新考虑啊，你们来看——"

众人随着山梅站起。

大家随着山梅走到崖边向前望去。

山梅对大家说："从这里可以看到，咱们山河大队和兄弟社队的田地都是连在一起的……"

从刀劈崖远望，露出层层大寨式梯田，一望无际。

山梅（画外音）："以前的修渠计划只想到解决眼前的灌溉问题……"

山梅："所以把渠线定得那么低，这说明我们的思想水平很低，我问了水库技术员，要是把渠线提高到这儿，也可以把水库的水引来。这样……"

山区全貌。

山梅（画外音）："不但咱们现有的旱地和以后再修的大寨田可以浇上水，就是兄弟社队也能接上这人工河把渠道继续往前修，随着社会主义大农业的发展，人民公社'一大二公'的优越性会进一步地发挥出来。"

常运走到山梅跟前："山梅，你别弄错了，卫副主任可不是叫咱们这么考虑的！"

山梅转向常运："常运叔,我们要立足当前,放眼未来嘛!"

常运不以为然地说："嘿嘿,将来是将来的事!"

山梅："将来的事总有个起点。(推山梅近景)今天不干,明天不干,一辈子还是将来的事,咱们要学习大寨贫下中农共产主义远大理想和大干社会主义的精神。"

众人兴奋。

石柱："没说的,山梅,就把渠线定在这儿吧!"

王华、虎子："对! 就定在这儿!"

山梅："常运叔,你的意见呢?"

常运为难地看着喜山爷,向他走去。

常运(入画)走近喜山爷："喜山爷,你是老把式,你说说这么大的工程咱们能行吗?"

(推)喜山爷走前几步,指着远处说："我说呀,咱们顺着刀劈崖开条渠,把梅花山打个洞,在这竹叶沟上架个大渡槽,这水库的水可就哗哗流过来了。"

常运听着。

喜山爷(画外音)："这刀劈崖以下的山山坡坡不管哪社哪队都能开成大寨田,改成水浇地。"

喜山爷："再说呀,这水落到刀劈崖下,还可以修个发电站哩,嗯? 哈哈! 我说呀,这条线就是大干社会主义的线。山梅呀,干吧!"

王华、石柱、虎子等："干吧!"

常运勉强同意的脸。(拉近)

山梅看着常运,又转向大家："咱们再征求一下社员的意见。"

第二本

晒谷场(日,晴,外)

晒谷场上,一群男女社员在劳动。

山梅站在场边台阶上,兴奋地向社员讲道:"大家的决心,更增加了支部的信心。我们一定要让大寨大干社会主义的精神,在我们山河大队生根、发芽、开花结果!"

场上一群人在剥着玉米。

一个老汉对周围的人说:"我本来打算今冬盖房子,现在先不盖,宁可住窄点,也得把水引上山。"

(摇)一个担玉米的壮年人接着说:"干,不过多流几桶汗,没什么了不起。"

春花对王大娘、小春、王华等人说:"对,咱们哪,少做几件新衣服,眼前穿旧点,腾出工夫也要干!"

(摇)妇女笑着点头:"对!"

王大娘笑道:"常运哪,你听听你媳妇的决心。"

众人看着常运乐了起来。

山梅走近常运:"常运叔,你看怎么样?"

常运:"哎,卫副主任不同意怎么办?"

(拉全)山梅:"卫副主任刚来不久,对咱们的情况不了解。咱们哪,明天去找石坚同志和卫副主任。"

地委招待所和县委办公室(夜,晴,内)

县委办公室。

一束月光照在办公桌上,桌上电话铃正在响着。少顷,灯亮,卫如雪披着衣服走来,(拉)拿起听筒,开亮台灯,懒洋洋地坐在沙发上。(推)

卫如雪:"喂,喂,你是谁呀?"

地委招待所。

石坚坐在办公桌前,手拿听筒,桌上有台灯、主席著作、笔记本、茶杯等物。

石坚:"嗯! 我是石坚,(拉)老卫吗? 哈……睡了吧? ……地委这两天会议开得我心情很不平静啊,我很想跟你说一说,咱们山河大队学大寨的情况受到一些同志的非议,引起了争论……争论得很热闹啊!"起身,拿起了笔记本。

石坚:"简单地说,争论的实质是牵涉到怎么看待当前的形势,怎么正确对待新生事物的大问题呀,看来这个在'文革'当中闯出来的先进单位要继续前进,还要经过斗争呀,老卫,(推)山梅回来了,我想马上派人去帮助他们,认真把这个点搞好。"

卫如雪:"老石啊,山河大队的情况,我虽然不很熟悉,不过,据我看来,他们的搞法,是不大符合省里杜朋副主任指示的新精神啊。"

石坚:"会上的争论就在这里,我认为(推)这个新精神是和农业学大寨的道路相抵触的。"

卫如雪愕然:"什么? 什么? 喂,你等一等,喂! 我没听清楚。"

他边说边起身,走到办公桌前,拿起纸笔,边听边记。

卫如雪:"啊?"

石坚电话声:"这个新精神,是和农业学大寨的道路相抵触的。"

卫如雪:"老石啊,我看还是谦虚一点好。"

卫如雪电话声:"不要太自信,多听听对方的意见嘛!"

石坚思考一下(拉):"好吧,等我回去再谈吧!"放下听筒、本子。

卫如雪思考一下,把本子放在电话机前,急摇电话:"喂,总机,马上给我挂省革委杜朋副主任。要快!"说完放下听筒。

石坚走到窗前,沉思着。

公路上(日,晴,外)

山梅和常运骑着自行车去县委

卫如雪办公室(日,晴,内)

卫如雪办公室走廊,山梅、常运、张干事三人走来。

张干事:"石坚同志上地委开会去了,过两天才回来。你们来得正好,卫副主任正想找你们谈谈关于山河大队的情况。"

三人一起走进办公室。

张干事(对画外):"卫副主任,山梅同志来了。"

卫如雪站起:"哦哦哦,你们来了,坐吧,坐吧!"

山梅、常运坐在沙发上。

张干事(入画)端来两杯水递给常运、山梅。

(摇)山梅:"卫副主任,我们支部讨论了你的批示,认为山河大队需要修这条渠,我把大寨的情况跟大家介绍以后,大家觉得原来的渠线定低了,(拉、摇)又订了一个新的修渠计划。"说完,从挎包里掏出"计划",起身走到卫如雪面前,把"计划"交给卫如雪。卫如雪翻阅"计划"。

(摇)山梅热情地说:"如果按照这个计划,我们队可以初步实现水利化、电气化,往社会主义大农业迈进一大步……"

卫如雪合上计划,回头听着,(摇)山梅走到"农业学大寨规划图"前,指着图说:"你看,如果把渠线提高到这儿,还可以给兄弟社队……"

卫如雪(画外音):"山梅!"

卫如雪起身边走边说:"你们只知道年年苦干,毫不关心群众的生活,你们这样干,集体的粮食增加了,可是群众的不满情绪也增加了……"

山梅认真听着。

卫如雪(画外音):"现在粮食生产已经跨过《纲要》,兵发何处,那就要重新考虑。"

山梅:"要考虑,也要从'为国家做出更大的贡献'这个大目标出发。"

卫如雪不悦地打断山梅的话:"常运,上次那个计划不就是有人反对吗?!"

常运尴尬地说:"是啊,是啊!"

山梅:"反对的只是那些光想着出去搞单干捞钱的人,他们就是想……走资本主义道路。"

卫如雪:"经过了'文革',该批的批了,该斗的斗了,哪儿还有那么多的资本主义呀?"

山梅:"有!现在我们队还有人说:'毛驴一拉,八块到家。一块交队,七块自花。'难道这不是资本主义倾向吗?这不是产生新资产阶级分子的思想基础吗?再说老的地富分子也不死心。"

卫如雪按捺不住:"喊,社员想增加些收入,这算什么资本主义呀?这不正是你们自'文革'以来,一味蛮干的结果吗?你们的干法,已经给全县造成了很坏的影响……"

常运全神贯注地听着。

卫如雪(画外音):"必须立即纠正!你们回去以后,不要修渠了,马上制订一个增加现金收入、改善社员生活的计划。"

常运频频点头。

卫如雪:"同志们,眼下农民是缺吃少穿,实际生活水平下降了,这个情况是不行的,不能搞得国富民穷啊!"

山梅自语:"缺吃少穿,国富民穷?"

卫如雪:"是啊,先要使人民富裕了,国家才能强盛,我们要搞民富国强,这可是省里杜朋副主任指示的新精神。"

山梅严肃地说:"这种新精神我不能理解。"

卫如雪命令地说:"对上级的指示,理解的要执行,不理解的也要执行!"

山梅不让步地说:"我不明白、不理解怎么执行?"

卫如雪大发雷霆:"那你就在执行中去加深理解!"(出画)

山梅气愤地看着卫如雪,拿起挎包欲走,又回身说:"共产党员对任何事情都要问一个为什么,绝不能盲从。"说完愤然而去。

常运(入画):"山梅,山梅!"

山梅远去,卫如雪背影入画。

常运回身向卫如雪解释:"卫副主任别介意,她在'文革'中冲冲杀杀的惯了。"

卫如雪窝火地说:"不!"

卫如雪冲前两步回身,挥手喊:"她有后台!"

第三本

工地工棚外(日,晴,外)

刀劈崖下。

山梅:"学大寨还需要谁批准吗? 毛主席早就批准了。"一块红色语录牌,上面写着毛主席语录"农业学大寨"。

山梅激昂地说:"毛主席号召我们学大寨,咱们就要沿着大寨的路一直往前走!"

群众热烈鼓掌。

山梅:"上马下马,兵发何处,把劳力往哪儿使用,这是一个方向、路线问题。同志们,马上准备开工。"

山河大队村口公路(日,晴,外)

锣鼓喧天。

两面红旗在空中飘扬。

"农业学大寨"的红旗在晨光中前进。

水利大军出发了。王华、虎子、石柱、小发等走在水利大军队伍的前边。

年轻的小伙子们敲着锣鼓。

青年突击队的小伙子们挺胸前进。

王大娘和小春等站在桥边热烈鼓掌。

水利大军中走来一队青年妇女,她们肩扛着各种工具,精神焕发地走来。她们后面跟着一队小伙子。

几个老汉和小孩热烈地为他们鼓掌。

水利大军高举红旗,向蜿蜒山路走去。

刀劈崖屹立在晨光中。

工地工棚外(日,晴,外)

工棚外,人们正在做着开工前的准备工作,各种工具陆续运来,喜山爷在忙碌指挥着。

王华和几个女青年在背柴。

虎子铲了一锹泥,(摇)向工棚顶上扔去,石柱在棚顶上接着,用泥糊棚顶。

突然,石柱喊了一声:"刘连发!"

工棚下边,刘连发和陈大磨拉着装满木料的架子车走来。

石柱(画外音):"你这是往哪里拉?"

刘连发仰起脖子:"县里不叫修水渠了。"

石柱(画外音):"你说什么?"

石柱在棚顶上喊道:"站住!"然后从棚顶上急跳下来。

石柱和虎子冲过来(入画),拦住刘连发:"你要干什么?"

喜山爷和王华等人也围拢过来。

喜山爷:"刘连发,(摇)你别天上有巴掌大一块云彩,你就想下雨。"

(拉全)刘连发:"没有令字旗,谁敢乱行兵?"

石柱和众人追问:"谁说的?"

常运从人群里挤过来:"大家别吵了,这话是卫副主任说的。"

众人怀疑地转身看着常运。

喜山爷:"为啥?"

常运:"为了抽出劳动力增加现金收入,让群众过上好日子。"

喜山爷:"那咱这修渠是害群众?"

常运:"喜山爷,相信上级没错。"

(摇)常运边说边走,群众不安地跟着。

王华:"你!"

被撇在一边的刘连发,朝着人们的背影讽笑着,然后拉起车子往前走。(淡出)

刘连发家(日,晴,内)

(淡入)刘连发家,屋角上吊挂着一辆飞鸽牌加重自行车,靠内室墙边放着大方柜,柜上放着许多酒瓶子,刘连发一个人坐在小方桌边喝闷酒,桌上摆着烧鸡、卤肉,刘连发边吃边喝着。

突然画外传来开门声,刘一惊:"谁?"转头看去。

刘宗汉(画外音):"是我。"

刘宗汉关门进来,笑嘻嘻地说:"老侄子!"

刘连发:"你来干什么?"

刘宗汉:"我来跟你说个事,听说新来个副主任,还下了命令说往后不准批、不准斗了。"

刘连发:"这跟你有什么关系!"

刘宗汉:"嘿,我是为你高兴!"

刘连发:"为我高兴?"

刘宗汉:"上边号召,要广开门路,千方百计,要抓现金收入,这下该看你的了!"端酒一饮而尽。

刘连发:"别提了,今天在工地上,我想把那几根木料拉回来,可叫山梅又教训了一顿!"

刘宗汉(入画)靠近刘连发说:"山梅,有她在,你就别想安生!

哎,上边有新精神,她山梅胳膊拧得过大腿? 现在有桩买卖……"

刘连发边喝酒边听着。刘宗汉(画外音):"我小舅子林八要买石条。"

刘连发心有所动:"买石条? 他要多少?"

刘宗汉(画外音):"要承包建设一个大工程,有多少,要多少!"

刘连发:"哦,出什么价?"

刘宗汉:"普通规格,这个数。"用手比画一下。

刘连发:"算了,算了! 你叫他另找别人吧。"

刘宗汉:"瞧你,这是跟队里讲好的明价,谈妥了,每条给你外加三成,这可是大有捞头呀!"

刘连发:"哼! 山梅闹着要修水渠,把劳力都调上山了,数目太大了,恐怕……"

刘宗汉:"咳! 上级不是不叫修水渠了? 你不会跟常运活动活动! 看人家定钱都拿来了。"说着掏出一沓人民币。

刘连发瞪大眼睛一把抓住钱,刘宗汉紧接着又取出合同递过来。(入画)

刘宗汉(画外音):"这是合同。"

刘连发兴奋地说:"好! 我去找常运!"

常运家(日,晴,内)
常运扛着铁锹(入画)下工回来,走进院子。

村街(日,晴,内)
刘连发拉着架子车,上面装着玻璃、木窗架子从小路走来,向常运家走去。

常运家及门口(日,晴,内)

常运放下锄头抖抖衣服上的灰尘。

刘连发(画外音):"副支书!"常运回头。

刘连发走到新砌的墙边。

刘连发:"噫! 这房子盖了一半,怎么停工了呢?"

常运:"现在劳动力紧张,我也没工夫搞它,再说,还有些料没备齐。"

刘连发趁势:"哎,你看我给你拉来了件什么东西?"

(摇)刘连发推着车子进来。

刘连发指着车上的东西:"窗架、玻璃怎么样,啊?"

常运高兴地说:"这些东西,我倒是用得着。"掏烟给刘连发。

刘连发急忙掏出精装烟递给常运一支:"我说啊,你得抓紧时间,要不得盖到哪一年。"说完把打火机凑到常运嘴边。

常运抽烟问:"哎,总共多少钱?"

刘连发:"三十块钱。"

常运疑惑地说:"怎么这么便宜?"

刘连发:"互相支援嘛!"

常运不解:"支什么援?"

刘连发:"嘿! 就是上次我跟你说的那个事。人家希望我们帮他们把石条打成,那往后方便的事多着呢!"

常运掏钱给刘连发:"连发,这不大好吧?"

刘连发:"这有什么不好,只要卖石条的钱不放进你的腰包,谁敢说啥!"

常运:"往后你多想办法为集体赚钱。"

刘连发："你放心,这卖石条就是为了给集体赚钱嘛! 再说,咱这山沟就是出点石条,本小利大,再合算不过了。"说着掏出一张纸递给常运:"这有个合同,你签个字。"

(推)常运接过一看,为难地说:"哟,数字太大了,牵扯到劳力问题。"

刘连发递上一支笔说:"劳力还不是靠领导安排的? 副支书,这是既能增加收入又能壮大集体经济的好事啊!"

常运:"是啊,这倒是符合卫副主任指示的新精神,可这是个大事,得经过队里讨论了才能决定。"

刘连发:"那快点回话呀! 晚了这宗好买卖说不定就叫别人给抢走了!"

常运:"行!"

(摇)刘连发:"那快搬下来吧!"

二人搬东西。(化)

陈大磨家门口、院内(日,晴,内)

清晨,陈大磨蹲在家门口抽烟。

刘连发大摇大摆地走来,向大磨打招呼:"还没上工啊?"

大磨"嗯"了一声没理他。

刘连发向前走了几步,忽然想起了什么,(推)回身走近大磨。

刘连发故作关切地说:"喂,给你递个信,咱找到个门路。"

大磨:"啥门路?"

刘连发:"有人要买石条,你有多少,他要多少!"

大磨:"啥价?"

刘连发伸出一个巴掌:"这个数! 你们爷儿俩一天少说也能拿

他六七条啊!"

大磨一听,高兴地说:"五六得三块。"忽然把脸一沉:"唉,我那小子参加专业队去了,昨天上山了。"

刘连发:"哎,你不会把他叫回来,反正县里不同意修渠,迟早得停工。"

大磨犹豫。

刘连发鼓动道:"你合计合计吧!对了,咱俩是老交情,我才先给你打个招呼,想好了给我个回话,啊?"说着走出画面。

大磨想了想,敲了敲烟锅,起身走进院去。

第四本

打铁炉(日,晴,内)

王华背药箱匆匆走来,走到山梅跟前。

王华:"山梅姐,你们上山也不叫我一声!"

山梅缠着绳子(入画)说:"你是赤脚医生,工地上能离得开吗?"

王华:"我跟你讲,参加爆破班,对我正是一个很大的锻炼啊,就让我上去吧!"

山梅:"来!"二人说着走出画面。

陈大磨从坡下走来,四处张望,他见小发坐在小黑板旁边,向小发走去。

大磨:"小发!"

小发:"爹!"

大磨:"走,回去!"

小发手指小黑板:"我是爆破班的!"

大磨:"没你个萝卜头,人家照样办酒席。"说着走到小黑板前擦小发的名字。

虎子上前问:"你要干啥?"

大磨笑嘻嘻地说:"他妈病了,让他回去抓药。"

一青年揭发道:"昨天还好好的嘛!"

山梅手缠着绳子,冷静地听着。

大磨(画外音):"人吃五谷杂粮,还不兴得个急病。"

大磨推小发走。

一青年:"拖后腿!"

石柱(入画):"哎,你这是干什么?"

山梅(画外音):"石柱!"

众回头。

山梅(入画)走到大磨、小发跟前说:"小发先回去吧!"

小发不愿走,与大磨僵持。

山梅:"去吧!"

大磨推小发走了,山梅、石柱二人说着话……(出画)。

这时,王华(入画)气愤地走到小黑板前,看了看走去的陈大磨父子,又看了看小黑板。

王华在黑板上写上自己的名字。(拉)

山梅走上去擦掉王华的名字。

王华:"哎!"

山梅写上"山梅"二字。

王华生气地说:"你!"(出画)

山梅走到王华身边,说:"好妹妹,你听我说……"

王华:"我不听。有人反对我们学大寨,还有人拉后腿,你就叫我参加爆破班吧!"

山梅:"你参加爆破班问题就解决了?"

王华:"那……"

山梅:"去,给小发他妈看看病。"

王华:"啥病,陈大磨的思想病!"

山梅:"反正都是病。你是赤脚医生,又是共青团员,都有责任治。"顺手把药箱挂到王华肩上。

王华不高兴地走开。

山梅转身,(摇)走近王华:"王华,咱们干社会主义,团结的人越多越好。"

王华领悟地走去。

陈大磨家及门口(日,晴,内)

一辆架子车放在门口,(拉)陈大磨正在用铁链捆石头准备抬走。

小发坐在车上生气。

大磨边干边唠叨:"白养活你这么大,你就没有一回听我的话。"

小发:"我怎么听你的话?今天妈没病,你硬说病了,把我从工地拉回来,这不叫大伙当笑话讲!"

大磨生气地说:"你死心眼子,来!"他指着捆好的石条。

小发勉强接过木杠子,准备抬,这时山梅走来。

小发见山梅来,指着大磨:"你看!"

大磨转身扛上肩:"看什么?我腰腿不灵,你起慢点。"

山梅忍住笑,示意小发别声张,接过小发手中的杠子,放在自己的肩上,抬起石头。

大磨、山梅抬着石头走进大门。（拉）

大磨边走边唠叨："没听说？ 上级讲啦，现在批判不时兴啦，要抓副业啦！ 还不趁这时候，打点石条卖点钱好把房子盖上。（出画）再买辆自行车、缝纫机，这不都是给你置的。"

山梅忍不住地笑道："小算盘打得可真不错啊！"

大磨诧异地停步，猛回头，放下杠子："啊，嘿，是你？"

山梅笑着放下杠子。

大磨白了小发一眼。

小发："山梅姐，我爹不让我上工地，刚才王华来找，他还把人家气跑了。"

（拉）大磨气急败坏地，抽出杠子欲打："你……我非把你揍扁了不成！"

山梅爽朗地笑着，一边把小发拉到身后，一边看着大磨说道："大叔，可别把拉架的也打在里边呀！"

大磨把杠子一丢："唉！"蹲在地上。

山梅："大叔，今儿怎么生这么大气呀？"

大磨："这小子，天天吃饱不着家，什么事都得我替他操心，你说说看，我还能跟他一辈子？ 他就不知道顾家。"

山梅："你看他在水渠上劳动挺积极的，又报名参加了爆破班。他热爱集体，热爱社会主义，队里的老老少少，谁不夸小发是个好青年！"

大磨看了小发一眼："好青年？"（拉）

山梅："大叔，你就不愿小发进步、走正道吗？"

大磨："哎，你看你说哪儿去了，我哪不愿孩子走正道！"

山梅："那你就应该鼓励他进步嘛。"

大磨尴尬地叹气:"唉!"

小发鼓起勇气:"山梅姐,明天我还回爆破班去!"

山梅机灵地看大磨:"大叔,你看哪?"

大磨:"去就去吧!"

小发高兴地应道:"唉!"(出画)

山梅看小发走去,回头问道:"大叔,你刚才说批判不时兴了,是怎么回事?"

大磨:"这……都是听他们瞎说的。"

山梅:"大磨叔,往后再听到这样的话,可要好好地分析分析,千万别上了阶级敌人的当啊!"

大磨点头:"啊、啊……"

卫如雪办公室(日,晴,内)

张干事坐在靠门口的椅子上,整理着桌子上的文件,卫如雪匆匆走来问:"省里的电话来了没有?"

张干事:"没有!"拿着一沓材料起身,说道:"各公社来电话,问山河大队学大寨的经验介绍什么时候发下去,外县也有人来要。"

卫如雪:"印好了吗?"

张干事:"好了!"说着把印好的材料交给卫如雪。

卫如雪接过文件看了看,面带焦虑地考虑着,突然传来电话铃声,卫如雪急忙转身接电话。(出画)

卫如雪(入画)拿起话筒:"我是卫如雪,哦? 杜副主任,好……好……好好。"他得意扬扬地放下听筒,转身看《全县农业学大寨规划图》。

图上插着一面突出的小红旗,上边写着"山河大队",一只手伸进画面,将这面小红旗拔掉,(摇、拉)卫如雪拿着红旗对张干事说:"根据刚才杜副主任的电话指示,山河大队现在的做法是错误的,对他们过去的经验也要重新估计。通知各个公社,材料不发了。"

张干事:"是!"

卫如雪(画外音)对张干事说:"告诉他们要认真贯彻杜副主任指示的新精神。"

张干事:"好!"

(画外)常运:"卫副主任!"卫如雪抬头——

常运站在门口,问卫如雪:"你找我?"

卫如雪高兴地走上去:"来了! 来,快坐吧!"(摇)他边走边说:"常运,你们的新计划订得怎么样啦?"

常运边走边说:"还没订出来!"

卫如雪:"哦? 是不是山梅想不通啊?"招呼常运坐在沙发上。

常运:"群众也想不大通。"

卫如雪:"哦? 常运,刚才省里杜副主任来电话指示,明确指出像你们山河大队这样的做法是错误的。"说完,将小红旗扔在茶几上,接着说:"还有,石坚同志就是因为没有很好地领会上级指示的精神……"

小红旗特写。(摇)

常运眼看小红旗。

卫如雪(画外音):"……就要调去学习了。你对制订新计划有什么想法呀?"

常运:"我们那儿是个穷山沟……"

卫如雪:"嘿,靠山吃山,靠水吃水,要增加社员收入,那就要千方百计广开门路。"

常运："倒是有人找到一个卖石条的门路，只要肯出劳力，就能成倍地增加收入。"

卫如雪："哦，这倒是个一本万利的买卖。这是谁找的门路？"

常运："刘连发。"

卫如雪："是干部吗？"

常运："不，是个社员，噢，是个富裕中农。"

卫如雪："嘁，看他的……"

常运听着。

卫如雪（画外音）："……表现嘛！这种人有办法就可以大胆……"

卫如雪："你们修渠的工程停了没有？"

常运（画外音）："还没有。"

卫如雪不悦地起身走到镜前说："常运，对上级的指示，咱们可要闻风而动啊！"

蜿蜒山路（日，晴，外）

石坚和山梅从山路上迎面走来。

山梅愤愤地说："他们把你调走，就是要夺无产阶级的领导权，反对学大寨，咱们贫下中农看得清楚。他们好狠毒啊！"

石坚："这股风来头不小啊！山梅，在任何情况下我们都要记住毛主席的话，前途是光明的，道路是曲折的！看来……"

石坚："……两个阶级、两条路线还要经过反复的较量。我相信，用党的基本路线武装起来的群众，是任何力量也压不倒摧不垮的。"

山梅："再大的风，它只能刮走地上的落叶，它刮不走铁打的山河。老石,我们等着你回来参加学大寨的现场会。"

二人握手。

石坚:"好,好,回去吧!"(摇)石坚往前走几步,回身:"山梅,要牢牢地记住毛主席教导,在路线问题上没有调和的余地。"

石坚走去。(出画)

山梅迎上一步,语气加重:"在路线问题上没有调和的余地。"

第五本

工地(日,晴,外)

山河大队红旗迎风招展。

料石场上一片繁忙景象,人们正在劈石头。(歌声)

> 大寨红旗迎风摆,

> 千军万马战山崖。

> 贫下中农有志气,

> 要把山河重安排。

一个姑娘在抡锤打钎。(歌声)

> 贫下中农有志气,

另一个姑娘在抡锤打钎。(歌声)

> 要把山河重安排。

第三个姑娘在抡锤劈石。(歌声)

> 贫下中农有志气,

山梅抡锤打石头。(歌声)

> 要把那个山河,

一块巨石被劈开。(歌声)

重呀重安排。

一队解放军战士肩扛着工具来到工地。（歌声）

千年荒山换新貌，

穿山越岭引水来。

邻队社员打着红旗，拿着工具来到工地。（歌声）

毛主席指路咱们走，

千难万阻全踢开。

渠道工地上人们在紧张地劳动，一辆架子车装满石条向前走去。（歌声）

大寨红旗迎风摆，

千军万马战山崖。

铁锤镢头高举起，

打出一个新世界。

繁忙的工地上喜山爷在砌渠，王华等人在抬石头。（歌声）

铁锤镢头高举起，

打出一个新世界。

铁锤镢头高举起，

打出一个新世界。

人们在抬石头。（歌声）

铁锤镢头高举起，

打出一个新世界。

"农业学大寨"的红旗在迎风飘扬。

卫如雪办公室（日，晴，内）

卫如雪面对窗外，猛回头懊恼地说："真没想到，石坚调去学习，山梅干得更欢了。"焦急地坐下。

张干事(入画):"卫副主任,按杜副主任指示的精神,对山梅这种人就得撤掉。"

卫如雪思考之后说:"现在不行,群众还接受不了。嗯,干脆把她……"做了一个上提的手势,然后命令张干事:"你打电话给山梅,叫她马上到县里来一趟。同时通知常运,叫他马上停工。"(出画)

张干事急忙摇电话。

大队部办公室(日,晴,内)

常运(入画)接电话,刘连发站在窗外听着。

常运:"是啊,哦? 哦,好,我马上通知山梅。"

常运放下电话出门。刘连发看着走出去的常运,跟着走了。

卫如雪办公室(日,晴,内)

卫如雪面对窗外思考着,山梅拿着挎包大步走进办公室(画外音),喊:"卫副主任。"

卫如雪格外亲热地说(摇):"哎呀,山梅同志来了,坐吧! 坐吧!"迎上去,"跑累了吧?"

山梅坐在桌前的椅子上。

卫如雪边倒茶边说:"山梅,我找你来,有件事要和你商量商量。"坐下。

卫如雪:"你是革命烈士的后代,在'文革'中表现得也不错,又在基层锻炼了这么多年。哎呀,现在形势发展得很快呀,县委机关很需要补充像你这样的干部,我们想提拔你到县委机关来工作。"

卫如雪（画外音）："你看怎么样啊？"

山梅镇静地说："我是共产党员，如果需要我来机关工作，应该服从。不过，我有一个想法……"

卫如雪："哦？"

山梅："山河大队学大寨遭到一些人的反对，在这个时候我怎么能离开山河，我应该留在那里和群众一起战斗！"

卫如雪一听，气愤地站起来。

卫如雪从山梅身后走到门口，边走边说："我希望你冷静一些，不要感情用事。"回身又说："石坚同志就是因为在这个问题上坚持错误，才被调去学习，你怎么还不明白呢？"

山梅头也不回："我是不明白，你为什么要提拔一个跟石坚同志犯一样错误的人来机关工作？"

卫如雪懊恼地说："你……什么意思？"

山梅疾步走到卫如雪身旁，义正词严："我认为你这种做法，是不正常的，是很不光明正大的。"（出画）

卫如雪回身吼道："太放肆了！你这样目无组织，你要考虑后果！"

料石场（日，晴，外）

陈大磨和一些社员在打石条，刘连发远远跑来，跑走边打招呼："辛苦，辛苦！"跑到陈大磨跟前。

（移）刘连发："哎，告诉你个好消息，山梅要调到县里当干部了。"

大磨一脸疑惑："哦？"

刘连发挑拨地说："山梅整天叫咱们苦干哪！大干哪！可好，靠着这个她捞根大梁,可咱们连根稻草也没捞着。山梅是什么人,可看清楚了吧!"

大磨继续打石:"山梅不是这种人!"

(移)刘连发:"哎,我见过的多了,有的人一见乌纱帽,软塌塌地低下了头,说到天边,这水往低处流,人往高处走嘛!"

陈大磨摇摇头:"这种人是有,可是山梅……"

刘连发:"哎!反正卫副主任已经下令停工了,这儿就要散伙啦!哈哈,老哥,这下可以给自己打些石条,手头松动松动了。"

一社员:"你说这话是真的?"

刘连发:"噫!卫副主任打电话给常运,我亲耳听到的。常运到那边通知了,一会儿就到这儿来。我先来看看打好多少石条了,好组织车队来拉呀!"说完站起,开始查点场上的石条。

这时,陈大磨疑虑重重。

渠道工地(日,晴,外)

虎子和两个青年姑娘在砌石垒渠,常运从远处走来。

常运:"虎子,你们别搞了。"

虎子:"干吗?"

常运:"刚才卫副主任来电话,叫我们马上停工。"

虎子:"停工?"

常运:"是啊,你们快收拾一下吧,我还要去通知别的组!"

没等虎子明白过来,常运转身走了。(出画)

虎子:"我找喜山爷去。"(出画)

料石场(日,晴,外)

峰峦下,料石场的另一角,人已走散了。

只有三辆装满了石条的架子车,车旁站着几个人,正准备拉车走。

刘连发走来对一人耳语,然后大声催促:"好了,走吧,走吧,先拉到那儿去!"然后回转身对另一拉车人:"走吧! 走吧!"

刘连发走到车子跟前。

一中年人(画外音)喊:"刘连发! (入画)你又煽动人卖石条,走自发,你想挨批呀!"

刘连发:"批? 哈哈,告诉你,那一套不时兴啦! 为集体赚钱,咋干咋有理! 哼!"说着弯腰欲拉车。

中年人:"什么?"

打铁炉(日,晴,内)

打铁炉旁,喜山爷和虎子两人叮叮当当地打着铁钎,一年轻姑娘在拉着风箱。

石柱气冲冲地走来,(移)对正在打锤的虎子说:"虎子,走!"

喜山爷停下手里的活儿:"石柱,你到哪儿去?"

石柱:"石条都给拉走了,我揪刘连发去!"

喜山爷:"你急啥! 你揪住刘连发一个人就行啦?"

石柱急得"唉"了一声蹲在地上。

虎子:"这个事就怪常运叔,他叫停工也不跟大家商量一下,就不能等山梅回来再说?"

王祥:"卫副主任不叫修渠呀,这正合了他的心意。"

王华气喘吁吁地跑上来。

王华:"喜山爷,听说山梅姐调到县里当干部去啦,是真的吗?

那咱们这渠还修不修啦?"

一青年(画外音):"这事怎么办?"

三个青年听到议论起来:

女:"我看这渠就别修了!"

男:"唉,全乱了!"

另一男:"那怎么办?"

虎子(画外音):"全凑一起去了。"

喜山爷镇定地说:"怕什么? 这些事凑到一块儿,咱们就更清楚啦! 这就叫上边一阵风,下边一层浪!"

石柱:"喜山爷,那咱们怎么办?"

喜山爷:"怎么办? 顶住! 要不,要咱们这些党团员干什么? 石柱,你先找几个党员,把工地情况调查清楚,晚上咱们开个支委会。走! 上工地找常运去。"

第六本

山路(日,晴,外)

一辆自行车停在山楂树边,山梅走向小桥。

山梅沉思着。小溪水哗哗流着。(歌声)

    喝一口山里清溪水,

瀑布飞溅而下。(歌声)

    想的是千条江河。

高山屹立,白云朵朵。(歌声)

    捧一把田头沃土,

山路上,山梅骑车前进。(歌声)

　　　　想的是全国齐唱丰收歌。

松林,(拉)山梅向远方看着。(歌声)

　　　　看一眼高山的劲松,

山梅看着前方,背后青松挺立。(歌声)

　　　　想的是党的嘱托暖心窝。

高山屹立,彩霞朵朵。(歌声)

　　　　党的嘱托暖心窝。

放眼——青松挺立,山河壮观。(歌声)

　　　　望山河,豪情满胸怀。

乌云压山顶。(歌声)

　　　　哪怕它波涛汹涌,迷雾重重,

　　　　山里的红梅——

山路上,山梅骑着车子继续前进。(歌声)

　　　　迎着风雪开。

山梅骑着自行车飞速前进。(歌声)

　　　　迎着风雪开。

料石场(日,晴,外)

山梅背着挎包从山路走来,她忽然发现料石场上异常冷清,空无一人。

山梅听到远处传来打钎声,她顺着声音走去。(出画)

山梅穿过"一线天"向山洞走去。

山洞里(日,晴,外)

王华、虎子和几个青年在山洞里闷头打钎。

山梅(画外音):"王华,虎子!"(入画)

王华、虎子和众人听到喊声,撂下手中工具,一齐围向山梅。

王华:"山梅姐!"

虎子:"山梅!"

山梅:"人呢? 都到哪儿去了?"

王华:"常运叔叫停工了。"

山梅惊异地问:"停工了?"

王华:"为了这事儿,刚才喜山爷、石柱和常运叔在工地吵起来了,吵得可厉害了。"

山梅:"他们上哪儿了?"

虎子:"他们去大队部开会了,你快去看看吧! 王华,你跟山梅说说。"转身对众人:"走,咱们干活去。"

众人散开。

山梅和王华并肩走出山洞。

山路(日,晴,外)

王华边走边嘀咕着,和山梅一起路过"一线天"。

王华和山梅一路谈着走来。

王华:"最近发生的这些事,我觉得就有问题,为什么卫副主任一来,咱们这儿什么都变了? 你看,咱们学大寨也成了错了;石坚同志给调走了,现在又要调你;常运叔也变了;连刘连发也神气起来了。我说这就是两条路线的斗争。"

山梅看着王华高兴地说:"你说得很对,王华,我们要坚持斗争。希望你在这场斗争中经受考验,早日实现入党的愿望。"

王华:"嗯。"

二人走去。(出画)

大队部院内(日,晴,外)

大队部办公室突然传来了常运的声音:"你们给我扣帽子我也不怕!"

办公室门前围着一群男女老少社员,他们关心地向室内望去。室内,常运还在和支委们争吵着,一个小女孩跑到小春身边:"姐姐!"然后用手向大门口一指,小春一回头,突然发现山梅,她高兴地喊着:"山梅姨回来了,山梅姨!"众人闻声回身,陆续奔向山梅。

山梅和王华走来,王大娘、春花、小春等围向山梅,台阶上跑下来两个女青年迎向山梅:"山梅姐你回来了?"

大门口进来三个青年跑向山梅:"山梅,你回来了?"

山梅迎向一位老大爷,二人握手,山梅亲切地叫道:"大爷!"

大家亲切地问:"山梅,怎么样啊? 是不是要调你走啊?"

山梅开朗地说:"山河就是我的家,我往哪儿走啊?"

众人:"好,好,那就好了!"

喜山爷、石柱、王祥、常运等从人群中挤过来。喜山爷、石柱高声喊道:"山梅!"(摇)他们走向山梅。

喜山爷:"到底是怎么回事,走不走啊?"

山梅:"是有人希望我走,可我呀偏不走!"

喜山爷等人:"那就对了!"

常运也挤到跟前:"山梅,真的不走了?"

山梅:"这里还需要我们一起战斗呢!"

常运由衷地说:"好,好啊。"忽然想起刚才的争论,转身找喜山爷,并向他喊着:"哎! 喜山爷,山梅回来得正好,刚才的事,咱们得当着山梅的面说清楚。"

常运回身,(推)山梅走到常运跟前。

常运:"你来评评,第一,我传达卫副主任要停工的指示有啥错?第二,为了贯彻上级的新精神,卖点石条增加社员的收入,这又有什么错? 就为了这两条给我扣了一大堆帽子,什么资本主义的歪风啊,修正主义的邪路啊,这……这能挨上边吗?!"说着一屁股坐在石阶上。

王华:"怎么不挨边? 有人反对学大寨,你就跟着跑。"

女青年乙:"你就是跟着跑。"

王华身边的几个青年要和常运辩论。

山梅示意不要急,走到常运跟前。

山梅:"常运叔,你想没想过,为什么卫副主任一而再、再而三地要咱们停工? 又为什么把支持我们学大寨的石坚同志说成是犯了错误,调去学习?"

一男青年:"他就是想把领着我们学大寨的带头人搬掉。"

另一男青年:"是嘛,他就是不想让我们学大寨。"

众人议论:"就是。"

山梅面向大家:"就拿今天要调我的事说吧。他们一边说咱们山河大队犯了错误,一边又要提拔我这个犯了错误的人到县委去当干部,你们说这是不是怪事啊?"

群众哄堂大笑。

喜山爷:"哎,大伙别光觉得这个事好笑,咱们得琢磨琢磨,这葫芦里头到底卖的是什么药!"

石柱:"实际上是打着提拔的幌子想把山梅给撤掉。"

一老头:"老伙计,这是调虎离山计呀!"

另一老汉点头："是啊！"

山梅："他们搞阴谋诡计,妄想扭转学大寨的方向,常运叔刚才不是说要贯彻上级的新精神吗？这是卫副主任提的,大家来分析分析。他们说现在农民缺吃少穿,搞社会主义把大家搞穷了,你们看看,这是什么新精神？"

老汉不满地喊道："这是胡说八道！谁比过去穷了？"

两位中年妇女："地主刘宗汉才比过去穷了。"

常运听着。

众人（画外音）："只有地主富农他们才会说出这样的话来。"

春花："这是什么立场？可以比一比嘛,就说'文革'以前,哪年还不得吃点返销粮啊？"

王大娘："眼下,咱们哪一家不是囤满缸流的？"

喜山爷："说得对,'文革'以来,咱们学大寨堵资本主义路,迈社会主义步,集体经济壮大了,咱们套上了大马车,开上了拖拉机,社员生活也一天天地改善了。咱们贫下中农最懂得,要过好日子就离不开社会主义。穷了？常运,你穷了？"

常运看看喜山爷："我……"

一个老太太："你什么你？解放前你连条裤子都穿不上,可这会儿都盖上楼房了。"

王祥接着说："这一阵子,眼睛光看到那几间楼房了,连方向道路都看不清了。"

石柱："要不刘连发敢把钢筋、玻璃和窗框都送上门去。"

常运（画外音）："送？那是三十块钱买的。"

王大娘质问道："那么多的东西就值三十块钱？"

春花："我早就叫你少跟这号人来往！"

山梅:"刘连发为什么给你送东西？还不是想让你为他们走资本主义道路开通行证。"

常运:"山梅,你们说的这些我同意,可我想为社员增加现金收入,搞集体副业,这可是出于一片好心啊!"(移摇)

山梅(画外音):"常运叔,(入画)我们不是安排了正当的副业生产吗？卫副主任要咱们只往钱字上打算,背离了以粮为纲的方向,妨碍了咱们继续走大寨的道路,这不是方向、路线问题吗？"

常运无言对答。

(画外音)"山梅——"

听到呼叫声,常运等抬头望去。

第七本

虎子气冲冲地喊着:"山梅!"冲入人群,后边跟着几个青年。

山梅忙问:"什么事儿？"

虎子:"刘连发这家伙,他带着一帮子人,扒了竹叶沟渠道上的石条,想拉出去卖。"

众人惊异:"什么？"

常运:"什么？我同意他卖石条,可没叫他去扒水渠呀!我去把他揪来。"

常运起身,虎子忙拦住他:"常运叔,你别去了,民兵已经制止了,大家要求开他的批判会。"

常运:"这个坏蛋,我差一点上了他的当啊!"

山梅:"刘连发为什么敢那么嚣张,还不是因为有那个新精神和卫副主任给他撑腰!常运叔,这些事应该好好地想一想了。"

常运："这是刘连发要我签的合同,我幸亏还没有签字啊!"说完,他掏出合同交给山梅。

山梅接过合同,转身对大家:"社员同志们,对这种资本主义的进攻,要马上行动起来,发动群众,批臭资本主义,批臭修正主义,要坚决地和他们斗到底!"

众人齐呼:"好!"

工棚内(夜,晴,内)

一束月光射进工棚里,石柱挥着手,在揭发阶级敌人的新动向。几个青年在认真地听着。(无声)

打铁炉(夜,晴,内)

打铁炉上边吊着马灯,炉火正旺。喜山爷正在向几个老贫下中农宣传党的基本路线。(无声)

山洞里(夜,晴,内)

马灯下,王华满怀激情地和几个青年男女批判资本主义倾向。(无声)

大队部内(夜,晴,内)

有三个青年积极分子,在灯光下写大字报:"不批资本主义,就是取消阶级斗争!"

一个青年小伙子自语道:"把修渠的石条拿去卖钱,这是为什么?"说完,他在大字报标题末尾画了一个大问号。(无声)

村口公路(日,晴,外)

常运吸着烟,独个儿蹲在村口公路边。忽然传来一阵汽车喇叭声,他回头一看,便站起身来。

一辆吉普车驶来,停在常运跟前。卫如雪从汽车上走下来。

常运迎上去,二人握手。

常运:"来了?"

卫如雪:"嗯。"

(摇)二人走上村头小桥。

卫如雪:"常运,今天开工没有?"

常运:"没有。"

卫如雪:"好!"

常运:"村里正在开批判会。"

卫如雪:"嗯?!"他生气地对常运说:"我到你们这儿蹲点,你先去安排个住处,我去看看。"说完,卫如雪一个人向村里走去。

村街(日,晴,外)

村街墙上贴满了大批判文章,七八个男女社员全神贯注地看着。卫如雪匆匆走来。

卫如雪冷淡地看着大字报。

一张大字报:"不批资本主义,就是取消阶级斗争!"

卫如雪生气地走到对面墙边看大字报。

另一张大字报:"为什么反对农业学大寨?"

卫如雪大为不满,向前边走去,到了拐弯处,他又抬起头来看。

一幅巨画挂在墙上,标题是:"资本主义道路是死路一条!"

村内一角（日，晴，外）

卫如雪从远处走来，见一群人正在批判刘连发。

王华站起来厉声问道："刘连发！你煽动群众贩卖修渠的石条，算不算资本主义？"

坐着的刘连发抬起头，态度强硬地说："这、这是上级讲的，为集体赚钱咋说咋有理。"

春来怒指道："你说哪个上级讲的？"

众人追问："你说！你说！"

卫如雪一拍草帽，生气地走开。

大队部办公室（日，晴，内）

卫如雪气势汹汹地走进办公室，（摇）把草帽往桌上一扔。张干事拿了个脸盆，准备出去打水。

卫如雪："怎么搞的，还是这么乱哄哄的！"

张干事放下脸盆说："山梅回来以后，情况很不妙，刘连发被斗了好几次，常运的情绪也很不正常。他们搞了大批判之后，上工地的人更多了。"

卫如雪："哼！你来了好几天了，也没做做工作？"

张干事凑前小声地说："群众都听山梅的，咱们的话一丁点也听不进去。唉，这个硬钉子可不好拔。"

卫如雪丧气地皱着眉，阴险地说："哼，我要叫山梅亲自宣布停工。"说完踱来踱去。（出画）

张干事拿着脸盆出屋，常运拎着一个新暖瓶进屋，放在桌上。

卫如雪（画外音）："常运，你们越来越不像话了，（入画）就知道一味蛮干，乱批乱斗。"踱了两步又说："你去通知山梅，叫她把工地上的人连夜撤下来,明天早晨开社员大会,宣布停工。人要到齐,尤其是工地上的人,一个也不准少。你再告诉她,再这样下去,可要考虑考虑她的前途。"(出画)

常运怔怔地站着不知所措,回身出屋。

料石场(日,晴,外)

靠山边,人们在采石头。(前景)大磨扶着钎,山梅抡锤打着。

陈大磨耷拉着头,手里扶着钢钎。

山梅汗流浃背,抡锤打着。

春花从山坡下走上来。

春花:"山梅——"

山梅:"唉——"

春花:"歇会儿!"

春花抬头一看,见大磨穿着厚厚的衣服,不满地说道:"嘿,一个过冬一个过夏,像话吗? 陈大磨,你不能换换?"

大磨欲站起换位。

山梅对春花说:"是我不叫他打的,陈大叔腰痛。"

春花(画外音):"腰痛?"

大磨(画外音):"你咋知道我腰痛?"

山梅:"你不是用灶火烤过腰吗?"

大磨被感动了:"山梅,不知咋搞的,别人一拉我就憋不住劲了!"

山梅放下锤:"咋搞的? 还不是想多攒点钱为儿女置点家业。"

陈大磨:"我可不是刘连发那号人,光想着集体散伙。我是想,抽空打点石条,卖点钱,这手头上呀,也宽裕宽裕。"

（拉）山梅："那钱是怎么分的？"

陈大磨："怎么分的？还不是刘连发一手包办的，他分得多，回回进城他都大吃大喝。对了，有一回他从刘宗汉的小舅子家里喝得醉醺醺地出来。"

山梅："是林八？"

大磨点头："嗯！"

打铁炉（傍晚，晴，内）

山梅在拉着风箱，喜山爷蹲在一边抽烟。（拉）

山梅："最近有些情况很不正常，看来斗争越来越复杂了。"

石柱停下手中活："嗯，村里群众反映刘连发这几天得意扬扬的，就连老地主刘宗汉也眉开眼笑。"

山梅："刘连发他们是错误地估计了形势，以为有卫如雪撑腰，又要往外跳了。"

喜山爷："哼！"

喜山爷："这会儿啊，把刘连发和林八在‘文革’前的那些事，咱们一块儿给他搞清楚。"

山梅："刘连发说把石条卖给建设工地了，这里肯定有问题，要搞清楚。"

石柱："对！那我明天就去。"

山梅："好，要深入细致些。"

"山梅！"画外传来了常运的叫声。

山梅停下风箱迎向常运。

山梅："什么事？"

常运："卫副主任叫我来通知你，明天早晨在大队部院里开社员大会,叫你把工地上的人连夜撤回村去,一个不准漏,他说是要宣布停工。"

石柱:"开社员大会?"

喜山爷:"停工?"

山梅:"果然不出所料。"

常运:"山梅,卫副主任还说……唉,我看还是顺着卫副主任走一段吧,躲过这阵风。"

喜山爷:"躲? 怎么躲? 你怎么还这么糊涂,顺着他就走到邪路上去了。"

山梅:"常运叔,咱们都是共产党员,面对着这股歪风,咱们要迎上去,顶住它!"

常运:"那怎么办呢?"(出画)

山梅走向喜山爷:"喜山爷,你明天带领大家照常开工。"

喜山爷:"好!"

山梅回转身,对画外的常运:"我去找卫副主任。"

大队部院内(日,晴,外)

大队部院内,办公室门前台阶上,放着长桌,桌上摆着话筒,台侧一个女青年看守一套扩大器。张干事焦急地围着长方桌转来转去,不时地看着手表。

院内台下,摆着许多长条凳,只有刘连发和五六个中年人、老汉坐在那里,无聊地抽着烟。

整个大院空空荡荡。

卫如雪从小门走出,见院内无人,很不满意。张干事迎上去为难地说:"咳,看样子会是开不成了。"

卫如雪："哼！"（拉）他无奈地走下台阶，张干事跟着下来。

张干事灵机一动："卫副主任，要不把广播线接到工地上，叫常运来宣布停工？"

卫如雪："不行啊，要山梅来宣布才能扭转这种局面。哎，常运怎么还没来？"

刘连发急忙跑上来，对卫如雪献殷勤地说："卫副主任，我一早就去找过常运，他家里锁着门，不知人上哪儿去了。"

卫如雪："哼，真不像话！"反身坐在椅子上点烟。

山梅骑着自行车从院门口进来。

第八本

张干事小声对卫如雪说："山梅来了。"

卫如雪一惊，"嗯"了一声急忙起身回头——

山梅大步走来，站定。

卫如雪气冲冲地走上前，问："人呢？"

山梅："在工地上。"

卫如雪大发雷霆："你一而再、再而三地不服从上级指示，你眼里还有没有组织？"

山梅（入画）："卫副主任，我有意见！"

卫如雪蛮不讲理地说："不要说了，我希望你不要一错再错，现在给你最后一个机会，（拉摇，卫如雪出画）你是工地总指挥，我要你向工地宣布立即停工！"

卫如雪走向话筒，向广播员招呼一声："把广播接通工地。"转向山梅："宣布吧！"

山梅激动地说:"我们学大寨没有错。工不能停!"

卫如雪:"你、你这种顽固态度是蓄意……"

卫如雪(画外音):"……反党!"

山梅:"反党?!"走前一步指着卫如雪:"你们反对农业学大寨,搞阴谋诡计,打击革命干部,不以阶级斗争为纲,走资本主义道路。反党的是你们!"

卫如雪气得发抖:"你……"回身走到话筒前,吼道:"社员同志们,我是县里的卫副主任……"

水渠工地(日,晴,外)

喇叭里传来了卫如雪的声音:"社员同志们,为了贯彻上级指示的新精神,命令你们马上停工,从山上撤下来。"

(摇)正在砌渠的男女社员纷纷不满。

喜山爷(入画)走近众人:"社员同志们,别着急,山梅找卫副主任去了,这会儿该干啥还干啥,等山梅回来再说。"

喇叭里传来山梅的声音:"社员同志们……"

众人回头听着。

山梅(喇叭声):"我们坚持党的基本路线,坚持走大寨的道路,大批促大干,没有错!"

社员们注意地听着。

山梅(喇叭声):"水渠工程不能停,大家坚守岗位干下去。"

喜山爷举起铁锤:"干哪!"

大家一齐响应:"干哪!"

(拉)工地上的人们立即散开,奔赴岗位,热火朝天地干起来。

山壁上写着一幅巨型标语"愚公移山,改造中国",清晰夺目。

大队部院内(日,晴,外)

山梅放下话筒,转身走去。

卫如雪气极了,把桌子一拍:"你……"

山梅骑车离去。

卫如雪不满地看着远去的山梅。

刘连发一伙儿一见会开不成,起身散去。

卫如雪(画外音):"刘连发!"

刘连发(入画)跑来。

卫如雪:"把你说的山梅乱批乱斗的那些事,马上写一份揭发材料,要快!"

刘连发:"是,是!"

刘连发家(日,暗,内)

矮桌边,刘连发边吃边写材料,扬扬自得。

这时外面有人敲门。

刘连发起身去开门,刘宗汉慌忙钻进来,神色颓丧。

刘连发:"哦,是你呀! 你来得正好,我在整山梅的材料,只要把山梅整倒了,咱们爷儿俩就可以过几天舒坦日子了。"

刘宗汉:"老侄子,咱们的老底叫山梅给揭了。"

刘连发:"怎么?"

刘宗汉:"我小舅子给抓走了。"

刘连发惊恐地说:"林八被抓了?"

刘宗汉:"是山梅报告的,打击投机倒把办公室抓的!"

刘连发:"又是山梅,糟了!"一屁股坐在椅子上。

刘宗汉:"不光是卖石条的事,连'文革'以前的那些事全兜出来了。老侄子,全完了!"

刘连发泄气地说:"斗争、劳改、坐牢。都是你,都是你坑了我。"

刘宗汉:"唉! 现在还说这些干什么? 我们是一条绳上拴的三个蚂蚱,跑不了林八,也跑不了你,更跑不了我这个地主分子。"

刘连发奔拉着脑袋。

刘宗汉:"真后悔,这个生在我磨坊的黄毛丫头,当初我没一手把她捏死!"

刘连发:"你这话是什么意思?"

刘宗汉:"先下手为强!"

刘连发:"先下手为强?"

刘宗汉凑到刘连发耳边耳语一阵,然后做了个手势。

刘连发院门口(日,晴,内)

小春躲在刘连发家门口侧面墙垛下,监视着。

刘连发走出门口,张望一下,又缩回去。

刘宗汉偷偷地走出来,看了一眼,沿着巷道溜掉。

小春看清了,转身走去。

山洞里(夜,晴,内)

山洞里挂着几盏马灯,人们正在打石开洞。

山梅正在捆一堆废钎,王华走进山洞来。

王华:"山梅姐,小春说她看见刘宗汉鬼鬼祟祟地又到刘连发家里去了。"

山梅:"今晚谁放哨?"

王华:"小发。"

山梅:"告诉他提高警惕,加强戒备。"

王华:"嗯,那我也去吧?"

山梅:"好!"随手把披在身上的衣服递给王华。

王华:"不用。"

山梅把衣服披在王华身上:"王华,小心着凉了。"

王华披着山梅的衣服走出山洞。

山梅看王华走后,思索着。

工地上(夜,晴,内)

王华和小发背着枪,打着电筒在巡夜。

工棚外(夜,晴,场地)

山梅查夜,走到工棚门口。

工棚内(夜,晴,内)

马灯闪着微光,大伙睡熟了。

山梅进来巡视着,悄悄走到一个脚上扎了绷带的人床前,拉被子把露在外边的脚盖好,转身走出。

工地上(夜,晴,内)

王华和小发迎面走来,走到岔路口停住。

王华向小发示意:"小发,你到那边去。"

小发应了一声朝前走去。

炸药仓库附近(夜,晴,内)

炸药仓库墙外右侧写着"严禁烟火"四个大字,右边挂着灭火器。门口木杆上挂着一盏马灯。

王华背着枪(背影入画),向仓库右侧拐去。

仓库右侧有一块大石头,刘宗汉、刘连发抱着炸药包躲在大石后。

刘宗汉:"山梅来了。"

王华走过来,观察了一会儿,发现没有动静,回身走去。

刘宗汉和刘连发紧跟在后边。

刘宗汉拿出火柴交给刘连发,刘连发接过火柴向仓库右侧走去。

王华从炸药库右角转身,向仓库左侧走去。

山梅打着手电走来,王华(入画)见山梅。

王华:"山梅姐。"

山梅示意她不要有动静,打亮手电,向前一看——

半个人影在手电光中在屋后闪掉。

山梅和王华追出画面。

山梅和王华(入画)向仓库后闪人影的方向追去。

山梅和王华追到仓库边,听到声音,山梅用手电一照,忽然发现——

墙角下有一个炸药包,上边的导火索正在燃烧。

山梅和王华同时蹲下,争着拔导火索。

山梅:"盯住他!"

王华转身追去。

山梅拔不掉导火索,抱起炸药包急跑。

刘宗汉、刘连发躲在巨石后面,王华持枪走来,两人急忙缩回头。

这时王华走近,刘宗汉猛扑上去,王华迅速用枪将他拨倒,刘连发也扑上来,王华举起枪托打下去。

刘连发"哎哟"了一声被打倒在地。

刘宗汉举起一块石头,向王华(画外)砸去。

山梅抱着炸药包急速跑着。

山梅紧张而坚毅的脸。

山梅急跑的脚。

山梅坚毅的脸。

山梅跑到悬崖前,猛将炸药包举起。

山梅扔掉炸药包。

山下,炸药包轰然爆炸。

背枪巡逻的小发闻声一惊,立即向火光方向奔去。

工棚内(夜,晴,内)

虎子被惊醒,急忙坐起,下床。

女社员被惊醒,坐起身。

炸药库附近(夜,晴,内)

小发持枪奔向山梅:"山梅姐!"

石柱、虎子和几个女青年奔向山梅,关切地问:"怎么回事?"

山梅:"有人破坏,快追捕敌人!"

石柱:"好,快跟我来。"虎子等跟去。

山梅转向其他人:"咱们去找王华。"

众人:"好。"散开。

大队部办公室(夜,晴,内)

灯光下,卫如雪在办公桌前踱来踱去,张干事趴在桌上读材料:"第二,山梅组织群众乱批乱斗,打击社员……"

卫如雪:"等一等,把'组织群众'改成'唆使青年',乱批乱斗。"

张干事刚要改写,一扇窗户被打开,窗外出现了刘连发的脑袋。他鬼鬼祟祟地问:"卫副主任,听到爆炸声没有?"

卫如雪:"听到了,他们就知道一味地蛮干!"

刘连发:"可不是嘛,半夜三更的,还摆弄什么炸药,听这声准是出事故了。"

卫如雪一惊:"啊? 出事故了?"

张干事:"我去看看。"

卫如雪:"不不! 你抓紧时间整材料,我去。"拿起手电匆匆出门。

第九本

工棚外(黎明,晴,场地)

工棚门口围着层层人群,心情沉重。

小发拿着枪,低头站在门口。

卫如雪匆匆走来:"出什么事了? 啊? 出什么事了? 就知道盲目乱干!"

小发:"王华同志负伤了!"

卫如雪:"哼! 太不像话了!"急进工棚。

工棚内(黎明,晴,内)

卫如雪走进工棚,他看见一大群人正围着担架,受伤的王华正躺在上边。

医生正在做检查,山梅用湿毛巾擦着王华额上的汗水,王大娘、喜山爷、常运、王祥、春花、虎子妈等站在周围。

卫如雪:"同志们,这一声爆炸,该把大家都惊醒了吧? 你们看看,这是多么危险的事,差一点就使大家都成了盲目乱干的牺牲品!"

群众:"哎,怎么这么说呢?"

春花冲向前:"我说卫副主任,你知道吗? 山梅冒着生命危险,救了大家,要不是她,我们早就……"

卫如雪:"要不是山梅不顾群众死活地干,能闹出这么大事故来吗?"

山梅看了卫如雪一眼,不及争辩,拧了一把湿毛巾,盖在王华额头上。

王大娘忍不住走向卫如雪:"卫副主任,现在事情还没弄清,你可不能把话说得太死了啊!"

喜山爷(入画):"老卫呀,我看这是阶级敌人搞的鬼!"

卫如雪:"算了,算了,你不要再拿阶级敌人来掩盖山梅的错误了。这是一场血的教训! 工地立即停工,队伍马上给我解散。"

众人:"什么? 停工?"

这时,一个医生进工棚来,身后跟随一名护士。

一群众:"医生来了。"

众人闻声回身。

山梅:"赶快送医院,(对旁边一中年妇女)大婶,你去医院帮忙招呼一下。"

担架抬起。

王祥和常运抬起担架。

众人簇拥着担架走出工棚。

工棚外（黎明，晴，场地）

人们簇拥着担架走出工棚，向救护车走去。

医生嘱咐着："小心，慢一点！"

卫如雪走到王大娘身边："今天的事我一定严肃处理。"

王大娘心情沉重地看了卫如雪一眼。

石柱、虎子持枪跑来，石柱向山梅小声耳语一阵。

山梅点头："石柱，你先别走。"又回头说："常运叔、喜山爷，我建议马上开支委会。"

常运点头："好！"

山梅走向卫如雪。（出画）

山梅（画外音）："卫副主任，（入画）我希望你能参加我们的支委会，听听汇报情况。"

卫如雪："算了吧，你马上给我写检查，在全体社员大会上做全面的、深刻的检查，听候处理。"

山梅愤怒地望着卫如雪。

卫如雪转向大家喊着："散了，散了！大家赶快回家吧！常运同志，跟我来一下。"说完扬长而去。

常运迟疑一下，只好跟去。（出画）

一老汉走近喜山爷，愤愤不平的表情。

石柱、虎子愤怒地看着走出去的卫如雪。

虎子一跺脚："嘿！"

群众没有走，反而围向山梅。（推）王大娘热泪盈眶，握住山梅的手。

王大娘:"孩子——"

山梅轻声地嘱咐:"大家先回去吧!"

大队部办公室(黎明,晴,内)

灯下,张干事仍趴在桌上写材料,样子显得很疲乏,(摇)卫如雪匆匆走来。

卫如雪:"材料写好了没有?"

张干事:"差不多了。"

卫如雪:"现在有了个新内容……"

张干事:"哦?"

卫如雪:"爆炸造成了伤亡事故,解决问题的时机到了。我已经叫常运把事故的经过写个材料送来,你把它补充进去。还有,你通知县里,再派两个人来,成立一个工作组,整顿这个大队的领导班子,由你负责。"

张干事用毛巾擦擦手。(化)

大队部办公室(日,晴,内)

卫如雪训斥着:"事故已经发生好几天了,我要你整的材料到现在还没交上来,你、你是怎么搞的!"(拉)

常运坐在卫如雪面前,听着训话。

常运:"据调查,有些情况……"

卫如雪:"不要说了,你们大队这个领导班子问题严重,非整顿不可,山梅要撤掉。"

常运站起:"卫副主任,我看……"

卫如雪不满地说:"哎呀! 你这个精神状态是不行的,不能够再被他们牵着鼻子走了,县里马上给你们派个工作组,你要好好地配合他们。我准备叫刘连发参加新的领导班子。"

常运吃惊:"刘连发?! 他那名声……"

卫如雪(画外音):"那是山梅把他搞臭的。"

卫如雪:"你去通知,明天开社员大会。"

常运回身瞥了卫如雪一眼,回头走向镜头。

工棚一角(日,晴,内)

常运(画外音):"情况就是这些。"

山梅坐在桌前,起身激动地说:"他们会这样干的。"她走了两步,回身从挎包里拿出一份材料递给常运:"你看,这是林八被捕以后交代的材料。"

常运接过材料一看,拍案而起:"这些反革命分子,要坚决跟他们斗到底!"

山梅:"对! 咱们马上开个支委会。"

常运:"好!"

大队部院内(日,晴,外)

大会即将开始,喜山爷坐在人群中正在听石柱耳语,听完又向石柱耳语几句,石柱离开。(拉)

常运坐在前排人群中,从容地抽着烟。周围的人在小声议论着。(摇)

大会主席台仍设在办公室门前的台阶上,上边放着扩大器、话筒、椅子等物。

张干事站在台上等待,一女青年守着扩大器,刘连发穿着一身崭新的干部服和几个人坐在台右一角。

卫如雪从院侧门走来,后面跟着两个工作人员。他走向台前,往台下望去。

院内坐满人,山梅领着小春从院外走来,他们从人群中穿过,两边的人们亲切地向山梅招呼着。

山梅走到前排王大娘身边,和小春坐下。

卫如雪向张干事示意开会。

张干事宣布:"静一静了,大家静一静了!"台下顿时安静下来,"社员大会现在开始了,先请卫副主任宣布几项决定。"说完,他自己鼓着掌退到一侧。画外响起稀稀拉拉几声掌声。

卫如雪走向话筒前大声讲话(拉):"山河大队犯了严重的方向路线性的错误,责任全在大队的领导班子,尤其是山梅,拒不执行上级指示的新精神,顽固地坚持错误。嗯,现在我代表县委宣布几项决定:第一,撤销山梅党内外一切职务,听候处理……"

前排群众蔑视地听着卫如雪的讲话,山梅平静地听着。

(移)卫如雪(画外音):"……第二,彻底改组山河大队的领导班子。"

前排群众蔑视地听着,常运、王祥也听着。

卫如雪(画外音):"第三,在新的领导班子产生之前,由工作组行使职权,常运同志暂时主持支部工作。"

卫如雪指着台下:"常运,你一定要和山梅划清界限。嗯,第四……"

卫如雪(画外音):"刘连发参加大队革委会抓生产。"

刘连发得意地抽着烟,他身边的那一伙儿表示高兴。

（画外音）群众一片嘈杂声。

虎子气愤得猛然站起要讲话，坐在身边的喜山爷示意他不要急。虎子坐下。

卫如雪："现在，对山梅的错误进行彻底的揭发批判，肃清其流毒。"说完，他回身坐在椅子上。

众人议论纷纷。

第十本

台下群众议论纷纷。

卫如雪不满地看着台下群众。

张干事看看没人上台，又看看卫如雪，尴尬地走到话筒前说："我来说两句。"说着掏出一沓厚厚的材料，继续说道："我们工作组经过几天的调查，发现山河大队自'文革'以来，在山梅的影响下，执行的是一条错误路线。她盲目乱干，不顾群众的死活，提出了要让群众住窄点、穿旧点、吃苦点的错误口号，制造了群众对社会主义不满的情绪……"

春花（画外音）："不对！"

春花在群众中起身喊着："穿旧点是我说的。"

一个老汉喊着："住窄点是我说的。"

一中年男子站起来喊着："吃苦点也不是山梅说的。"

群众不满地议论着，喊道："我们要干社会主义，有什么罪？"

卫如雪（背影入画）大声喊着："大家不要吵！安静，安静！"

张干事有点慌乱地说："他还唆使青年乱批乱斗，打击社员为集体增加收入的积极性。"

一青年质问他："打击谁了,你说清楚!"

张干事一愣。

刘连发(画外音):"我来说两句。"

刘连发跑到话筒前:"就拿卖石条这件事来说吧,我是一心一意为集体赚钱,为社员增加收入,可是山梅弄了一帮小青年,对我又是批又是斗……"

常运(画外音):"就是应该斗!"

常运(入画)夺过话筒:"我来揭发……"

卫如雪:"常运,你不要打断别人的发言嘛!"

常运冲着卫如雪:"我不能让他在这里血口喷人了!"转身向大家(推):"同志们,卖石条的事我是有错误的,我上了刘连发的当,我向大家做检讨。据调查,这几年刘连发和刘宗汉串通起来在外边干了很多坏事……"

大磨、小发吃惊地听着。

常运(画外音):"他们说什么卖石条给建设工地,其实是给地下包工集团搞投机倒把活动!"

常运:"刘连发这个坏蛋,还用送东西的手段骗我给他签合同,当时要是把合同一签,他们就能从中捞到一大笔钱哪。"说完,他举起一沓纸。"大伙看看,这是投机倒把集团头子林八的交代。"他又举起两张纸。

常运(画外音):"这是刘连发勾结林八,要骗我签的合同。"

卫如雪怔怔地看着常运,又看看刘连发,台下人声嘈杂。

群情激奋,议论纷纷,许多人呼喊着:"把刘连发揪下来,把这个坏蛋轰下来!"

两个青年冲上台,把刘连发赶下来。

山梅愤然站起："社员同志们！（移）刘宗汉和刘连发勾结林八一伙儿,干了许多罪恶活动,现在查清楚了,林八早在解放前就是个有血债的反革命。'文革'前,刘宗汉、刘连发就和他勾结犯过罪。现在林八被捕,眼看要彻底暴露了,他们就炸仓库,制造混乱,搞阶级报复,打伤王华同志……"

喜山爷（画外音）："还有……"

喜山爷站起来面向大家："地主刘宗汉亲口交代,那天晚上他们是想谋害山梅的。"

一部分群众站起喊："把刘连发揪出来！把刘连发揪出来！"

另一部分群众站起来喊："把刘宗汉押上来！把刘宗汉押上来！"（摇）

陈大磨、小发愤怒高呼："打倒刘连发！""打倒刘宗汉！"

几个持枪民兵从台侧把刘宗汉推到台前,两个民兵把刘连发推到刘宗汉身旁,叫他低头。

众人："打倒刘连发！""打倒刘宗汉！"

群情激奋,虎子高呼："打倒刘宗汉！"

一位老大娘："打倒刘连发！"

一位老汉："加强无产阶级专政！"

众人振臂高呼：

"打倒刘连发！打倒刘连发！"

"打倒刘宗汉！打倒刘宗汉！"

"加强无产阶级专政！加强无产阶级专政！"

卫如雪声嘶力竭地喊着："你们要干什么？你们抓人有什么证据？"

山梅没有理会卫如雪,回头对民兵说："把他们押下去,看管好！"回身继续说道："同志们，他们为什么敢猖狂进行破坏，原因在哪里？"猛转身指着卫如雪（推）："就是你推行的那条反革命修正主义路线，你们诬蔑我们搞社会主义把人民搞穷了，就是为刘宗汉这帮坏家伙鸣冤叫屈……"

卫如雪生气地说："你……"

山梅："你们要搞什么民富国强，就是要让刘宗汉、刘连发重新骑在人民头上，恢复地主资产阶级专政，你们这是妄想！"

这时，院外传来一声高喊："老石回来了！老石回来了！"

山梅听到喊声猛然回身。

群众一起拥向石坚。

群众夹道鼓掌，石柱陪着石坚走来。石坚精神焕发，热情地向群众招呼："同志们辛苦了，辛苦了！同志们好！"

众人鼓掌，他后边跟着手缠绷带的王华和两个县干部。

山梅（画外音）："老石！"

山梅挤到石坚跟前，热烈握手。

山梅热泪盈眶，无限激动。

石坚回身招呼："王华，你来。"

王华（入画）疾步走到山梅跟前，亲切地说："山梅姐！"

山梅深情地拥抱王华："伤好了？"

王华点头。

山梅转向石坚，深情地说："老石，这些日子大家想念你呀，对大家说几句吧！"

石坚："好，好。"转身登上拖拉机。

群众热烈鼓掌。

石坚站在拖拉机上，面向大家热烈鼓掌。

王大娘、春花、小春拍手欢迎石坚讲话。

石坚亲切地说:"大寨是咱们伟大领袖毛主席亲自树立的一面红旗,山河大队是全县学大寨的一面红旗。山河这场斗争是拔旗与反拔旗的斗争,在斗争中,山河大队为捍卫毛主席的革命路线做出了贡献!"

群众热烈鼓掌。

石坚:"现在我代表县委宣布两项决定:第一,卫如雪回县委参加批修整风学习班学习!"

石坚(画外音):"第二……"

卫如雪十分狼狈地从小院门溜出去。

石坚:"山梅同志担任县委副书记,兼山河大队党支部书记。"

群情沸腾地热烈鼓掌。

王大娘、春花激动地鼓着掌。

群众欢呼雀跃。

山梅高呼:"毛主席的革命路线胜利万岁!"

王华等人:"毛主席的革命路线胜利万岁!"

石坚热烈鼓掌。

红旗在空中飘扬前进。

众人(画外音):"毛主席万岁!毛主席万岁!毛主席万万岁!"

山梅面向大家:"同志们,经过这场斗争,使我们深深体会到,必须牢记毛主席的教导,决不可丧失警惕。只要我们坚持以阶级斗争为纲,坚持党的基本路线,就一定能胜利!"

众人摇旗,鼓掌。

(叠入)一九七六年摄制

1976 年 9 月

曲艺

电影剧本·曲艺卷

人物：

张老汉——五十七岁

李兰英——十八岁

地点：

河南某地原野，麦苗肥绿，坡前有菜花、桃花、杏花……

双送地（曲剧）

李兰英　（上。唱"满洲"）

春风吹来百花开，满山遍野放光彩。

山坡前桃花满脸笑，到夏天我手提竹篮把桃摘。

红桃甜，甜似蜜，这是伯伯们亲手栽。

这几天青年们又把果树种，过几年桃红杏黄满田园。

（转唱"书韵"）

坡下的麦苗翻波浪，一望无边像大海；

再过两月麦穗黄，社员们开着汽车收回来。

农庄里规划了水地两千亩，一条长渠坡前开；

下坡头修上一座发电厂，黑夜电灯一片白。

（转唱"洋调"）

这条渠要从明义地里过，老业地他爹怎肯拿出来。

明义虽然是我未婚夫，未过门的媳妇没见过公婆面。

农庄主席叫我来给他爹说，不识面的公公怎把口开。

我左右盘算就这样：先见着明义再安排。

俺农庄也有六亩半地在张家营，农庄主席还叫我——

（接唱）

顺便送去俺们外乡地，省得人家农庄开渠受阻碍。（下）

张老汉　（上。唱"洋调"）

昨天成立了集体农庄，喜得我一夜没睡成。

五十多岁的老头子，咋变得性急力壮格外的年轻。

我这两亩地，落在李家村农庄的地中，多别扭呀！

（接唱"诗篇"）

俺农庄土地已经连成片，我咋好让人家地里补补丁；

要是使用拖拉机，咱的地挡住它不能行；

要是在坡前开水渠，又挡住人家来开成。

今天我要去把地送，顺便再看看媳妇李兰英。

媳妇是农庄生产大队长，去年在劳模会上没看清。

秋天把媳妇接回来，明年我老汉要抱孙童。

（接唱"洋调"）

小孙孙长大把学上，啥叫个"穷"字他也认不清。

心急只恨这二十里地远……

李兰英　（上。接唱）

兰英我快走到张家营……（和张老汉相遇）

大伯，咱们前面张家营有个张明……有个张大伯在哪儿住？

张老汉　看你这闺女，张家营都是姓张的，哪个大伯呀？

李兰英　张大伯！就是去年在县里开劳模会的张大伯！

张老汉　（旁白）她为啥问我呀？（对兰英）你找他啥事呀？

李兰英　有要紧的事。

张老汉　你哪儿来？

李兰英　我李家村来。

张老汉　贵姓？

李兰英　我叫李兰英。

张老汉　是你们村上的劳模吧？

李兰英　说那做啥。你告诉我张大伯住哪儿？

张老汉　（旁白）哈哈！儿媳妇还认不得公公哩！听说她又聪明，又
　　　　进步，我倒要试她一试。（对兰英）张明义他爹，唔，我可认
　　　　得那老头子，在村东头住。

李兰英　谢谢你，大伯！

　　　　〔李兰英欲下又回。

李兰英　（旁白）大伯！张大伯他到底在村东头哪儿住呢？

张老汉　就在村东头，俺们老邻居。他没在家，今早就上西山买木
　　　　头去啦！

李兰英　他老人家不会去买木头吧？你们昨天不是成立农庄啦？

张老汉　是哩，他是给农庄买木头盖房子哩。

李兰英　张大伯他现在……

张老汉　他现在可好啦！吃得比以前胖啦。虽然五十六七岁啦，可
　　　　就像我这四十几岁的人。

李兰英　张明义在家吧？

张老汉	没在家呀,他上县里会计训练班学习去啦。
李兰英	这个……
张老汉	小姑娘,"这个"啥子哩?
李兰英	不是啊,我说是这个青年人进步得真快呀!高小毕业生当农庄会计,可真不简单。
张老汉	是嘛!是个好孩子,进步真是快,要不人家李家村的姑娘就会找着给明义!
李兰英	对象就对象,还能是找着给他哩!大伯你说错啦!
张老汉	对,对,我说错啦!小姑娘你认得他吗?
李兰英	不大清楚,只是在一块儿学习过。
张老汉	学习过?啊,是不是去年夏天在互助合作训练班学习过?
李兰英	大伯,你咋知道哩?
张老汉	我和他爹是老弟兄、老邻居。他常常夸奖明义有出息,说明义去年在县里找了个对象,叫个李……对,也叫个李兰英啊!她可是个县劳动模范,还是个生产队长呢!
李兰英	(抢说)大伯,咱不说这个啦!你说张大伯到西山哪个地儿,我找他去。
张老汉	可远啦!在西山十八里崖,有四十多里,翻山过岭的可不好走。你有啥事给我说一下,我回去给他带个信好啦!
李兰英	不行啊,大伯!不是小事,是为我们挖水渠的事。
张老汉	他会能懂得水渠是咋挖哩?
李兰英	不是说……
张老汉	不是说这,是说啥?说啦老汉我领你去找张家老汉。
李兰英	大伯,是这样的:我们农庄想开渠哩,我们农庄要开大渠,这条渠能浇两千亩地,每年每亩地多打上三百斤,能增产

六十万斤。大渠就是得从他的地里过,大家非叫我来给他说。

张老汉　小姑娘,为啥非叫你来说不行?

李兰英　你这个大伯真是!我来咋不行呢?你为啥要打破砂锅问到底呀!

张老汉　这里边有文章。你说清啦,老汉我马上领你去,保险今天啥事都能办好,明天开渠,你看行不行?

李兰英　大伯,还是为张大伯的那块地,他都入农庄成庄员啦,还想留着一大块土地,真是落后极啦!他还是……

张老汉　算啦!算啦!张家老汉啥都好,就是提起这块地他偏偏就落后。你们村长咋说哩?

李兰英　大家都在说,先前是模范,现在放不下自己一点利益,成了生产上的绊脚石!我一定要劝劝他,我不信劝不好。

张老汉　哈哈!可别说你一个小姑娘,就连我们老兄老弟都不行,真是小毛猴遇着孙大圣,我看你有多大杀法。(说着要走)

李兰英　大伯!你别急着走,说说他到底有啥想不通,咱好劝他。

张老汉　说起来话就长啦!

(唱"诗篇")

小姑娘你不知那二亩地,为这地他们生了两辈气。

地南邻是保长李天韵,地北邻是连长赵三席。

二亩地买回来没有二年,这块地就变成六分七,

他们说人富界石都会跑,两家两头对着挤。

张大爷气急骂了几句,想不到家败人亡大祸起,

被保长打了又被连长绑,送了钱赔了礼还丢了地。

张大爷临死前口口声声叫报仇,好容易盼到了解放,

枪毙了保长,分到了土地,才出了这口气。

那一天我提起这块地,张大伯对我也发了顿脾气,

可别说你一个小女娃家,你不如少碰钉子收兵卷旗。

李兰英 （唱"洋调"）

张大伯他真是没有道理,动不动他就发脾气。

谁不是顺着大道往前走,难道他甘心愿意把这穷根扎到底?

大伯你既然是他老朋友,你就该和我一块儿去说明道理。

张老汉 我有事急着走哩!（走）

李兰英 张大伯,你当真是一个糊涂的老头子?自己是模范又是庄员,难道连这点都想不清!（抬头看大伯走了,急喊）别走啊,大伯!你帮助办好事,一定要帮到底呀!

张老汉 哎呀!小小姑娘也成了个打破砂锅问到底的啦!

李兰英 大伯你别怪,我说你说错啦!我是说张大伯这个老头子太落后啦!

张老汉 你看他落后,你还找他干啥?

李兰英 大伯!还是为修渠的事,他要还是想不通,我一辈子都不进他的门。

张老汉 小姑娘,你们是亲戚吧?

李兰英 （急改口）我们没、没有啥亲戚。我是说他太落后啦,他思想不通,也不该谁劝就跟谁吵。

张老汉 我们兄弟俩倒没啥,后来我又给他说啦。

（唱"古尾"）

王家庄有一个王老七,弟兄两个结仇气。

解放前为了二分薄坡地,界石就隔开了亲兄弟。

他两个反贴门神不对脸,从此穷根就扎到了底。

(转唱飞板"阴阳")

李元龙看准机会来个夺分计,兄弟俩大祸从此又惹起。

他先叫老二告老大,他又给老大把官司抵。

兄弟俩为打官司把地卖净,李元龙两头落好,地又到手里。

这些事打不动张老汉,他说这是祖业地,

共产党的天下,谁也不敢再夺去。

李兰英　(接唱)

张大伯他真是太糊涂,那块地原是咱们祖先留,

不过是被地主抢去的有早有晚,土改后才又回到你的手;

土地改为咱农庄公有,是为使用机器、挖掉穷根、大家生活

共同富裕才这样走。

[张老汉又走下。

李兰英　大伯,你咋又走哩!(拉张上)

张老汉　你这个闺女,我有急事,你小小娃家说话也是没完没散的。

李兰英　大伯,不是你说要帮我劝劝哩。大伯你咋又说话不算数了呢?

张老汉　我算叫你给缠住啦! 走吧,咱们去找他吧!

李兰英　大伯,你别急,咱要说醒他。

张老汉　行,你咋劝他哩?

李兰英　大伯!

(唱"洋调")

王家村有个王油嘴,叫他入社他不理,

三百六十天他不干活,麦苗就像毛草地,

二亩地打了麦八升,麦刚割完他可就没有吃的。

看起来粒粒粮食是滴滴汗，一粒小米也是咱们劳动换来哩。

想不到张大伯会这样落后，照这样啥时能走到社会主义？

过几天好日子可忘本，张大伯他真是没有道理。

（想）

我再想张大伯他是模范，总不会像这不通理。

要是大伯你骗了我，到时候我可不依你！

〔张老汉笑。

李兰英　你笑啥哩？

张老汉　（唱"洋调"）

我笑你脾气真不好，光着急哪能够解决问题。

这是你张大伯的土地证，他叫我顺便送给你。

李兰英　这是怎么一回事？

（唱"洋调"）

你这个大伯没道理，为什么拐弯抹角把人气！

明明是张大伯他思想进步，为什么你就不说哩？

大伯，你真是……啊，想起来啦，

这是我们李家村在你们张家营的六亩半地也送来啦，

请你代劳送给农庄吧！

张老汉　好！好！好！（急下）

李兰英　（想一下）啊？他是张大伯！（高兴）张大伯！张大伯！（追下）

原载曲剧集《双送地》

河南人民出版社 1956 年 7 月出版

香烟记（坠子）

1

二十四五月黑天，

北风刮得刺骨寒，

天黑风冷少人影，

大路上却走来个公安员，

他的名字叫张铁山。

他今年二十六七身板壮，

遇着事，机智沉着好盘算。

今夜晚在乡里开了支部会，

讨论前两天仓房失火事一端。

这件事肯定是敌人来破坏，

支部会决定要把敌人连根剜。

他想着心事往前走，

一抬头来到村前干河边。

干河里无水一片白，

嗬！猛抬头见对岸有个黑影乱动弹。

张铁山紧走几步过了河，

他对着黑影把话喊：

［白：哎！前边那是谁呀？

这一喊不当紧，

那黑影晃晃荡荡直往果木林里钻。

张铁山朝着小树林赶上去，

那黑影一溜烟地蹿了圈。

张铁山紧跑几步没赶上，

那人身子一闪，躲在一棵树后边。

他心想，是好人哪用躲，

只有坏蛋才躲闪。

只听得"咔啦"一声子弹上了膛，

他对着黑影把话喊：

"喂！你是谁？赶快来搭腔，

要不然俺这子弹可没长眼！"

"唉……别开枪，别打俺！"

［白：我、我是……

［白：咳，是个娘儿们家！

"不管是谁，你先走过来。"

只见那黑影一扭一晃到跟前，

张铁山摇起手电仔细看，

嗬，原来是王风南的老婆"两面圆"！

这女人解放前仗着势力把人欺，

解放后专在人前装笑脸，

一背脸她又能骂你八辈老祖先。

张铁山心中有数，他说了话：

"哎，半夜三更你来这里为哪般？"

"嗬！公安员，今儿个俺进城买东西，

只怪俺脚小走路难。

刚才不是不搭话，

俺只当是坏人把路拦！

我这人就是一个胆量小，

还请你多多来包涵。"

〔白：咳！胆量小可专爱走黑路！

这女人说罢就要走，

〔白：别慌走，你进城都买了些啥呀？

哦哦！没买啥，只称了几斤大青盐。

〔白：还有啥？

呵呵，还捎了一条"大号烟"。

〔白：大号烟？

〔白：是，是呀！

"两面圆"说罢扬长去。

公安员心里暗盘算：

这女人独身寡居从来不会把烟吸，

今夜晚她买香烟为哪般？

莫不是她买来偷着把烟卖？

这一带谁家也不吸这"大号烟"。

莫不是她买烟来拉拢人？

这一带谁也和她没牵连。

嗬！买烟之事真蹊跷，

我不能麻痹大意放一边。

俗话说，树有根水有源，

我一定要把根子剜。

张铁山迈开大步回家转，

只撇下满天星星亮闪闪。

金鸡高唱天明亮，

红彤彤的太阳上了山。

先锋社的钟声当当响，

社员们个个起身把活儿干。

单说在街上有个李老汉，

看病，干活，他会得全。

虽说没有开药铺，

看个病，开个方，

多多少少大家也称赞。

可惜他老伴儿有病死得早，

单撇下他和儿子李小川。

这一天小川起早去开会，

李老汉他在菜园把土翻。

忽听得身后"大哥、大哥"连声喊，

李老汉扭脸一看是"两面圆"。

"两面圆"带着笑脸一旁站，

只见她挤眉弄眼嘴儿甜。

[白：李大哥，小川没在家呀？

[白：哼！小川，小川还能有个家呀？

"他起早就去开民兵会，

也不知开会能吃还是能穿。"

"噢，开会去啦！

李大哥呀，开会可是一件好事情，

你不该把他来埋怨。

我听说社里仓房起了火，

开开会也好把事情办周全！"

李老汉忙说："我不是不让他去开会，

实在是误了生产叫人烦。"

"呵呵,李大哥别生气,

我的话说错了请你多包涵。

看起来仓房起火也难怪,

这还能终天挂在嘴上边?

依我看小川就是有点太'野道',

九九归一,还得怨那没事找事的公安员。"

"嗯,这话不对。

张铁山本是个大好人,

可不能昧着良心瞎胡言。

你有啥事就快点讲,

俺可不能陪你聊闲天。"

"两面圆"闻听此言满脸笑:

"李大哥不必气恼听俺言。

解放后不断请你把病看,

这恩情,变骡变马俺也报不完。

昨日俺进城去称盐,

顺便买了几盒'大号烟'。

俺知道你常把那旱烟吸,

送你几包,换换口味也新鲜。

李大哥呀,李大哥,你收下吧!

这是俺一片真意在里边。

俗话说,远亲不如近乡邻,

要不收,俺可没脸拿回还。"

"两面圆"说罢拿出五盒烟,

李老汉停了半天才开言：

"哎，我说五盒烟是小事，

俺也吸不惯这号烟。

只恐怕你还有别的事吧？

要是有，就赶快直说甭转圈。"

［白：哎呀，李大哥，你可真是会看心事呀！

"两面圆"看了看四周没别人，

她这才压低嗓门开了言：

"老哥呀，真人面前不说假话，

有事俺不敢把你瞒。

俺三妹她男人出外七八年，

年轻人水里水气瞎胡干，

到现在身上怀孕三月整，

老哥呀你说说，外人知道多丢脸。

为此事，俺请你说个单方把胎打，

一辈子忘不了你的大恩典。"

李老汉闻听此言双眉皱：

"咳，这件事你少开言，

政府可是有规定，

打胎要把政策犯。"

"两面圆"一看事不成，

扑棱棱两眼一滚泪涟涟：

"李大哥，这件事要是你不管，

俺三妹哪还有脸站人前。

一条人命非小事，

见死不救你心可安？
老哥呀！五盒烟要是你嫌少，
来来来，我再添上三块钱。”
“两面圆”说着抽身起，
手拿着烟和钱，她与老汉要纠缠。
李老汉嘴里喊着我不要，
你看他，又是推，又是躲，
推推躲躲乱转圈。
正当老汉没办法，
嘿！扑通一声，大门外来了铁山和小川。
李小川一见“两面圆”，
不由得一股怒火往上翻，
用手一指高声喊：
“呔，‘两面圆’你到俺家为哪般？”
“两面圆”看了看公安员，笑着对小川讲：
“哟！小川呀，我是来给你爹送上几盒烟。
咱本是老邻旧街坊，
何况您父子又常来帮助俺。”
“放屁！谁跟你咱不咱，
姓李的不沾你姓王的边儿。
俺家有的是黄金叶，
谁稀罕你那几盒烟。
识时务你快给我滚出去，
要不然我可没有好脸给你看。”
“两面圆”一见事不好，

你看她,咧着嘴,瞪着眼,

夹着尾巴蹿了圈。

张铁山愣了半天才说话:

"李大伯,'两面圆'为何来送烟?"

李老头从头至尾讲一遍,

嗬,在一旁可气坏青年团员李小川。

"爹爹呀,都怪你平常好把便宜占,

才惹得鬼婆娘来到这里把花样玩。"

李老汉闻听此言也动了火,

他指着小川的鼻子骂得欢。

[白:啊,你真长大啦!

"她送烟并不犯国法,

我收不收与你何相干!

俗话说,伸手不打笑脸人,

更何况我并没接她那烟和钱!"

李老汉气恼恼出门走,

张铁山只把小李拉跟前:

"小李呀,办事不能太粗心,

打草惊蛇坏事端。

这件事看来挺复杂,

咱还要争取你爹帮助咱。

依我看,'两面圆'送烟是假意,

她是想拿这送烟遮咱的眼。

常言说,真方真药不会假,

假方假药哄人难。

鬼婆娘说什么给她三妹把胎打，

这里头可有大曲弯。

你看看，一条烟她只送一半，

漏洞就出在这五盒烟。

她家莫非真有吸烟人，

要不然她鬼鬼祟祟为哪般？"

嗬！小李一听这些话，

慌得他急忙转身把枪掂。

"公安员，既然王风南在家中，

走走走，咱一根绳子把他拴。

不管他上天和入地，

刨地三尺也要把他剜。"

张铁山微微笑：

"小李，你这个脾气啥时能改变？

是真是假还难断定，

冒冒失失可不沾。

事从烟上起，咱就打烟上盘。"

［白：小李，

"你去村上监视好，

我到区上去看区委如何指示咱。"

张铁山说罢就要起身走，

嗬！门外慌慌张张进来个女人把他拦。

慌慌张张神色乱，

不知道出了什么大事端。

要问来的是哪一个？

下回书里咱再谈。

2

张铁山正要起身走，

门外来了他爱人李秀兰。

秀兰进门就把铁山叫：

"铁山，我有件紧要的事对你言。"

［白：你说吧，这儿没外人。

"适才间民兵队长把你找，

他言说，'两面圆'扛着个竹篮上东南。

那是进城的一条小近道，

莫不是她又要进城去买烟？

队长已经暗中跟了去，

他要我给你把信传。"

"好，做得对。"

张铁山连连把头点，

他对着秀兰、小川把话言：

"事情越来越紧急，

我不能再在这里来迟延。

你二人赶快去找社主任，

把情况给他谈一番。

还要他在家多照料，

等我从区里回来再商谈。"

他二人连说"对对对"。

张铁山出了门,迈开大步奔正南。

一步迈了三尺远,

转眼间来到了五里店。

这里有个纸烟铺,

张铁山进铺要买"大号烟"。

卖烟掌柜呵呵笑:

"哟! 公安员哪,你可轻易不吸这号烟。"

"嗯,群众的生活都改善,

谁还不吸几盒'大号烟'。

你这烟一定下得快,

不用说,三四条一天就卖完。"

"哈哈,这真是隔行不知隔行事,

你怎知,就数这烟销得慢。

上个月我进了一条'大号烟',

嘿嘿,二十多天都没动弹。

谁知道不该我倒霉,

碰上个'两面圆',

一下买走半条烟,

还净给的是现钱。"

"嘿嘿,你说这话谁相信,

你的瞎话编得还不严。

'两面圆'终日说她生活有困难,

她怎会现钱买你的大号烟!"

"哎,公安员,

解放前我是个瞎话篓子那不假,

可解放后我一句瞎话也没编。

嗬！公安员，

提起'两面圆'，我可有意见。

如今俺都组织起，

为什么她却暗中破坏俺？

她买我那五盒烟先不说，

好不该，她还跑到城里去发烟。

光我见就有两三回，

每一回不是一条就是一条半。

她既不抽来又不吸，

她买这烟为哪般？

公安员，私自卖烟犯政策，

按规定就得罚她款。

更何况她蓄意把俺的生意顶，

这件事你可一定要管管。"

张铁山闻听此言心高兴，

他对掌柜把话谈：

"放心吧，我一定要把这事挖到底，

决不允许私卖烟。"

公安员说了扬长走，

这掌柜心里可抽掉半截砖。

咱不说烟铺掌柜喜得直夸奖，

也不说到区委去请示的张铁山，

咱单说这一晚阵阵北风刮得紧，

天色黑得如墨染。

家家户户都睡定，

独只有一个女人未安眠。

这女人不是别一个，

正是那王风南的老婆"两面圆"。

她开开大门，

鬼头鬼脑四下里看了看，

关上了大门把家还。

进门来点上灯一盏，

又把窗户门缝堵个严，

进套间双手打开小洞口，

从地下钻出来个万恶滔天的王风南。

这家伙不见天日变了样，

头发长得无法言。

出洞来他先把纸烟吸，

然后才对他老婆把话言：

"哎，你今天进城怎么样，

我能不能进城把身安？"

"两面圆"少气无力答了话：

"进城的事儿不好办。"

"怎么啦？"

"当时我出门就要走，

没料到有人在后跟着俺。"

王风南一听发了火：

"你这女人到处戳下窟窿山，

处处地方不小心，

买条烟偏偏叫公安员来看见。

叫你到李家送烟，

开药方把胎打，

反惹得李家小子吵破天。

看起来我在家住着有危险，

今夜晚必须设法逃外边。"

嘿！"两面圆"听说他要走，

你看她两眼一挤泪涟涟：

"你若走了我害怕，

你在家我就有了胆。"

王风南两手一摆说：

"别哭啦！我出去顶多不过五六天。

前些时火烧仓房没有成，

我不会从此就算完。

你在家看风转舵好好做准备，

等我回来咱再干。

炸药我已配制好，

到那时要叫他们认识咱。

城里有我的好朋友，

他们都是从台湾到这边。

他们说，真是到了无奈时，

就大干一场，跟他们一块儿回台湾。"

"两面圆"听罢一愣怔，

哭哭啼啼把话言：

"你不能丢下我不管，

你跟他们去台湾，

咱可啥时能团圆？

唉！担惊害怕我受够了，

还不如向政府坦白坦白落个从宽……"

王风南"呸"了一声站起身，

两眼瞪得圆又圆：

"好日子你还想过不过？

是谁分走了咱的好庄田？"

正在他们滔滔不绝说鬼话，

忽听得门外边好像有啥东西在动弹。

王风南失急慌忙吹灭了灯，

他扒着窗户往外观。

原来是狸猫关在了门儿外，

他两个这才放心又把灯来点。

点着了灯，整包袱，

王风南把一支手枪藏腰间。

收拾停当就要走，

"两面圆"上前扯衣衫：

"五六天一定要回来，

免得我在家常挂牵。"

王风南把手一甩说："我晓得。"

出门来一双贼眼四下观，

四周围哪有一个人影儿，

只有那北风呼呼响连天。

这家伙弯下腰去撒腿跑，

他哪管深深浅浅道路不平坦。

转眼间,他来到了河坡前,

扑通一声栽倒在河坡前。

原来是一条青石将他绊,

他咽了咽唾沫没敢言。

正要起身往前走,

四周围"嗖嗖"跳过来人马一大班。

手电筒照着王风南,

上前把他的手脖揽,

就地上一根绳子把他捆。

王风南睁开双眼四下观,

县公安局赵同志走到他面前开了言:

"王风南,这是逮捕证!

你是否还要再看看?

告诉你,

你城里的朋友俺们都见过面啦!

现如今他们一个也没有回台湾。"

王风南闭上贼眼低下了头。

嗬!从西边一队人马来得欢,

头一个走的是李小川,

一个包裹手中掂。

走到跟前说了话,

指着王风南的鼻子开了言:

"王风南,你看看,

你的货色可真全。

假公文假证件，

毒药炸药一大罐。

这些物件干何用？

王凤南，你为何低头不发言？"

小李的话音刚落地，

人缝里挤出来小李的爹爹李老汉。

这老汉跺着双脚把恶霸骂，

他的声音能震破天。

李老汉又是恼怒又后悔，

他言说，他不应麻痹大意几乎上了敌人的圈儿。

老汉越说越是火，

群众一个个就把拳头攥，

愤怒的火焰千万丈，

要把那反革命分子坚决、彻底、干净、全部地消灭完！

原载《霞光万道（第二辑）》

河南人民出版社 1956 年 10 月出版

唱词与诗歌

电影剧本·曲艺卷

老强教子（唱词）

阳春三月天，处处春耕忙，

又急种棉花，又要育田秧。

队长调劳力，人人争着上，

独有石小七，不知躲何方。

小七他的爹，名字叫老强，

爱社如爱家，人人都夸奖。

不见小七面，老强气断肠，

家有不孝子，为父把心伤。

这天日落后，小七转回乡，

手提酒一瓶，哼着"妹想郎"，

双脚踏进门，心里猛一凉，

见爹呆着脸，不敢乱开腔。

老强见儿子，黑脸把话讲：

"跑到哪里去？搞的啥名堂？"

小七嘻嘻笑，殷勤忙献上：

"北乡羊价高，俺去跑一趟；

同时买瓶酒，您老先尝尝。

酒是大麦烧，喝着甜又香；

只要对你口，再去跑一趟！"

老强听此言，怒火冲胸膛，

夺过那瓶酒，摔在地当央，

抬头骂小七："忘恩负义郎！

拿酒封我口，小子你休想。

就是龙凤筵，老子也不尝。

来路不正当，喝着我嫌脏！"

小七浑身抖，只觉心发慌，

抬步要溜走，爹爹把门挡。

老强冲冲怒，心里暗思量：

我得把他劝，教育是主张。

满面息怒气，叫声小七郎：

"咱家代代穷，忘本不应当。

那年生下你，家中断口粮。

为父砍柴卖，换回二斤粮。

谁料王保长，生下小阎王，

立逼你的妈，给他当奶娘。

为父不答应，保长变了腔，

立逼还老账，没钱坐牢房。

儿娘无奈何，去喂小阎王。

你娘在王家，心在你身上：

怕儿掉下床，怕儿被火伤，

怕儿饿着肚，怕儿哭哑嗓！

有心回家转，王家不肯放。

你娘哭瞎眼，不久把命丧！

撇下儿的父，当爹又当娘，

刮屎又刮尿，还得把工扛。

养儿五岁上，咱处遭灾荒，

大旱过一年，树皮都吃光。

地主逼租子，官家催款粮。

此处难活命，背儿去逃荒，

走东又串西，到处一个样。

穷人难度命,哪有剩饭汤。

老财心如虎,放狗把人伤。

哭声小七儿,为父把泪淌!

要来半碗饭,我叫儿先尝。

不是爹不饿,只为儿叫娘!

养儿十岁上,为父病在床。

老财收了地,破庙把身藏。

夏天还好过,入冬冷难挡,

夜夜围火睡,只恨五更长!

养儿十五岁,来了共产党,

扬眉吐了气,分田又分房。

因为底子薄,一口难吃胖。

缺牛又少耙,季季跟不上。

到了五三年,霜又把麦伤,

眼看又逢难,十人九心慌。

多亏咱的党,四川运米粮,

路程几千里,价钱还不涨。

咱家买回米,逢凶变吉祥。

安心搞生产,没人去逃荒。

孤木不成林,独草怕风霜。

为了永不穷,党又出主张。

号召搞互助,土帮土成墙;

组织合作社,集体力量强。

我的小七儿,抬头望一望,

十年集体化,变了咱穷乡。

万劈鬼头崖,炸开恶虎岗,
引来灌河水,旱地种稻秧。
公社组织起,再战老龙王,
挖渠又打井,富根才扎上。
自从五九年,季季缺雨浆,
连旱三年整,咱处没成荒。
要是旧社会,又该乱哭娘,
几家卖儿女,几家卖田庄。
我的小七儿,手搭胸口上,
夜半三更后,仔细想一想:
不是咱的党,哪有这新房!
还在破庙内,父子把身藏。
不是咱的党,还把长工扛,
给人当牛马,吃糠喝菜汤。
不是咱的党,恶霸压身上,
咱要动一动,绳捆索又绑。
我的小七儿,手搭胸口上,
半夜三更后,扪心想一想:
不是集体化,河水难上岗;
遇到大旱年,咱又要断粮。
不是集体化,怎能胜灾荒;
又该去乞讨,流浪在外乡。
不是集体化,富裕难久长!"

原载《南阳日报》1957 年 4 月 10 日

山水诗草

天不怕地不怕

高级社力量大，

天不怕，

地不怕，

治河改地有办法。

一人一锹，

能把地挖穿。

一人一担，

能造个大山。

斩断千年的河，

推倒万年的山。

青石板上种庄田，

大沟小沟米粮川。

古今

自古河水低处流，

如今引水上坡头。

自古河水往东流，

如今河水东西南北走。

自古水流千里归大海，

如今高级社把它留。

自古求龙龙不应，
如今缚得万条龙。

原载《奔流》1958 年第 2 期

我家住在干河旁，
河水弯又长。
经过青山和村庄，
弯弯曲曲流南方。

把山河重新拢好

●

千年的封建万样的害，
提起从前心发凉。
干河流水千年长，
年年好比恶虎下山把人伤。

往年的雨下地上，
好像万把钢针扎心上。
一片好庄稼，
谷穗大又胖。
小雨下一阵，
到处一扫光。
起五更，爬半夜，
白白辛苦白白忙。
老人饿倒在床上，
儿女吵饿哭爹娘。
爹娘望着黄沙地，
眼泪汪汪。

往年的雨下房上，
就像乱砖打头上。

庄稼翻金浪，

丰收歌声响。

猛雨下一阵，

到处变汪洋。

冲塌了房子，

刮走了牛羊。

爹叫儿，女喊娘，

齐哭乱喊没主张。

房子压在爷身上，

妈妈抱着吃奶的弟弟，

被冲到了哪方？

干河啊！

你比毒蛇，

毒蛇能伤人几个？

你比猛虎，

猛虎能吃去多少牛羊？

只有蒋匪帮，

你两个才是半斤八两！

多少年来哟，

年年刮走了活命的指望，

夺去了多少人的爹娘和儿郎。

泪水三尺深，

顺着河水流远方。

哭红了眼，喊哑了嗓，

卖儿卖女逃外乡。

多少人呀，

饿死在路旁！

老爷的老爷该叫啥？

再往上算算不清。

一代一代的做梦都想：

修上条活命堤吧，

保住性命和食粮！

可是呀，

前朝古代的帝王，

民国的蒋家匪帮，

谁肯为庄稼人着想？

十冬腊月咱铺地盖天，

吃着照见人影的饭，

那些不嫌人瘦的肥狼呀，

还要逼租子催官粮，

活像绳子勒在害喘病的人的脖子上。

代代落空，

年年家破人亡！

千年的阴雨晴了天，

万年的锁链被打断。

穷人有了共产党，

要把山河重安排。

左手提高山，

右手掂河流，

重新造出一个天地来！

我家住在干河旁，

干河两岸炮声响。

千军万马呐喊，

好比猛虎下山。

喊声冲得乌云四散，

震得群山打战，

惊得河水倒流。

干河啊！

你怎么不再调皮捣蛋？

哈！哈！

你不会想到还有今天。

天有多高？

天高没咱决心高！

地有多大？

地大没咱力量大！

农业社力大包天地，

修起的水库坚如钢。

万亩旱地改种秧，

年年多打万石粮。

千年的灾祸赶跑了！
万年的幸福带来了！

绿油油的稻田哟，
望不到边。
青青的松树哟，
长满山。
干河的流水哟，
使年年丰产。
聪明的画匠哟，
描不出这美丽的田园。
因为住在干河旁哟，
快乐的日子永远过不完。

我家住在干河旁，
干河两岸笑声响。
男打锣鼓女歌唱：
白天为啥明？
因为太阳红！
干河两岸为啥乐无穷？
因为有了恩人毛泽东！
天上的星星有千万，
共产党的恩情永远唱不完！

原载《河南日报》1957 年 12 月 12 日

高高山上有棵槐

一

高高山上有棵槐，
哥在树下把荒开。
秋天结了大棒子，
妹和哥哥抬回来。

二

哥哥栽棵月季花，
月月喜信捎回家。
哥在前方把仗打，
妹在家里勤浇它。

三

深山陡崖把树栽，
青枝绿叶长起来。
单等树大长成材，
铁路、工厂修起来。

原载《河南文艺》1955 年第 14 期